安徽师范大学文学院学术文库（第二辑）

# 梅运生
# 诗词论著辑要

MEIYUNSHENG SHICI LUNZHU JIYAO

梅运生 著

安徽师范大学出版社
·芜湖·

责任编辑：房国贵

装帧设计：丁奕奕　欧阳显根

**图书在版编目（CIP）数据**

梅运生诗词论著辑要 / 梅运生著.—芜湖：安徽师范大学出版社，2016.12
（安徽师范大学文学院学术文库.第二辑）
ISBN 978-7-5676-2275-3

Ⅰ.①梅… Ⅱ.①梅… Ⅲ.①古典诗歌–诗词研究–中国–文集 Ⅳ.①I207.2-53

中国版本图书馆CIP数据核字（2015）第277611号

本书由安徽高校省级学科建设重大项目资助出版

梅运生诗词论著辑要

梅运生　著

出版发行：安徽师范大学出版社
　　　　　芜湖市九华南路189号安徽师范大学花津校区　　邮政编码：241002
网　　址：http://www.ahnupress.com/
发 行 部：0553-3883578　5910327　5910310（传真）E–mail：asdcbsfxb@126.com
印　　刷：虎彩印艺股份有限公司
版　　次：2016年12月第1版
印　　次：2016年12月第1次印刷
规　　格：700 mm × 1 000 mm　1/16
印　　张：18.375
字　　数：289千
书　　号：ISBN 978-7-5676-2275-3
定　　价：55.00元

# 总　序

　　安徽师范大学文学院的前身是1928年建立的省立安徽大学中国文学系，是安徽省高校办学历史最悠久的四个院系之一。1945年9月更名为国立安徽大学中文系，1949年12月更名为安徽大学中文系，1954年2月更名为安徽师范学院中文系，1958年更名为合肥师范学院中文系，1972年12月更名为安徽师范大学中文系，1994年10月更名为安徽师范大学文学院。这里人才荟萃，刘文典、陈望道、郁达夫、朱湘、苏雪林、朱光潜、周予同、潘重规、宗志黄、张煦侯、卫仲璠、宛敏灏、张涤华、祖保泉、余恕诚等著名学者都曾在此工作过，他们高尚的师德、杰出的学术成就凝固成了我院的优良传统，培养出了一大批出类拔萃的各类人才。

　　文学院现设有汉语言文学、汉语言、秘书学、汉语国际教育等4个本科专业，文学研究所、语言研究所、古籍整理研究所、美育与审美文化研究所、艺术文化学研究中心等5个研究所（中心）。拥有中国语言文学博士后科研流动站，中国语言文学一级学科博士点，中国语言文学、艺术学理论两个一级学科硕士学位点；设有中国古代文学等10个硕士学位二级学科授权点和学科教学（语文）、汉语国际教育两个专业学位点；有1个安徽省A类重点学科（中国语言文学），3个安徽省B类重点学科（中国古代文学、汉语言文字学、中国现当代文学）；1个国家级特色专业建设点（汉语言文学专业），1个国家级教学团队（中国古代文学），两门国家级精品课程（文学理论、大学语文），1个省级刊物（《学语文》）。

　　文学院师资科研力量雄厚，现有在岗专任教师82人，其中教授28人，副教授35人，博士55人。2010年以来，本学科共主持省部级以上科研项目100项，其中国家社科基金项目28项（含重大招标项目1项），获得省部级以上奖励9项。教师中，有国家首届教学名师1人，享受国务院特殊津贴12人，皖江学者3人，二级教授8人，5人入选省级学术和技术带头人，6人入选省级学术和技术带头人后备人选。

走过八十多年的风雨征程，目前中文学科方向齐全，拥有很多相对稳定、特色鲜明的研究领域。唐诗研究、古代文论研究、儿童语言习得研究、古典文献研究、宋辽金文学研究、词学研究、当代文学现象研究、古典诗歌接受史研究、梵汉对音研究、句法语义接口研究等在全国居于领先地位或在学术界有较大影响。特别是李商隐研究的系列成果已成为传世经典，国务院学位委员会委员、北京大学教授袁行霈先生说，本学科的李商隐研究，直接推动了《中国文学史》的改写。

经过几代人的薪火相传，中文学科养成了严谨扎实的学术传统，培育了开拓创新的学术精神，打造了精诚合作的学术团队，形成了理论研究与服务社会相结合、扎根传统与关注当下相结合、立足本位与学科交融相结合、历代书面文献与当代口传文献并重的学科特色。

21世纪以来，随着老一辈学者相继退休，中文学科逐渐进入了新老交替的时期，如何继承、弘扬老一辈学者的学术传统，如何开启中文学科的新篇章，成了摆在我们面前的迫切任务。基于这一初衷，我们特编选了这套丛书，名之为"安徽师范大学文学院学术文库"，计划做成开放式丛书，一直出版下去。我们认为，对过去的学术成果进行阶段性归纳汇集，很有必要，也很有意义，可以向学界整体推介我院的学术研究，展现学术影响力。

关心文学院发展的朋友常常问我们："你们自己说师大文学院历史悠久，底蕴深厚，有什么可以证明呢？"是啊，校址几经变迁，由安庆至芜湖至合肥，最终落户芜湖；校园面貌日新月异，载有历史积淀的老建筑也已被悉数推倒重建，物化的记忆只能在发黄的老照片中去追寻。能证明我们悠久历史的，能说明我们深厚底蕴的，唯有前辈学者留下的字字珠玑的精彩华章。为此，我们特别编选了本辑文集，文集作者均是已退休的前辈学者，他们有的已驾鹤仙去；有的虽然年岁已高，但仍笔耕不辍。这些优秀成果，是他们留给我们的宝贵精神财富，是砥砺我们人格的源泉，是指引我们前行的明灯，是督促我们奋进的动力。

我们坚信，承载着八十多年的历史积淀，文学院必将向学界奉献更多的学术精品，文学院的各项事业必将走向更悠远的辉煌！

储泰松

二〇一五年八月

# 我的学术简历（代自序）

梅运生，字造时，安徽省贵池县人，1932年6月生。1957年夏毕业于安徽师范学院中文系，留校任教。1959年秋赴复旦大学中文系进修三年（1959年10月至1962年7月），师从朱东润先生，学习中国古典文学与中国古代文论。在那政治运动频繁的年代，能从名师学习，坐下来，认真而系统地读几年书，这是我一生治学经历中一件大幸事。由此而打下一点基础，掌握了一些基本的治学方法，也开拓了眼界。回安徽后，先后在合肥师范学院中文系讲授中国古典文学数年，在安徽师范大学文学院教授中国古代文论近二十年，兼任本专业硕士导师。1991年聘为教授。

参与编写由朱东润先生主编的《中国历代文学作品选》（上海古籍出版社出版1979年版）、由霍松林先生主编的《中国古代文论名篇详注》（上海古籍出版社1986年版）和《中国近代文论名篇详注》（贵州人民出版社1986年版）。前书为"高等学校文科教材"，后两书为"高等师范院校文科教材"和"高等学校文科教学参考书"。独撰的著作有《锺嵘与诗品》，上海古籍出版社1982年版，台湾国文天地杂志社1991年誊予转印。锺嵘《诗品》是我国第一部诗歌理论批评专著，我书写于改革开放初期学术风气开始转变的年代，对其丰富多彩的内容，做了较为全面的深入浅出的评介，被学界评为承前启后之作，获安徽省1978—1985年社会科学优秀成果二等奖。合著的有《中国历代诗词曲论专著提要》（北京师范学院今之首都师范大学出版社1991年版）、《中国诗论史》（上中下三册，黄山书社2007年版）。前书是资料性的有实用价值的专著，所搜历代诗词曲论专著较为齐备，共计437部，对每部论著的作者、主要内容、出版的年代、版本的变化以及评注等重要材料尽力搜集齐备，勿使有所缺失，至于整理考定和评介，则力求平实和公允，成书后颇受同行和后学者所喜爱，至今仍是研究本学科的重要参考书。至于后书，则是中国第一部最完整、分量最重、涵盖面最广的中国诗论史。由于诗歌是中国文学的主体，起源早，数量多，质量高，且代有新变，异彩纷呈，后起的他体文学，如散文、骈文乃至于戏曲小说等，无不受其影响，显示出诗化的色彩。中国诗论的理论形态和审美倾向等，在他体文论中，也留下很深的痕迹。能抓住中国古代诗论的特点，就能探本求源，登堂入室，更深层次地进入中国古代文学和古代文论。我们选择了这个专题，虽然是着眼于单体文论史的研究，但其价值和意义则远大于此。这就是我们当年选择这个专题，不避艰难，全力以赴的初衷。

二十多年来，在紧张的繁忙的教学工作的间隙，就潜身其事，尤其在退休后，更不再他顾，也排除其他杂务和各种功利的干扰，朝于斯，夕于斯，穷年累月，专心于一事，案头置放《四库全书总目》，从"四部"尤其从史、集两部有关的书籍中寻求所需，爬罗剔抉，钩玄提要，以求获得某些新的认知。对评述的对象——重要的原典之作以及相关的史料和评注，更要精读和一字一句的推敲。剖析原著，要从全书和全文着眼，务求其意——即原作者的写作用意、论述的角度、提出的概念、命题、建立的体系以及在理论批评发展史上所处的地位等，要有个很清楚地了解和陈述。断章摘句，取其一点，不及其余，是很难获得真相的。对前此有影响的重要评论，固然应该重视，但要重新审视，去取之间，以自己的所得为权衡。既不尚标新立异，更不能人云亦云。在叙述和表达上，以正面评述为主，力求用平和的语言，说出紧要的话，偶有辩驳之处，则尽可能用事实说话，用商榷的口吻，留有余地，绝不能把话说绝说死。凡此，都是我们在写作中想遵循的。但在实际上做到多少，那就很难说了。新书出版后，承新老学者的厚爱，好评有加，但也提出了不少问题。我们曾想在此书问世后，多听取一些意见，认真地总结一下，做一次全面修改，但岁月不饶人，我们三人中有一位已不幸辞世，另一位患脑中风。我已进入耄耋之年，健康状况很不佳。即使想调整一下体例，改动个别词句，都很难如愿，更不用说全面修改了。

借介绍"简历"的机会，在此多说几句话，将我们在写作过程中的一些情况和想法，做了一些陈说。可以说这也是一种交代，并包含有某种期望；继续推进和完善这一重要的论题，是寄希望于来哲了。

**梅运生写于安徽师范大学**

# 目　录

## 锺嵘和《诗品》

## 诗学论文选粹

# 历代词论专著提要

锺嵘和《诗品》

# 汉魏六朝的五言诗和锺嵘的《诗品》

锺嵘的《诗品》，是我国第一部诗歌理论批评专著。它以汉魏六朝的五言诗为评论对象，对发展到一个新阶段的五言诗做出了总结，并为当时的创作实践服务。锺嵘为了比较系统、深入地评价五言诗的作家和作品，对五言诗的发展史，做了一些探索、清理和总的评述，这对于我们了解《诗品》产生的背景，是有帮助的。

## 一、时代背景

汉魏六朝是儒学衰微、文学勃兴的时代，整个社会的学术思想，发生了大的转变。东汉末年，政治上大动乱，农民大起义，不但动摇和摧毁了东汉王朝政治统治的基础，他们的精神支柱——在汉代处于独尊地位的儒学思想，也受到巨大的冲击而衰落下来。两汉时"户习七经"①，文人学士家家都在啃儒家经典；入魏以后，却几乎是"家弃章句"②。一辈子啃一部经书的所谓"皓首穷经"的蠢事，没有多少人再愿意干了。文学摆脱了儒学附庸的地位，开始独立地健康地向前发展，文学体裁也发生了重大的变化。在西汉时曾经称霸文坛的富丽堂皇的大赋，到了东汉末年，就逐渐向抒情小赋转化。流行在民间的五言乐府，反映下层人民的生活，自然朴实，开始受到文人们的重视、摹拟与习作。而"文繁意少"的四言诗，虽间或还有人偶然为之，但毕竟为数不多了。到了建安时代③，五言诗已独霸诗坛，历魏、晋、宋、齐、梁、陈以至初唐，风行了约五

---

① 七经：汉代对儒家经典的总称，包括《诗》《书》《礼》《乐》《易》《春秋》《论语》七部经书。

② 章句：逐章、逐句、逐字解释经义。东汉时，儒家每部经书的章句，少则数十万字，多至百万字以上。当时是专门学问，每部经书，都有独家的师傅。

③ 建安：汉献帝刘协的年号。文学史上的建安时代，包括东汉末年到曹魏初年这一段历史时期。

百余年（196—710）之久。"天下向风，人自藻饰。"（裴子野《雕虫论序》），具有文采之美的五言诗，风靡一时。这五百年，在中国诗歌史上，是五言诗的鼎盛时期。依据诗体的变化，这个时期，又可大致分为两个阶段：魏晋是五言古诗兴盛之时；南朝是向新体诗发展和转化之时。到锺嵘写《诗品》的时候，五言诗正方兴未艾。梁代裴子野说，其时"闾阎年少，贵游总角，罔不摈落六艺，吟咏情性"①。锺嵘自己也说当时的情况是："词人作者，罔不爱好。今之士俗，斯风炽矣。才能胜衣，甫就小学，必甘心而驰骛焉。"②爱好诗歌的风气，深入到社会的每一个角落。创作水平，也相应地有了很大的提高。于是诗人辈出，名篇传颂。比锺嵘稍后的萧统，曾将五言诗之善者编纂为《古今诗苑英华》二十九卷③，以示典范。《诗品》中入品的诗人，就有一百二十余家；未入品的，数量还会更多。由此可见当时五言诗创作的盛况。中国第一部诗论名著，就是在这样的背景下产生的。

## 二、锺嵘对五言诗史的论述

《诗品序》的开头，就比较详细地论述了五言诗的发展史。五言诗起源于秦汉以前的民歌。《诗经》是以四言为主的古诗，但国风中已夹杂有一些五言诗句，像《召南·行露》已有半章全是五言句式④。至于《楚辞·渔父》所载的《沧浪歌》⑤，除了语助词外，全是五言。《诗品序》说："夏歌曰：'郁陶乎予心。'⑥楚谣曰：'名余

---

① 语出裴子野《雕虫论》。闾阎年少：平民子弟。闾阎，古代平民居住区。贵游总角：贵族豪门家庭里的少年子女。总角，古代未成年男女的发结。

② 此句引自《诗品序》。"才能"三句：言儿童稍长，刚能穿着礼服，行礼仪。衣，指礼服。语出《史记·三王世家》："皇子赖天，能胜衣，趋拜至今。"这三句是说，当时一般人在儿童时期就一心为写好诗歌而努力。甫，刚，才。小学，古时八岁入小学。驰骛，言奔走。

③ 《古今诗苑英华》二十九卷：《梁书·昭明太子传》有记载，《南史》作《英华集》二十卷。此书已失传。

④ 《召南·行露》的二、三两章，每章六句，其中有四句是五字一句的。如第三章："谁谓鼠无牙，何以穿我墉？谁谓女无家，何以速我讼？"意谓："谁说老鼠没有牙，怎么打通我的墙？谁说我女儿没有婆家，怎么逼我上公堂？"

⑤ 《沧浪歌》："沧浪之水清兮，可以濯我缨（帽带）；沧浪之水浊兮，可以濯我足。"

⑥ 夏歌：即五子之歌，共五首。歌词见伪古文《尚书·五子之歌》。"郁陶乎予心"是第五首第一句，意即我心中很忧愁。

曰正则。'①虽诗体未全，然是五言之滥觞②也。"钟嵘认为五言诗起源于秦、汉以前的夏歌③楚谣。《诗品》的正文，把汉魏六朝时代许多诗人的诗作，归之于其源出自《国风》和《楚辞》，这也是从民歌体中探索五言诗风格和流派的起源④。西汉时，文人的诗歌，还是以四言为主，但五言体的民间歌谣，已经在社会上广泛流行，深入到宫廷⑤，并开始影响文人的诗作。新的五言诗体，正在孕育之中。文人的五言诗，到底是什么时候起始的？古诗产生的年代以及李陵、苏武诗真伪问题，在当时和后代，都是一个有争议的问题。钟嵘认为古诗年代久远，其写作时间很难确切地考察出来，从其诗体和风格来辨识，大体上可以推断是汉代的作品，而不是周代末年所能写出来的。这和刘勰的意见是一致的⑥。这个推论，今天看来，是笼统了一点，但大体上说，他的意见还是对的⑦。至于李陵、李武之间的赠别诗和班婕妤的《怨歌行》，钟嵘认为确系他们所作，并认为李陵是第一个写五言诗的，这是钟嵘的失误处。不过，这也是那个时代多数人的看法⑧。甚至到了唐代，杜甫、韩愈还推尊苏、李⑨，对苏、李诗的真实性深信不疑。确定李陵、苏武及班婕妤的诗是后人冒名之作，那是宋以后的事了⑩。现存的有主名的文人五言诗，应以班固的《咏史诗》为第一首。《咏史诗》是写西汉文帝时孝女缇萦上书救父的故事。缇萦的父亲犯了罪，要受刑罚处分。她上书汉文帝，愿没身为奴，为父赎罪。汉文帝为缇萦这份孝心所感动，因而

① 楚谣：即《楚辞》。《离骚》首章有"名余曰正则兮，字余曰灵均。"这是屈原介绍其名平字原的由来。

② 滥觞：开始的意思。

③ 据清代学者的考证，东晋梅赜所献的《古文尚书》是伪作，那么"五子之歌"就不是夏代的作品。

④ 《离骚》是屈原所作，当然不是民歌。但楚辞体是在南方民歌形式上形成的。钟嵘称之"楚谣"，看来不是无因的。

⑤ 《汉书》上记载的《戚夫人歌》和李延年的《佳人歌》，都是以五言为主的民歌体。

⑥ 《文心雕龙·明诗篇》："古诗佳丽，或称枚叔（即西汉大赋家枚乘），其《孤竹》一篇，则傅毅（东汉初作家）之词。比采而推，两汉之作乎？"

⑦ 当今的古代文学史研究者，多数人认为古诗产生的年代，大致是在东汉后期桓、灵之世（约140—190）。

⑧ 梁萧统的《昭明文选》，选苏、李诗共七首，班婕妤《怨歌行》一首。徐陵的《玉台新咏》，也选了班婕妤的诗。

⑨ 杜甫《解闷》："李陵苏武是吾师。"韩愈的《荐士》诗："五言出汉时，苏、李首更号。"

⑩ 苏轼《答刘沔都曹书》，明确提出苏李诗是齐梁文士所拟作，后人大都同意他的看法。

赦免了她父亲的罪行，并从此废除了肉刑①。班固读史，受到感动，写了这首诗歌颂她。钟嵘称这首诗是"有感叹之词"，但"质木②无文"。意思是《咏史诗》内容朴实仁厚，很感人，但文采不足。在东汉五言诗作家中，钟嵘认为可以入文流的，还有秦嘉和徐淑夫妇以及郦炎和赵壹等数人③。东汉前期和中期，是文人五言诗起始和形成阶段，在草创时期，艺术上都不成熟，从某种意义上说，"质木无文"，也是这一时期文人五言诗的共同现象。东汉末年，五言诗日趋成熟，产生了包括现存的《古诗十九首》在内的一大批五言诗佳作。钟嵘说过，像《去者日以疏》等四十五首五言诗④，曾被人怀疑是曹植、王粲的作品，可见和建安诗作已经很接近了。

从建安时代起，五言诗进入了大发展阶段。这种新诗体，代替了四言诗，超过了辞赋，在文坛上占主导地位。从魏晋到齐梁，钟嵘认为五言诗的发展，出现了三个高潮，即建安诗歌、太康⑤诗歌和元嘉⑥诗歌。其诗作成就最为突出。建安时期是五言诗发展的第一个高潮，曹氏父子是当时诗坛上的中心人物。钟嵘认为，由于他们对五言诗的特殊爱好和广为提倡，多方罗致和奖掖文学人士，数以百计的文人来投靠他们，诗坛上出现了"彬彬之盛，大备于时"的空前盛况。其中出类拔萃的，除"曹公父子"外，还有以刘桢、王粲为代表的建安七子。建安诗歌的主要特色，钟嵘用"风力"二字加以概括。风，是指诗的抒情性，具有感化人心的作用；力，是文章的气势和骨力，是从健康的内容中生发出来的，具有振奋人心的力量。"建安风力"就是诗的现实性、抒情性和气壮之美的结合。"建安风力"的代表，就是曹植和刘桢的诗作。建安以后到正始⑦时期，除阮籍的五言诗有突出的成就外，就要数到嵇康，其他人多数不能入流。五言诗的发展，逐渐走向低潮。到了西晋的太康时期，五言

---

① 肉刑：残害肢体的酷刑，始于夏，至汉文帝时才废。

② 质木：内容朴实、仁厚。《论语·子路》："刚毅木讷近仁。"木，即"木讷近仁"的意思。

③ 《诗品》中，秦嘉夫妇在中品，班固等三人在下品。

④ 这四十五首诗，大半已亡佚，少数仅存的像《去者日以疏》等，现都包括在《古诗十九首》之内。

⑤ 太康：西晋武帝司马炎的年号。

⑥ 元嘉：南朝宋文帝刘义隆的年号。

⑦ 正始：魏齐王曹芳的年号。文学史上的正始时期，是指曹魏王朝的后期。

诗又兴盛起来，出现了第二个高潮，产生了像张华、张载、张协、陆机、陆云、潘岳、潘尼、左思等一大批名作家①。潘、陆才华横溢，词采富丽；张协诗形象秀美，文情并茂；左思善于讽喻，具有风力。锺嵘认为他们承接了建安诗人的优秀传统，写出了许多既富文采又有风力的诗作，使五言诗得以中兴。从太康以后到东晋末，在这一段很长的历史时期内，五言诗的发展，离开了建安的传统，走上了邪路，成为宣扬玄学的工具。以孙绰、许询为代表的玄言诗作家，用平淡而典则的语言，宣传老、庄的道学，没有抒情性，没有文采，没有诗味，和哲理论文差不多。锺嵘认为这是彻底败坏了建安风力的好传统，是诗风极度衰微的表现。

早在西晋末年，在玄言诗已经充斥诗坛的时候，郭璞的《游仙诗》，刘琨的"感乱"诗，形象鲜明，风力遒劲，与玄言诗相抗衡，显示了五言诗新的活力。但因当时玄风太盛，寡不敌众，未能扭转当时的风气。玄言诗统治晋代诗坛达一百年之久，一直到东晋末年，才出现转机。这种变化的具体表现，就是山水诗逐渐兴起，玄言诗最终销声匿迹。晋宋间第一个写山水诗并有一定成绩的是谢混，继之而起的是南朝山水诗的大家谢灵运。谢灵运在五言诗的题材和技巧上，都进行了重要的革新，他全力以赴地进行山水诗的创作，发掘和表达江南秀丽河山的自然美，从而确立了山水诗在诗坛上的统治地位。锺嵘认为谢灵运才情高而词采盛，兴会多而意境远，善于构思又巧于表达，既有名章警句奔驰其间，又有逸荡之气回旋诗内。在锺嵘看来，谢灵运五言诗的成就，不仅大大超过了刘琨和郭璞，也比潘岳和左思强，可以和太康诗人陆机并驾齐驱。元嘉时代，除谢灵运外，还有颜延之和鲍照，颜诗情意渊雅，诗句典丽而整饰；鲍诗形象秀美而富于变化，词采瑰奇而具有风骨。元嘉三雄的诗作，使五言诗的发展形成了第三个高潮。至于齐梁以来的诗人，谢朓、江淹、范云、任昉、沈约等，他们的诗作，虽各具特色，但他们的成就，却不能和前三个时代的作家相提并论了。这就是锺嵘对五言诗的发展给我们勾勒出的基本轮廓。

《诗品》对五言诗发展史的论述，有几点值得我们注意：

---

① 《诗品》中，张协、陆机、潘岳、左思在上品，张华、陆云、潘尼在中品，张载在下品。

第一，他对五言新诗体的认识，比较正确。魏晋以后，五言诗已经取代了四言诗，成为当时最有影响最风行的诗体。创作实践已经证明："五言之制，独秀众品。"（萧子显《南齐书·文学传论》）四言诗是不能和它比拟的。但是，对于五言诗的价值，在当时，并不是多数人敢于认可的。这里就牵涉有没有理论勇气敢于突破传统的看法问题。晋挚虞的《文章流别论》①，是一部有一定的理论深度和有影响的文论著作，但是他在比较各种问题的优劣时，就很明确地推崇四言体，贬抑五言诗。他说："雅音之韵，四言为正。"五言体，"于俳谐倡乐②多用之"，"而非音之正也"。刘勰虽然比较重视五言诗，但他也还是认为四言是正体，居正统地位；五言虽很风行，但却属流调，不能和四言诗平起平坐③。到了唐代，像李白这样的大作家，他的诗歌创作，几乎都是五七言，但在理论上，他照样也贬低五七言新体，推崇四言诗。他尝言："兴寄深微，五言不如四言，七言又其靡也，况使束于声调俳优哉！"④在这里，李白是从诗体的作用上论述问题，他囿于传统的见解，认为四言是正体，五言是俳优之作。锺嵘则不同，在这一点上，他突破了传统的守旧观点，无保留地肯定了五言诗。他认为"五言居文词之要"，是各种诗体中最富有表现力的。锺嵘从写景状物、表情达意以及美感作用等方面和四言诗做比较，大力肯定五言诗。正是基于这种正确的认识，他才会用毕生的精力，从事于五言新诗体的理论的总结工作。

第二，锺嵘在总结五言诗的发展过程时，着重从史的角度出发，论述各个时代的诗作对五言诗发展所做的贡献。在评述各个时代五言诗的成就时，既重视抒情性，又重视艺术的表现力；既重视风力，又重视丹采。他是以情意和技巧、风力和丹采相结合的观点来总结五言诗的发展过程的，从而肯定了建安、太康和元嘉三个时期的诗作。从诗歌应反映广阔的社会生活内容的角度说，太康和元嘉时期的诗作，是不能和建安时期相提并论的。这两个时期多数诗

---

① 挚虞的《文章流别论》是研究各种文体源流的文论专书。《晋书·挚虞传》，称其书"辞理惬当，为世所重"。此书已散佚，清严可均《全晋文》有辑本。

② 俳谐：艺人的滑稽言、调笑语。俳谐倡乐，文人们对民歌俗乐的贬语。倡乐，歌妓的乐词。倡，一作娼。

③ 《文心雕龙·明诗》："夫四言正体，雅润为本；五言流调，清丽居宗。"

④ 见孟棨的《本事诗·高逸篇》。把四言作为正体，和他在《古风》里的观点是一致的。

人的诗作，现实性和思想性并不很强，锺嵘对诗歌情意的要求，和唐以后文人的看法不很一致。和我们的见解，当然更有距离。他对这两个时期许多诗人的评价，我们都是不能完全同意的。但是，从五言诗发展的角度看问题，太康和元嘉的诗作，在题材的扩大，意境的开拓，艺术上的纯熟，词采的增饰和艺术表达能力的增强等方面，对五言诗的发展，都做出了贡献。就齐梁以前的情况看，这三个时期也确实是五言诗史上群星灿烂时期。

第三，锺嵘对五言诗史的评论，也是针对当时情况而发的。前已说明，六朝时代，是文学昌盛的时代。当时又是"文"重于"笔"①，诗歌创作特别受到重视。齐梁间，沈约与任昉齐名，沈约会作诗，任昉会写散文，当时人称之为"沈诗任笔"，任昉因诗名不及沈约，终身以此为耻辱。社会风尚如此，影响所及，不但文人学士，以写诗为风雅；少年学子，以学诗为起步；就是王公贵族，也以论诗为时髦。但是，他们对诗的看法是不正确的，他们宗奉鲍照和谢朓，蔑视建安以来的好传统。眼界比较狭窄，艺术的好尚有局限，鉴赏水平也不高。锺嵘对五言诗史的评述，突出齐梁以前三个时期的诗作，特别是宗奉建安，推崇曹植和刘桢的诗作，以此来开阔人们的眼界，全面地认识五言诗的好传统，从而不被浅薄之徒的观点所左右。

基于以上的情况，锺嵘把自己的《诗品》限制在评论五言诗的范围之内。他"网罗今古，词文殆集"，用力很勤，把古今文人的五言诗作，搜集齐备，加以整理，加以辨析，剔去虚杂，存其精英。在总结五言诗发展的基础上，对入品的一百二十余位诗人，逐个进行品评，写出了灿溢古今的诗论名著。

---

① 六朝时代，重视"文""笔"的区分。一般人的看法是：有韵为"文"，无韵为"笔"。像诗、赋、乐府等就属于"文"，史传、论、说、章、表、书、记等就属于"笔"。

# 锺嵘的生平和《诗品》的体例

## 一、锺嵘的生平

锺嵘字仲伟，约生于宋明帝刘彧秦始二年（466），卒于梁武帝萧衍天监十七年（518）①。颍川长社（今河南省长葛市）人。颍川长社锺氏，原是北方的大族，据史书记载，他的七世祖锺雅，避乱东渡，迁至江南。锺雅在东晋时，历仕元帝、明帝、成帝三朝，累官至尚书右丞、御史中丞、骁骑将军和侍中等重要职务。锺雅位参权要（侍中，加官，能与闻朝政），又死于国事②。所以他当时的声望是很高的。锺雅的儿子锺诞，任中军参军③，早年死去。在锺雅死后，锺氏就贫困中落下去。锺嵘的曾祖、高祖，史无其名。锺嵘的从祖锺宪，为齐正员郎，官职不高，是一位诗人。现仅存诗一首④，其诗作崇尚典雅，属于颜延之一派。《诗品》列其诗为下品，并引用了他评诗的一些言论⑤。锺嵘的父亲锺蹈，也担任过中军参军职务。锺嵘的哥哥锺岏，官至建康县令；弟弟锺屿，官至永嘉（今浙江省永嘉县）郡丞⑥。锺岏和锺屿，都有文集行世，但后来都散佚了。锺嵘就出生在这样一个世代为官又有书香传统的家庭里，这对于他在政治上的发展和学术研究都有很大的影响。齐武帝萧赜永明三年

---

① 锺嵘的生卒年，史无明确记载。这里的生卒年，是依据有关史料推算出来的，其中生年很不确切。

② 晋成帝咸和二年（327），历阳镇将苏峻，寿春镇将祖约，发动兵变，攻入建康（今南京市）。锺雅以侍中追随晋成帝，忠于晋室，被杀害。

③ 参军，诸王及将相府中的属官。中军参军，则是比较重要的幕僚。

④ 《全齐诗》录锺宪诗一首：《登群峰标望海》。

⑤ 见《诗品》卷下谢超宗等七人诗评。

⑥ 郡丞：郡守的辅佐官。

（485），诏立国学。锺嵘以宦门子弟入选为国子生①。当时国子监的祭酒（教育部门的主管官），由卫将军王俭兼任。王俭是大士族出身，位列公侯，在政界和士大夫中都有很高的声望。王俭对国子生是十日一考试，可能由于锺嵘成绩优异，所以王俭很赏识他②，并推举他为本州（颍川）秀才③，出任王国侍郎，从此开始走上仕途。侍郎是齐梁间王公侍从之官，大都是从宦门子弟中选用的。齐明帝萧鸾建武初（495年前后），锺嵘被任为南康王萧子琳侍郎，后迁抚军行参军④，又调出为安国县令⑤。齐永元末年（501），任司徒⑥府参军。由齐入梁，先后任临川王萧宏的参军和衡阳王萧元简、晋安王萧纲的执掌文翰的记室⑦。梁武帝天监十七年（518），锺嵘在晋安王记室任内去世⑧，世称锺记室。

从建武初到天监十七年（494—518）二十余年内，史书记载他参与朝廷事务的有两件事，一是在南齐任南康王侍郎时，齐明帝当政。明帝对于国家的大小事务，无不亲自过问。所以中央各部门及郡县的政务，都得等候皇帝指令办事，因而产生许多流弊。锺嵘当时是王国侍郎，"位末名卑"。他看到这个问题的症结所在，就上书齐明帝，直言进谏，提出皇帝的职责，应是颁布政令，量才选用官吏，而不应该过多地预问下级事务。齐明帝看到这封奏疏后，大为不快地说，锺嵘是什么人？竟敢来干预我的事情！幸亏有人替他解说，才未受处分。这次言事，说了一些当时达官要吏所不敢说的

① 据《南齐书·礼志》（上）记载："建元四年（482）正月，诏立国学，置学生百五十人……生年十五以上，二十已还……太祖崩，乃止。""永明三年正月，诏立学，创立堂宇，召公卿弟子及员外郎之胤（即后嗣），凡置生二百人，其年秋中悉集"。锺嵘就是永明三年秋入国学的，其年在十五至二十之间。锺嵘的生年，就是依据这个推算出来的。

② 《诗品》中尊王俭为"王师文宪"。尊其为师，称其谥号，可见他们师生关系确实很亲密。

③ 见《四库全书总目·诗品提要》。秀才：即优秀人才，又称茂才。魏晋六朝还沿袭汉代的察举制度，士族权要和州县都可向国家荐举人才。重在品德的为孝廉，重在才能的为秀才。锺嵘之所以被荐为秀才，除文才出众外，与他的士族出身也有关系。

④ 抚军：南朝时将军的称号。参军：抚军的幕僚。

⑤ 安国县原在河北省定县东。当时不属南齐管辖。这里应是侨县的名称。东晋以来，用北方的州县名称，在南方各地，设立侨州侨县，以安排北方流亡士族为官。锺嵘为安国县令，疑是为安国侨县县令。

⑥ 司徒：在南朝，职位相当于丞相。

⑦ 记室：执掌表、章、文书之类的工作，类似秘书。锺嵘入梁以后，主要是担任诸王记室。这可能与他文学才能出众有关。

⑧ 萧纲任西中郎将晋安王职仅一年，即518年。锺嵘的卒年，也就从这里推知出来。

话，与他的地位和职务很不想称，实属难能可贵。钟嵘参与朝廷政务的第二件事是在梁武帝天监初年。由于受齐末政治动乱的影响，梁初吏治比较混乱，官职一般都是通过行贿而获致的，所以军官特多，"骑都塞市，郎将填街"（其中也有一些出身寒素因军功由兵士而晋升的）。钟嵘又上书言其弊病。这封奏事虽然接触当时的一些政治弊端，但却把它归咎于未能按照门第录用人员，这是错误的。而梁武帝萧衍初即位，正想采取措施，提高士族，压抑寒素，来巩固自己的统治①，钟嵘的意见，很符合萧衍的口味，所以很快就提交吏部施行了。钟嵘又说："谨竭愚忠，不恤众口。"可见一些出身寒素的人，对此曾有非议。从这个问题可以看出，钟嵘在政治上是有士族偏见的。

钟嵘在政治上虽然没有多少值得称道的东西，但作为一个诗评家，他却具有多方面的才能。《南史·钟嵘传》说他"好学有思理"，"明《周易》"。《四库提要》也说他"学通《周易》，辞藻兼长"。这对他写《诗品》当有帮助。钟嵘的学术思想比较活跃，敢于突破传统的看法，并能博采众说，探本求源。他又爱好词章，能写得一手好文章。所以衡阳王萧元简出任浙江会稽太守，钟嵘得以记室随从。时会稽有一位颇有声名却不愿为官的居士何胤，在若邪山筑有一座坚固精致的住所。若邪山曾爆发一次特大的山洪，水势凶猛，拔树漂石，若邪山上几乎所有的房子都被冲毁了，而何胤的房子却安然独存。萧元简对此十分惊奇，就叫钟嵘写一篇《瑞室颂》，以资旌扬。钟嵘这篇文章写得很好，词采典丽，博得了好声誉。由此引起晋安王萧纲对他的重视，并任用他为记室。萧纲为梁室诸王中很有权势的人物，钟嵘做他的记室，政治地位和文学声誉也相应地提高了。

钟嵘一生最主要的贡献是在诗歌理论研究上。他用了毕生的精力，写出一部贯穿古今的《诗品》。钟嵘对五言诗理论的兴趣，可能很早就有了。早在永明年间为国子生时，青年诗人谢朓也在王俭幕府中任职。大约在这个时候，钟嵘和谢朓就有频繁的交往和接触，

---

① 南朝宋、齐时，皇帝都是出身素族，他们的策略是适当地压抑士族，提拔寒素为官。梁武帝虽然也是素族出身，但他有鉴于宋、齐失国的教训，于是按照东晋的经验，提高士族，压抑寒素。东晋初的百家士族，在梁初又被重视起来。

并进而在一起评诗论文。《诗品》里说："朓极与余论诗，感激顿挫过其文。"这个"极"字，就说明他们在一起论诗的次数很频繁，讨论很深入，趣味相近似。锺嵘认为谢朓论诗，中肯深至，顿挫有风味，其精彩感人之处，超过了他的诗作。谢朓年岁稍长，成就较早，他的艺术好尚，对锺嵘是由影响的。《诗品》评梁虞羲诗时，曾直接引用了谢朓赞赏的话，就是明证。

南齐诗人兼诗评家刘绘①，也是对锺嵘很有影响的人物。永明末年，京邑文士谈诗论文的风气很盛行，当时负有盛名的是"竟陵八友"②，而刘绘是后进文士的领袖。刘绘论诗重风气，在张融和周颙③之间别开一门，独树一帜④。刘绘对当时诗歌评论状况很不满，很想写出一部诗品，评论当代的诗作，在诗坛上起廓清舆论的作用。他曾发表过许多有见解的诗评，可惜还未来得及写成书，就与世长辞了。锺嵘称赞刘绘是一个有才华的善于鉴赏的诗评家，他的《诗品》，就是在刘绘的启示和影响下动笔的，是为了完成刘绘未竟的事业。但锺嵘品评的范围，远远超过了刘绘原来的意图；其功力之深，也为刘绘所不及。然而锺嵘评诗重风气的观点，和刘绘却是一致的。

《诗品》写作的年代，史书无明确的记载，《诗品序》称梁武帝萧衍为当今皇帝，可见此书写于梁武帝时代。《诗品序》又说刘绘"欲为当世诗品"，"其文未遂，感而作焉"。刘绘卒于齐和帝萧宝融中兴二年（502），锺嵘决心并开始写出第一部《诗品》，应是502年以后的事。至于书是什么时候写成的？《南史·锺嵘传》说："嵘尝求誉于沈约，约拒之。"《梁书·刘勰传》也记载了刘勰曾求誉于沈约，其方法是把《文心雕龙》投送给沈约看，求其审视，因而得其延誉。这件事锺嵘大概也是知道的。因此，他也很

---

① 刘绘（458—502），字士章，彭城（今江苏省铜山县）人。南齐时为太子中庶子。博学有盛才，是诗人兼诗评家，《诗品》评其诗为下品。

② 齐竟陵王萧子良，爱好文学，开西邸延请文学著名人士。萧衍、沈约、谢朓、任昉、范云、王融等八人俱归门下，称为"竟陵八友'。

③ 张融，字思光，论文主张变更文体，重意旨而缓音韵。周颙，字彦伦，论诗重声律，辞致绮捷。两人在当时都有影响。

④ 《南齐书·刘绘传》。原文是"绘之言吐，又顿挫有风气，时人为之语曰：'刘绘贴宅，别开一门。'言在二家之中也。"

可能采用同样的方法。如果这个推论能成立，那么，《诗品》在沈约的生前就已经写成了。当然，他还会不断地修改和补充，以完善自己的著作。《诗品》评宋尚书令傅亮诗云："季友（傅亮字季友）文，余常忽而不察。今沈特进（即沈约）撰诗，载其数首，亦复平矣。"锺嵘所以做此声明，可能就是因为傅亮是在《诗品》成书后补充进去的。《诗品序》称："其人既往，其文克定；今所寓言，不录存者。"声言入品的都是已经过世的诗人。一般的文学批评史论者都依据这几句话，认定《诗品》的成书是沈约去世以后。根据上面的说明，我们未尝不可以说，沈约的入品，是在《诗品》成书后补充进去的。这种补充和修改工作，很可能持续到518年他逝世前为止。总之，锺嵘的《诗品》，主要是他后期的精心构制，从他经历长期的准备情况看，也可以说是他一生心血的结晶。

## 二、《诗品》的体例

《诗品》最早见于史籍的名称是《诗评》。《梁书》本传就称其书为《诗评》，《南史》本传说："嵘品古今诗为评言其优劣"，说得比较含糊。《南史·丘迟传》则称"锺嵘著《诗评》云……"还是用《诗评》的名字。《隋书·经籍志》虽用了《诗评》和《诗品》两个名称①，但《诗评》是正名，《诗品》只是一个异名。唐以后统计历代书目的《艺文志》之类，就只记《诗品》一名了。异名代替了正名，《诗评》之名遂废。锺嵘原来的书名，现在已无从考察。从书名的变化情况来看，顾名思义，此书之所以成《诗评》，是因为其对入品的作家都加了评论；其所以名为《诗品》，是因为他对每位作家都定了品第，后人大概是因为定品第是此书主要的特点，《诗品序》内也多次谈到"品"的问题，以"品"命书比较符合原意，所以定名为《诗品》。"品"，本身也包含有"评"的意思在内。

《诗品》全书品评了自汉至齐梁五言诗作家一百二十二人（另有无名氏《古诗》一组），分上、中、下三品，每品一卷，共三卷。三

---

① 《隋书·经籍志》："《诗评》三卷，锺嵘撰，或曰《诗品》。"

卷前各有序言。今人把三序合而为一，总称《诗品序》，或称《总论》。所以《诗品》又可分为"总论"和"正文"两大组成部分。"总论"是谈他对诗歌问题一些总的看法，是诗论；"正文"是他运用"总论"中论诗的原则，具体品评诗人及其诗作，是诗评。而正文是《诗品》的主体部分。就"总论"部分说，三卷的序言各有所侧重，上卷的序言着重叙述五言诗的起源和发展史，论述诗的产生、诗的作用和表现手法等问题，并说明其写作的背景及其起因。中卷的序言，说明了《诗品》的体例、特点及其品评的范围，同时批评了南朝诗坛上好用典故的坏风气。下卷的序言论述了声律论的流弊，最后选录了五言诗名作的篇名附于序后。《诗品》品评的对象是限制在五言诗的范围之内的。论述的内容也不同于以往的文论。以往的文论，有的通论创作（如《文赋》），有的仅谈文体（如《翰林论》《文章流别志》），有的只集录诗文（如谢灵运的集诗、张骘的《文士》）。就他们著作的内容说，虽精粗详略，各不相同，但都没有对具体作家定品第、评风格，没有探讨风格和流派的起源，没有对他们诗作的优劣得失，加以评判和总结。而这些正是锺嵘用力的地方，也是《诗品》特点之所在。在体例安排上，锺嵘声称此书有四个特点：第一，同一品中是按照时代的先后，而不是依据其诗作的优劣来排名次。如上品中，他对谢灵运诗评价很好，认为超过了潘岳和左思。但依据时代的顺序，潘岳和左思都排在谢灵运的前面。中品中，他对西晋诗人张华评价偏低，认为张诗只能勉强够上中品，但依照时代的顺序，张华就排列在刘琨、郭璞、陶潜、鲍照、谢朓等诗人的前面。第二，对于在世的诗人，不作评论。锺嵘认为只有在作家去世以后，对他的诗作才能下定评。所以在世的诗人，一律不予入品。像吴均、何逊、阴铿等，在梁代都颇有诗名，但在《诗品》中却找不到他们的名字。第三，对梁武帝萧衍及依附他的权贵不评论。锺嵘把他们恭维了一番，说他们水平高，自己水平低，不敢妄加评论。但这只是门面语，也许是不得不说的应酬话，并不是出于真心的。因为入品的一百二十余位诗人中，历代的皇帝就占了五个[①]。其中除魏文帝曹丕列于中品外，其余都在下品。

---

① 《诗品》中入品的皇帝有魏文帝曹丕、魏武帝曹操、魏明帝曹叡、宋武帝刘骏、齐高帝萧道成等五人。

至于位至藩王和将相，入品的就更多了。这证明钟嵘并不是真把自己著作当作"农歌轩议"看待的。《诗品序》中批评了当时许多不正诗风，主要是针对他们的。萧衍写诗就最喜欢用典。钟嵘不点名评论他们，既可以避讳，避免招来政治上的迫害，又和《诗品》总的体例即不评论在世的诗人是一致的，所以乐于写几句恭维话搪塞过去。第四，《诗品序》末附录了历代五言诗名作的篇目，是钟嵘从众多的诗作中精心选出的，是五言诗的"珠泽"和"邓林"，是精华的汇集。这和谢灵运"逢诗辄取"、张鹭"逢文即书"兼收并蓄的诗文集完全不同。钟嵘为了配合品评作家而选录的五言诗名作，有一些已经失传了。从留存下来的诗看，绝大多数都是一些好作品，有的常常就是这些作家的代表作。这说明钟嵘的艺术眼光是敏锐的。这些名作，对于我们了解钟嵘的审美观点和评诗标准都大有好处，但现在往往被许多读《诗品》的人所忽略了。

《诗品》正文的内容是溯流别、评风格、定品第。钟嵘从汉魏六朝众多的诗人中，选出一百二十二位能成"才子"的作家作为评论对象，辨别他们的源出和流派，分析他们的风格特色，评判他们的得失利病，然后定其品第之高下。总计上品十一人（另有《古诗》一组），中品三十九人，下品七十二人。对其中三十六位作家的评论，从传统的继承关系探索他们诗作的源出，区分他们的流派，最后归结为三个源头，即：《国风》《小雅》和《楚辞》。《国风》一系，曹植等十三人；《小雅》一系，阮籍一人；《楚辞》一系，李陵、王粲等二十二人。已入品的作家，每人都有一段评语，评述他们诗作艺术风格的主要特色，指出他们优劣得失之处，作为给他们定品第的依据。

《诗品》分前后两个部分，一是总论，一是对具体作家的诗评。内容虽然各不相同，但却是互相联系，前后衔接的。从他的写作意图看，前面的诗论，是为后面的诗评服务的。《诗品序》说，前人的文论，"皆就谈文体，而不显优劣"，或重在论文，不加品第。而他的《诗品》，正是要弥补前人的不足。《诗品》以正文为主，在结构安排上，也就是体现了他写作的这种意图。我们读《诗品》时，既要重视他的诗论，又要重视他的诗评。两者并重，相互参阅，融会贯通，才能比较全面、比较客观地领会钟嵘评诗的观点。这样也才有可能对《诗品》中的一些问题，给予比较公正的判断。

# 三、锺嵘的文学观

《诗品序》中所阐明的论诗原则，有几条是锺嵘对文学问题的基本看法，有必要首先提出来谈一下。

第一，对诗的产生和诗的作用的看法。

诗歌是怎样产生的呢？按照传统的说法是"诗言志"（《尚书·尧典》）。《毛诗序》说："诗者，志之所之也。在心为志，发言为诗。情动于中而形于言。"诗人的情志用有文采的语言表达出来，就是诗。但诗人的情志又是怎样产生的呢？西晋以后的文论家普遍认为诗人的情志是受四季景物变化的影响①，把创作中的主客观关系，用朴素的唯物论的观点加以解释。锺嵘在这个理论的基础上，又做了一些新的探索。首先，他认为诗人的情志是受外物触动的结果，而外物的变化，又受"气"的支配。这个"气"，是自然形态的东西，是自然之气。这种充实于宇宙之间运动着的元气，决定着万事万物的形态，而"吟咏情性"的诗歌，最终也要受其影响。其次，对于物的解释，锺嵘也不是停滞在自然景物的变化引起人们不同的思绪上，而是着重阐明人们的喜怒哀乐之情，来自社会生活的影响。锺嵘似乎已初步意识到社会生活遭遇对于诗人感情的影响常常是第一位的，景物不过有时起着触发作用而已。所以他第一次用了比较多的篇幅，举了较多的例证来谈社会遭际对诗人感情产生了种种的影响。把文学与现实关系的论述，建立在比较科学的基础上，从而使他的批评论，包含有较多的现实主义的成分。同样，在诗歌作用问题上，锺嵘除了根据诗歌抒情性的特点，说明"长歌骋情"，能起"动天地，感鬼神"的感化作用外，还强调诗歌能"照烛三才，晖丽万有"，对现实有认识作用和反映作用。"陈诗展义"和"长歌骋情"两者并重，这是他对诗歌理论问题上新的发挥。这些观点，也贯穿在他对具体作家的诗评之中。

第二，强调赋、比、兴"三义"，主张风力与丹采的结合。

---

① 陆机的《文赋》："遵四时以叹逝，瞻万物而思纷。"刘勰的《文心雕龙·物色》："情以物迁，辞以情发。""物色之动，心亦摇焉。"

赋、比、兴、风、雅、颂是诗的"六义"。两汉论诗的人常把它作为一个整体看待，从诗歌与政治的关系中强调其意义。钟嵘开始把"六义"区分为两个部分，在诗的内容上，重视贯彻风雅精神。（颂，在他的诗论中没有触及）兴、比作为写诗手法，从"六义"中抽出来，称为诗的"三义"，并从形象地反映生活的角度上阐明其含义。钟嵘对赋、比、兴的解释和两汉人的看法是不同的。汉代的注经家，有的从词的本义上解释赋、比、兴的含义，如郑众认为赋是"直陈其事"，比是"比方于物"，兴，就是开头，用相关的事物引起联想，起启发作用。有的则从诗的政治作用来阐明赋、比、兴的含义。如郑玄认为，赋是铺陈当今政教的善恶，比是引用比喻进行批评、讽刺，兴是用相关的好事来赞美、劝喻。钟嵘总结了汉魏六朝诗歌创作的丰富经验，对赋、比、兴做了新的解释：赋要"寓言写物"；比要"因物喻志"；兴要寓意于言外，表达言近旨远余味无穷的诗境。比和赋都要写出物象来抒情写志。这样就能使诗歌既形象鲜明而又含意深厚。钟嵘摒弃旧说，侧重从形象思维的角度上来揭示三种手法的共同特点，就是必须用形象来显示意义。这是钟嵘重视诗歌的形象性的表现，是很有意义的。

重视形象的秀美，只是钟嵘对诗歌艺术美要求的一个方面。钟嵘又从建安文学中总结出其具有风力的特色，从太康和元嘉文学中看到他们诗歌形象生动、词采华美的长处。有了建安诗歌那种风力，就能够比较深刻地反映现实，情志深长，慷慨多气，具有遒劲的感人的力量；能够像太康和元嘉诗歌那样巧构形似，具有华美的词饰，诗歌就能形象秀丽，举体华美，给人以美的感受。诗歌创作在注重形象地表情达意的同时，用风力充实其中，用词采润饰其外，三者完美地结合，就体现了钟嵘对诗歌艺术美的完整的要求。钟嵘从魏晋以来诗歌创作中总结出这几条艺术上成功的经验，作为对诗歌创作艺术美的普遍要求。这也贯穿在全书对具体作家的评论之中。

第三，重视"自然英旨"，提倡"直寻"。

《诗品序》在反对当时用典过多、拘忌声病的诗风时，提出了诗要具有"自然英旨"的问题。作为"自然英旨"，就是诗的内容要真实，表达要自然，具有本色之美。钟嵘认为，诗歌来源于生活，诗人对现实的观感，反映在诗里，就要自然、真切。要做到这一点，就要求诗人对所描写的事物，观察要细致，体验要深刻，感情要真实，真正是吟咏情性，而不能无病呻吟。表达上要自然，就是要把事物本来的面目反映出来。不要拘忌，不要专事点缀，也无须补衲。要做到这一点，就要提倡"直寻"，从生活中汲取素材，依靠自己的艺术才能去捕捉形象，提炼词语。反对"全借古语，用申今情"。这就是锺嵘所要求的"真美"的内涵。

锺嵘既重视润饰丹采，又提倡"自然英旨"，要求"真美"，这两方面的要求，在他的诗论里，是并行不悖的。他要求诗歌要具有"自然英旨"要"真美"，并不是自然形态的东西，不是生活现象的罗列。从某种意义上说，它近似于生活的本质美。这就要求诗人深入体验，认真发掘。所谓表达上的自然，也不是自然主义的摹写，不是"质木无文"。他要求诗歌要有佳句，要有胜语，这种佳句、胜语，是经过修饰、提炼而获得的，是高度艺术概括的结果。不过要润饰得如出自然，不留痕迹，淡妆浓抹都要相宜。总之，"润之以丹采"，要有助于显示"真美"，至少不能伤害"真美"。这和刘勰所说的"酌奇而不失其真，玩华而不坠其实"（《文心雕龙·辨骚篇》）的意思是一样的。

锺嵘的这个观点，成为他反对当时各种不正诗风时的一条重要的理论依据。这也贯穿在全书对历代诗人及其诗作的评价之中。

以上三点，是锺嵘对诗歌问题的一些总的看法，是锺嵘文学观的中心内容。

# 确立五言诗正宗，批判不正诗风

《诗品》和《文心雕龙》都是我国古代的文艺理论批评著作，但是两者之间又有所不同。如果说《文心雕龙》是重在总结创作经验，较为系统地阐明一些创作及批评的理论问题，那么《诗品》就是侧重于文艺批评，意在辨明清浊不同的流派，评判各家诗作的得失利弊，进而想扭转当时的不良风气，对创作和批评起一些指导作用。锺嵘的这一写作意图，是从两个方面加以贯彻的：一是从史的角度确立五言诗的正宗，对六朝以来各种不正的诗风进行批判；一是对历代作家进行具体品评，溯其源流，评其风格，进而定其品第。

## 一、确立五言诗的正宗

锺嵘在总结和清理魏晋六朝五言诗的发展过程时，认定建安、太康、元嘉三个时代的诗作是诗歌史上的清流，是五言诗发展史上的正宗。建安时代以曹植、刘桢、王粲为代表，太康时代以陆机、潘岳、张协为代表，元嘉时代以谢灵运、颜延之为代表。锺嵘认为，这八位作家都是以文词闻名于世的诗人，他们的诗作是五言诗的冠冕，代表了五言诗的最高成就。其中尤以曹植、刘桢、陆机、谢灵运最为杰出，锺嵘称之为"曹、刘殆文章之圣，陆、谢为体二之才"[①]。而曹植更为首屈一指，处于独尊的地位。在魏晋六朝时代，这三个时期的诗歌，都各有其特色，他们对中国五言诗的发展，各自做出了程度不同的贡献。在这三个时期中，锺嵘又特别推

---

① 体二之才，语出《文选》李康《运命论》："仲尼至圣，颜（回）冉（有）大贤……孟轲、孙卿体二希圣……"意谓孔子是至圣先师，孟子、荀子体法颜回、冉有，是秀才。锺嵘用以比喻曹、刘、陆、谢在诗国中的地位。

崇以曹、刘为代表的建安诗歌，更见其识力。对这三个时期代表作家的选定与推许，是与他风力和丹采并重的文学观有密切关系的。从我们的观点看来，这些评价不一定都是妥帖的。譬如在建安诗人中，把刘桢和曹植并列，一同置于"文章之圣"的宝座，就不一定适当。又如，在我们看来，王粲的五言诗，比刘桢还要高出一筹，等等。但是，我们也不能不承认，曹、刘、陆、谢的诗作，是有成就的；他们在那个时代以及从那以后一个相当长的历史时期内，是诗坛上最有影响的人物。

锺嵘以曹、刘、陆、谢为正宗，在当时来说，还具有很强的针对性。前面已说过，齐末梁初的诗坛上，一般诗人所宗奉的是鲍照和谢朓。他们称鲍照为"羲皇上人"，推崇他为诗国的始祖；说谢朓的诗作是"今古独步"，无人能与之抗衡。鲍、谢的诗作，在当时文人的心目中，具有至高无上的地位。梁武帝萧衍和当时文坛宗主沈约，都交口称赞谢朓诗。梁武帝就说过："三日不读谢诗，便觉口臭。"（孟棨的《本事诗》）沈约则说："二百年来，无此诗也。"（《南齐书·谢朓传》）时人动辄讽咏，由此可以想见。与此相反，对建安诗歌，则弃之不顾。一些浅薄的文人，居然讥笑曹、刘为"古拙"，认为不合时宜。当然，鲍、谢的诗作，自有其长处。特别是被后人尊为"元嘉三雄"之首的鲍照，更应受到重视；锺嵘对鲍、谢的看法，也有其偏颇之处。但是以鲍、谢为旨归，不能突破他们的藩篱，眼光总显得有些狭窄，诗路也不会很宽；丢掉建安风力的传统，那只能使诗风日趋纤丽和柔弱。锺嵘确立曹、刘、谢为正宗，以他们的诗作为榜样，特别是把曹植为代表的建安诗歌作为最高典范，这对于树立正确的批评标准，扭转当时创作和批评上的不良风气，使诗歌创作沿着健康的道路向前发展，是有益的。

# 二、对六朝不正诗风的批判

"辨彰清浊"，既要汲取清流，又要引弃浊水。在五言诗史上，依锺嵘看来，哪些是浊流呢？那就是玄言诗、事类诗①、永明体②以及风行当时的各种庸音杂体。对于上述各种不正诗风，锺嵘都一一给予有力的批判。

第一，对玄言诗的批判。

老庄之学，在古代又称玄学。写诗时，用平淡的预言，宣扬老庄的哲理，称之为玄言诗。

早在魏晋易代之际，玄学已经开始兴盛起来，有时也渗透到诗歌里去。但是这些诗歌，还不能称为玄言诗，因为表现的方法是比兴和象征，注重诗的形象性。虽以理入诗，但有理趣。完全是抽象说理的玄言诗，兴起于西晋末年永嘉③时代，特别盛行于东晋，是统治东晋诗坛的主要诗体。玄言诗的作家，西晋时有王济、杜预，东晋时有孙绰、许询、刘惔、王蒙、桓温、庾亮等④。其中以孙绰、许询为最有名。孙、许等人的玄言诗，绝大多数都未流传下来，从现存的少数玄言诗看，其谈玄说理，类似佛经中谈佛理的口诀和唱词。试举孙绰诗一首⑤，以见一斑："仰观大造，俯览时物。机过患生，吉凶相拂。智以利昏，识由情屈。野有寒枯，朝有炎郁。失则震惊，得必充诎。"（《答许询》）这诗的意思是说天地间的万事万物，机与患、吉与凶、寒与炎、得与失等都是无常的，得之不足喜，失之不必忧。这哪里像诗，实际上是道学家的口诀。

锺嵘批评这种诗"平典似《道德论》"⑥，语言平淡，满纸玄理，和《道德论》之类的哲理文没有两样。刘勰也说玄言诗等于老子《道德经》的注疏，庄子哲理文的讲义⑦，没有一点诗味。沈约也说过这类诗全是托意于老庄的道学思想，没有一点遒劲的风力和华

① 事类诗以用典见称。《文心雕龙·事类篇》解释"事类"的含意是"据事以类义，援古以证今"，即援引古代的事典来说明文意。《诗品》中常称"用事""比事""事义"等。

② 永明体：永明是齐武帝萧赜的年号（483—493）。永明体，是永明年间风行的一种诗体。其时沈约、谢朓、王融等以声律入诗，重四声，严声病，世称永明体。

③ 永嘉：晋怀帝的年号（307—313）。

④ 《诗品》中，王济、杜预、孙绰、许询都在下品，其余都未入品。

⑤ 孙、许是东晋著名的玄言诗人，其五言诗作今多不存，故录其四言一首。本题全篇共九首，此其一。

⑥ 《道德论》是阐明道学思想的论文。夏侯玄、阮籍皆著《道德论》，王弼著《道德二论》。

⑦ 《文心雕龙·时序篇》。原文是"诗必柱下之旨归，赋乃漆园之义疏"。柱下、漆园是老子、庄子的代称。

丽的词采①。齐梁时代，对玄言诗的批评意见是较为一致的，只是在认识的程度上有些差别。

东晋玄言诗风行与魏晋易代之际玄学兴起有直接联系，而玄学的兴盛又有其特定的政治背景。魏晋时代，上层统治者内部的夺权斗争，异常尖锐和残酷。政权频繁更易，随之而来的是大规模的残杀。士人祸福无常，甚至朝不保夕。当时士族文士是很少有善终的。文人处于这样残酷的政治斗争环境中，心理上的恐怖与精神上苦闷都无法摆脱。于是生活上放荡不羁，酗酒吃药，以求感官上的刺激；学术上放言虚无，高谈玄理，以求精神上的超脱。有晋一代，玄学与玄言诗风行，都与这种政治背景分不开，可以说是士族没落情绪和变态心理的反应。

锺嵘看出了玄言诗的毛病是"理过于词，淡乎寡味"，并且指出玄言诗风行与"贵黄老、尚虚谈"的时代学术风气有关。而对于形成这种尚虚谈玄风气的社会政治原因，却没有进一步去探讨，这是锺嵘批判不够有力的地方。而同时代的刘勰，在《文心雕龙·时序》中说："文变染乎世情，兴废系乎时序"，开始接触到时代和社会原因，似乎比锺嵘深入一步。

第二，对事类诗的批判。

齐梁时代，以叠用经史典故为特征的事类诗很风行。诗中间或用典，并不始于南朝；以用事为博，则从南朝刘宋的颜延之起始。锺嵘评颜诗：讲究对偶，诗句整饬——不散；处处用事——不虚。所谓"动无虚散，一句一字，皆致意焉"。一句一字，都在不虚不散上用工夫。他又好用古事僻典，词句就更受拘束。而当时的文人，以为这就是有学问，有功力，是"富博"，都来推重，并且争相仿效，"于时化之"，成为风气，以致当时所写的诗歌，简直是典故的汇编，和类书差不多。

齐梁间，这种风气更盛。锺嵘的恩师齐尚书令王俭和梁武帝萧衍、沈约等都带头提倡。王俭尝集宾客文士于一堂，让他们数典比事，谁记得典故最多，谁就受到赏赐。梁武帝经常召集学士名流，策试经史事典，有时自己也参加进去，与之比高下。据《梁书·沈

---

① 《宋书·谢灵运传论》曰，说东晋的诗作，"莫不寄言上德，托意玄珠，遒丽之辞，无闻焉尔。""上德"和"玄珠"本是《老子》和《庄子》二书中用的词，这里指代老、庄哲学。

约传》记载，豫州曾向朝廷贡献一种少见的大栗子，梁武帝看了很高兴，就在宴席上和沈约比赛，看谁知道有关栗子的典故多。结果是沈约比梁武帝少三条。梁武帝心里很高兴，沈约则老大不痛快，出门就对人说：这个老头子爱面子，我不让一点他就会羞死。沈约说的也许是实话，但梁武帝听说后就大怒，要治沈约的罪。后来还是把沈约逼死了。在当时承认记事不如人，就是承认文章不如人。这就势在必争，顾不得君臣之间其他利害关系了。当时以"富博"闻名于世的是任昉和王融，都是博学多识的学问家，也是写政论文的高手，但都不怎么会写诗，写诗时却又动辄要用典故。锺嵘批评他们写诗不注重形象性，不重视构思和词采，而竞用新典，争奇斗胜，产生极坏的影响。由于提倡堆叠典故，又重视诗句的对偶与整饬，演绎下去，篇幅就越写越长，诗意却越来越少。这些贵族文士，抄袭经史，以显示自己的"富博"和典雅，实际上是掩饰其形象的不足和内容的空虚。

锺嵘对此极为不满，指出这不是诗，是类书的摘抄。由于补缀事典，使诗句拘挛而不流畅，破坏了诗意，损害了诗的"自然英旨"，"蠹文已甚"，是诗的大害。锺嵘还对此进行了嘲讽，说这些人写不出好诗，只好用典故来拼凑；没有诗才，只有在学问上露一手。其实，这也算不了什么大学问，最多不过是掉书袋，有的简直可以说是文字游戏。①

当然，锺嵘也并不是说所有的文章都不能用典，他认为像"经国文符"这样的治国文献，"撰德驳奏"这样的政论文，都可以引经据典，作为立论的依据。而"吟咏情性"的诗歌，就不应该以用典为贵。他列举徐幹的《杂诗五首》（其三）"思君如流水"，曹植的《杂诗六首》（其一）"高台多悲风"，张华的"清晨登陇首"②，谢灵运的《岁暮诗》"明月照积雪"等诗句，说明古今佳句胜语，都是就地取材，即景命诗，无须借助经史故实。

锺嵘这些意见，应该说是有他一定道理的。特别是针对当时用

_____

① 在用典风气的影响下，有些人故意把同类的事典累积在一起以成诗，于是就出现了什么四色诗、八音诗、数名诗、州郡名诗、药名诗、星名诗、树名诗、草名诗，以至于姓名诗、宫殿名诗等，这实际上是文字游戏。

② 清晨登陇首：《北堂书钞》卷一五七引张华诗："清晨登陇首，坎壈行山难。"全诗已佚，不知所出。

典成风的时弊，他的批评是中肯而有力的。但是写诗是否完全不能用典呢？古今胜语是否都是直寻而来的呢？恐怕也不尽然。就拿曹植的《杂诗六首》（其一）"高台多悲风"来说，这首诗的第二句"朝日照北林"，"北林"就出自《诗经·秦风·晨风》："鴥①彼晨风，郁彼北林。未见君子，忧心钦钦②。"曹植用"北林"一词，使人联想到"未见"二句，烘托出怀人之情，点明怀人的主题，以少总多，言近旨远。这个典故是用得好的。刘琨的《扶风歌》和《重赠卢谌》，是钟嵘列为范作的"感乱"之篇，这两首诗，都引用了经史中的典故，特别是《重赠卢谌》这首诗，刘琨引用了很多历史事典，来抒发幽愤，表达自己的壮烈情怀。全诗一气呵成，随笔倾吐，没有一点补衲的痕迹，千百年来，激励了多少爱国志士。钟嵘也很称赞这首诗，可见用典也同样能写出好诗。中国诗歌史上的名篇，完全来自直寻的那是很少的。如果真用这条标准去取舍，那么好诗就不多了。章太炎在《辨诗篇》中说："诗者与奏议异状，无取数典之言。钟嵘所以起例，虽杜甫犹有愧。"岂止杜甫，唐宋以来的其他名诗人亦复如此。但这倒不能证明杜诗的不足，反而可以说明钟嵘的直寻要求，有其欠妥之处。纵观史诗，用典而不拘挛的，历代都不乏高手。所以说，"直寻"云云，不宜过分拘泥，不能看得太绝对。

第三，对永明体持反对态度。

齐梁时代，声律论兴起，诗体形式开始发生重大的变化。那时文人们写诗，尚声律，辨四声，永明体很风行。

永明体的形成，也有一个发展的过程。早在两汉魏晋时代，诗赋作家已经很重视声韵的协调。《西京杂记》载司马相如谈赋的表达，要注意"一宫一商"的搭配。陆机的《文赋》讲诗赋的作法，强调要重视"音声之迭代"。这都说明古代的作家也很注重声韵的和谐。但是南朝以前的人谈宫商、辨清浊，主要指自然音律的协调，和永明时谈四声是不同的。到了南朝宋时，已有人对汉语的声律有所领悟。《诗品序》引王融的话说："唯见范晔、谢庄颇识之耳。"范晔在《狱中与诸甥侄书》中也说："性别宫商，识清浊……言之皆有

① 鴥：形容鸟飞得快，这里喻晨风吹拂。

② 钦钦，形容忧愁不断的心情。

实证，非为空谈。""年少中，谢庄最有其分。"但范晔和谢庄都没有形成较系统的声韵学的理论，在当时也没有引起多数人的重视。同时，他们在创作实践中也并没有反映出来。到了南齐永明时代，情况就大不相同了。当时文人们较为重视对声韵规律的探讨。锺嵘说："王元长创其首。"但王融的《知音论》还未写成就被齐郁林王萧昭业处死了，其诗作也不多，影响力远不及沈约。沈约的《四声谱》和周颙的《四声初韵》等书相继出现，他们辨析了平上去入四声之异，正式创立了四声之说①。沈约是当时著名的诗人，诗坛上的盟主，他把四声之说广泛地运用到诗歌创作中去，提出要辨析四声，禁犯八病②。在当时产生了很大的反响。自沈约、王融、周颙倡四声说以后，谢朓、范云、刘绘等积极响应。于是远近作者，祖述仿效，蔚成风气，永明体大为盛行。

锺嵘在永明体行时的年代，对此提出异议。首先，他认为声律问题对写诗没有多少意义，前代的著名作家像曹植、刘桢、陆机、谢灵运写出那么多好的诗歌，他们并没有借助于四声平仄；同时，他又针对沈约自矜声律是其独创、是"独得胸臆"的"入神之作"提出反驳。锺嵘举出曹氏祖孙及建安作家的诗作为例证，说明早在建安时代，诗人已经重视声韵的协调，只不过和现代诗人所说的四声协律不同而已。锺嵘认为古代诗人之所以要协调五音③，是因为要配乐歌唱，今人诗歌，无须入乐，那就更不应该讲什么四声平仄了。锺嵘主张声韵要自然和谐，认为写诗是为了诵读的，只要"清浊通流，口吻调利"就行了，用不着讲究什么平仄，更反对拘忌声病，对声律论和永明体持轻视和否定态度。

锺嵘对声律问题的看法是有偏颇的，但他也确实看到永明体诗作的一些毛病。永明体代表作家沈约、谢朓、王融等，除谢朓外，大多不怎么高明。他们比较忽视诗的抒情性和形象性，专在声律上考究。对声病问题的规定也过于苛细。所谓禁犯八病，连沈约自己

---

① 周秦古音，大体上只能分辨长言和短言。长言为平声，短言为入声。陈寅恪先生在《四声三问》中说，平上去是别，是"依据及摹拟当日转读佛经之声，分别定为平上去之三声。合入声共计之，适成四声。于是创为四声之说，并撰作声谱，借转读佛经之声调，应用于中国之美化文"。

② 八病：据《南史·陆厥传》，平头、上尾、蜂腰、鹤膝是其中最重要的四病，宋王应麟《困学纪闻》言八病，除上述四病外，还有大韵、小韵、旁纽、正纽，合称八病。

③ 五音：宫、商、角、徵、羽，古代音阶上五个级称，相当于现行简谱1、2、3、5、6。

也很难做到①。锺嵘从诗的主要特点出发，对他们提出批评，特别指出，由于他们都是"贵公子孙"，出身高贵；"幼有文辩"，很早就有文名。很多文人都仰慕他们，跟着去仿效，努力追求声律的精密与细致，力图在这方面能超过别人，致使许多诗作，表达上受到很大的限制，失去了自然美，流弊很广。锺嵘这种批评，在当时是具有积极意义的。但是我们也应该承认：声律论是对汉语声韵规律的一个重要的发现，周颙、沈约创立了四声学说，沈约又首次把声韵规律运用到诗歌创作中去，这对中国近体诗的形成与发展，做出了重要的贡献。唐以后近体诗的创作，宋以后词曲的创作，讲求声律都是不可缺少的条件。正是基于这一点，永明体在中国诗歌发展史上是有地位的。它是魏晋的古体诗向唐代近体诗过渡的桥梁。在创作中，如果既重视抒情性和形象性，又熟悉声韵规律，并能运用自如，那么诗中不但不受拘忌，不丧真美，而且还能表达中国诗歌特有的声韵美。谢朓诗以及唐以后许多优秀的近体诗作都证明了这一点。锺嵘对汉语声韵规律研究得不够，又把永明体多数诗作的毛病全归之于声律论，这就失之偏颇，不够全面。

第四，对当时各种平庸诗风的批判。

在南朝诗坛上，崇今漏古的风气很浓，人们鄙弃传统，追求新变。梁萧子显在《南齐书·文学传论》中说："若无新变，不能代雄。"萧氏这种观点，在南朝时代很有代表性，几乎成了那时很多文士共同追求的目标。

如何变旧，怎样趋新呢？"俪采百字之偶，争价一句之奇，情必极貌以写物，辞必穷力而追新"（《文心雕龙·明诗》）就是当时新变的主要趋势。影响所及，一些少年士子、膏腴子弟，都鄙弃建安的传统，嘲笑曹、刘的诗作，纷纷推尊鲍照和谢朓。

谢朓诗是有成就的。其写景诗清新秀丽，韵语悠扬，奇章警句，络绎间出；其抒情小诗《玉阶怨》《王孙游》之类，婉转流丽，情味隽永，富有民歌风味。唐代大诗人李白、杜甫都交口赞誉。小谢诗也确是齐梁时冠冕之作。但是，锺嵘认为谢朓诗也有其弱点。微伤细密，失之清浅；善自发端，而篇末不济。其赋诗言志之词，

---

① 《南史·陆厥传》："约论四声，妙有诠辩。而诸赋亦往往与声韵乖。"言沈约所赋的诗作，也常常触犯他所禁犯的声病。

常不能和写景之文相匹敌。锺嵘把它列为中品，当然不能算是今古独步。而学习谢朓诗的人，既看不到他的短处，也不能真正学到他的长处。往往意锐才弱，只能写出"黄鸟度青枝"这样比较平板浅薄的诗句。

元嘉三雄之一的鲍照，锺嵘也给予较高的评价，锺氏认为鲍照诗善于状物，词采瑰丽，气势豪迈，变化多端，但失之雕琢，过于追求新奇，以致产生纤巧和晦涩的毛病。而当时学鲍照的人却常常舍其所长，猎其所短，追求新奇，好其轻艳。其结果只能"徒自弃于高明，无涉于文流矣。"

齐梁文士一味推崇鲍、谢，而且又只取其短、反弃其长的结果，便形成风靡一时的平庸之风。诗重言情，应有感而发，但他们却无病呻吟；诗贵艺术构思，而他们专在词采上点缀。"终朝点缀，分夜呻吟"，主要在声音和词采上下功夫。"于是庸音杂体，人各为容"，都不像样子；自认为是警策之作，实际上全是平庸的货色。锺嵘对这种诗风的批评，涉及对鲍、谢诗的评价问题，固有估计不足之处，特别是对鲍诗思想内容的认识，也有些偏颇。但是他对当时各种庸音杂体的毛病，还是看得比较准确的。其批评还是中肯有力、切中时弊的。

锺嵘对六朝不正诗风的批判，主要是上述四点。这几点，也确实是六朝诗坛上的坏风气。特别是对事类诗和永明体的批判，其矛头直指当时文坛上的宗主，政界的权贵，那是很有胆识的。锺嵘的批判，现在看来，除方法论上有些毛病（亦即有点绝对化）以及上述一些偏颇外，其主要立论点，基本上是正确的，是有进步意义的。

# 评风格　溯流别　定品第

　　锺嵘是从两个方面贯彻其"辨彰清浊，搞摭利病"的写作意图的。第一是从史的角度正本清源，前面已予评述。第二是对具体作家进行品评，这是下面所要评介的。

　　评风格、溯流别、定品第，是《诗品》正文的内容，也是锺嵘贯彻其写作意图的主要方面。评风格，重在揭示诗人艺术风格的特色；溯流别，则是从传统的继承关系中探索诗人风格的成因并区分其流派；定品第，就是绐诗人定品位，以显示其诗作的高下。三位一体，就是锺嵘对每一位诗人总的评价；前后连贯，则可以寻绎到汉魏六朝诗歌发展变化的脉络。

## 一、评风格

　　风格，在中国古代文论里，常统称为"体"。体即体貌，近似我们现在所说的风格。诗的风格，是指诗的内容、表达的形式、运用的技巧以及诗的语言等因素所构成的诗的外部风貌。用叶燮的话说，就是诗的面目[①]。每个人的面目各不相同，诗人的风格也各具特色。

　　风格问题，在锺嵘以前，已有不少人探索过。《典论·论文》就评述了建安七子的风格。《文心雕龙·体性》评述了自西汉贾谊、司马相如到西晋的潘岳、陆机等十二位著名作家的风格特征。沈约的《宋书·谢灵运传论》，则从司马相如、班固以及曹植和王粲四位作家风格的变化，说明文章的演进[②]。但是锺嵘评论作家个人的创作风格，和他们有所不同：

---

　　① 《原诗》："作诗有性情，必考面目。"
　　② 《宋书·谢灵运传论》："相如巧为形似之言，班固长于情理之说，子建仲宣以气质为体，并标能擅美，独映当时。"

第一，曹丕、刘勰等从才性立论，着重探讨风格形成的主观因素，而锺嵘则重在评价作家风格的外部面貌。

第二，曹丕评述建安七子时，认为他们才性不同，表现在风格上既各有所长，也各有所短。就总体而言，他是反对区分其高下的。锺嵘仅就五言诗而言，既谈他们的风格，又重视评价他们的优劣，其中包括对风格本身的评判。从风格应各具其特色来说，是不应该轻加轩轾的。但风格既然由内容、形式、语言特点诸因素所构成，而诗意又有深有浅，有雅有俗，语言和艺术形成也有高低文野之分，那么应该说，它也是有工拙可言的。所以众人的风格论，就具有他自己的特色。

《诗品》的正文，对一百二十余位五言诗作家都加了评语。其中有长有短，长达百余字，短的一两句话。这些评语，概括起来，有几方面的内容：（1）评述其诗作艺术上最主要的特色；（2）从传统关系上说明其所受到的影响；（3）评判其诗作成就及其得失所在；（4）引用前人有影响的评论及文学史佳话以资佐证。而其中心的意思是揭示其艺术风格的主要特色并评判其优劣。

锺嵘评风格、第优劣，是采用不同的形式，运用多种方法，从多方面进行的。

1. 全面评述和重点提示相结合。锺嵘对于一些成就较高、地位较重要的作家，一般采用全面评述的方法，介绍其诗作多方面的成就，并显示其风貌。如评左思："其源出自公幹"，说明其具有风力。"文典以苑"，"得讽谕之致"，则是说其诗的内容抒发了怨情，讽谕时政，符合典则，不伤雅致。同时指出左思诗的语言精当切要，文采之美虽不及陆机，但含意深远却超过潘岳。最后引用谢灵运的评语作为结论，称赞其诗"古今难比"。锺嵘对左思的品评是对其诗的内容、形式、语言特点等方面做出总的评价，并显示其诗作总的风貌。评风格和显优劣是完全结合在一起的。锺嵘对于上品和中品中较为重要的诗人，大都采用这种方法。

为了比较全面地评述一个作家，锺嵘还比较重视区分同一诗人的不同特色的诗作。如评曹丕，言其多数诗作是平淡无奇的，语言通俗犹如两人在一起拉家常。但"西北有浮云"等十余首《杂诗》，却文秀意丰，"美赡可玩"。其他如对应璩、陶潜的不同类型的诗作，也是采取区别对待的方法进行品评。

锺嵘对于比较次要的诗人，往往只着重指出其风格某一方面的特点，其他从略。如称谢益寿、殷仲文为"华绮"，则是说他们的山水诗具有词采美；说孙绰、许询诗为"恬淡"，则是说他们的玄言诗都平淡无味。其他如称谢生诗为"清雅"（清淡雅致），韩兰英诗为"绮密"（绮丽细致）等，都是及其概括地评述他们诗作的主要特色。至于说江淹善于摹拟，吴迈远善于用民歌式的问答形式写诗，许瑶之长于短句咏物等，则是着重指出他们在艺术创作上的某种特长，及其诗作所独具的风格。

总之，锺嵘全面的评述能使人看到他们诗作总的风貌，重点的提示却往往能揭示诗人的个性特色。

2. 善于用比较的方法显示其特色，评判其优劣。艺术的发展是在继承和创新中前进的。汉魏六朝五言诗的情况，也是如此。他们对前代，既有继承，也有发展；他们之间，常常既有相似之处，又有不同的地方。锺嵘正是依据这些情况，广泛地采用比较的方法，显示他们的特色，并进而评判他们的优劣。

这方面最典型的例子，是对鲍照的评价。锺嵘评鲍照"其源出自二张（张协、张华）"，是说他所擅长的写景状物，得益于二张。命词造境像张协那样的奇谲，出人意表；声音的婉转和词采的流丽，像张华诗那样的妍冶和迷人。同时还指出鲍照诗的风骨强于谢混，而文词畅达又超过颜延之。锺嵘用四家诗做比较，来说明鲍照诗的成就和特点的所在。最后说鲍照诗有俗而不雅的缺点，那是他对乐府民歌体的偏见。

比较的方法，在《诗品》中是被广泛地采用的。如评左思，用陆机和潘岳做比较；评潘岳，又用陆机做比较；评陆机，又用王粲、刘桢做比较；评王粲，又用曹植、刘桢、曹丕做比较等，都是采用比较的方法。对他们诗作特点的评述，有许多都是通过比较而得来的认识。比较的方法，并不是锺嵘的首创。但是由于他很熟悉各家的诗作，又有相应的鉴别力，所以他很自如地运用比较的方法，来说明各家诗作长处和短处及其特点之所在。

当然，锺嵘的比较，还是较为粗略，有时也不很准确，特别是各家诗作的个性特征显露得并不是那么清楚和准确。但是通过他的比较，大体上还能使人看得出各家诗作的总的风貌。

3. 单个的评介和归类的综述相结合。在《诗品》中，比较重要的诗人，几乎都是独立成章，单个评述，以求其异；而对于大多数诗人，则是分组归类述评，以见其同。同一组中，又采用比较的方法，求其差异，同中见异。如钟嵘的从祖齐诗人钟宪到同时代的诗人谢超宗、檀超、颜则等七人所谓"檀、谢七君"，都是祖袭陆机、颜延之的，属于典雅诗派，就放在同一组内述评。其中颜则得其家传①，成就较高。而西晋的王济、杜预，东晋的孙绰、许询等都是"诗贵道家之言"同属玄言诗派，同是"恬淡"的风格。孙绰、许询则是他们的代表。他们也同属一组。这样归类评述，就可以看到流派的分野。其他如南朝宋武帝刘骏和南平王刘铄、建平王刘宏，诗风同趋雕巧，也在同一章内评介。但刘骏"精密"，二藩王"轻巧"，同中又见其异。这些都是钟嵘辨析风格细致入微之处。

《诗品》评风格，有时还引用两个对立的诗派互相批评对方的评语，以显示其差异。如评颜延之，引用了汤惠休的评语，说颜诗如"错彩镂金"，雕绘太甚。鲍照对颜诗也有相同的看法。鲍、休的批评深中颜延之的弊病，所以"颜终身耻之"。钟嵘评汤惠休，又引用羊曜璠的话："是颜公忌鲍之文，故立休、鲍之论。"颜延之属于典雅诗派，轻视乐府民歌体，所以把鲍照列于汤惠休的下面，一起加以贬斥。从中不但能使我们看到流派的分野，风格的差异；同时对于我们了解元嘉时期文艺思想斗争的情况，也是有帮助的。

4. 联系作家的处境，对风格的形成，做深入一步的探讨。钟嵘对于诗人艺术风格的分析，有时还能进一步联系到作家所处的时代、政治环境和生活遭遇，说明其风格形成的原因，提出一些细致而精到的见解。如评阮籍："其源出于《小雅》，无雕虫之功。"是说他的诗意在讽政，不重文采。"而《咏怀》之作，可以陶性灵，发幽思。言在耳目之内，情寄八荒之表。""厥旨渊放，归趣难求。颜延年注解，怯言其志。"阮诗这种含意深远而文字隐晦的特点是怎样形成的呢？《诗品》提到颜延年的注解。颜对阮诗的解释是："嗣宗身事乱朝（即魏晋易代之时），常恐罹谤遇祸，因兹发咏，故每有忧生

---

① 颜则：颜延之的后代。《诗品》称其学颜延之体，"最荷家声"。

之嗟。虽志在刺讥，而文多隐避。百代之下，难以情测。"①颜延之虽然不能对《咏怀》诗中每一首的含意都解释清楚，但对阮诗的"志在刺讥，而文多隐避"的特点以及形成这种风格的政治原因，阐述得比较深刻。这是钟嵘引用颜注的用意之所在，这对阮诗风格的分析，就深入了一步。一直到现在，一些文学史家分析阮籍诗，还经常引用，几乎成了定评。又如评西晋末年著名的爱国诗人刘琨和卢谌的"感乱"之作，钟嵘说他们善于写凄厉之词，具有清拔刚健的风格，是与他们遭遇国破家亡的政治厄运有关。这也是从政治环境说明风格的成因。其他如对李陵诗和秦嘉、徐淑夫妇的赠答诗的分析与评价，都联系到他们的政治环境和生活遭遇，剖析得比较深刻。

5. 用文学史上的佳话，使铨诗评文生色增辉。钟嵘在《诗品》中引用了一些前代名诗人之间的趣事逸闻，也多半是为他评风格、显优劣服务的。这样做还能使文章丰富多彩，生动活泼。如评谢惠连，引《谢氏家录》："康乐每对惠连，辄得佳语。后在永嘉西堂，思诗竟日不就，寤寐间，忽见惠连，即成'池塘生春草'。故尝云：'此语有神助，非我语也。'"谢灵运梦中会晤谢惠连而得佳句，这似乎荒诞不经，但细细体会，似乎也还有点真意。谢灵运诗才不群，落落寡合，独与族弟谢惠连情意投合，引以为文友和知己。每和惠连在一起唱酬应对，辄成佳句，甚至寤寐间梦见惠连，都能触发诗兴。本来，谢灵运许多名章迥句，都是经过深思苦索、精雕细琢而成。而"池塘生春草，园柳变鸣禽"（《登池上楼》）的名句，却是一时兴会所致，于不经意时得之。从中可以看到谢灵运的山水诗有精工与自然两种不同的特色。钟嵘评谢惠连诗引用了这段佳话，一方面说明谢惠连的文情对谢灵运有一定的影响，他们的诗作，在自然清新这一点上有其相似之处；同时也说明了钟嵘对谢惠连的诗才极为赞赏，对他"兰玉夙凋，故长辔未骋"，亦即对其早年死去未尽其才而深感惋惜。这段佳话，富有情趣，其用意也颇值得玩味。

《诗品》评吴迈远诗，也引了一段趣闻，穿插其间。汤惠休曾对

---

① 《文选》李善注引。

吴迈远说："我诗可为汝诗父。"这是一句带有玩笑性质的话。汤和吴都是喜作乐府体，风格有相似之处。汤自认为高出于吴，有如父子之别。但谢庄却不同意这个看法："不然尔，汤可为庶兄。"意谓汤和吴的诗作是兄弟之差，虽略高一筹，但还是同属一个行辈。在《诗品》中，锺嵘把汤、吴同列下品，亦即同意谢庄的意见。

锺嵘就是这样从不同的角度，运用多种方法，区分各家诗作的体制和风格，并显示他们艺术才能的高下。今天看来，这些品评，也还有许多不足之处，特别是对有些诗人的独特风貌和个性特征，谈得还不够具体和确切。同具风力的刘桢和左思，同是华绮的谢益寿和殷仲文，同是词采英净的王融和刘绘，其个性特征是什么，还没有进行更具体的分析和准确的概括。但是，锺嵘第一次集中地品评了前后五百年数以百计的诗人的诗作，其中提出了许多细致而精到的见解，这是前无古人的，是弥足珍贵的。后代的诗评家，从中也得到许多有益的启示。

# 二、溯流别

溯流别，是锺嵘从传统的关系上，探索诗人所受到的影响，说明某家之诗其源出自某家之类。在这里，他主要是依据诗歌的体制和风格与前人有某些类似的地方，由此判别他们的渊源所始，进而区分他们的流派的。从风格论的角度上说，这是探索诗人艺术风格形成的原因，也是辨析作家独特风格的一种方法和途径。"深纵六艺，溯流别"是《诗品》风格论的一大特色。

对文章源流的辨析，早在西汉末年刘向、刘歆父子校群书而别七略①时就开始了。他们对西汉以前的主要文体如诗赋、史传及诸子散文等渊源与流别，都做了归类的评述。《诗品序》中虽然指出其中有名实不符的缺点，但锺嵘还是从这种体例和方法中得到启示的。魏晋以后的文论，对文艺流别的辨析，更逐渐受到重视。魏末桓范

---

① 七略，即分群书为七类：辑略（总集）、六艺略、诸子略、诗赋略、兵书略、术数略、方技略。刘歆的原书已佚，今班固的《汉书·艺文志》存其概要。

的《世要论》①，晋挚虞的《文章流别志论》，南朝宋李充的《翰林论》，都很重视文体发展源流关系的探索。特别是《文章流别志论》，对文体的起始和发展变化的论述，更为详备。《诗品序》说："挚虞《文志》，详而博赡，颇曰知言。"锺嵘对此书是很赞赏的。明人张溥在《挚太常集》"题辞"中说："《流别》旷论，穷神尽理，刘勰《文心雕龙》，锺嵘《诗品》，缘此起议，评论日多矣。"②这就进一步指出锺嵘的著述，也深受此书的影响。《诗品》的不同点主要有二：其一，《文章流别志论》及《文心雕龙》文体论部分，都是比较全面地辨彰各种文体的源流。而锺嵘仅就五言诗范围内，侧重个人风格源流的辨析。其二，《文章流别志论》等著作在宗经的思想指导下，着重辨明各种文体与六经的起承和沿袭关系。而《诗品》仅从《诗经》和《楚辞》两部诗歌名著中，探索汉魏六朝各家诗人艺术风格的渊源所始。从中可以看到，锺嵘已经把诗歌从经学中划分出来，作为独立的学科而不是当作经学的附庸看待。这是具有进步意义的。

　　《诗品》溯流别，把汉魏六朝诗人，分别归属于三个源头，即《国风》《小雅》和《楚辞》。从所列的三个源头看，《小雅》是《诗经》的组成部分，所以实际上是《风》《骚》两大类别。在这两大派系下面，进而演化为各种小的派系，各系之间还有纵横交错的关系，如图1所示：

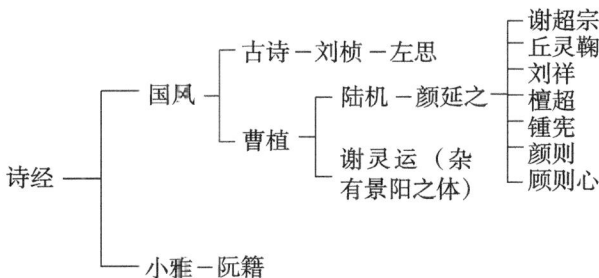

　　① 《世要论》：《隋书·经籍志》载《世要论》十二卷。原注："魏大司农桓范撰，梁有二十卷。"原书已佚，《群书治要》录存四篇。

　　② 《汉魏六朝百三名家集》。

```
                        ┌── 班姬
                        │        ┌── 潘岳－郭璞
                        │        │           ┌── 谢混－谢朓──── 江淹
                        │        │           │── 谢瞻
                        │        │── 张华 ───│── 表淑
                        │        │           │── 王微
楚辞 ── 李陵 ───│── 王粲  │           └── 王僧达
                        │        │── 张协 ── 鲍照－沈约
                        │        │── 刘琨
                        │        └── 卢谌
                        │                   ┌── 应璩－陶潜（又协左思风力）
                        └── 曹丕（颇有仲宣之体）─│
                                              └── 嵇康
```

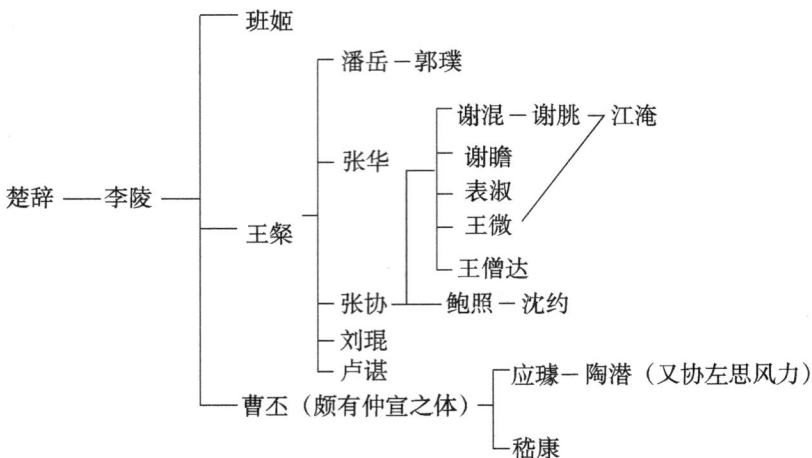

**图1　汉魏六朝诗人的源流关系**

　　注：表内黑线，表示源流关系。括号内录《诗品》原文，是说明其兼受其他作家的影响。

　　见于上表者，共计三十六人，另加《古诗》一组，锺嵘都具体指明源出于某、宪章于某和祖袭于某等。这三十六人中，除少数名列于下品外，多数都是上品和中品中著名的诗人。未列于上表者，还有八十六人，依据锺氏溯流别的原则和方法，即从诗的体制和风格来辨析，也可以大体划分他们的归属。如任昉诗"拓体渊雅"，应是宗附于颜延之，属《国风》一系；殷仲文和谢混一样，诗尚华绮，应同出于张华，是《楚辞》的支流。其他如永明时，宗附沈约的王元长、刘绘等，也应属于《楚辞》一系。锺嵘对下品中许多诗人其源所出，未——俱言，可能包含有以少总多、举重见轻的意思在内。

　　从锺嵘所类别的《风》《骚》两大派系看，他们都各有其主要特征。属于《诗经》一系的，抒怨情而兼有雅意，表达上含蓄深致。就《国风》言，曹植一派，风力和辞采并茂，文质兼优。其中曹植成就最高，陆机、谢灵运次之，颜延之好用事典，镂刻过甚，又等而下之。在《国风》一系的，还有古诗、刘桢、左思一派，风骨身高，而辞采不足。就总体而言，锺嵘认为其成就不及曹植一派。和《国风》并列的《小雅》一系，只有阮籍一人，其诗作意在讥刺，而文多隐避，语言质朴无华。《楚辞》一系各派都上承李陵，其主要特征是长于抒发哀怨，言辞激切，而雅意不足。文词典雅与否，是锺嵘区分《风》《骚》两系的一个重要的标尺。《楚辞》一系三派，以王粲一派为主，其诗作成就也最高。其中潘岳、郭璞词采绚丽，刘琨、卢谌文情凄厉，风格清拔刚健，张协、张华巧构形似，形象鲜明，文字秀美。至于鲍照与沈约、谢朓与江淹等齐梁间著名诗人，都是上承二张与王粲的。和王粲一派并列的班姬诗，怨深文绮。曹丕、应璩、陶潜一派，多数诗作质朴无华，部分诗作"颇有仲宣之体"，具有华靡的风味，和《楚辞》相似。以上都是就其大略而言的。

总之，长于叙凄怨而文词绮丽的是《楚辞》一系风格的主要特征。在具体品评中，锺嵘对《风》《骚》两系，并非同等看待，而是有所轩轾、有所抑扬的。他以《国风》一系为正宗，曹、刘、陆、谢，其源都出自《国风》。对《骚》一系的名家，则颇多贬义，评价偏低。如批评嵇康"过为峻切，讦直露才，伤渊雅之致"；批评鲍照"不避危仄，颇伤清雅之调"，都可证明。锺嵘这个看法，深受班固观点的影响。班固在《离骚序》中，曾批评屈赋的直谏，是露才扬己，并非明哲之才，和风雅精神不符。锺嵘正是以此来区分《风》《骚》并进行褒贬的。

锺嵘对六朝诗歌所做的探本辨流工作的得失，还可以结合齐梁诗坛上的情况加以研讨。齐梁时代，属于《风》《雅》两系的曹、刘、陆、谢与阮籍都后继无人。崇尚典雅，祖袭陆机、颜延之的齐代"檀、谢七君"，在当时不被人重视，其成就也远不如陆、颜。《楚辞》一系，则仅存谢朓与江淹、鲍照与沈约两派。时俗的好尚是鲍照与汤惠休的美文，沈约的工丽，谢朓与江淹的秀句。务为妍冶，追求细密，是当时多数诗人向往的目标。锺嵘对此非常不满，他贬抑鲍、谢，就包含有纠正时弊的用意在内。但是鲍照的乐府，气骨凌厉，继承了屈赋直谏精神，这也是齐梁诗坛上所缺少的。锺嵘看不到这一点，正说明他对《骚》体精神抱有很深的偏见。

锺嵘辨彰诗体的源流，很重视师承关系，对于这一点，历来有一些不同的看法，有的还很不以为然。其实，一个作家风格的形成，要受多方面的影响，由多种因素所促成，而向传统学习，也该是一个重要的方面。列宁说过，无产阶级文化应当是人类在资本主义社会、地主社会和官僚社会压迫下创造出来的全部知识合乎规律的发展。无产阶级的文化（其中包括文学艺术）的发展，尚且要吸收和借鉴前人的遗产；封建社会内部诗歌的沿革，怎么可能和传统脱离关系！《诗经》和《楚辞》是中国最早的两部名著，对后代诗歌的创作，无疑是有很大影响的。这两部诗歌总集，从创作方法到艺术风格都是各具特色的。就每个作家来说，由于艺术爱好和美学趣味的不同，对传统的学习，也就各有侧重。他们在形成自己独特风格的过程中，自然不免留下传统的痕迹。在中国文学批评史上，钟嵘第一次从传统的影响来探索作家风格形成的渊源关系，在汉魏六朝众多的诗人中区分流派，开辟了文学理论研究的新的领域和新的途径，这很有意义，也很不容易。章学诚称赞这是"最为有本之学"（《文史通义·诗话》），并非虚美。当然，《诗品》中所说的，某家之诗其源出自某家之类，是和前人的诗做比较辨析而得来的认识，并非"一一亲见其师承者"①。但是，通过钟嵘的比较和辨析，确能使人看到各派内部承接和发展的脉络，并不是随意附会的。明人钱谦益在《与王尊书》中说："古人论诗，研究体源，钟记室谓李陵出于《楚辞》，陈王出于《国风》，刘桢出于古诗，王粲出于李陵，莫不应若宫商，变同苍素。"钱氏对此予以全面肯定，也是有他的道理的。

虽然，对钟嵘所做的辨析提出异议的不乏其人，但是，多数只是泛泛地提出疑问罢了。至于举出例证，进行责难的，也只是属于对个别作家的问题，其中意见最多的，就是陶潜诗"其源出于应璩"一则。叶梦得的《石林诗话》、王士禛的《渔洋诗话》，都认为陶诗和应诗是"了不相类"，那是钟嵘见识浅陋的表现。事实上，陶诗和应诗语言都古朴质实，通俗化和口语化，他们都喜爱在叙事中发议论，间或杂以诙谐，很有风趣。这些都是两位诗人在某些诗作中风格相同之点，并非全是了不相类的。但这并不是说，钟嵘的诗体辨源都已尽善尽美了。仍以应璩和陶潜的诗来说，把他们归属于《楚辞》支流，就不尽恰当。且不说他们的多数诗作，风格不类《楚

---

① 《四库提要》："嵘论某人源出于某，若一一亲见其师承者，不免附会。"

辞》，即是部分"华靡"之作，也没有哀怨的成分在内。这就和《楚辞》的主要特征不大相似了。又如曹植和建安诸名家的诗作，都受汉乐府民歌很深的影响。黄侃在《诗品讲疏》中称曹植等诗作是"文采缤纷，而不能离闾里歌谣之质"[1]。钟嵘的诗体探源，言不及此，显然也是一个缺陷。这些美中不足之处，并不妨碍我们对他的著作从总体方面给予肯定。章学诚对此曾给予很高的评价："《文心》体大而虑周，《诗品》思深而意远。盖《文心》笼罩群言，而《诗品》深从六艺溯流别也。"（《文史通义·诗话》）钟嵘在这方面所做的开创性的工作和一些独到的见解，值得我们重视。

# 三、定品第

给历代诗人品第等级，借以比较和区分其诗作的高下，是文学批评中一种新形式。钟嵘很不满意前代的文论"曾无品第"，"不显优劣"，而决定采取三品裁士的办法，来显示诗人的优劣。所以，定品第也是《诗品》的特点之一。

分品论诗，虽然不见于钟嵘以前的文论著作，但用这种形式来臧否人物，却是由来已久。早在东汉时期，历史学家班固就曾采用这种形式，褒贬了历史人物。他通过《汉书·古今人表》，分汉以前的古代人物为九等。魏晋以来，品评人物之风很盛。曹丕实行九品官人法，分品论人，按品选官，而门第的高低，常常是定品的主要依据。士族文人之间也喜爱用他们的道德标准来臧否人物，品藻差异。到了南朝时代，还沿袭这种风气，并进一步影响学术文化领域。南齐谢赫的《古画品录》，分画家为六品。梁庾肩吾的《书品论》，分书法家为九品。沈约还写过《棋品》，现仅存序文，分品不详。钟嵘曾说过，品诗艺和品棋技有雷同之处。可见也受其启示。就品诗说，钟嵘还受刘绘的影响，刘绘"欲为当世诗品"，可见当时也有品诗的风气。钟嵘正是在这种风气的影响下为汉魏六朝一百二十余位五言诗人，一一品第等位的。兹将书中所列上中下三品的人列表如下：

---

[1] 范文澜的《文心雕龙注》之《明诗》注引。

### 表1　汉魏六朝一百二十余位五言诗人的品第等位

| 品第等位及人数 | 五言诗人 |
|---|---|
| 上品《古诗》外十一人 | （汉）古诗、（汉）李陵、（汉）班姬（女）、（魏）曹植、（魏）刘桢、（魏）王粲、（晋）阮籍、（晋）陆机、（晋）潘岳、（晋）张协、（晋）左思、（宋）谢灵运 |
| 中品三十九人 | （汉）秦嘉、（汉）徐淑（女）、（魏）文帝曹丕、（晋）嵇康、（晋）张华、（魏）何晏、（晋）孙楚、（晋）王赞、（晋）张翰、（晋）潘尼、（魏）应璩、（晋）陆云、（晋）石崇、（晋）曹摅、（晋）何劭、（晋）刘琨、（晋）卢谌、（晋）郭璞、（晋）袁宏、（晋）郭泰机、（晋）顾恺之、（宋）谢世基、（宋）顾迈、（宋）戴凯、（宋）陶潜、（宋）颜延之、（宋）谢瞻、（宋）谢混、（宋）袁淑、（宋）王微、（宋）王僧达、（宋）谢惠连、（宋）鲍照、（齐）谢朓、（齐）江淹、（梁）范云、（梁）丘迟、（梁）任昉、（梁）沈约 |
| 下品七十二人 | （汉）班固、（汉）郦炎、（汉）赵壹、（魏）武帝曹操、（魏）明帝曹睿、（魏）曹彪、（魏）徐幹、（魏）阮瑀、（晋）欧阳建、（晋）应璩、（晋）嵇含、（晋）阮偘、（晋）嵇绍、（晋）枣据、（晋）张载、（晋）傅玄、（晋）傅咸、（晋）缪袭、（晋）夏侯谌、（晋）王济、（晋）杜预、（晋）孙绰、（晋）许询、（晋）戴逵、（晋）殷仲文、（宋）傅亮、（宋）何长瑜、（宋）羊曜璠、（宋）范晔、（宋）武帝刘骏、（宋）刘铄、（宋）刘宏、（宋）谢庄、（宋）苏宝生、（宋）陵修之、（宋）任昙绪、（宋）戴法兴、（宋）区惠恭、（齐）汤惠休、（齐）释道猷、（齐）释宝月、（齐）高帝萧道成、（齐）张永、（齐）王文宪、（齐）谢超宗、（齐）丘灵鞠、（齐）刘祥、（齐）檀超、（齐）锺宪、（齐）颜则、（齐）顾则心、（齐）毛伯成、（齐）吴迈远、（齐）许瑶之、（齐）鲍令晖（女）、（齐）韩兰英（女）、（齐）张融、（齐）孔稚圭、（齐）王融、（齐）刘绘、（齐）江祏、（齐）王巾、（齐）卞彬、（齐）卞录、（齐）袁嘏、（齐）张欣泰、（梁）范缜、（梁）陆厥、（梁）虞羲、（梁）江洪、（梁）鲍行卿、（梁）孙察 |

　　定品第与评风格和溯流别三位一体，都是《诗品》正文的有机组成部分。如果说，锺嵘的主要用意之一是给诗人品第位次，那么评风格、溯流别，就是为其定品第提供依据。品第的本身也就是锺嵘对每一位诗人所做的总的评判和最后的结论。《诗品》中评风格，其中抑扬之意和锁定的品位是大体相一致的。一般说来，褒扬多的品第居上，褒扬少而贬抑多的品位居下。但也有些诗人，特别是下品和部分中品诗人，评语很简略，常常只谈某一方面的优点或某一点缺点，而锺嵘对这些诗人总体的评价，只能从品第中反映出来。定品第和溯流别的关系也很密切。前已说过，锺嵘很重视《诗经》一系，而对《楚辞》一系则稍有贬抑。这种褒贬，也在品第上反映

出来。全书名列上品的，除《古诗》外计有十一人，其中属于《诗经》一系的就有六人，另加《古诗》一组，占十二分之七。而《楚辞》一系的诗人很多，其名家多列在中品，名列上品的只有五人。从中可以看出，他对于《楚辞》一系的诗人，不是轻易许可的。

钟嵘定品第的标准，从诗评中看，既重视风力，又不忽视丹采；既赞美寓意深远，又喜爱形象秀美。他是以风力和丹采、形象和寓意相结合的观点来给诗人定品位的。兼善的诗人如曹植、谢灵运等，品位居高；偏美的诗人，则需要依据其所长和所短，权衡轻重，反复斟酌，最后才下结论。如《国风》一系的名家颜延之，钟嵘认为他的诗"情喻渊深"，文字绮丽，具有典雅整饰之美；但用典过多，不够自然，又少鲜明秀美的形象，所以只能居于中品。至于任昉，钟嵘认为他前期诗歌不工，又喜欢用典，后期诗歌有很大的进步，善于叙事说理，意深文雅，所以"擢居中品"。鲍照和汤惠休的诗作，同具有华美流丽的特点。"鲍、休美文"，在南朝风靡一时。钟嵘对两家却予以区分，认为汤惠休专尚美文，趋于淫靡；而鲍照则具有多方面的擅长，虽失之清雅，仍是高流。所以列鲍照为中品，定汤惠休为下品。其他如列陆机、潘岳为上品，给西晋著名诗人张华定为中品，给左右齐梁诗坛的沈约定为中品，以及把魏之何晏、晋之孙楚、王赞、张翰、潘尼、郭泰机、顾恺之，南朝宋谢世基、顾迈、戴凯等列为中品，在评语中都做了较详细的说明。尽管他所持的标准，他所说明的理由，有些是我们所不能同意的。但我们也得承认，钟嵘在给这些作家定品第时，是经过他仔细而周密的考虑，不是轻易下结论的。同时他还慎重地声明过："至斯三品升降，差非定制，方申变裁，请寄知者耳。"期望后代深于诗的人来改变他的结论。

当然，钟嵘所定的品第，今天看来，确有许多失当之处。譬如抑曹操为下品，屈陶潜、郭璞、刘琨、鲍照和谢朓为中品，尊陆机、潘岳为上品等。明清以来的批评家评论《诗品》，对这方面的批评意见也最多。今天读《诗品》的人，绝大多数也都认为钟嵘对上述诗人品第是不当的。但是钟嵘为什么会有这些差误呢？看法就有些不同了。其中的一个问题是，钟嵘出身于士族，在政治上也还有门第偏见，他在诗歌评论中，有没有突破门第观念，这是一个有争议的问题。我们认为，如果说，士族的艺术审美情趣对钟嵘有着较深的影响，以至在他给诗人定品第时起了作用，这大概是不可否认的事实。但是，认为钟嵘在评诗时也怀有门第偏见，把士庶之别作为定品第的一条标准，答案恐怕是否定的。因为不然的话，有许多问题就不好解释。以建安诗人刘桢、王粲为例，据史书记载，东平（山东东平县）刘氏，并不是东汉时闻名的士族。而山阳（山东邹平县）王氏，却是东汉末著名的世家大族。刘桢和王粲都是建安时代著名的五言诗人，《诗品》中都列为上品。而且，刘桢还名列第二，仅次于曹植。（曹植的曾祖曹腾，是汉桓帝时的宦官，祖父曹嵩，是曹腾的养子，陈琳曾骂曹操是"赘阉遗丑"。从门第标准看，地位也是不高的）而王粲却列于曹、刘、陆、谢之后，至多是第五名。从门第观念出发，这是解释不了的。再以太康诗人为例，左思出身庶族，官职也不高，列为上品；而出身于世家大族的陆云和潘尼，反而位在中品。至于把陆机和潘岳列为上品并排在左思的前面，那是由于钟嵘的艺术观点起作用，并不是由于出身高贵所致。从政治地位看，西晋时位列公卿、"名高囊代"的张华，钟嵘认为他是中品和下品之间的水平，最后勉强定为中品。至于南齐诗人虞炎，早在永明间，就和沈约一起以文学俱为文惠太子所看重，后又身居要职（散骑侍郎迁骁骑将军），并有文集行世。但钟嵘认为他的诗作很不高明，点名批评他"学谢朓，劣得'黄鸟度青枝'"，不能入流，被摒斥在诗人的行列之外。而南朝宋诗人区惠恭，政治地位和社会身份都极为低下，门第更谈不上，连庶族也不够格（庶族也是地主阶级，是当时统治阶级的下层）。他充当过干吏，地位相当于佣工。但钟嵘认为他诗作有一定水平，就选他入品，居于真诗人的行列，和大士族出身南朝宋著名的文人谢庄同列下品。这些都是钟嵘定品第不受门第和社会声望影响的有力佐证。这样的事例还可以举出很多。

至于钟嵘是否根据个人恩怨定品第，唐人写《梁书》时，还有人持肯定的看法。可是，这也是经不起事实考核的。彭城（江苏铜山县）刘绘，琅琊（山东诸城县）王融，都是著名的大族出身，当时又有很高的文名，和钟嵘又有友谊。而钟嵘却认为，他们的五言诗写得不怎么好，只能在下品。特别是琅琊王俭，门第高贵，当时名列三公，在学术界也有极高的声望。他又是锺嵘的恩师，可以说锺嵘就是他亲自培养和一手提拔起来的。锺嵘对他极为尊重，《诗品》中尊称他为"王师文宪"。但是，由于王俭的五言诗并不出色，锺嵘还是定他为下品。而同时代的沈约，在声律论问题上，观点和锺嵘是对立的，私人之间又有不愉快的交往，他还排抑过锺嵘。但《诗品》中仍然对他评价较高，列为中品。虽然，也有人出于对沈约诗的偏爱，说锺嵘未列沈约于上品，是"报宿怨"。其实定沈约为中品，已经是偏高了。明人王世贞在《艺苑卮言》中说，沈约滥居中品。可见"报宿怨"之说，也是不能成立的。

综上所述，可见锺嵘定品第，并未受到门第偏见和个人恩怨之类的影响，他是依据同一标准对待所有诗人的。从这点说，他是比较公正的。

至于锺嵘定品第的失误，应该从他的艺术观点中去探求。我们在分析这个问题时，有几种情况，也应该考虑在内。第一，从锺嵘到现在，相隔一千五百年，这期间六朝诗人的诗作散佚很多，品评的对象发生了变化，这是我们今天读《诗品》不可不考虑的一个问题。《四库提要》反驳王二禛的意见，曾经说过："近时王士禛极论其品第之间，多所违失，然梁代迄今，邈逾千祀，遗篇旧制，什九不存。未可以掇拾残文，定当日全集之优劣。"这话是有道理的。像刘桢诗，曹丕称赞说："其五言诗之善者，妙绝时人。"（《与吴质书》）锺嵘也称赞他是"文章之圣"。但时越千年，刘桢诗大部分亡佚了。如果只依据刘桢现存的几首诗，我们怎能同意给刘桢这样高的评价呢？第二，锺嵘和明清以后的人在定品第上的分歧，除曹操外，主要是上品和中品之间的升降问题。锺嵘虽然以三品裁士，同时又说中品以上都是"高流"[①]，属于名诗人之列。所以上品和中品之间的差异，是"高流"之间的升降问题。在同属于"高流"这一点上，锺嵘和后代一些著名的诗评家意见还是相近似的。第三，锺嵘在上品和中品之间升降的差误，与锺嵘崇尚典雅，喜爱词采的艺术观点相连。而这种审美情趣，又与六朝时代艺术好尚，批评风气

---

[①] 锺嵘列嵇康为中品，称之为"托谕清远，良有鉴裁，亦未失高流矣"。

有关，如对陶渊明诗，在锺嵘以前，评价都不很高。就是"素爱其文"（萧统《陶渊明集序》）的萧统，选入《文选》中的陶诗也不过数首。而陆机、潘岳、谢灵运的诗却选得很多，甚至颜延之的诗也选得不少。在中国文学批评史上，第一个对陶诗做出全面评价的是锺嵘。锺嵘评陶诗，赞扬的话很多，他也确实看到了陶诗的一些长处，并针对当时人批评陶诗语言质直的意见，提出反驳，为他辩护。可见列陶诗为中品，给他较高的评价。在当时绝大多数人还不一定能接受呢！又如对鲍照，锺嵘看到了鲍诗多方面的长处，认为他是宋齐两代最杰出的诗人。鲍诗之所以未列上品，是与锺嵘崇尚典雅的艺术观有关。"嗟其才秀人微，故取湮当代。"这完全是同情的口吻，说明其当时不被人重视的原因，而并不是锺嵘贱视他的自供。在南朝以前，第一个给鲍诗以很高评价的，也是锺嵘。所以我们批评锺嵘这方面的缺点时，也应该有个发展的眼光和历史主义的态度。

总之，锺嵘定品第，尽管后人有较多的责难，"极论其品第之间多所违失"，但从历史的眼光看问题，成绩还是主要的。在他那个时代，他对陶潜、鲍照等当时不被人看中的诗人，给予较高的品第，还是有他的理论勇气的。这都与他艺术上比较在行，态度比较认真和品第比较公正有关。后人对此意见较多，最主要是因为艺术观点上的差异，也就是说所持的标准不完全一样的缘故。

# 评诗的标准（上）

前已述及，锺嵘是以风力与丹采相结合的观点评价各家诗作的。他还认为，一首最好的诗歌，应该是"体被文质"[①]。可见锺嵘评诗总的原则是兼尚文质的。现在必须搞清楚的问题是锺嵘的文质观，包含哪些具体内容。所谓风力与丹采，在评价各家诗作时，又是怎样具体阐明的。

锺嵘评诗，是依据各家诗作的特点及其长短，进行具体的评判。我们探讨锺嵘的评诗标准时，那就不但要重视其论诗原则，还要逐个地研究他对具体作家的品评意见，并联系他们的作品，进行比较和辨析、归纳和总结。从中看出他在总的原则下，还有许多具体的审美要求。这些标准，大体上可以用怨、雅、气、奇、秀、词六个字加以概括。怨、雅、气属于质，奇、秀、词属于文。文质兼尚，内容和形式并重，"干之以风力，润之以丹采"，是对这些具体标准综合而简明的概括。

锺嵘评诗，所评的是各家诗作。参阅各家的诗作，来印证他的理论，是研究锺嵘的诗评所不可少的。特别是附录在《诗品序》后的典范之作，那是锺嵘最为赞赏的，被喻为"篇章之珠泽，文采之邓林"。认真地读一读这些诗，对了解锺嵘的审美情趣和艺术好尚，大有裨益。陈延杰先生说过："不观各家诗，则读《诗品》犹未读也。"[②]我们也可以这样说，不参阅各家诗作，特别是锺嵘所爱好的典范之作，那么，对他的艺术好尚、审美要求和批评标准的评价，常常流于浮泛，不易落到实处，甚至难免有"随其嗜欲，商榷不同"，把自己的艺术好恶，移植到锺嵘头上。下面我们想联系一点作品，对上述标准，一一加以考察。

---

① "体被文质"，是锺嵘对曹植诗的评语，意即文质兼优。

② 《诗品注》"附录"《诗选序》。

# 一、重 怨

诗主言情，是我国传统的论诗原则。锺嵘对此也是很强调的。但情有喜、怒、哀、乐之分，有感受深浅之别。有"寄情以亲"，有"托诗以怨"。两者相比，锺嵘更为重视叙怨情的诗篇。所谓怨，就是内心怨恨和心怀不满的意思。诗人往往由于不幸的遭遇，志不能立，道不能行，自身又受到折磨。一腔怨愤，发而为诗，就是"托诗以怨"。

"诗可以怨"，最早是孔子说的。诗应重在怨，则是从锺嵘起始。《论语·阳货》："诗可以兴，可以观，可以群，可以怨。"[1]孔子认为怨是诗的四个作用之一，而且排在最后。《毛诗序》并列地提出诗乐的三种抒情性质："治世之音安以乐""乱世之音怨以怒""亡国之音哀以思"。后两种都属于怨诗的范畴。《汉书·艺文志》解释"诗言志"说："故哀乐之心感，而歌咏之声发。"也是哀、乐两情并重的。在中国文学批评史上，第一个强调写书要抒发怨愤之情的是司马迁。司马迁的发愤著书说，认为西汉以前的重要著作，其中包括《诗经》和《楚辞》，都是由于作者身遭不幸，"意有所郁结"的产物，是书愤懑的结果[2]。这些著作的不朽价值，也就是基于这点。锺嵘的突出之处，就在于他首次把这个论点引进诗歌理论中来，加以发挥，强调诗歌要抒发怨情，并贯彻到对各家的评论之中。

首先，他在辨析源流时，突出《国风》《小雅》和《楚辞》的怨刺传统，而对于《大雅》《周颂》《商颂》和《鲁颂》等的源流，一概加以废弃。这不是偶然的疏忽，而是有意识的行为。因为历代的颂诗，都是歌颂王朝和祖先功德的美诗。锺嵘突出怨诗的传统，废弃美诗，正是他重视托诗以怨的表现。

同时，在谈诗歌作用时，锺嵘虽并列地提出可以"寄诗以亲"，也可以"托诗以怨"。但他引证的事例，他所发挥的部分，却几乎都是"托诗以怨"的。《诗品序》中说："至于楚臣去境（屈原被逐），

---

① 兴：启发感染作用。观：对社会现实的考察和认识作用。群："群居相切磋"，相互团结和教育作用。怨：怨刺上政，对政治的讽谏作用。

② 《史记·自序》和《报任少卿书》。

汉妾辞宫（昭君和亲）。或骨横朔野，或魂逐飞蓬。或负戈外戍，杀气雄边（对外族侵犯的愤慨，激励斗志）。塞客衣单，孀闺泪尽（游子与思妇离别之情）。或士有解佩出朝，一去忘反（士人愤然去官归隐）。女有扬蛾入宠，再盼倾国。"凡斯种种，除了最后一例，可算是"寄诗以亲"之外，其余都是需要叙怨情的。钟嵘认为，由于作者种种不幸的遭遇和痛苦的感受，产生了表达的欲望，陈诗展义，长歌骋情，把怨愤之情抒写出来，这种诗就能感动人心，就是好诗。"故曰：'诗可以群，可以怨。'"他所说的群、怨，主要是指抒发怨情，引起共鸣，对人们有感化作用。因此有无真实的怨情以及怨情的深浅，就成为钟嵘评诗的一条重要标准。在钟嵘看来，一些膏腴子弟之所以写不好诗，就是因为他们没有很痛苦的遭遇，没有穷困的体验，他们"终朝点缀，分夜呻吟"，用心很苦，但都是无病呻吟。玄言诗高谈玄理，事类诗堆砌典故，永明体专尚声病，他们都不重在抒怨情，其诗作缺乏浓郁的诗情，或者说这种形式妨碍了诗情的表达，是诗歌失去了"自然英旨"，"伤其真美"，就是应该受到批评。

钟嵘认为，能否抒情，特别是能否抒怨情，是真诗人和假诗人的分野，是能否入文流的先决条件。班固的《咏史》，虽"质木无文"，但他对缇萦父女悲苦的遭遇很同情，"有感叹之词"，这就具有了诗情，可以入品。虞炎的《玉阶怨》①，前两句写春色明丽，后两句写怀念友人，苦泪垂面。这首诗情景相违，比喻生涩，给人以极不真切的感受，所以不能入流。《诗品》的正文，也正是依据这条标准，初分诗人的优劣。钟嵘对上品和中品中评价较高的作家，如古诗、李陵、曹植、王粲、阮籍、左思、秦嘉夫妇、刘琨、郭璞以至于沈约等，都肯定了他们长于叙怨情。已入流的诗人，同是抒怨情，但感恨的深浅不同，表达上工拙有别，还可以此再评判其高下。西汉的班姬、东汉的徐淑、南齐的鲍令晖三位女诗人的诗作，在《诗品》中，分别属于上、中、下三品。班姬的《怨歌行》、徐淑的《答秦嘉诗》和鲍令晖的《拟客人从远方来》三首诗同是叙怨情，也都是她们的代表作。我们试从叙怨情深浅及社会意义的大

---

① 《玉阶怨》全诗四句："紫藤拂花树，黄鸟度青枝。思君一叹息，苦泪应言垂。"

小，加以比较：

> 新制齐纨素①，皎洁如霜雪。裁成合欢扇，团团似明月。出入君怀袖，动摇微风发。常恐秋节至，凉飙夺炎热。弃捐箧笥②中，恩情中道绝。
>
> ——班婕妤《怨歌行》

> 妾身兮不令③，婴疾④兮来归。沈滞兮家门，历时兮不差。旷废兮侍觐⑤，情敬兮有违。君今兮奉命，远适兮京师⑥。悠悠兮离别，无因兮叙怀。瞻望兮踊跃，伫立兮徘徊⑦。思君兮感结，梦想兮容晖⑧。君发兮行迈⑨，去我兮日乖⑩。恨无兮羽翼，高飞兮相追。长吟兮永叹，泪下兮沾衣。
>
> ——徐淑《答秦嘉诗》

> 客从远方来，赠我漆鸣琴。木有相思文，弦有别离音。终身执此调，岁寒不改心。原作《阳春曲》⑪，宫商长相寻。
>
> ——鲍令晖《拟客从远方来》

　　据《汉书》记载，班婕妤，原为汉成帝宠姬。后赵飞燕入宠，成帝弃旧怜新，班姬遭到遗弃，只好去侍奉太后，哀伤不已，作赋自悼。这首诗不类西汉作品，后人疑为伪作。就诗而论，还是写得好的。全诗采用比兴体，以团扇自喻，写被遗弃的境遇和怨恨的感情。班姬的遭遇，不但在宫廷里是屡见不鲜的，在夫权至上的封建社会内，也具有普遍的意义。锺嵘称赞这首诗"怨深文绮"，列为上品。

---

① 齐纨素：齐，地名，今山东省历城县一带。纨素，细密的丝布。素，白色。
② 箧笥：竹制的小书箱。
③ 令：善。不令：身体不好。
④ 婴疾：为疾病所困。
⑤ 侍觐：侍奉的意思。觐：见。
⑥ 京师：东汉的京都在洛阳，时秦嘉为洛阳郡佐治之吏。
⑦ 伫立：长时间等候。徘徊：来回地行走。
⑧ 容晖：美好的容颜。
⑨ 迈：行。
⑩ 乖：离。
⑪ 阳春曲：古代高雅的乐曲。

徐淑是秦嘉的妻子。秦嘉离家远仕，徐淑也因患病回娘家修养，不能相聚。他们夫妇之间感情很深厚。《答秦嘉诗》就是写离别之苦和对丈夫深情的怀念，是很感人的。在中国封建社会里，男女事实上处于不平等的地位，而夫妇之间有如此真挚的感情，实在难能可贵。钟嵘认为这是一首文情并茂的佳作，但亚于《团扇》，次于班姬诗。班姬诗"怨深文绮，得匹妇之致"，妇人居一；徐淑诗"文亦凄怨"，妇人居二。除"文绮"不及外，就是怨情深度上的差别。从叙怨情的角度上说，离别之情，终不及遭遗弃之苦，更使人同情。

鲍令晖是鲍照的妹妹，有文才；其乐府诗《拟客从远方来》，也是叙离别的。精致的漆琴，本是所思人的赠与；抚弄鸣琴，弹奏起离别之音，所表达的是对远方人的思念和坚贞不渝的感情，这也是很感人的。只是鲍令晖借拟古叙别情，其怨情的深度又不及徐淑诗。钟嵘曾引用齐武帝萧赜话说：假使鲍令晖能生于汉世，有班姬那样遭遇，同样能写出《怨歌行》那样高质量的诗。可见钟嵘评诗，是很注重诗情的哀婉与深邃的。

钟嵘对曹植前期和后期诗歌评价不同，也是这个标准在起作用。曹植一生可以曹丕即位为界分为前后两期。前期是公子哥儿的生活，"不及世事，但美遨游"（谢灵运《拟邺中集序》），"如三河少年，风流自赏"[1]。其诗作，多半是寄诗以亲的，如《公宴》《斗鸡》《侍太子坐》等。后期在政治上受猜疑、遭监禁、被压抑，"汲汲无欢"。形诸诗作，就是托诗以怨的了。钟嵘评曹植，侧重在赞美其叙怨情的诗篇。在《诗品序》中提到曹植两首诗：《杂诗》（其一）和《赠白马王彪》，都是曹植后期的诗作。

钟嵘侧重赞美怨诗，在理论上有何意义呢？诗人抒发怨愤之情，虽然总是和他个人生活坎坷，遭罹厄运有关。但这些不平的遭遇，又都与社会政治生活有联系。所以托诗以怨的诗作，又都从不同的角度、在不同的程度上反映了社会问题，具有认识价值和批判社会的意义。钟嵘着重提倡抒发怨情的诗作，是对我国古代批判现实主义理论的新阐发。它比《毛诗序》前进了一大步。《毛诗序》局

---

[1] 敖器之《敖陶孙诗评》。三河：按《史记·货殖传》，汉时河东、河内、河南三郡为三河，三河居天下之中，王者所居。三河少年：王者子弟。

限于怨刺上政，锺嵘所肯定的怨诗，反映社会生活面要广阔得多；《毛诗序》把这类诗称之为变风、变雅，微寓贬义。锺嵘则从正面予以肯定，给批判现实的诗歌以正统的位置。这就为批判现实主义诗歌的发展，从理论上开辟了道路。《诗品序》中谈到这类诗的社会作用时说："使穷贱易安，幽居靡闷。"就是通过诗歌抒发穷贱和幽居中的苦闷和不满情绪，使诗人精神上得到解脱，这反映了锺嵘对怨诗的社会价值，认识还是不足的。但这并不妨害提倡写这类诗的客观社会意义。总之，重言情，特别是赞美叙怨情的诗作，是锺嵘评诗的第一条标准。

# 二、贵　雅

崇尚典雅，是锺嵘评诗的另一项重要原则。它也贯穿在对各家的诗评之中。

雅本是《诗经》中一种诗体的名称。按照传统的解释，雅，是正的意思。雅诗、雅乐就是正声。孔子是贵雅的。他提倡雅乐，反对郑声。《论语·阳货》："恶郑声之乱雅乐也。"郑声是郑、卫之地的民间情歌，从内容到风格都和雅诗不同。先秦以至两汉的儒家论诗，都很重视区分雅、郑的界限。按照儒家的解释，雅诗就包含有典则、温顺和深厚的含义；郑声就是淫靡、浅俗、邪僻的同义语。这种观点也影响到六朝的文论家。《典论·论文》说："奏议宜雅。""宜雅"，即要求内容要符合典则，文词要雅致。《文赋》谈文病时，其中的一病，就是不雅："或奔放以谐合，务嘈囋而妖冶，徒悦目而偶俗，固声高而曲下。"意即文词浮艳、形态妖冶，文格不高。

锺嵘的艺术观，在这方面是和曹丕，陆机相一致的。前面已谈过，锺嵘很重视抒发怨情的诗篇。在具体品评时，他又将怨情区分为"哀怨"（古诗）、"凄怨"（李陵等诗）、"雅怨"（曹植诗）、"清怨"（沈约诗）。"哀怨"和"雅怨"同属一个范畴，其源出自《国风》。其特点是感情蕴藉深厚，怨而不怒，不伤雅致，能发乎情止乎礼义。表达上也要委婉深致。这和雅诗的基本精神是一致的。符合雅怨精神的典范之作是曹植诗，锺嵘称赞其"情兼雅怨"。"凄怨"和"清怨"又是一个范畴，其特点是抒情清厉凄怆，怨愤横生，悲

凉慷慨，言词激切，和厝赋相似。李陵、嵇康、鲍照等诗作都属于
这个类型。锺嵘特别赞赏雅怨，认为是得讽谕之致。而对清怨和凄
怨则有贬义。认为这类诗情意凄厉而不温顺，语言峻切而不委婉，
这就有伤雅致。锺嵘对这两种诗体评价不同，其标准就是贵雅。锺
嵘对曹植诗评价最高，认为他是诗国中的周公孔子。"情兼雅怨"又
是他最主要的优点。"陈思'赠弟'"（即《赠白马王彪》）是附录
的五言诗典范之作的首篇。我们试以此诗为例，看一看锺嵘所欣赏
的雅怨，在诗中是如何表现的。

　　黄初四年①五月，白马王、任城王②与余俱朝京师，会节
气③。到洛阳，任城三薨④。至七月，与白马王还国⑤。后有司以
二王归藩⑥，道路宜异宿止，意每恨之。盖大别⑦在数日，是用
自剖，与王辞焉，愤而成篇。

　　谒帝承明庐⑧，逝将返旧疆。清晨发皇邑⑨，日夕过首阳⑩，
伊洛⑪深且广，欲济川无梁⑫。泛舟越洪涛，怨彼东路长。顾瞻
恋城阙⑬，引领情内伤。

　　太谷何寥廓⑭，山树郁苍苍。霖雨泥我途，流潦浩纵横⑮。

<hr/>

　① 黄初：魏文帝年号（220—226），黄初四年即223年。
　② 白马王：曹植异母弟曹彪封号。白马，今河南滑县东，是曹彪的封地。任城王：曹植的同母兄曹彰的封号。任城，今山东济宁市，是曹彰的封地。
　③ 会节气：魏有诸侯藩王朝节气制度。每年立春、立夏、立秋、立冬四个节气之前，诸王来京师行迎气之礼，并举行朝会。这叫做"会节气"。黄初四年六月二十四日立秋，十八日行迎气之礼。植等三人往京师，即为此。
　④ 薨：古代诸侯王死为薨。
　⑤ 还国：即回到封地。
　⑥ 有司：指魏文帝派往监视诸侯王的监国使者。藩：汉魏都封同姓诸侯王为藩王，意即藩卫中央王朝。
　⑦ 大别：有永别意。魏制诸侯王不得互相交往。
　⑧ 谒：朝见。承明庐：指文帝宫室。《三国志·魏志·文帝纪》裴松之注："是时帝居北宫，以建始殿朝群臣，门曰承明，陈思王植诗曰：'谒帝承明庐'是也"。
　⑨ 皇邑：京都洛阳。
　⑩ 首阳：山名，在洛阳东北。
　⑪ 伊洛：伊水、洛水，是黄河的支流。
　⑫ 济：渡。梁：桥梁。
　⑬ 城阙：指京都洛阳城。
　⑭ 太谷：一说山谷名，一说山名，在洛阳东南。寥廓：空阔广远貌。
　⑮ 潦：地上积水。时大雨不停，水流横溢。

中逵①绝无轨，改辙登高冈。修坂造云日②，我马玄以黄③。

玄黄犹能进，我思郁以纡。郁纡④将何念？亲爱在离居。本图相与偕，中更不克俱。鸱枭鸣衡轭⑤，豺狼当路衢。苍蝇间白黑⑥，谗巧令亲疏。欲还绝无蹊，揽辔止踟蹰⑦。

踟蹰亦何留？相思无终极。秋风发微凉，寒蝉鸣我侧。原野何萧条，白日忽西匿⑧。归鸟赴乔林⑨，翩翩厉⑩羽翼。孤兽走索⑪群，衔草不遑⑫食。感物伤我怀，抚心长太息⑬。

太息将何为？天命与我违。奈何念同生⑭，一往形不归。孤魂翔故城，灵柩⑮寄京师。存者忽复过，亡没身自衰⑯。人生处一世，去若朝露晞⑰。年在桑榆间⑱，影响不能追。自顾非金石，咄唶⑲令心悲。

心悲动我神，弃置莫复陈。丈夫志四海，万里犹比邻。恩爱苟不亏⑳，在远分日亲。何必同衾帱㉑，然后展殷勤。忧思成疾疢㉒，无乃儿女仁。仓卒骨肉情㉓，能不怀苦辛？

---

① 中逵：交通要道。

② 修坂：很长的斜坡。造云日：极言其高。

③ 我马玄以黄：言攀登高坡，马也累病了。

④ 郁纡：忧思郁结。

⑤ 鸱枭：恶鸟名，用以比喻小人。衡：车辕前的横木。轭：扼住马颈的曲木。

⑥ 间白黑：言苍蝇污白为黑，比喻佞臣颠倒黑白，挑拨离间。

⑦ 踟蹰：徘徊不进。

⑧ 西匿：谓夕阳西下。匿，隐藏。

⑨ 乔林：乔木林。乔木是高大的树木。

⑩ 厉：疾貌。

⑪ 索：寻求。

⑫ 不遑：没有闲暇。

⑬ 太息：叹息。

⑭ 同生：同胞兄弟。

⑮ 灵柩：棺材。言曹彰棺材寄放在京师。

⑯ 存者二句：言死者已亡殁，存者身体渐衰，也难久长。

⑰ 晞：干。朝露易干，言人生短暂。

⑱ 年在桑榆间：喻已到垂老之年。桑榆，晚暮。

⑲ 咄唶：悲叹声。

⑳ 不亏：不减弱。

㉑ 衾帱：衾，被子。帱，帐子。

㉒ 疢：热病。

㉓ 骨肉情：兄弟手足之情。

苦辛何虑思？天命信可疑？虚无求列仙，松子①久吾欺。变故在斯须，百年谁能持？离别永无会，执手将何时？王②其爱玉体，俱享黄发③期，收泪即长路，援笔从此辞④。

这是一首交织着哀佐、怨恨和恐惧之情的抒情长诗。据诗前的序言，是写于黄初四年（223）。时曹植与同母兄曹彰、异母弟曹彪，俱朝京师。曹彰暴死，植与彪虽能保全性命，准予归藩。但兄弟二人却不能同路东归，"道路宜异宿止"，受到严密监视。失去了人身的自由。祸生不测，变故斯须。诗人伤曹彰之死，悲曹彪之远别，联想到自己危险的处境，在与曹彪执手话别时，悲愤交集，一发于诗。如怨如诉，回环反复地倾诉出来。诗中写旅途上的经历、大雨滂沱，河、洛横流，道路泥泞，人马困顿，加以寒秋荒原上景物萧条，触目伤神，使全诗更蒙上一层悲凉的气氛。这当然是一首托诗以怨的怨诗。但为什么说是叙怨情兼有雅意呢？因为这首诗的中心话题是写兄弟友爱。植与丕既有兄弟之亲，又有君臣之义，所以表达怨情的方式是极有分寸的。诗人对曹丕的怨情是深的，但没有一句话直接点明。处处写骨肉之情，实际上是对曹丕不念骨肉之情的呼告。冀其幡然悔悟，用心是很苦的。他把曹丕的猜疑和迫害，归罪于小人的离间："鸱枭鸣衡轭，豺狼当路衢。苍蝇间白黑，谗巧令亲疏。"把佞臣方之如豺虎，比之为苍蝇，其典都出之于《小雅》⑤。把一切罪过都归之佞臣，是挑拨的结果，好像他们受到的监视和迫害，不是出于曹丕的本意。这样写，既表达了兄弟之亲，又深明于君臣之义。这大概就是这首诗"情兼雅怨"的主要特征吧！怨而不怒，怒而不及其君，这就是风雅精神的体现。这在曹植后期的怨诗中是处处可见的。再从这首诗的诗体形式看，全诗共分七章，一意以贯之。前章与后章首尾呼应，前章的结语，又是后章的开头，这是从《大雅·文王》和《大雅·既醉》两首诗中学来的。曹植运用了这种章法，使全诗线索分明而又逐层深入，感情奔泻而

---

① 松子：即赤松子，相传是古仙人。
② 王：指白马王曹彪。
③ 黄发：寿高的意思，人老发黄。
④ 援笔：提笔作诗相赠。辞：辞别。
⑤ 《诗经·小雅·青蝇》。

又回环复沓。舒缓有致，差不局促。从士大夫的艺术观看来，这是雅体之美的表现。

再如评左思："文典以怨，颇为精切，得讽谕之致。""文典以怨"，也就是"情兼雅怨"。"太冲《咏史》"也是被钟嵘列为五言诗的范作。诗中借咏史以抒怀，表达了对豪右垄断仕途的不满，并进行了谴斥。这种怨情之所以符合典则，就是因为其深得孔孟进退用藏之意。进则立功名，骋良图；退则为达士，归田庐。这大概就是左思诗"文典以怨""得讽谕之致"的真实含义。其他如称赞古诗和陆机的"拟古"诗"文温意远"，说刘桢诗"高风跨俗"，谢灵运诗为"高洁"，颜延之诗为"情喻渊深"，是"经纶文雅才"，任昉诗"拓体渊雅，得国士之风"等，都是肯定他们的诗作就有风雅精神。至于批评嵇康诗"伤渊雅之致"，说鲍照诗"险俗"，"颇伤清雅之调"等，那是说他们有失雅的缺点。这些，都是钟嵘贵雅的表现。

钟嵘论雅，似乎有雅意、雅体、雅调之分。"情兼雅怨""文典以怨""洋洋乎会与风雅""情喻渊深""雅意深笃"等，主要是指雅意谈的。而"无雕虫之功""文词精切""拓体渊雅""平典不失古体"等，大体上属于雅体和雅调的范围。

钟嵘崇尚典雅，提倡风人之旨，就其艺术观的基本点来说，还是深受儒家诗教的影响。这种审美意趣，也大大地局限了他的眼界。譬如他看到了鲍照诗那么多优点，却不能把他列为上品；他也看到了任昉诗那么多缺点，但仍然把他"擢居中品"；他对"农歌轩议"的汉乐府，怀有很深的士大夫偏见，这都与他尚雅有关。贵雅的艺术观，极大地损害了钟嵘的艺术鉴赏力。

# 三、尚气

重视文章的气势，要求诗歌要有内在的精神力量，具有气壮之美，也是钟嵘评诗很注重的一个方面。

气，在我国古代哲学著作里，又称元气，它是充实于宇宙之间的自然物质，是万物产生的本源。把气解释为一种精神并对后代文论发生重大影响的是孟子的养气说①。孟子的所谓"浩然之气"，指的是摧毁论敌的一种精神力量。它是配义与道，集义而生，但又不是义与道的实体，而是义与道中所派生出来的精神。把气引进文论中来，加以强调的首先是曹丕。《典论·论文》提出，"文以气为主。"曹丕认为气是先天性的，表现在作家身上的是才性，形诸于文章的是风格。这和孟子的养气说是不同的。钟嵘在评诗时所谈的文气，是要求行文时要有充实的精神力量，这就和孟子的论气观点有渊源关系。曹丕是很重视文气的，其评建安七子，首先是说其文气如何。钟嵘评诗，是主情的，主张诗要吟咏情性，要重视叙怨情，但同时也要仗气。《诗品》评刘桢，称赞他"仗气爱奇"。评刘琨，赞美他"仗清刚之气"。仗气，就是行文有仗于行气，用气贯通在诗作的字里行间。因为有了气，诗歌就有生气，就有感人的力量。气弱则情衰力弱，气尽则情委力尽，如槁木死灰，无力量可言。钟嵘把文气放到如此重要的位置，也是重气的表现。钟嵘纵论诗史，特别标举建安诗作。重气，是建安诗歌的重要特色。刘勰说建安作家是"慷慨以任气"（《文心雕龙·明诗》），沈约说"子建、仲宣以气质为体"（《宋书·谢灵运传论》）。钟嵘则用"风力"二字概括建安诗歌的特征。力，就是气势。《吕氏春秋·审时篇》高诱注："气，力也。"鲁迅先生在《魏晋风度及文章与药及酒之关系》一文中，解释建安文学"以气为主"时认为："气"，就是"壮大"。所以"气"表现在诗歌中，就是开阔、壮大，具有力的美。钟嵘正是以此作为衡量诗作好坏的一项重要的标准。

钟嵘论气，常和骨联系在一起，所谓骨气，所谓真骨，都是力的表现，是元气充实的结果。钟嵘重视气骨，特别集中地表现在对曹植和刘桢诗的评价中。

《诗品》评曹植，称赞他"骨气奇高"。就是说曹植诗有另一个重要特点，即具有气壮之美。刘勰曾说过，建安作家由于"志深而笔长，故梗概而多气"（《文心雕龙·时序》）。意思是说建安诗人不但悲慨动乱，而且立志要建功立业，以改造社会为己任，所以他们的诗文中，具有梗概多气的特点。这种精神状态，在曹植的诗文

---

① 《孟子·公孙丑》上篇。

中，表现得也很突出，但形式又有所不同。曹植才华出众，自视很高，要求建功立业的思想很强烈，在《薤露行》一诗中就有直接的表露："愿得展功勤，输力于明君。怀此王佐才，慷慨独不群。"但是由于他的政治处境，不允许他施展抱负。于是在他后期的诗作里，一种要求建功立业的思想和被压抑的愤慨不平之气交织在一起，形成一种肝肠气骨的诗风。在《赠白马王彪》里，正是这种发自感情深处的郁悒不平之气，回环反复地激荡其间，这大概就是锺嵘所说的"骨气奇高"的表现吧！

刘桢的气骨，表现的形式又有所不同。锺嵘评刘桢："仗气爱奇，动多振绝。真骨凌霜，高风跨俗。但气过其文，雕润恨少。然自陈思以下，桢称独步。""高风跨俗"是指其高雅，"雕润恨少"是指文采不足，其余的话大都是赞美刘诗具有非凡的气骨。从刘桢现存的十五首诗看，"世积乱离，风衰俗怨"的乱离的时代和生民的疾苦，在他的诗歌中反映不多，我们现在对他的诗歌的社会价值，评价并不高。其"志深笔长""梗概多气"主要表现在抒发高雅的情志，气壮情骇，不同凡响。《诗品序》末附录的"公幹'思友'"也是被选为五言诗的范作。刘桢并没有以"思友"为题的诗作，一般人都认为指的是《赠徐幹》诗①。刘桢与徐幹之间，友谊是很深厚的。刘桢的《赠徐幹》和徐幹的《答刘公幹》诗，都是些别后彼此思念之情。这类叙别情的诗作，从《古诗十九首》到建安的诗歌，都常杂以岁月不居，人生无常的感慨②。而《赠徐幹》却未杂一点感伤的情调。诗中写思念徐幹，起坐不宁，出而遥望徐幹所居的"西苑园"③的景色："细柳夹道生，方塘含清源。轻叶随风转，飞鸟何翩翩。"清新素雅，昂然有生气。诗后卒意见志，以白日为喻，语意双关："仰视白日光，皦皦高且悬。兼烛八纮内，物类无颇偏。我独抱深感，不得与比焉。"以白日自喻，要烛照八纮，光被万物。其气概确实与众不同。"公幹'思友'"，如果是属于"泛指的题材"④，那么刘桢的《赠从弟》三首，也应该属于"思友"之内的。因为古

---

① 陈延杰《诗品注》："刘桢《赠徐幹诗》：'思子沈心曲，长叹不能言。'当为思友作也。"
② 如徐幹的《室思》："人生一世间，忽若暮春草。"
③ 当时徐幹为司空军谋祭酒，居西掖。刘桢为丞相掾属，居禁省，平素不易聚会。
④ 钱锺书《诗可以怨》说，《序》末一连串的范作，其中有"泛指的题材"。

人有"善兄弟为友"①之说。这三首诗，可以说集中地体现了刘诗"真骨凌霜，高风跨俗"的特色。

> 泛泛东流水，磷磷水中石。蘋藻生其涯，华叶纷扰溺②。采之荐宗庙③，可以羞嘉客④。岂无园中葵⑤，懿⑥此出深泽。

> 亭亭山上松，瑟瑟谷中风。风声一何盛，松枝一何劲。冰霜正惨凄，终岁常端正。岂不罹凝寒，松柏有本性。

> 凤凰集南岳⑦，徘徊孤竹根。于心有不厌，奋翅凌紫氛⑧，岂不常勤苦，羞与黄雀群。何时当来仪⑨，将须圣明君。

刘桢的从弟是什么人？史无记载，从这三首诗看，当是社会身份不高，身居山野志存魏阙的贤士，刘桢鼓励他继续砥志厉行，以待时用。第一首以深泽水石纸上的蘋藻，比喻其从弟出身寒门，但品行高洁，是庙堂之器。第二首以松柏喻其从弟秉性坚贞，能抵御风雪和严寒的侵袭。第三首以凤凰喻其从弟才德出众，志趣远大，不愿与俗士为伍，潜身待时，以展示自己的才能。三首诗包含有赞美和勉励两重意思。既是对从弟说的，也用以自况。诗中表达的是旧时代士大夫高迈的志趣，也就是一心向往着建功立业。精神比较昂扬，豪气纵横，激荡其间。锺嵘所说的"仗气"以及所谓"真骨凌霜，高风跨俗"，其意也就在此。

锺嵘评诗，强调风力，重视气骨，在《诗品》中还可以找到很多例证。譬如评陶潜："又协左思风力。"是说左思诗寓有不平之气，具有豪放的特点。一般人读陶诗，都认为他文思高玄，风格平淡。韩愈曾说陶渊明还有"未能平其心"之处，感发出不平之气（韩愈《送王秀才序》）。朱熹也从陶诗的平淡中看到他的"豪放"

---

① 《尔雅·释训》："善父母为孝，善兄弟为友。"
② 纷扰溺：形容水藻花叶纷繁茂盛。
③ 宗庙：祖先的庙堂。
④ 羞：进。嘉客：贵宾。
⑤ 葵：一种菜蔬。
⑥ 懿：美。
⑦ 南岳：山名。传说中凤凰所居之地。
⑧ 紫氛：谓天空。
⑨ 来仪：来归。

（《朱子语类》）之处。鲁迅先生也说陶诗具有"金刚怒目"式的一面（《且介亭杂文二集·"题未定"草〔六〕》）。可见这确是陶诗一个方面的特点。但最早看出陶诗颇有风骨的是锺嵘。此外，锺嵘还赞美刘琨、卢谌诗"自有清拔之气"，那是说刘、卢"感乱"之作清拔、刚健，洋溢着光复晋室的爱国主义的精神；批评张华诗"儿女情多，风云气少"，则是对张诗务为妍冶，缺少骨力深为不满。这些都是锺嵘重气的表现。

总之，崇尚气势，是锺嵘评诗一条重要的标准。评诗讲究气势，注重骨力，这对齐梁时代的柔弱的诗风，是具有针对性的。朱熹就曾说过："齐梁间诗，读之使人四肢皆懒慢不可收拾。"（《朱子语类》）锺嵘重气，不仅对当时不良诗风具有针砭作用，对后代文论也有广泛的影响。

以上怨、雅、气三条，怨情和雅意是诗的内容的组成部分，那是没有疑问的。气，是情理所派生出来的精神力量，又充实在情志之中，它和情意一样，也是诗的内容有机的组成部分。这是锺嵘评诗的首要标准。以下奇、秀、词三条，是锺嵘对诗歌艺术技巧方面的要求，我们再逐条加以研讨。

# 评诗的标准（下）

## 四、好 奇

文贵奇错，主要是指构思巧妙，富于变化；表达新颖，不落俗套。这是锺嵘评诗的一条艺术标准。

奇，亦即奇异，不同于寻常。奇，在两汉以前的文论里，是不常见的。因为先秦两汉时代的文论，受儒家因循守旧的观点影响很大，主张守正，反对趋奇。在内容和形式上都不许越轨。文学批评也就因此裹足不前。直至王充作《论衡》，赞美"超奇"："文墨验奇，奇巧俱发于心。"（《论衡·超奇》）意思是说，文字的好坏，要以"奇"作为检验的标准。而新颖奇巧之文，来自作者的创造与深思。也就是说，王充提倡写作要出自胸中的妙思，反对因循抄袭。由此文学理论出现了新的转机。陆机的文论，就明显地受其影响。王充的趋奇，是对学术著作的要求；陆机的《文赋》，则首先把它运用到文学创作中来，提出"会意尚巧"的主张。"会意"，即以文达意时，文和意契合，亦即艺术构思。"会意尚巧"，也就是构思要新颖奇巧，反对模拟和因袭。陆机要求作家在创作时，要"杼轴于予怀"，能覃精锐思，匠心独运，"谢朝华"，"启夕秀"，进行艺术上的创新。尔后刘勰的《文心雕龙》和锺嵘的《诗品》，把趋奇的思想，更广泛地运用到创作论和批评论中来。刘勰在两个不同的范畴内对"奇"进行了不同的评价：在内容上要宗经，主张雅正，反对新奇；在形式上则主张变异，赞美瑰丽的奇文。锺嵘虽然没有像刘勰那样强调宗经，但同样要求内容要雅正，反对诡俗。但在艺术形式上，在风格、构思和用词等方面，要求雄奇多姿，别具匠心。锺嵘的贵奇，实际上是命意和造语上尚新。

符合锺嵘"奇"的标准的，首先还是曹植和刘桢。《诗品》赞美曹植诗"奇高"，称赞刘桢诗"爱奇"。曹植诗的奇处，首先是命意的不凡，意境能纵深开拓，跌宕多姿；情态比较生动，富于变化，常常出人意表。再以《赠白马王彪》为例。建安以前的赠别诗，或直叙离别，或借景言情，变化不多，容量也是有限的。《赠白马王彪》把叙事、写景、抒情和说理融为一体，诗的境界大为开阔。全诗叙兄弟生死离别之痛，从即将远别的曹彪，想到已经死去的曹彰；从曹彰的悲惨的拮据，想到自己前途的艰险。诗末勉强宽慰曹彪，却又掩饰不住自己的悲伤；强作宽解，却又有不可解的隐痛。这种巨大的悲愤和无穷的愁思，通过对自己遭遇的陈述，夹叙夹议，如怨如诉，予以表达；又通过旅途上的困顿，景物的渲染，加以衬托。一线贯穿而又回环反复；宏肆其中而又多生情态。王世贞在《艺苑卮言》中说："吾每至'谒帝'一章（即《赠白马王彪》），便数十过不可了，悲惋宏壮，情、事、理、境，无所不有。"这确实是曹植以前的赠别诗所没有的。曹植的奇处，还善于时出奇警，领起全篇；兔起鹘落，振以嗣响。如《杂诗》（其一），是曹植的怀人之作。第一句"高台多悲风"，起调警策，笔力雄厚，给全诗定下了雄浑悲凉的基调。结尾处写鸿雁哀吟，而传书不得，"形景忽不见，翩翩伤我心。"诗已终了，而余音不绝。这是锺嵘很欣赏的。《箜篌引》则是写亲朋盛会。诗至"谦谦君子德，磬折欲何求？"似乎诗意已近结束，忽又突起"惊风飘白日"等诗句，说盛年难再，要建功立业；百年飘忽，又应达观自处。奇峰数起，跌宕自如，这些都使人击节惊绝。

刘桢诗的奇处，在于放言高论，动多振绝。《赠徐幹》诗思友及物，对西苑景物倾注一腔情意，结尾处以白日自喻，意壮情骇，言人之所为敢言。

锺嵘赞美曹、刘诗的奇异时，常与雅和气联系起来，奇和雅的结合，成为高奇绝俗；和气的联系，就是雄奇多姿。在锺嵘看来，这是六朝时代他人所不及的，多以倍加赞赏。

除曹、刘外，锺嵘认为鲍照和张协诗也以"趋奇"见长。《诗品》评鲍照诗："得景阳之诐诡。"诐诡，即奇谲，也就是奇异多变。锺嵘认为鲍照诗深得张协诗变异多姿的优点。鲍照的《戍边》

诗《代出自蓟北门行》，是《诗品序》末附录的五言诗的范作，试以此诗为例说明。

> 羽檄①起边亭，烽火入咸阳②。征骑屯广武③，分兵救朔方④。严秋筋竿劲⑤，虏阵精且强。天子按剑怒，使者遥相望。雁行缘石径⑥，鱼贯度飞梁⑦。箫鼓流汉思⑧，旌甲被胡霜。疾风冲塞起，沙砾自飘扬。马毛缩如猬⑨，角弓⑩不可张。时危见臣节，世乱识忠良。投躯报明主，身死为国殇⑪。

《代出自蓟北门行》是一首拟乐府。"出自蓟北门"，原是曹植《艳歌行》的诗句，鲍照以此为题，借以写燕蓟边境风物及征战之状，写"负戈外戍，杀气雄边"的场面。这首诗已失去艳歌的原旨，由写儿女之情变为写风云之气，这是一种创体，一大变异。就艺术表现力说，这首诗叙事、言理，写景、状物，处处扣紧边塞，直取真境。即景命词，词必己出，不用陈词熟语。这和当时颜延之诗派的动辄用典、陈词迭出的诗风是大异其趣的。有人称之为"如五丁凿山，开人世之所未有"（陆时雍《诗镜总论》）。就艺术风格说，鲍诗壮丽豪放，意气纵横。又重视气氛的烘托，环境的渲染。造境奇谲，时出奇警。语言色泽鲜明，遒劲而明快，这和颜延之诗派的含蓄典雅、整饰庄重的风格也是不同的。以上是鲍诗的趋奇之处，也就是他独创的地方。锺嵘认为鲍诗的"诡诡"，和西晋诗人张协有渊源关系，这也是有其道理的。张协也善于变体，其代表作《杂诗》十首，重在写景状物，而咏怀反而处于次要地位，这和西晋

---

① 羽檄：古代的紧急军事公文，插上鸟羽，示意疾速投送。
② 烽火：古代边防告警的烟火。咸阳：今陕西咸阳市，古代秦国的首都，这里泛指京城。
③ 广武：今山西代县西。
④ 朔方：郡名，今内蒙古自治区内黄河以南地方。
⑤ 筋竿：弓箭。此言敌兵武器精良。
⑥ 雁行、鱼贯：谓我军去救援，队伍以此前进。
⑦ 飞梁：飞跨两岸的桥梁。
⑧ 箫鼓：军乐。流汉思：谓边境的军乐传达出汉人的情思。
⑨ 猬：刺猬。
⑩ 角弓：用角制成的弓。
⑪ 国殇：为国家作战而牺牲的人。

以前以咏怀为主的杂诗，体制上也是不同的。

钟嵘爱奇，在《诗品》中还可以找到很多例证。如批评陆机："尚规矩，不贵绮错，有伤直致之奇。"认为陆机诗直致伤奇，直而不曲，绮而无变化，流于平实和呆板。陆机的一些拟古诗，亦步亦趋地模拟古乐府，确有这个毛病。又如评张华："兴托不奇。"意即有寓意却少变化，即使运用比兴，也是千篇一律。所以钟嵘引用谢灵运的话批评张华："张公虽复千篇，犹一体耳。"其他如赞美谢灵运、谢朓诗的奇章迥句等，都是爱奇的表现。奇巧的构思和新颖的表达，涉及诗歌形象思维的问题，这是钟嵘深于诗的一种表现。

钟嵘贵奇，对当时诗风来说，也是有针对性的。齐梁诗坛，在沈约、任昉等倡导下，"文不贵奇"，专讲声病，竞用僻典，不在构思和章句上下功夫，务为繁密，流于平庸和浅俗，这是钟嵘所反对的。

钟嵘贵奇，常受重雅的标准所制约。和雅比较起来，奇处于次要地位。陆机崇尚典雅，不贵绮错，列为上品；鲍照擅长趋奇，而失之典雅，只能列为中品，这是很明显的例证。而同为"诙诡"的张协和鲍照，鲍诗的奇巧又超过张协。但鲍诗趋奇，不避诡仄，有伤雅调，于是列张协为上品，放在鲍照之上。从钟嵘对待"雅"和"奇"的标准来看，他虽然是文质并重，但也不是同等看待。钟嵘并不是文重于质，有偏重形式的倾向；恰恰相反，而是质重于文，把内容放在第一位。

综上所述，可见钟嵘贵奇的主要内容是，奇章必须与奇篇结合，造语必须与寓意同工。既反对平庸，千篇一体，又反对失雅，流于险俗。但是，他提倡用意和造语的新奇，却又不允许背离雅正的原则，这是钟嵘艺术观的局限性之所在。

# 五、爱 秀

诗之秀美流丽，主要是指状物之妙，得其风流媚趣；文体华净，诗句自然婉约。这也是钟嵘评诗的一项艺术标准。

秀，本指禾穗生花，一切草木之花也称秀。"英华曜树"，就是秀美的表现。譬诸文学，指的是形象鲜明，警句挺拔。刘勰曾释

"秀"："情在词外曰隐，状溢目前曰秀。"①"状溢目前"，即形状鲜明、生动、逼真。《文心雕龙·隐秀》又说："秀也者，篇中之独拔者也。"善于写警句，也是文秀的一种表现。刘勰还认为秀本自天然，如远山浮动的烟云，美女的容光焕发，不必雕琢与装饰，自成美好。在先秦两汉的时代，文学是儒学的附庸，形象的秀美，并未引起人们足够的重视。子夏问诗："'巧笑倩兮，美目盼兮，素以为绚兮'②，何谓也？"③卜商从这里提出问题，可以看出他对《诗经》中描写卫国的美女形态的生动与逼真很欣赏。在《诗经》《楚辞》以及汉赋中，不乏绘形绘色的佳作。但在尚实用重教化的观点指导下，在这方面没有引起足够的重视和认真的总结。魏晋以后，文学进入了自觉的时代。对文学形象性的特质，开始引起人们的重视。《典论·论文》提出"诗赋欲丽"，这个"丽"，也应该包括秀丽之美在内。曹植的《王仲宣诔》，称赞王粲"文若春华，思若涌泉"。"文若春华"，主要是赞美王粲的诗文形象秀美。陆机的《文赋》，对艺术美提出多方面的要求，而清新秀丽之美，更为他所爱好。谢朝华启夕秀的比喻，说明艺术既要创新，也要秀美。《文赋》中说："若发颖竖，离众绝致。""石韫玉而山晖，水怀珠而川媚。彼榛楛之勿翦，亦蒙荣于集翠。"兰花与禾穗，挺拔而出，摇曳风前，风神绝致。蕴藏白玉的山峦洋溢着光辉，产珠的河流越显得明媚。灌木丛未经修剪是不美的，而翠鸟飞戏就能适观、增媚。这一系列的比喻，都是说明秀丽的形象之可爱与可贵。

《诗品》和《文心雕龙》都很重视文学的形象性。前已说过，锺嵘在论述赋、比、兴三义时，认为表情达意，写景状物，都必须重视形象的构造，在理论上对这个问题加以阐明。同时也贯穿在对具体作家品评之中。锺嵘认为在建安诗人中，以文秀见称的是王粲："发愀怆之词，文秀而质羸。在曹、刘间，别构一体。"从形象构成的特点说，王粲诗和曹植诗、刘桢诗都不同，是别具一格的。锺嵘认为曹植文情并茂，刘桢以气胜，王粲以文胜。这个"文"，是专指绘形如画，而不是指词采富丽。王粲的《七哀》，也被锺嵘列为五言

① 这两句是《文心雕龙·隐秀篇》的佚文。见张戒的《岁寒堂诗话》引。
② 《诗·卫风·硕人》，"素以为绚兮"，可能是散佚的诗句。
③ 子夏问诗，见《论语·八佾》。

诗的范作。试以《七哀》诗第一首为例。

> 西京乱无象①，豺虎方遘患②。复弃中国③去，委身适荆蛮④。亲戚对我悲，朋友相追攀⑤。出门无所见，白骨蔽平原。路有饥妇人，抱子弃草间。顾闻号泣声，挥涕独不还。"未知身死处，何能两相完？"⑥驱马弃之去，不忍听此言。南登霸陵⑦岸，回首望长安。悟彼《下泉》人⑧，喟然伤心肝。

　　这首诗是写汉末董卓之乱后长安附近的社会图景。余冠英先生称之为"一副难民图"⑨。"出门无所见，白骨蔽平原。"在广阔的背景上，显示出一幅阴森凄厉的景象。占据画面中心的是饥妇弃子逃生的惨痛场面。孩子的哭号，母亲的哀吟，母子不能相顾，死亡时刻威胁着仅存的人们，使人目不忍睹，耳不忍闻。作者亲身经历着动乱，备尝辛苦，把自己的遭遇和感受以及对人民苦难生活的同情，都一并融会到画面中去。全诗充满了哀伤的感情，抒发出忧国忧民的感叹。诗中叙事状物，一本自然，不假雕饰，而真情自见。这就是王粲"文秀"的具体表现。王粲的《杂诗》："幽兰吐芳烈，芙蓉发红晖。百鸟何缤翻，振翼群相追。"写景明丽如画，欢乐之情，溢于诗外。这首诗和《七哀》诗，色泽不同，情调各异，但形象如绘，同出一手。

　　钟嵘对谢灵运诗的赞美，也可以看到他这方面的艺术好尚。谢灵运擅长写山水景色，其不少诗作以自然秀美见称。钟嵘对其诗评价极高，仅次于曹植和刘桢。钟嵘认为谢诗"尚巧似"，艺术功力极强，"内无乏思，外无遗物"，任何景物，在他笔下都能栩栩如生地

---

　　① 西京：长安。无象：无道或无法。

　　② 豺虎：指董卓的余党李傕、郭汜等人。遘患：制造祸乱。遘，同构。

　　③ 中国：东汉时代称黄河流域中原地带为中国。

　　④ 委身：寄身。荆蛮：指荆州。时王粲去荆州依附刘表。

　　⑤ 攀：攀着车辕，表示恋恋不舍。

　　⑥ "未知"两句是饥妇人语。两相完：不能两相保全，只有弃子逃生。

　　⑦ 霸陵：汉文帝的陵墓所在。

　　⑧ 《下泉》：《诗经·曹风》篇名。《毛诗序》："《下泉》，思治也。"意谓身当乱世，思念文帝时太平盛世的可贵。

　　⑨ 余冠英的《汉魏六朝诗选》王粲《七哀诗》注："第一首写乱离中所见，是一副难民图。"

表达出来。谢灵运不但能"秀"，而且能"逸"。"寓目辄书"，"而逸荡过之"，秀丽飘逸，潇洒自如。其诗秀句迭出，"譬犹青松之拔灌木，白玉之映尘沙"，显得特别秀美和高洁。"谢客山泉"，也被锺氏列为五言诗的范作。谢灵运在山水诗上最主要的贡献，就是发掘和表达山川景物自然之美。诗中有画，诗句精美而又秀逸。如《登池上楼》"池塘生春草，园柳变鸣禽"两句，是其病起登楼，有感于时序的变易，初春景色，使其心境为之一新。即目所见，似未经意，却概括出园中初春最典型的景色，清新隽永，言人之所未能言。《岁暮》诗则是他冬夜愁思，不能成眠。信步门外，"明月照积雪，溯风劲且哀"。忧愤之情，含于诗内。这两首诗，都是锺嵘在《诗品》中特别提出来加以赞美的。其他如《登江中孤屿》写长江景色明丽："云日相辉映，空水共澄鲜"。《石壁精舍还湖中作》写湖中傍晚的景色："林壑敛暝色，云霞收夕霏。"《初去郡》写野旷中秋叶月色："野旷沙岸净，天高秋月明。"这些名句，历来被人传颂。谢灵运曾说过："山水含清晖，清晖能娱人。"（《石壁精舍还湖中作》）他的山水诗确实能发掘出自然风物清晖之美，读后能使人受到熏陶，产生美的感受。但谢灵运诗也不都是清新隽永的，由于他"寓目辄书"，逞才使技，就难免以繁富为累；也由于他重在雕琢诗句，构思不那么完整和严密，章法有点松散，有时甚至不辨首尾。锺嵘虽然也看出他的一些毛病，但过于喜爱他的秀章胜句，在具体品评中，就不免有偏袒之处。

除王粲、谢灵运外，锺嵘认为张协、鲍照以及江淹、谢朓等诗作，也具有文秀的特点。张协的《杂诗》，形容深秋丛林的景象："轻风摧劲草，凝霜竦高木。密叶日夜疏，丛林森如束。"文词华净，风貌俱出。锺嵘称赞他的文笔"风流调达，实旷代之高手"。文才秀美的鲍照，也是以"善制形状写物之词"著称，其《代结客少年场行》写长安京城的气象，王侯的起居和生活："九涂平若水，双阙似云浮。扶宫罗将相，夹道列王侯。日中市朝满，车马若川流。击钟陈鼎食，方驾自相求。"京城气象森严，王侯蝇营狗苟，宛然在目。这是当时后进的文士摹拟而不可企及的。其他如说江淹"善于摹拟"，称赞谢朓诗有"奇章秀句"，批评颜延之诗有"乖秀逸"，说任昉诗秀美不足等，都是爱秀的表现。六朝文士善于写景状物，巧构形似，使得诗的风貌秀美。锺嵘加以赞扬，是他重视诗的形象性的又一表现。

# 六、慕 采

爱慕词采华茂，是锺嵘艺术观的有机组成部分，也是他评价诗作高下的一条很重要的标准。

文秀与词丽，是两个不同的范畴：一是指形象秀美，一是指词采富丽。两者又是有联系的。鲜明而生动的形象，常有赖于丰富而优美的语言加以表达。但在诗的艺术形式上是各具特色的。锺嵘评诗，既重视文秀，更重视词丽。

重视文采是我国古代文论的传统。孔子就很重视文采，他说过："言以足志，文以足言"，"言之无文，行而不远。"（《左传》哀公二十五年引）意思是说，思想要靠语言来表达，语言又要用文采来修饰。语言没有文采，就不能吸引人，不能产生广泛而深远的影响。因此，他主张润色和修饰词采，要求达到"其旨远，其辞文""文质彬彬"的境地，也就是内容和词采并茂。两汉时代，在儒家思想指导下，评论《风》《骚》和辞赋的文章，虽然都侧重强调要具有讽谏的含义，但也都不忽视文采。《毛诗序》提出诗要"主文而谲谏"，即要用有文采的语言，委婉地表达讽谏的内容。刘安认为《国风》和《离骚》都有"好色而不淫"的特点。扬雄认为屈赋和《诗经》一样，都是"丽以则"（《法言·吾子》）的。所谓"好色"，所谓"丽"，都是指具有词采美。他们所反对的，只是没有讽谕意义，不符合儒家思想原则的"淫"和"乱"。到了魏晋南北朝时期，儒学衰微，文学勃兴，诗歌要文采华丽，更提到突出的地位。曹丕主张"诗赋欲丽"（《典论·论文》），陆机主张"诗缘情而绮靡"，"遣言也贵妍"（《文赋》），刘勰主张在重质主情的基础上，要藻饰、辩丽以至于雕琢其章（《文心雕龙·情采》）。锺嵘对词采的爱好，既受传统的艺术观的影响，又和那个时代的艺术好尚密切相关。

锺嵘很重视文采美，这在他的诗论和诗评中都有阐述。他认为诗歌能"照烛三才"，"晖丽万有"，鲜明而形象地反映万事万物，词采华丽是不可缺少的条件。诗之所以能"动天地，感鬼神"，产生巨大的感化作用，也有赖于此。钟嵘在总结五言诗的发展过程时，明确地提出好的诗歌，必须"润之以丹采"，可见其对诗的文采美是何等的重视。《诗品序》末所列的五言诗范作，一般说来，都是具有文采美的，钟嵘称之为"文采之邓林"。在这里，文采成为优秀诗作的代称。再从他所批判的各种不正诗风看，玄言诗"理过其辞"，语言平淡而无词采，钟嵘给予尖锐的批评。改革玄言诗风的谢混、殷仲文，文采斐然，是"华绮之冠"，就受到他的赞扬。事类诗不重视文采，只靠典故来拼凑，钟嵘说他们"虽谢天才，且表学问"，加以讽刺。永明体还是比较重视词采的，钟嵘虽然批评了他们拘泥于声病的弊病，但在具体评价他们的诗作时，却肯定他们具有词采美的长处。可见有无文采美，是钟嵘评诗的一个重要的尺度。

《诗品》的正文，品评了一百二十余位作家，其中特别标举曹、刘、陆、谢四位诗人。这四人，除刘桢外，都是以词采见长。刘桢诗只是"雕润恨少"，词采不足，而不是完全没有文采。刘勰曾称赞刘桢诗"情高以会采"(《文心雕龙·才略》)。即情志高尚兼有文采。事实上刘桢的《赠从弟》《赠徐幹》等名篇，都是有一定的文采的。只不过是刘诗以"气"见长，在词采上用力不多，"雕润恨少"罢了。

在曹、刘、陆、谢四大诗人中，陆机的缺点很多，最主要的缺点是"气少于公幹，文劣于仲宣，尚规矩，不贵绮错，有伤直致之奇"。在六条标准中，气、奇、秀三条都有欠缺。这些，钟嵘都如实地指出来，但品第仍然极高，他和谢灵运并列第三，仅次于曹植和刘桢。钟嵘如此看重陆机诗，除了认为他有意深文雅的优点外，最主要的一点，就是"才高词赡，举体华美"。钟嵘引用张华的评语，称赞陆机是"大才"，自己则赞美他是"陆才如海"，是"文章之源泉"。陆机的"大才"，最主要的表现就是词采富丽。在钟嵘看来，有无文采，或者说文采是否富丽，就成为有无诗才或诗才大小的标志。从对陆机的评价，可以看到钟嵘是十分重视词采美的。"士衡《拟古》"，也是被列为五言诗的范作，试举一首以见一斑。

冉冉高陵蘋①，习习随风翰②。人生当几何，譬彼浊水澜③。戚戚多滞念④，置酒宴所欢。方驾振飞辔⑤，远游入长安。名都一何绮⑥，城阙郁盘桓⑦。飞阁缨虹带⑧，层台冒云冠⑨。高门罗北阙⑩，甲第椒与兰⑪。侠客控绝景⑫，都人骖玉轩⑬。遨游放情愿，慷慨为谁叹。（《拟青青陵上柏》）

陆机的《拟古》诗，就是模拟《古诗》十九首之作。"拟古"，是那时一种诗体，不但要模拟，而且要模拟得相像。"必所拟之不殊"（《文赋》），这是当时的时尚。《拟青青陵上柏》和原诗的立意、选材机构和体制几乎完全一样。陆机博学多识，在古代的经史字书中，搜集旧文遗韵，构成色彩鲜明的词语，用赋的方法加以铺陈。从士大夫的艺术观来看，就是既雅且艳。陆机还擅长运用对偶和排比的句式，使诗句整饰，并能容纳更多的词采。如"飞阁缨虹带，层台冒云冠"，"侠客控绝景，都人骖玉轩"。在两个名词的中间加一动词，既增强了表达能力，又扩大了诗句的容量。这种句式是陆机的创造，是原诗中所没有的。此外，陆机还善于用叠词摹声拟状，显形绘色。这些方面都是钟嵘所欣赏的。

陆机的《日出东南隅行》，也是一首"拟古"之作，是拟汉乐府《陌上桑》的。这首诗可以说是陆机的修辞之章的代表作。诗中写美女的住所、姿容、服饰、歌喉、舞态等，极尽渲染增饰之能事，其词采之富丽，色泽之鲜艳，在陆机以前的诗歌中是极少见的。这大概就是钟嵘所说的"才高词赡，举体华美"的真实含义吧！

---

① 冉冉：高貌。高陵蘋：高山之草。蘋，长杆，如葵。
② 习习：风声。翰：天鸡，善飞，羽赤色。
③ 浊水澜：浊水之波澜，言其水浅易竭。
④ 戚戚：悲貌。滞念：忧愁多的意思。
⑤ 方：并。振飞辔：驱驰着快马。
⑥ 名都：指长安。绮：美。
⑦ 郁：盛。盘桓：广大。
⑧ 缨：系。虹带：长虹如带，回系飞阁，形容阁之高。
⑨ 层台：楼阁重台。冒云冠：冒出云层之上，如给云加冠。
⑩ 北阙：古代皇宫所在地。
⑪ 椒、兰：香草，喻其美好。
⑫ 绝景：名马。
⑬ 都人：京城的士女。玉轩：漂亮的车子。

陆机的《拟古》诗，不重在立意，而重在涂泽词藻，这当然不全是可取的。即使他在迭言造句增强诗句的表达功力上做出一定的贡献，但就总体说来，是不应该给他这样高的评价的。

与陆机齐名的潘岳，也是以词采美见长。钟嵘评潘岳，引用李充的《翰林论》中一段话，称赞潘诗"翩翩然如翔禽之有羽毛，衣服之有绡縠，犹浅于陆机。"意思是说，潘岳诗的含义，比起陆机诗来说，是要浅些，但是却具有很华美的外饰。钟嵘很同意李充的意见，并且说"潘才如江"。可见《诗品》列潘岳为上品，更是以词采美作为首要条件的。其他如评《古诗》"文温以丽"，班婕妤诗"文绮"，曹植诗"词采华茂"，张协诗"词采葱蒨"，张翰、潘尼诗"文采高丽"，孔稚圭诗"雕饰"等，都是赞美他们的词采美的。反之，说刘桢诗"雕润恨少"，阮籍诗"无雕虫之功"，左思诗"野于陆机"，说班固的《咏史》是"质木无文"，曹丕大部分诗作"率皆鄙质如偶语"等，则是以他们没有文采或文采不足深以为憾。

钟嵘评诗以词采华美与否作为重要的标准，在评曹操和陶潜诗时表现得最为明显。曹操，特别是陶潜，其诗作艺术成就是很高的。《诗品》列曹操为下品，列陶潜为中品，理由是"曹公古质"，陶诗是"世叹其质直"。"古质"和"质直"，都是说没有华丽的文采。

《诗品》的品第，后人有许多不同的意见，尤其是陶潜屈居中品，曹操被斥为下品，陆机、潘岳尊为上品，意见更多。明王世贞《艺苑卮言》中说："魏文不列乎上，曹公屈第乎下，尤为不公。"清王世贞《渔洋诗话》中也说："上品之陆机、潘岳，宜在中品，中品之刘琨、郭璞、陶潜、鲍照、谢朓、江淹，下品之魏武，宜在上品。"这些分歧，很多都与钟嵘重视词采美有关。

钟嵘评诗，过分重视词采，今天开来，是一个毛病。不过，这也不是钟嵘所独有，也可以说是六朝时代评诗的通病。譬如以词采见长的陆机诗，不仅名重当时，而且也得到南朝以至初唐时代许多评论家的同声赞扬。如葛洪的《抱朴子》佚篇[1]："吾见二陆之文，犹玄圃积玉，莫非夜光。"甚至说，读之"恐其尽卷。"沈约的《宋书·谢灵运传论》："降及元康，潘陆特秀。"一直到唐代，唐太宗李

---

① 《北堂书钞》引。

世民在《晋书·陆机传论》中称赞其诗文"文藻宏丽","珠流璧合","如朗月之悬光","若重岩之积秀"。锺嵘这方面的艺术好尚，是与这个时代艺术爱好的风气有关系，也可以说是囿于时俗的艺术偏见所致。尽管锺嵘也很强调诗的语言要自然流利，主张风力与丹采的结合，反对专事点缀，反对"雕文织彩，过为精密"①，但是他在具体评价一些重要作家时，还是很重视和强调这条标准，还是受时俗的艺术好尚所左右。这种重视词采的风气，一直到中唐时代，在古文运动和新乐府运动兴起以后，才逐渐衰微下来，品评的尺度，才开始发生变化。陶潜和曹操的地位，逐渐抬高；陆机和潘岳的品第，才开始下降。我们在批评锺嵘评诗的偏颇时，这也是不能不注意到的一个问题。

以上奇、秀、词三条，是锺嵘评诗的艺术标准，是属于"文"的方面；前章所谈的怨、雅、气三条，是锺嵘对诗的内容方面的要求，是属于"质"的范畴。锺嵘是很重视"文"的，但更重视"质"。"文野"他是不满意的，对于无奇、不秀和文采不足的作品都持有贬义；而"质赢"更是他所不取，对于没有怨情，失去雅意以及气势不足的作品，评价更低。他要求"体被文质"，即符合儒家观点的纯正的感人的内容和尽可能完美的艺术形式的结合。他对文质关系的看法和我们是一样的，只是赋予文质的具体内涵，和我们各不相同而已。

---

① 《诗品》下卷评宋武帝刘骏诗。

# 关于诗的滋味说

　　钟嵘品诗，提出一个滋味说的问题。诗，有无滋味，是一个比喻，辨诗于味所要说明的是：诗，能否给人以美感享受，是否经得起品味。所以滋味说实际上是钟嵘对创作和欣赏提出的一项审美要求，它与上述评诗标准密切联系，但又不能等同于一般的批评标准。与其说它是囊括各项批评标准的总要求，毋宁说是从给予人们的美感程度作为判别诗歌好坏的另一个尺度。因为角度不同，含意也就有区别。

　　钟嵘是精于诗的，他对诗的鉴赏能力很强，也很自信。他说："诗之为技，较尔可知，以类推之，殆均博弈。"博弈之喻，意在说明，他很懂得诗艺，诗人一下笔，他就能看出其诗艺水平的高低，如同高手观弈棋，对方一投子，就能看出其棋艺的精疏一样。但诗是语言的艺术，不单是个技巧问题。诗的形象是作者审美观的体现和结晶。深于诗的人，还必须对诗的艺术美有感知的能力。滋味说的提出，说明钟嵘很重视诗的美感作用，这是钟嵘深于诗的尤为重要的表现。

　　品评文学艺术，提出个有味问题，并不是从钟嵘开始的。《论语·述尔》篇："子在齐闻《韶》，三月不知肉味。曰：'不图为乐之至于斯也。'"《韶》是舜乐，孔子在齐国，听到演奏《韶》乐，长时间沉浸在美感享受之中，连肉味的甘美，也感觉不出来了。孔子感叹地说：没有想到音乐给人的美的感受是如此之深啊。这是比较早地接触到对艺术美的品位问题。《礼记·乐记》里，赞美宗庙的雅乐，"一倡而三叹"，余音不绝，就如同用于祭祀的原汁肉汤，虽未加作料，但其味纯厚，有回味的余地[①]。这也是用肉味来比喻音乐之

---

　　① 《礼记·乐记》："清庙之瑟，朱弦而疏越，一倡而三叹，有遗音者矣；大飨之礼，尚玄酒而俎腥鱼，大羹不和，有遗味者矣。"

美的。陆机在《文赋》中说"阙大羹之遗味"，大概是从这里得到启示的吧！不过，一则譬诸音乐，一则延引到诗文；《乐记》认为雅乐就有大羹之遗味，陆机认为雅而不艳，则是"阙大羹之遗味"。他们之间的审美观点，显然是有差异的，但都强调艺术美要有遗味，要有回味的余地，则是相同的。两汉，特别是南朝时代，用"有味"来赞美诗文的，还有司马迁①、王充②、刘勰和颜之推等。《文心雕龙》就用过"余味""可味""味深""滋味"③等词来赞美诗文。《颜氏家训·文章篇》认为文章除了讽谏时政、治国治民的多种用途外，还可以愉悦性灵，"入其滋味，亦乐事也。"④也就是说，能给人以美感的快乐。刘勰和颜之推都直接使用了"滋味"这个词。钟嵘的滋味说的形成，既受了传统的影响，又与那个时代的文论界比较普遍地重视对文学艺术提出审美要求有关。钟嵘的贡献，主要是结合创作，依据诗的特点，论述了诗的美学价值，从而阐明了滋味说的含义，并且广泛地运用到五言诗的评论中来。

# 一、从创作上提出问题

《诗品》是一部诗歌理论批评著作，是以"辨彰清浊，掎摭利病"为主旨的。但滋味说却首先是从创作的角度上提出，并从赞美五言诗具有丰富的表现力来阐明这个问题的。为什么他这样做呢？钟嵘大概是想从诗的滋味的来源入手说清这个问题，然后作为一项最重要的审美要求，一条具体和可感性的尺度，对古往今来的五言诗作进行品位。

第一，五言诗是最有滋味的。

《诗品序》说："五言居文词之要，是众作之有滋味者也。"为什么这样说呢？钟嵘回答说："岂不以指事造形，穷情写物，最为详切者耶！"五言诗的长处，就是最有利于形象的描绘和诗意的表达。

---

① 《史记·张释之冯唐列传》："张季之言长者，守法不阿意；冯公之论将率有味哉，有味哉！"

② 《论衡·自纪篇》："文必丽以好，言必辩以巧。言了于耳，则事味于心。"

③ 《文心雕龙·宗经》篇谈运用旧典，能"余味日新"。《隐秀》篇谈诗文含蓄之美是"余味曲包"。《史传》篇赞赏班固的《汉书》"儒雅彬彬，信有遗味"。《明诗》篇称赞张衡的《四愁诗》"清典可味"。《体性》篇说扬雄的辞赋"志隐而味深"。《声律论》说"吟咏滋味，流于字句"等。

④ 颜之推《颜氏家训·文章篇》："至于陶冶性灵，从容讽谏，入其滋味，亦乐事也。"

"指事"，许慎在《说文》中作为六种构字法之一，班固认为"象事"。"指事"或"象事"，意即把抽象的字义具体化。用于创作，即叙事生动形象。造形，构造形象。穷情，能把感情充分地抒发出来。写物，是摹写物状。一句话，就是五言诗最有利于形象地叙事状物，穷情说理。所谓详切，详是详尽，指表情达意的广度；切是深切，指表情达意的深度。这些都是指诗的表现力说的。

五言诗在当时是一种新兴的诗体，创作实践已经证明，它比起四言体来，具有很大的优越性。四言体代表作《诗经》以及《楚辞》中《天问》《招魂》《大招》等四言诗作，其中不乏文字简约、含意深广的佳作，锺嵘认为诗人可以从中学到这方面的表达技巧。但是时代前进了，诗中反映的生活面开阔了，诗的表现技巧也丰富了，人们对诗的艺术美的要求也和过去不同。诗歌的发展，是由质朴趋向华丽，简约走向丰满。写景状物，情态要生动；叙事抒情，要详尽而真切。光有质朴和简约，不足以适应诗歌表达上新的要求。如果从增加诗句找出路，那就会冗长拖沓，出现"文繁意少"的毛病。由于四言诗使新的技巧不能充分地运用，诗人的情意不能充分地表达，局限性较大，一般的文人都不愿再写四言诗了。五言诗以奇句的形式出现，每一句中，虽然只增加了一个字，但在词语上下组合上却灵活得多，能构成多种意象，从而扩大了诗句的容量。一般说来，四言诗常常需要两句来表达一个完整的意思，五言诗却可以在第三字或第五字上加一个动词，它不但在一句中就可以表达一个完整的意思，而且还可以组成包孕句式，表达出事物的多种意象。如："漫漫秋夜长，烈烈北风凉。"（曹丕《杂诗》）"明月照积雪，溯风劲且哀。"（谢灵运《岁暮》）这四句诗每句都是一个完整的意思。两诗的最后两句，一是写秋风烈且凉，一是写溯风劲且哀，写出同一景物的两种特质。诗人的感情意象，递过写景状物，也就更能充分地表达出来。至于像"野旷沙岸净，天高秋月明"（谢灵运《初去郡》）之类的句式，五字句中写两种事物，构成一种新的意境，这在四言诗更不容易做到了。由于五言句词语的组合有回旋的余地，加上诗人炼字的功夫，即使在"文约意广"这一点上说，也常常是四言诗所不及的。至于词采的增饰，词气的婉转，韵语的悠扬以及绘形绘影、绘声绘色以构成丰富多彩的形象，更是五言诗的擅长。所以自从五言诗兴起并显示出优越性以后，文人士大夫都很爱好，都乐于采用这种新的诗体进行写作了。

钟嵘从创作的角度上肯定了五言诗，从诗体的表现力上说明五言诗是最有滋味的。但这并不是说只要运用了五言体就能写出好诗，其诗作就能给人以美感享受，而是说"指事造形，穷情写物，最为详切"的无言之作，才是有滋味的。那么，合乎逻辑的推论是：一切"指事造形，穷情写物，最为详切"的诗作，都是有滋味的。这样就不但从诗的特点、诗的美学价值肯定了五言诗作，同时也从诗的形象性、诗的美学意义说明了诗的滋味说的含义和来源。

第二，斟酌采用赋、比、兴三义，使诗更有滋味。

诗的滋味，既然来源于诗的形象美；而形象的构成，则必须重视诗的作法。《诗品序》里，正是在谈滋味说的前提下，阐明赋、比、兴三义的。

在前面所言的"钟嵘的生平和《诗品》的体例"里，我们已经谈到钟嵘总结了历代诗歌创作的丰富经验，对赋、比、兴三义做了新的与前人不同的解释。从形象思维的角度上，揭示了三种手法的共同特点，那就是必须注意用形象来显示意义，使诗形象鲜明，饶有滋味。但赋、比、兴三法又各有不同的特点，抒情写物可以各派用场。在词序安排上，钟嵘突出了兴体手法。兴是托物以起兴，寓意于言外，重在表达言近旨远的诗境。比要借物以喻志，借喻之物，要选择得当，状物也要真切，但重在抒发诗人的情志。比体手法的工拙，就在于能否物情吻合，喻生巧义。赋是直陈其事，叙事要脉络分明，又要写物以寓言，重视形象的描述。诗人的寓意，诗的倾向性，要从叙事的过程中、艺术的概括中流露出来。赋、比、兴三法既各有特点，诗人就必须依据自己所写的题材和自己的艺术擅长，斟酌采用，充分发挥各种手法的长处，写出具有自己特色的诗情画意的诗篇。

赋、比、兴三法，都是诗歌创作中行之有效的不可缺一的方法，可以酌情采用，但不可轻加轩轾，厚此而薄彼。从钟嵘的诗评中看，他是很欣赏意在言外，托谕清远的诗作的。他对文温意远，情喻渊深的诗歌评价都比较高。而善于兴会，擅长托喻，常常能表达较为深远的意境，这就是比兴体运用得好的一种表现。如班姬的《团扇诗》，刘桢的《赠从弟》，郭璞的《游仙诗》，刘琨的"感乱"诗，因为都是寄怀不浅，感人至深，所以得到锺嵘的赞赏，但是如果专用比兴，诗意就会由深转涩，变成隐晦艰深，以致意旨不明。像阮籍有些《咏怀诗》那样，"厥旨渊放，归趣难求"；陆机的某些比兴体诗，务求窥深，以致产生词繁情隐的毛病。那是锺嵘所不赞成的。锺嵘也很欣赏善叙事理，写景状物得其巧似的诗作，这常常是擅长赋体手法的艺术功力。赋，作为写诗的一种基本手法，它着眼于实写。诗人把自己在生活中所深切感受到的和细致观察到的事物，形象地如实地描绘出来，就必须用赋。这是比兴体所不能代替的。王粲的《七哀诗》，除个别地方用了比兴手法外，基本上是采用赋体手法写成的。这是锺嵘所肯定的"文秀"的代表作。秦嘉夫妇的赠别诗，写他们夫妇离别和怀念的感情，也是基本上采用赋体手法写成。这些诗叙事清楚，感情真切，形象鲜明，很有感人力量。胡应麟在《诗薮》中说："秦嘉夫妇往还曲折，具载诗中，真事真情，千秋如在，非他托兴可以比肩。"锺嵘列为中品，加以赞美。其他如张协和鲍照的某些写景诗，二谢的山水诗，都是较多的采用赋体手法的成功之作。但锺嵘也正确地指出，如果"但用赋体"，或者拘泥于注经家对赋的解释，只会直陈，不善于曲写形象，那么诗意就会发露浮浅，文字就会松散而不凝炼，平淡芜杂而缺乏深意。谢灵运有时"寓目辄书"，所以有"繁富为累"的缺陷。傅亮诗"平美"而少深意，那是只用赋体或赋体运用得不好所致。所以众人主张三种手法合而用之，诗意在不深不浮之间，像《古诗》和曹植诗那样，既能文温意远，含蓄深刻，又能形象鲜明，自然流畅，这样就能产生"味之者无极，闻之者动心"的艺术效果。

第三，包含风力、润饰丹采，使诗滋味无穷。

这也是从创作上提出要求的。风力与丹采，前面已有评介，兹不重述。这里需要指出的是，风力与丹采都不是独立于形象以外的东西，它包含在诗意之中，显示于诗形之上，使诗的形象更为丰满和具有生气。风，是对诗的抒情性的要求，在锺嵘看来，"情兼雅怨"，就是有风的验证；力，是文章的气势，诗歌叙事及义，由义派生气，诗中要有正气激荡其间。"骨气奇高"，就是力的美的体现。钟嵘认为，重视诗的形象性，叙事穷情，力求详切，这是诗具有滋味的首要条件。

但是，怨情有雅俗深浅之分，骨气有强弱盛衰之别。"干之以风力"，就是在创作上对诗的内容提出更高的要求，达到这一点，诗意就会更深厚有滋味。"润之以丹采"，是钟嵘对诗歌形式美提出的更进一步的要求。诗的语言要富丽，要色彩鲜明，使诗的形象具有华美的外饰，给人以美的感受。钟嵘认为这是诗歌具有好的滋味的重要条件。

钟嵘过分癖好词采，有其不足之处。但是，诗歌是语言的艺术，词采的富丽与精美，也是诗的艺术美的重要因素。那些"率皆鄙质如偶语"和"质木无文"的诗作，总不能说是诗中的上乘。钟嵘在强调风力的同时，重视词采的富丽与华美，也不能说是完全不足取的。在具体品评中，钟嵘对于"无雕虫之功""雕润恨少"的阮籍和刘桢等诗作，评价仍然很高，在审美观上，恐怕也不能说他全是形式主义的。

以上三点，都是从创作上谈的，可以说是他的创作论的整体。钟嵘从主张写物以穷情开始，到重视艺术构思和形象的表达，进而要求包孕风力，润饰丹采。有滋味的诗作，正是从这一创作过程中孕育和生长出来。钟嵘也正是从这个角度上阐明了诗的滋味的来源和全部含义。而判别一首诗有无滋味，也就有了标准，有了依据。所以他的创作论，也是为他的批评论服务的。

什么样的诗才能给人以美的感受呢？什么样的诗才是真正有滋味呢？这在当时，人们的看法上，并不是很一致的。当时的情况是，写诗和品诗之风都很盛行，从文人学士到王公贵族，都竞相学诗，雅好论诗。但艺术水平不同，美学趣味各别。就每个写诗的人来说，常常是敝帚自珍，以为自己的诗作是最美的，是最有滋味的；就评诗者来说，也各有所偏好，"随其嗜欲，商榷不同"。玄言诗的爱好者，认为用平淡的语言深析老庄的哲理为有味。孙绰的《兰亭诗》云："时珍岂不甘？忘味在闻《韶》。"他把那些吟咏老庄的《兰亭诗》之类，比之于《韶》音，认为比时珍之味还要甘美。而事类诗的爱好者，则矜言数典，咸夸富博，以捃拾细事，争疏僻典为最有味。任昉诗动辄用典，诗不得奇，但却为京师文士所嗟慕，并争相仿效。永明体的提倡者，以精通四声，妙解音律为最有味。至于爱好辞采的，则"俪采百字之偶，争价一句之奇"（《文心雕龙·明诗》）崇尚典雅的，则竞效陆机、颜延之诗体，孜孜不倦。艺术爱好的差别，正是审美观不同的反映。各种不同的诗味论，各执一端，党同伐异，于是"淄渑并泛，朱紫相夺。喧议竞起，准的无依"。固然，艺术美可以有不同的爱好，但是总该有一个区分有无美感的基本尺度。

锺嵘针对这种情况，依据诗的特点，确定滋味说的含意，作为品评诗歌有无滋味的客观依据。这样就比较容易攻破那些离开诗的形象美完全依据个人嗜好的各种错误的诗味论，从而确立比较正确的诗味论，并能为多数人所接受。这大概就是锺嵘为什么从创作论入手提出滋味说的原因吧。

## 二、从艺术鉴赏的角度上进行品味

锺嵘对诗歌艺术美的鉴赏，和他的评诗标准一样，都是受他的审美观点制约的。但艺术的鉴赏，主要是感情活动，而不是理性评价。对形象的欣赏，常常借助于想象，而想象和其他有浓厚感情色彩的认识活动，是属于形象思维的范畴。这和以理性认识为主的分析和评价是有区别的。虽然，艺术的鉴赏，并不排斥对艺术的评价；同时，从人们认识应遵循由感性到理性的一般的发展过程来说，感性的认识应是理性认识基础。但诗歌和其他艺术作品一样，是诉诸形象的，它是诗人审美意识和审美情趣的形象结晶。对诗的形象美感知的深度，又是对诗歌艺术美认识的某种升华。这里还要有相应的鉴赏能力作为条件。所以滋味说是作为一项更高的审美要求提出来的。它和上述各项评诗标准是有区别的。锺嵘的《诗品》，很重视从鉴赏的角度谈诗的形象美对人们的感知。他在给一百二十余位诗人所下的评语中，理性的评价伴以对艺术美的欣赏和感情上的感奋，而且常常陶醉在对诗的艺术美的感受之中。

第一，惊叹意境深远之作。

锺嵘品味诗篇，首先特别欣赏那些言近旨远、意境深远的诗作。譬如对《古诗》的评赞，一大半的语句都是属于对诗的艺术美的欣赏："其体源出于《国风》，陆机所拟十四首①，文温以丽，意悲而远，惊心动魄，可谓几乎一字千金。""《客从远方来》《橘柚垂华实》，亦为惊绝矣！人代冥灭，而清音独远，悲夫！"锺氏认为《古诗》是优美的，其感染力极强。特别是陆机曾模拟过的那十四首以及《客从远方来》《橘柚垂华实》两首，更为杰出。锺氏最后几句赞叹的话，也是意味深长的：《古诗》写作的年代早已过去了，但这样优美的诗篇，还长久地影响后代，艺术的生命长存，这多么使人感叹啊！锺嵘为什么这样赞赏《古诗》呢？梁启超在《中国之美文及其历史》一文中，对《古诗十九首》的赏析，其中有些意见和锺氏是相通的。梁启超说："十九首之价值，全在意内言外，使人心醉。"其抒情写景，"专务'附物切情'"；"随手寄兴，辄增妩媚。至于《迢迢牵牛星》（即陆机曾模拟过的一首）一章，纯借牛女作象征，没有一字实写自己情感，而情感已活跃句下。"梁氏认为十九首诗形婉约，诗意深厚，"优饫涵讽（兴讽之意含蓄纯厚），已移我情"，虽然有些诗寓意已不可确知，但能引起我们的联想，"养成我们温厚的感情，引发我们优美的趣味，比兴体的价值全在此"。梁启超认为十九首技巧的纯熟和意境的优美，只有唐诗宋词中的著名篇章，才能与之媲美。梁启超和锺嵘一样，对《古诗》的形象美和意境美的体验是很深切的。但是，我们也应看到，《古诗》常常借用形象，表达人生无常，应及时行乐的消极以至于颓废的人生哲理。锺嵘所谓"意悲而远"，如果包含有这方面的内容，引起他这方面的感情上的共鸣，那就说明他的审美情趣，也包含有很多不健康的因素。

锺嵘欣赏意内言外意境深远的诗作，还可以从他对阮籍诗的品评中得到印证。阮籍的《咏怀》诗，刘勰称之为"响逸而调远"（《体性》），"阮旨遥深"，（《明诗》）。锺嵘也称其为"厥旨渊放"，都是指阮诗含意深远的特点。这是助于理性的评价。但与此同时，锺嵘又从鉴赏的角度谈到阮诗给予他感情上的感染和意境上的熏陶："《咏怀》之作，可以陶性灵，发幽思。言在耳目之内，情寄

---

① 陆机所拟十四首，今存十二首，即"拟行行重行行、拟今日良宴会、拟迢迢牵牛星、拟涉江采芙蓉、拟青青河畔草、拟明月何皎皎、拟兰若生朝阳、拟青青陵上柏、拟东城一何高、拟西北有高楼、拟庭中有奇树、拟明月皎夜光"。见《昭明文选》。

八荒之表。洋洋乎会于《风》《雅》，使人忘其鄙近，自致远大。"这就是说，阮籍的《咏怀诗》能陶冶人们的性情，触发联想，启迪人们思考许多深远的问题。那些言近旨远的比兴之作，思想深厚，洋洋大观，和风雅精神相一致。进入阮诗的境界，就能使人去掉许多凡俗的思想，精神自然而然地开阔起来。钟嵘对阮籍《咏怀诗》意境美的感受，也是很深切的。其他如评陶潜："每观其文，想其人德。"从赞赏其诗境的高洁，联想到其人品德的高尚。至于称赞郭璞诗"文体相辉，彪炳可玩"，既赞美他的《游仙》诗体，又欣赏他的诗形象美和词采美。《游仙》诗体之所以值得玩味，并非是钟嵘向往渺渺玄宗，欣赏他表露出"列仙之趣"，而是称赞他采用这种诗体，比兴寄托，"坎壈咏怀"，吐露出心中的块垒，构成新颖的诗境，能使人体味出弦外之音。

总之，意味深长、具有意境美的诗作，钟嵘都是很赞赏的，从中可以看到其审美的主要情趣之所在。

第二，喜爱讽味华靡之篇。

讽味华靡，是钟嵘审美情趣的重要组成部分。华靡，《诗品》又称风华清靡。风华，指有风采的外貌；清靡，即清秀细腻。这是说诗的形象有清丽娟秀细致之美，它是形象美和风格美一种表现形式。其特点是描写细腻，清丽明晰，曲折入情，有妩媚之姿，近似工笔画。《诗品》评曹丕："惟《西北有浮云》（《杂诗》之一）十余首，殊美赡可玩，始见其工矣。"对于"祖袭魏文"的应璩诗，《诗品》的评语是："至于'济济今日所'，华靡可讽味焉。""其源出于应璩"的陶潜诗，钟嵘的评语是："至如'欢言酌春酒'（《读山海经》其一）、'日暮天无云'（《拟古》其七），风华清靡，岂直为田家语耶！"应璩诗原有百余首，但绝大多数已散佚了。"济济今日所"，不知出自何诗，已不可复见。想应璩当日也有细腻婉娟的诗作。

依照钟嵘的看法，应璩诗和陶潜诗其源都出自曹丕。那么，应、陶的华靡之作，当和曹丕的"美赡可玩"的"西北有浮云"风格相似。试以曹丕的《杂诗》（其二）"西北有浮云"为例。

西北有浮云，亭亭如车盖①。惜哉时不遇，适与飘风②会。吹我东南行，行行至吴会③。吴会非我乡，安得久留滞？弃置勿复陈，客子常畏人。

这是一首比兴体诗作，诗中借浮云飘移，写游子的遭遇，所表达的是浓厚的思乡感情。游子流离失所，身不由己，客游他乡，常受冷遇。心怀惴惴，自惭形秽，境遇是悲苦的。曹丕没有游子的经历，是否有其他寄托，本事不知，无从查确④。这首诗词采并不华丽，但文笔轻盈，文词清绮，感情凄婉，情调低沉。游子的遭际，使人哀怜；游子的陈诉和哀吟，也使人同情。以浮云比游子，附物切情，亲切自如。诗中所显现的形象，娟秀美好，婉约多姿。钟嵘对这类诗很欣赏，认为是"美赡可玩"，富有滋味。

和"西北有浮云"风格类似的陶渊明的《读山海经》（其一），所写的是他耕读自娱，陶然自乐的感情，同样也得到钟嵘的赞赏。

孟夏⑤草木长，绕屋树扶疏⑥。众鸟欣有托，吾亦爱吾庐。既耕亦已种，时还读我书。穷巷隔深辙⑦，颇回故人车。欢然酌春酒⑧，摘我园中蔬。微雨从东来，好风与之俱⑨。泛览周王传⑩，流观山海图⑪。俯仰终宇宙⑫，不乐复何如！

这首诗是写陶渊明隐居不仕的生活，表达出不愿与世俗同流合污的高尚志趣。安静的环境，自然的景色，衬托出他恬静愉悦的心境。文笔轻松流利，语句自然亲切。用白描的手法，写出一片真情

① 亭亭：耸立而无所依靠的样子。车盖：车篷。
② 飘风：忽起的暴风。
③ 吴会：指当时的吴郡和会稽郡，今江苏和浙江一带。
④ 吴淇等认为这首诗是作者害怕曹操改立曹植为世子时所作，这是一种推测词，不可确信。
⑤ 孟夏：初夏，指农历四月。
⑥ 扶疏：枝叶茂盛。
⑦ 穷巷：僻巷。隔：隔绝。深辙：大车的车迹。意谓身居陋巷，和世人隔绝。
⑧ 春酒：仲冬酿酒，经春始成，称春酒。
⑨ 俱：同来。
⑩ 周王传：即《穆天子传》，记周穆王驾八骏西征的故事，是神话传说。
⑪ 山海图：即《山海经》，依据《山海经》神话故事绘制。
⑫ 俯仰：意谓顷刻之间。这句是说，顷刻间从图中穷尽宇宙之事。

真景，没有一点雕饰。钟嵘称赞这首诗"风华清靡"，也就是诗的形象清绮秀美，自然婉约。读之能陶冶性灵，移人感情，反复讽诵，味之不厌。钟嵘从曹丕、应璩、陶潜的众多诗作中，特别提出这类诗歌加以赞美，这证明他对自然秀美的诗歌有着深深的爱好。

其他如张协诗的华靡，也得到钟嵘的激赏："靡于太冲，风流调达，实旷代之高手。"深受张协影响的谢灵运，钟嵘认为他"杂有景阳之体，故尚巧似，而逸荡过之"。谢诗巧构形似，形象逼真，逸荡流丽，又超过了张协，所以诗的滋味也深于张协诗。

钟嵘讽味陶醉在这类华靡诗作的诗情画意之中，说明他对诗的形象美和风格美的感知能力是很强的。钟嵘评诗，推崇典雅，爱好气骨，又喜爱华靡，这证明他品评诗歌，眼界是比较宽的，是不拘一格的。

第三，咀嚼英华，厌饫膏泽。

这是钟嵘对陆机诗的赞语，但也是他自己的笃好。

钟嵘是很重视诗歌的词采美的，在"评诗的标准"中，我们已详细谈过。从审美的角度看，什么样的词采才能给欣赏者带来滋味无穷的感受呢？那就是既富且丽，有声有色。《诗品》评张协："词采葱蒨，音韵铿锵，使人味之亹亹不倦。""词采葱蒨"指的是色泽美，"音韵铿锵"指的是声音美。张协《杂诗》，写景状物，得其巧似。《杂诗》中像"金风""清气""白日""丹霞""绿竹""翠林""青苔""黄菜"以及"风激""雨啸""虎咆""鹤吟"等状声状色之词，比比皆是，这是钟嵘所欣赏的。所谓"音韵铿锵"，指的是诗的自然音韵，能口吻调利，流转自如。张协的《杂诗》，都是两句一韵，其声韵关系，虽不完全符合近体诗的平仄和声律，但讽读起来，音韵和谐，朗朗上口。娓娓动听。所以钟嵘说"味之亹亹（即娓娓）不倦"。

钟嵘对建安诗人的一些诗作声韵美也是很欣赏的。《诗品序》在批评永明体时，称赞曹操、曹丕、曹叡的一些诗作，能"韵入歌唱"，他特别提出阮瑀的《杂诗》"置酒高堂上"和曹植的《七哀诗》"明月照高楼"是"为韵之首"，认为他们的诗作，清音和浊音配合得当，读起来很流畅，具有声韵美。当然，钟嵘所欣赏的是音韵自然和谐，和永明体沿革的声律要求是不一样的。

除了词采的声色美外，锺氏还很赞赏词采富丽。其评陆机："咀嚼英华，厌饫膏泽，文章之渊泉也。"锺嵘认为品味陆机诗的词采，就如同品尝浓味的肉汤一样，滋味深厚，余香满口。后代的文章家，都从他那里拾取丽词，点缀自己的诗作。陆机诗词采确实是华丽而且丰盛。但常常也以"繁富为累"，失之芜杂。在锺氏以前，已有不少人指出陆机繁杂的毛病。而锺嵘对它却赞赏备至，可见其癖好之所在。锺嵘自己的文章，也是喜爱雕饰词采的。据《梁书》记载，锺嵘所写的《瑞室颂》，也是以"词甚典丽"闻名，这是他的审美情趣在创作上的反映。

我们认为，诗以意境为主。词采之美与否，应以表达意境之美为依据。那些以繁富为累不能表达意境之美的词采，即使再富丽，也是不值得讽味的。

锺嵘在对诗歌艺术美的鉴赏中，除上述三点外，还常常用一连串生动而形象的比喻，把自己的美感具体化，使人可以把握，并能产生丰富的联想。譬如评曹植："粲溢今古，卓尔不群。嗟乎！陈思之于文章也，譬人伦之有周、孔，鳞羽只有龙凤，音乐之有琴笙，女工之有黼黻。俾尔怀铅吮墨者。抱篇章而景慕，映余晖以自烛……"激赏之情，露于言表。欣赏和评价，水乳交融。曹植诗之美，达到什么程度呢？"粲溢古今，卓尔不群。"明媚粲丽之美，超越古今，使古今诗作，黯然失色。锺嵘深长感叹地说，曹植在诗国中的地位，就像周公、孔子之德，是万众的楷模；神龙凤凰之灵，是鸟兽虫鱼中之王；琴笙弹奏之美，各种乐器无出其右；女工精制的彩绸，各种纺织品都相形见绌。一些才华不高的诗人，只能去叹赏、羡慕，最多是学点皮毛，装饰自己的诗作。引领而望，是不能见其项背的。锺嵘对曹植诗美学价值的品评，是诉诸感情的，用形象的对比，给人以深刻而具体的感受。又如对谢灵运诗章句和词采之美的品味，也是用很多极生动的比喻，给人以美的感知："名章迥句，处处间起，丽典新声，络绎奔会。譬犹青松之拔灌木，白玉之映尘沙，未足贬其高洁也。"谢诗章句之美，秀挺而高洁；词采之妍，富丽而新颖，使人目不暇接，美不胜收。其他如用"流风回雪"的姿态，比喻范云诗婉转多姿，清秀可爱；用"落花依草"的比喻，赞美丘迟诗点缀映媚，妩媚可亲。从而帮助人们去领会范、丘的模山范水的诗作清新秀丽之美。至于称赞张欣泰、范缜诗"赏心流亮"，江祀诗"明靡可怀"，则是从鉴赏的角度直接进行品味的，我们就不再一一细述了。

总之，锺嵘的滋味说，从形象的创造到意境的形成，说明诗味的含意和来源；从感性的认识活动谈诗的艺术美给予人们美的感受和熏陶，这些都是比较符合艺术思维规律的。尽管他的鉴赏论的理论体系还不那么完整和严密，他对一些诗作赏析时，多数只是概括地谈一点美的感受，甚至只是说一些感叹的言词，今天看来，还不是那么细致，使人感到还有些不满足。他的一些审美观点，也还有不少的问题。但是锺嵘在中国文学批评史上，开创了鉴赏批评的新路，对后代的诗话家产生了广泛而有益的影响，而这正是他难能可贵之处，值得我们珍视。

# 锺嵘的地位和影响

《诗品》作为我国古代的第一部诗论专著，其主要贡献是：在五言诗发展到一个新阶段时，及时地做出了比较系统、比较全面的理论总结。锺嵘的理论，在吸收前人诗论的基础上，研究了五言诗创作的新经验和新成果，提出了许多创见，从而建立了自己的理论批评体系。

锺嵘诗歌理论的深刻性和完整性，在齐梁以前，是无与伦比的；就是在隋唐以后，也比较少见。《四库提要》评介《诗品》时说，此书"妙达文理，可与《文心雕龙》并称"。《文心雕龙》和《诗品》，是中国文学批评史上的两部名著。前者全面地论文（其中也包括诗），后者专门论诗，都是带有总结性的文论专著。两书的出现，是中国文学创作和文学批评发展到了一个新阶段的标帜。《诗品》由于"妙达文理"，亦即能曲折入微地揭示了诗歌艺术思维的某些规律。所以它虽然只是以五言诗作为评论的对象，但对各体诗歌都具有较普遍的意义。因此，它在中国古代诗论的发展史上，占有一席重要的位置。对当时和后代，都有很大的影响。就当时的情况说，诗派蜂起，创作和评论都出现了很复杂的情况。锺嵘以比较进步的艺术观点和精湛的艺术素养，把艺术批评和艺术鉴赏结合起来，对古往今来的五言诗作，进行了广泛而深刻的评论。褒朱贬紫，树立旗帜，从而起了廓清诗坛以正视听的作用。锺嵘在当时的政治地位和文坛上的影响，都远不及沈约。但是他的《诗品》，批评了当时包括沈约在内的各种诗派，并获得了成功。范文澜说："锺嵘生在颜延之、沈约两派盛行的时候，指名反对两派的弊病，可称诚实之士。""他把各种庸音杂体，一概削弃，认为'无涉于文流'，只有真诗人才得列入三品。对于入品的诗人，各加直率的褒贬语，无所忌讳。当时庸俗诗人的宗师如颜延之、鲍照、谢朓、任昉、沈约，都列在中品，并指出学这些人的诗的流弊。钟嵘敢于这样做，因为他相信自己的褒贬公正无私，被评论的各诗派也承认他的褒贬确实是公正无私。"①钟嵘敢于这样做，并起了这么大的作用，都是很不容易的。这与他艺术上的在行和批评的公正中肯分不开。直到唐代，姚思廉作《梁书》，李延寿作《南史》，评及丘迟、范云等诗作，还引用了《诗品》中的话佐证。

和钟嵘同时代的江淹，曾经写过两篇有名的赋——《别赋》和《恨赋》。两赋都抒发了怨别之情，这和《诗品序》"嘉会寄诗以亲"一节的观点，是完全一致的。钱锺书说："说也奇怪，这一节（即"嘉会寄诗以亲"一节）差不多是钟嵘同时人江淹那两篇名文——《别赋》和《恨赋》——的提纲。"②江赋也写于齐梁时代，在当时就享有盛名。如果说这不是受钟嵘观点的影响，至少可以说他们是所见略同。这证明诗赋应叙怨情的观点，在当时是很有影响的。

钟嵘的《诗品》，特别推崇建安风力，比较倾向于复古，其主要意图之一是想扭转齐梁的诗风。但齐梁以后的诗坛，是沿着"新变"的道路走下去的，愈益走向颓靡。钟嵘以及刘勰的比较进步的艺术观点，在当时并没有为多数人所接受，这是文学史的事实。但这只能说明，士族阶级虽日趋没落，但还有势力，士族文士的艺术趣味，还有很深的影响。"彼众我寡，未能动俗。"刘、钟著作本身的价值和作用，并不能因此而可以稍加贬抑。

唐代的诗风，自陈子昂后发生了巨大的变化。陈子昂、李白的诗歌革新主张，当然比钟嵘更为激进，更为重视诗歌反映现实的功能。但陈、李以及尔后杜甫、韩愈等提倡汉魏风骨和风雅精神，和钟嵘的主张仍是一致的。陈子昂主张诗歌要有骨气，要形象鲜明，音节要自然铿锵（《与东方左史虬修竹篇序》）。李白提倡"清水出芙蓉，天然去雕饰"（《经乱离后天恩流夜郎忆旧游书怀赠江夏韦太守良宰》），主张诗的艺术美如出自然。杜甫同时欣赏"翡翠兰苕"（《戏为六绝句》）的诗境。韩愈主张"不得其平则鸣"（《送孟东野序》），认为"愁思之声要妙""穷苦之言易

---

① 范文澜：《中国通史简编》（修订本），人民出版社1958年版，第421页。
② 钱锺书：《诗可以怨》，《文学评论》1981年第1期。

好"（《荆潭唱和诗序》）以及在古文运动中提倡"文气"等，他们与锺嵘的艺术观有许多相似之处。这恐怕不能说完全是偶合。至于皎然的《诗式》，谈比、兴重在取象，并以形象含义的显隐来区分比、兴，又重视"文外之旨"，主张诗的意境和风格要善于变化。司空图的《诗品》，区分多种不同的风格，特别是他提倡辨诗于味（《与李生论诗书》）等，我们也不能说，他们的文艺见解和锺嵘没有某种前后承接关系。唐代的诗论家的一些艺术见解，虽不能说与锺嵘又直接的师承关系，但部分地受到他的影响和启示，恐怕也是事实。

锺嵘的《诗品》，作为一部诗论专著，自宋以后，受到了广泛的重视。宋以后一直到明清的一些有名的诗话和诗论著作，或阐述其某种见解，补充其某种说法；或摘引其文以资佐证，作为自己立论的依据；或称赞他某些评论，把他的某些意见，融化到自己的诗论之中；或有不同的看法，与之诘难和反驳。譬如宋人的《兰庄诗话》称："论者称嵘洞悉元理，曲臻雅致，标物极界，以示法程。自唐而上莫及也。"明人王世贞在《艺苑卮言》中说："吾览锺记室《诗品》，折衷情文，裁量事代，可谓允矣。词亦奕奕发之。"这是直接称赞《诗品》的。金人元好问的《论诗绝句》，评及六朝诗作时，推崇曹、刘气骨，盛赞雅言，主张自然秀美。可以看到锺嵘的艺术观，对他有明显的影响。清人刘熙载的《艺概》，评及汉魏六朝诗，不少地方引用了《诗品》的意见，有称赞，有阐述，有反驳，足见其对《诗品》的重视。宋人叶梦得的《石林诗话》，明人许学夷的《诗源辨体》，则对陶潜诗是否源出于应璩，进行了辩争；叶梦得、王世贞和王士禛对《诗品》品第的不当提出辨正的意见。以上种种，即使是反驳锺嵘的意见，也可以看出锺嵘的诗论具有广泛的影响。

至于用鉴赏批评的形式，具体赏析诗人的诗作，《诗品》对后代诗话的影响就更大了。宋以后的诗论著作，是以诗话为主体，数量不下数百种之多。清代章学诚在《文史通义·诗话篇》中，总结诗话的起源和发展变化的情况时说："诗话之源，本于锺嵘《诗品》。"章氏对《诗品》的风格探源特别欣赏，说《诗品》能"深纵六艺"，"探源经籍"，是"最为有本之学"。章学诚是宗经的，他对后代带有文艺随笔性质的所谓"体兼说部"的诗话，有某种程度的轻视，这是不正确的（其实，引用一些文学史的佳话和有关的故事，《诗品》中也开了先例）。但他认为《诗品》是一部"思深而意远"之作。这种评价该是恰当的。所以《诗品》不但是我国古代第一部诗论专著，而且就其理论的深刻性和完整性来说，在我国古代众多的诗论著作中，也处于领先的地位。清代何文焕编诗话丛书《历代诗话》时，也将《诗品》列为首卷。《诗品》的重要地位，至少到了明代和清代，已经完全确立下来，并且为多数人所公认。

为《诗品》作注，前人用力不多。明代冯惟讷编《诗纪别集》时，抄引了《诗品》的原文，并偶尔注明用典的出处，这是《诗品》注的滥觞。自1925年陈延杰作《诗品注》，才有完整的注本问世。以后相继为《诗品》作注的有古直的《锺记室诗品笺》，许文雨的《诗品释》，陈直的《诗品约注》，黄侃的《诗品讲疏》①，叶长青的《诗品集释》和彭铎的《诗品注补》等。其中以陈延杰注本为最完备。陈注本仿效裴松之注《三国志》，刘孝标注《世说新语》，"旁稽博考"以资佐证，并补其不足。书后附录各家《诗选》约二百六十余首，"以资品藻"，也有助于对《诗品》的理解。但注文重在数典、征事、校勘、辨析，而不注重注字、诠文、解句、阐义，对初学者理解原文，仍有一定的困难。就《诗选》来说，也有其不完备之处，《诗品》中所引用的诗篇及附录的名家的范作，有的也未选入。入选之诗，未加注释，没有一定的阅读能力和古典文学修养的人，读起来困难还较大。这些都是陈注本美中不足的地方。随着对古代文论学习的普及与深入，我们相信将有更为完备的比较通俗的注释本问世。

对《诗品》理论批评的研究，新中国成立以来，也是很重视的。各种报刊，陆续发表了许多研究性的文章。这些文章，都力图在历史唯物主义的观点指导下，对《诗品》中各个方面的问题，进行较深入地探讨，意在做出较公正的评价。在研究过程中，对《诗品》中的一些重要的问题，也出现了各种不同意见的争论。譬如锺

---

① 此书1980年之前未正式出版，范文澜的《文心雕龙注》之《明诗篇》注有征引。

嵘的政治地位和《诗品》中三品升降的关系问题，《诗品》是文质兼重还是偏重文、质的问题，锺嵘的评诗标准问题，锺嵘的审美观以及对滋味说的评价问题，锺嵘对六朝诗人风格的探源、流派的区分以及品评是否得当的问题等。对《诗品》中这些问题的研究和讨论，是富有成果的，比前人进展了一大步。当然也还有待进一步深入。

总之，《诗品》在我国古代文论中，是一部很有价值的诗论著作。锺嵘对五言新体诗的肯定，对当时各种不正诗风的批判，反映了比较进步的文艺观点。锺嵘对风格的评述、流派的区分、意境的探求以及对艺术美的鉴赏等，提出一些较为符合艺术规律的见解，至今还能给我们许多有益的启示。

当然，《诗品》也不是尽善尽美的。锺嵘也不可避免地受到时代的阶级的局限和个人认识水平的限制。例如，他很重视社会生活对诗人的感召，但他列举诗歌反映社会生活内容的情况时，又比较多地局限于历史题材（如楚人去境、汉妾辞宫等）和士女个人的悲欢离合。下层人民的苦难生活，似乎在他的视野之外。他自称"网罗今古，词文殆集"，认为所有的五言诗，他都几乎搜集齐备，都在他的评论的范围之内，但对汉魏六朝五言体的乐府民歌，则又不屑一顾。魏晋以来，文人们的诗作，有不少都深受乐府民歌的影响，但锺嵘在风格探源时，却不愿意去正视这一事实。他对"农歌轩议"，抱有很深的士大夫的偏见。在具体品评中，锺嵘又很重视雅调，欣赏雅致之美，提倡怨而不怒的风格。六朝时代寒族文人愤世嫉俗、反对士族豪门强权统治的种种不平之音，锺嵘虽然对他们的处境和遭遇有所同情，但是对他们不符合"雅调"的诗篇，总是要加以贬抑。这些都反映了他对儒家审美观点的信守。至于他对华饰词采特殊癖好，则是说明六朝贵族文人的审美意识，还渗透在他的艺术情趣之中。这些都是他对六朝有些诗人评语失当和品第差误的根本原因。此外，他对六朝不正诗风的批判所使用的方法，常常是形而上学的，论断有点绝对化，有时就失之偏颇，不够全面，批判也因此不够深刻和有力。

综上所述，可见锺嵘的《诗品》，既有突出的成就，也有其不足之处。我们今天研究《诗品》，应该在历史唯物主义的原则指导下，运用辩证的方法，总结他在理论批评方面的成功的经验和失误的原因，区分其精华和糟粕，从中吸取养分，为建立我们的新的理论批评体系提供有益的借鉴。

诗学论文选粹

# 试谈古代文论中的赋、比、兴问题

## 一

　　赋、比、兴三种写诗手法，是我国古代民歌作者的创造。我国第一部诗歌总集——《诗经》，就是运用赋、比、兴进行写作的。特别是其中十五国风，即周代的地方民歌，更是侧重采用比、兴两法。战国时代，伟大的爱国诗人屈原，继承了《诗经》的传统，在学习楚地民歌的基础上，写出了许多绚丽多姿富有浪漫主义色彩的光辉诗篇，就是创造性地运用比、兴手法进行艺术构思的产物。两汉以来的文论家，在总结《诗经》《楚辞》的创作经验时，把赋、比、兴和风、雅、颂并列而为诗的"六义"加以彪炳："故诗有六义焉：一曰风，二曰赋，三曰比，四曰兴，五曰雅，六曰颂。"（《毛诗序》）什么叫赋、比、兴？风、雅、颂和赋、比、兴的关系又是怎样？《毛诗序》的作者都未加具体阐述。唐人孔颖达在《毛诗正义》里，对诗"六义"中风、雅、颂和赋、比、兴之间的区别及其互相关系做了较好的说明：

　　　　风、雅、颂者，《诗》篇之异体；赋、比、兴者，《诗》文之异辞耳。大小不同而得并为"六义"者，赋、比、兴是《诗》之所用，风、雅、颂是《诗》之成形。用彼三事，成此三事，是故同称为义，非别有篇卷也。

　　所谓风、雅、颂是"《诗》篇之异体""《诗》之成形"，就是《诗》在内容上的分类；所谓赋、比、兴是"《诗》文之异辞""《诗》之所用"，就是作诗方法的区分。用赋、比、兴三种写作方法，写成风、雅、颂三种内容的诗歌，这就是"用彼三事""成此三事"的意思。宋人朱熹，又分"六义"为"三经三纬"。他说风、雅、颂是"三经"，是"做诗的骨子"，赋、比、兴"却是里面横串的"，是"三纬"（《朱子语类》）。朱熹用很贴切的比喻，说明风、雅、颂是《诗经》体制的分类，赋、比、兴是作诗法则的不同，把这个问题说得更清楚明白。

那么赋、比、兴三种写作方法各有什么特点呢？这个问题历代有许多不同的说法，以至长期争议不休。但就各家意见，细加比较，实各有侧重。注经家重在解释词义，借以阐发经义。如孔颖达的《毛诗正义》解郑众语："诗文直陈其事不譬喻者，皆赋辞也"；"比者，比方于物，诸言'如'者，皆比辞也"；"兴者起也，取譬引类，起发己心，诗文诸举草木鸟兽以见意者，皆兴辞也"。这里，词意的界限是分明的。"诗教"论者，则强调赋、比、兴的政教作用。如郑玄注《周礼》："赋之言铺，直铺陈今之政教善恶"；"比见今之失，不敢斥言，取比类以言之"；"兴见今之美，嫌于媚谀，取善事以喻劝之"。郑玄把赋、比、兴和诗的美刺作用即美善刺恶直接联系起来。历代诗人和诗歌评论家则专重阐述赋、比、兴的"铺采摘文""穷情写物"中的功能。宋人王应麟的《困学纪闻》中转引李仲蒙的话，就很有代表性。"叙物以言情谓之赋，情尽物也；索物以托情谓之比，情附物也；触物以起情谓之兴，情动物也。"王应麟和李仲蒙是抓住诗的抒情的特点来谈论赋、比、兴艺术手法的。这个意见就很有见地。

就赋、比、兴的本意及其作为表现手法的本质特点来看，朱熹在《诗集传》里的解说最清楚，表达得也最简明扼要："赋者，敷陈其事而直言之也"；"比者，以彼物比此物也"；"兴者，先言他物以引起所咏之词也"。从释义的角度说，朱熹的阐释，应该说很得要领，被历代文论家所称引。

二

在我国魏晋南北朝时期，由于诗歌的发展和诗歌地位的空前提高，促使了许多诗论家对诗歌创作的规律，做了前所未有的探索。

在他们的著作中，对于创作中特殊的思维形式，即想象、构思、概括、集中、表达等方面的特点，都有许多值得重视的论述。赋、比、兴作诗的方法因为能形象地表达构思的结果，而被诗人和诗评家所广泛重视。西晋著名诗人陆机在《文赋》中对作家的想象和构思做了很细致的描摹："其始也，皆收视反听，耽思傍讯，精骛八极，心游万仞。其致也，情曈昽而弥鲜，物昭晰而互进。"陆机认为构思的开始，想象极为重要。精神要高度集中，深思熟虑，博采旁求，让艺术想象插上翅膀，在无边的空间里遨游，"观古今于须臾，抚四海于一瞬"。由想象进入构思阶段，外物的情态和状貌，就逐渐由曈昽而清晰明朗起来，显现在作者的脑际，这是创作过程的第一步。南朝著名文论家刘勰把想象和构思的神妙，称之为"神思"："文之思也，其神远矣。故寂然凝虑，思接千载；悄焉动容，视通万里。吟咏之间，吐纳珠玉之声；眉睫之前，卷舒风云之色。"（《文心雕龙·神思》）刘勰和陆机一样，强调丰富以至神奇的想象，是作家进行艺术构思的前提。词采的缤纷和铿锵，画卷的鲜明和风云变幻，是想象进入构思的结果。但是作家的想象，不是天马行空，不着实际，而是要和客观现实紧密结合，并借助于想象来形象地认识客观世界。"思理为妙，神与物游"，"神思方运，万途竞萌，规矩虚位，刻镂无形"（《文心雕龙·神思》）。"神与物游"，作家主客观的融合，其结果是"万途竞萌"，万物的情态就显出来，作家再加以集中和概括，就能"规矩虚位、刻镂无形"地反映出来。所以"意能称物"，作家的形象思维能真切地反映客观事物，是想象和构思的归宿。

丰富而炽热的感情，在艺术想象和构思中也是必需的，写诗就是"情动于中而形于言。"（《毛诗序》）因此诗人常常是"登山则情满于山，观海则意溢于海"（《文心雕龙·神思》），而且经常为自己构思的形象所激动，"思涉乐其必笑，方言哀而已叹"（《文赋》），写出的作品才能激动人心。

创作的第二步是把构思的成果，用精确而有词采的语言勾勒出艺术形象，能"笼天地于形内，挫万物于笔端"（《文赋》）。文能达意，甚为困难。陆机在自己的创作实践中，就有"恒患意不称物，文不逮意"的感慨，原因是"盖非知之难，能之难也"（《文赋》)。刘勰对于表达的困难，也有一段精彩的论述："方其搦翰，气倍辞前；暨乎篇成，半折心始。何则？意翻空而易奇，言征实而难巧也。"（《文心雕龙·神思》）文字表达上能"曲尽其妙"，确实是很不容易啊。诗人为了把自己的构思形象地表现出来，收到"指事造形，穷情写物，最为详切"的效果，就必须借助于赋、比、兴的艺术手法。刘勰在《文心雕龙·神思》的结语中，就把构思和采用比、兴方法联系起来加以论述："神用象通，情变所孕。物似貌求，心以理应。刻镂声律，萌芽比兴。结虑司契，垂帷制胜。"这意思就是作家在构思时思想和外物交融，感情也随着发生变化。写作时既要表达外物的风貌，又要融会作家的感情，还要注意协调声韵，所以要采用比和兴的写作方法，在创作上就会得心应手，无往而不胜。在这里，刘勰已开始认识到比兴手法是作家把构思的成果形象地表达出来所必须使用的重要的艺术手段。

# 三

诗歌作为重在抒发感情的一种文学体裁，其主要特征就是抒情性。《毛诗序》说："诗者，志之所之也。"志也就是情。"情动为志，情、志一也。"情和志是一回事。优秀的诗作，总是诗中有画，诗情画意，情景交融。如何达到这种艺术境界，赋、比、兴就是重要的艺术手段。诗歌要善于把状物抒情紧密结合起来，刘勰在《文心雕龙·物色》里有段值得回味的论述："诗人感物，联类不穷。流连万象之际，沉吟视听之区。写气图貌，既随物以宛转；属采附声，亦与心而徘徊。"诗人感物抒情，既要描绘事物的风貌，又要寓情于物，寄寓作者的思想感情。而诗中写气图貌，穷情状物，用比、兴两法，尤见功效。

诗歌中比体手法的特征是"索物托情"，情附于物。诗人的感情，正是通过所比之物表现出来。比体的写作方法，历来被诗人广泛采用。朱自清的《诗言志辨》把比体诗分为四大类："咏史，游仙，艳情，咏物"。他认为"咏史之作以古比今"，"游仙之作以仙比俗"，"艳情之作以男女比主臣，所谓寓不遇之感"，"咏物之作以物比人"。按照朱自清比体诗的分类，李贺的《金铜仙人辞汉歌》应属于以古喻今、以仙比俗的比体诗：

> 茂陵刘郎秋风客，夜闻马嘶晓无迹。画栏桂树悬秋香，三十六宫土花碧。魏官牵车指千里，东关酸风射眸子。空将汉月出宫门，忆君清泪如铅水。衰兰送客咸阳道，天若有情天亦老。携盘独出月荒凉，渭城已远波声小。

这首诗是用历史和传说为题材，咏当世之事。魏明帝青龙元年（233），诏命宦官从长安撤除汉武帝刘彻树立起的铜人承露盘，民间流传铜人被运载时潸然泪下。诗人以此为题材，抒发自己感慨之情。全诗十二句，前四句写汉武帝死后，长安宫苑，满目凄凉。遥想茂陵墓内的刘彻，原是《秋风辞》的作者，生前文治武功，煊赫于世，长安三十六宫，曾是雕梁画栋，金碧辉煌。如今汉家宫苑，青苔铺地，一片荒凉。夜闻马嘶，想见其英灵之不平。中四句写铜人被魏官载走，千里牵运，铜人不忍离别故都。酸风射目，泪水如铅，铜人心情之沉重与悲苦可想而知。末四句写铜人被运走时的无限感伤。携盘独出，只有衰兰送客，汉月残照，渭水远而波声小，铜人一去不复再返。此情此景，天若有情也会愁苦而衰老，而况有情之人？这首诗借古以讽今，借历史以咏怀。姚文燮认为李贺这首诗写作背景是唐宪宗将开浚龙首池和修建麟德、承晖二殿，李贺认为创建甚难，糜费太多，不能保其长久，所以作此诗加以讽谏。诗中铜人的伤离与愤慨，苍天、汉月、渭水、衰兰送别与感伤，无不附着作者的情怀。诗人创造性地运用比体手法，虚构出一幅神奇的画卷，产生了巨大的艺术效果。特别是"天若有情天亦老"的警句，以天比人，独出心裁，把全诗抒情推向高潮。当然，我们也应指出，这首诗感情清凄，情调低沉，笼罩着悲凉气氛，处处表现出无可奈何的感伤，这正是诗人思想感情脆弱处带来的消极后果。

至于诗中局部事物引譬连类，运用比体手法，那就更多了。"夫比之为义，取类不常。或喻于声，或方于貌，或拟于心，或譬于事……"（《文心雕龙·比兴》）比体手法在诗中多方面被采用，刘勰还远没有全部概括。

白居易的近体诗《赋得古原草送别》，可以作为诗中局部运用比体手法的例证。这首诗借草取喻，表达送别之情，是白诗中脍炙人口广为传诵的名篇之一。

> 离离原上草，一岁一枯荣。野火烧不尽，春风吹又生。远芳侵古道，晴翠接荒城。又送王孙去，萋萋满别情。

诗人不仅善于状物，用赋体手法把春郊古原上的景色，写得极其开阔和鲜明，而且借萋萋春草比喻自己送别之情的深厚和不能去怀，又极为贴切，构成一幅情景交融春郊送别的艺术画面。这也是运用"索物托情""以情附物"的比体手法所产生的效果。至于"野火烧不尽，春风吹又生"的诗句，把常见的景物，铸成沁心悦目的警句，是人人眼中之所有，人人笔下之所无，这是诗人观察入微、善于概括的功力。

比体手法在诗中所起的作用是明显的。它把抽象的事物具体化，把深奥的义理形象化，把普通的东西诗意化，把一般的形象典型化，使人感到亲切，容易产生联想，受到感染。的确，比体手法运用得好，可以收到很好的艺术效果。如滥用比体，也容易弄巧成拙。刘勰曾指出过："故比类虽繁，以切至为贵。若刻鹄类鹜，则无所取焉。"（《文心雕龙·比兴》）如果比喻不贴切，画虎类犬，刻鹄像鹜，那当然不会收到好的成效。

兴体手法，一般人都认为包含有发端和譬喻两个意思。《说文》："兴，起也。"兴本意就有开头的意思。

"山歌好唱起头难"，民歌的作者很注意诗歌好的开头。文人的诗作也常常首先在起句上用力。所谓"陈思最工起句"，就是后人对曹植诗开头好的赞美。

就"譬喻"说，"兴"和"比"也有所不同。所谓"比显而兴隐"（《文心雕龙·比兴》），就是区别两种譬喻的差异的。"比"的譬喻明显，"兴"的譬喻隐晦、含蓄。也有些诗的开头和下文没有比喻关系，只是通过景物的描写，为全诗创造气氛，或仅从声韵上协调来起兴。所以，"先言他物以引起所咏之物"，是能够概括兴体手法的全部内容的。至于李仲蒙认为："触物以起情谓之兴，情动物也。"锺嵘认为"文已尽而意有余，兴也"，则从诗的抒情特点和它的艺术效果来谈论兴体手法。下面我们试从具体诗作中分析兴体手法的特色及其效用。

汉乐府民歌的著名篇章《焦仲卿妻》就有个很好的起兴："孔雀东南飞，五里一徘徊。"陈祚明《采菽堂古诗选》对两句做了这样的解释："用《艳歌何尝行》语，兴彼此顾恋之情。"《艳歌何尝行》属《乐府诗集·相和歌辞》，内容是借白鹄飞行比喻夫妻离别之苦。闻一多先生《乐府诗笺》解释这两句说《艳歌何尝行》是"言夫妇离别之苦，本篇'辰题'与之同类，故亦借以起兴，惟易鹄为孔雀耳。"《焦仲卿妻》的主题正是抒写焦仲卿和刘兰芝夫妇在封建家长的迫害下，"生人作死别，恨恨那可论"的痛苦和愤恨的感情。作者正从《艳歌何尝行》的比兴手法中得到启示，用孔雀飞行徘徊返顾起兴，传达出仲卿夫妇哀伤缠绵，彼此顾恋之情，创造出悲剧的气氛，领起全篇的意旨。这种起兴，既有发端又有譬喻的意思。

李贺也是善于运用起兴手法和工于起句的诗人。如《雁门太守行》：

> 黑云压城城欲摧，甲光向日金鳞开。角声满天秋色里，塞上燕脂凝夜紫。半卷红旗临易水，霜重鼓寒声不起。报君黄金台上意，提携玉龙为君死。

对于这首诗的起句，宋、明文人曾有过争论。王安石说："此儿误矣，方黑云压城，岂有向日之甲光。"杨升庵则说王安石"不知诗"，并以他一次在云南的围城中，曾亲见"日晕两重，黑云如蛟在其侧"的实况，驳斥王安石的说法。王、杨两家虽有争论，但都立足于即景起兴。即景起兴在兴体手法中是被广泛运用的，但也有不少诗首句写景起兴，只是引譬连类，引起联想，烘托气氛。其所写之景，就不一定是当时实景。如上文引用的《艳歌何尝行》《焦仲卿妻》两诗，用白鹄和孔雀发端，就不是眼前的实景。《雁门太守行》也是如此。诗人用黑云喻战云，形象地写出了强敌压境十分险恶的形势。如以实景对待，不但王安石提出的责难，无法完满地解释，即使杨升庵所解说的确有日边如蛟之黑云，也不能使人有压城城欲摧的感觉，只能冲淡两军对垒、战局危殆的气氛，从而损害诗的形象和意境。

兴体手法，不仅首句警策，挈领全篇，而且含蓄委婉，言近旨远，诗味无穷。好的兴体诗，常是"文已尽而意有余"，回味不尽。能使人"味之者无极、闻之者动心"（《诗品序》），收到极好的艺术效果。但寄意过于隐晦、艰深，诗中的意旨，必待作注释才能使人明了，那就破坏了诗的自然意趣，走向反面了。

至于赋体手法，也可以采用。诗中的赋体，重在"叙物以言情"。作者的思想感情，通过叙物来表现。刘勰把赋体手法的特征归结为"铺采摛文，体物写志"（《文心雕龙·论赋》），就是用精确和优美的文词来叙事状物，抒情言志。韩愈的《山石》诗，就是以赋体手法为主，其中也用了比体手法。

> 山石荦确行径微，黄昏到寺蝙蝠飞。升堂坐阶新雨足，芭蕉叶大栀子肥。僧言古壁佛画好，以火来照所见稀。铺床拂席置羹饭，疏粝亦足饱我饥。夜深静卧百虫绝，清月出岭光入扉。天明独去无道路，出入高下穷烟霏。山红涧碧纷烂漫，时见松枥皆十围。当流赤足踏涧石，水声激激风吹衣。人生如此自可乐，岂必局束为人靰。嗟哉吾党二三子，安得至老不更归。

这是一首七言古体，全诗是写作者在深山古寺的见闻和感叹。"山石"四句是到寺即景。写他在山石峥嵘、窄狭不平的山路上走来，黄昏时到了寺内，寺内蝙蝠飞舞，不避生人。阶前大叶芭蕉和白色栀子花，新雨后更加繁茂肥壮。"僧言"四句，是到寺即事。纯朴的寺僧对他殷勤接待，安排食宿。秉火领他欣赏稀有的古壁佛画。旅游饥累，虽粗粝淡饭，也觉香甜可口。"夜深"二句，是宿寺夜景。深夜古寺，百虫声绝，万籁俱寂，下弦的月亮，高出山岭，光照寺内，清静明亮。"天明"六句，出寺写景，山间晓雾迷漫，不辨道路。诗人独自攀岩下谷。一会儿晓雾退尽，另有一番秀丽景色呈现眼前。山花烂漫红似火，涧水清澈碧如兰，高大粗壮的松树栎树，矗立在山间岭上，格外壮观。诗人"当流赤足踏涧石，水声激激风吹衣"，陶醉在这山间特有的景色之中，流连忘返。方世举《昌黎诗集编年笺注》断定此诗为唐德宗贞元十七年（801）七月韩愈离开徐州赴洛阳途中作。在这之前，多年的幕僚生活，不能施展抱负，受人拘靮，俯仰随人，韩愈对此深感不满。在《山石》诗内，把荒山古寺写得如此清静壮丽，这里不仅人纯朴可亲，而且似乎一山一水、一虫一鸟、一花一木以至于明月清风，对诗人都有情意。因此，它们在诗人笔下，也都充满了诗情画意。韩愈对自然山水的依恋，正是曲折地表达了对幕僚生活的厌倦，结尾"人生"四句，正是点明了这个主旨。诗中叙物以言情，景物都充满了情意，正是赋体手法的特点。

《山石》诗在叙事状物上，很有特色。有时轻描淡写，用笔轻灵秀丽；有时浓笔抹来，风物壮美可观。淡妆浓抹，都极其相宜。一处一个画面，一层一个意境。语言简练而又自然，不事雕琢，时见精彩，在韩诗中别具一格。元好问曾把《山石》和秦少游的写景诗做过比较，他说："有情芍药含春泪，无力蔷薇卧晚枝。拈出退之山石句，始知渠是女郎诗。"（《论诗三十首》）韩愈有些写景诗以雄奇壮美见称，《山石》是公认写得最好的诗作之一。

因为诗要以抒情为主，形象要鲜明而集中，语句要高度地凝炼。如全用赋体写作，就容易松散和芜漫。钟嵘在《诗品序》内就分析过这种手法的弊病："若但用赋体，患在意浮，意浮则文散，嬉成流移。文无止泊，有芜漫之累矣。"韩愈有许多诗"尚奇诡"，好"横空盘硬语"，"变怪百出"，破坏了诗中自然生机和画面，又好"以文为诗"，诗味不浓，终有"芜漫之累"。因为赋体很不容易把一般的事理形象化地表达出，所以比、兴手法还是应该多用的。

总之，赋、比、兴三法，各有特色，比、兴两法，尤其重要。我们研究前人的创作经验，既要有所继承，又要革新和创造。

**附记：**

此文写于"文革"结束后不久，是我早期发表的一篇论文。其时报刊上刊载了毛泽东给陈毅谈诗的一封信，信中讨论了传统的写诗手法赋、比、兴问题。这是当时学界具有轰动效应的大事，纷纷发文参与讨论。这是此文写作的背景。文中对"三义"虽有所述评，但在今天看来，引述都比较一般。我所感兴趣的是文中结合评"三义"，对引证的诗例做了一些描述。其中对某些描述的情境和语气，至今读起来仍觉得有些味道，反映了我在相对年轻时教学和作文的一些情趣和风格。重读此文，觉得年轻不少，不忍割弃，故收录于此。文中有当年的一些应景文字，今天读起来，有点不舒服，所以做一些删削。如有对此仍有兴趣的，不妨参阅《安徽师大学报》1978年第1期所刊载的原文。

（原载《安徽师大学报》〔哲学社会科学版〕1978年第1期）

# 陈维崧与阳羡派的创作倾向与理论宗尚

清代词学的发展，是词的创作上的变化与理论上的宗尚和倡导鼓吹相辅而行的。创作上约倾向性和理论上的宗尚，常常是渗透在他们精心编纂的词的选本之中，体现在其词论专著之内，这就形成了相对稳定的词的派别。而一个重要词派的运作，都是与其所宗奉的词的选本和阐明其理论主张的词论专著紧密地联系在一起的。观察和研究词派的发展、更替，就能把握住清代词学发展的重要脉络。以词派为纲目，联系他们所编撰的词的选本和重要论著，不失为研究和把握清代词论发展史的一条线索。清代词学昌盛，各个时期的词派为数也不少。晚清蔡嵩云的《柯亭词论》，将清词分为三期四派，是择其要者而言的。所谓"三期"，是历史时期的划分，指清代的初期、中期和晚期；而所谓"四派"，则是指清初的阳羡派、浙西派，清代中期的常州派和清代晚期的桂派。治清代词学，不妨先注目于陈维崧所开创的阳羡派。

## 一、陈维崧其人其词

陈维崧（1625—1682），字其年，号迦陵，江苏宜兴（古称阳羡）人，故其所开创的词派称为阳羡派。陈维崧家世为明末显宦，父祖均以梗直著称。祖父陈于廷，曾官明左都御史、太子太保等职，又是东林党的中坚人物，因反对阉党权贵而两次入狱。父亲陈贞慧，是晚明著名的东林四公子之一，以文章气节著称于时，因反对阮大铖被囚，几死狱中。陈维崧生活在明清易代之际和重视气节的仕宦之家，这对他的生活、思想和词学观念都带来了很深刻的影响。其年少负才名，六岁即师从陈子龙，青少年时诗文就受到陈子龙、吴伟业等赏识。因家世显赫，性落脱不羁，尝风流自赏。其四弟陈宗石在《湖海楼全集》后跋中说:"伯兄少年见家门煊赫,刻意读书,以为谢郎捉鼻,麈尾时挥,不无声华裙屐之好,多为旖旎语,未几鼎革。"明清"鼎革"时,陈维崧不足二十,家与国的大翻覆,给这位世家子弟生活和思想都带来了巨大的冲击,特别是乃父陈贞慧在清顺治十三年(1656)病逝后,生活日见迫蹙,常寄食四方,颠沛流离,备尝辛苦。陈维崧是明末诸生,入清后多次科试不举,直到康熙十八年(1679),被荐举博学鸿词科,授翰林院检讨,参修《明史》,时年五十五岁。越三年,即病逝北京。陈维崧的一生,从生活到科举仕途,都是很坎坷的。

陈维崧善属文,能诗,工骈文,尤深于词。前人曾言其"骈丽之工,颉颃徐庾;倚声之妙,排突苏、辛"。其《湖海楼全集》,就包括文集、诗集、骈体文集和词集。其中词集有三十卷,一千六百二十九阕,用调凡四百一十六,词作之丰,为历代词人中所少见。其诗词序论多用骈文,好用事,比较难读。

陈维崧于词,由于时代的变迁、人生的遭际和学养的巨大变化,其创作题材、创作思想和创作风格,也发生过多次转折,各时期呈现出完全不同的风貌。陈氏的高足同时也是阳羡派后期的重要词人蒋景祁在《陈检讨词抄序》中曾总结说:"先生幼工诗歌,自济南王阮亭先生官扬州,倡倚声之学……先生内联同郡邹程村、董文友,始朝夕为填词。然刻于《倚声》者,过辄弃去。间有人诵其逸句,至哕呕不欲听。因厉志为《乌丝词》,然《乌丝词》刻,而先生志未已也。向者诗与词并行,迨倦游广陵归,遂弃诗弗作。伤邹、董又谢世,间岁一至商丘,寻失意返,独与里中数子晨夕往还,磊砢抑塞之意一发之于词。诸生平所诵习经史百家,古文奇字,一一于词见之。如是者近十年,自名曰《迦陵词》。"根据这段记载,陈词的发展,大体经历了三个阶段,即早期在广陵与王士禛、邹祇谟和董以宁等词友切磋词艺阶段,中期独立创作《乌丝词》阶段,后期写作《迦陵词》阶段。如上所述,陈维崧早年是以王士禛为首的广陵词人集团中的重要成员,但作词的起始,则在去广陵以前。陈氏的《任植斋词序》言:"忆在庚寅、辛卯间,与常州邹、董游也。文酒之暇,河倾月落,杯阑烛暗,两君则起而为小词,方是时,天下填词家尚少……其在吾邑中,相与为唱和,则植斋及余耳。""庚寅、辛卯间"，即清顺治七年至八年（1650—1651），陈氏年方二十五至二十六岁，即开始填词。据邹祗谟的《远志斋词衷》所记，邹、董与陈初期学词，是"取唐人《尊前》《花间集》，宋人《花庵词选》及《六十家词》，摹仿僻词将遍"。走的是《花间集》的路子，以艳丽为能事。陈氏到扬州与王士祯游，是十年后的事了。王士祯比陈维崧小九岁，青年得志，顺治十五年中进士，顺治十七年（1660）为扬州通判，领袖群彦，为东南词人的首领。他们的词学好尚，是师法云间词派，以艳丽为权衡的。他们所刊行的《倚声初集》，也是成于这一年，集中所选陈维崧词，据邹祗谟所评，既有其"少作"，也有其"近作"。这就是说，《倚声初集》所选，是陈氏三十五岁以前的词。同人评其这一时期的词，邹祗谟的《远志斋词衷》言其"娇丽"，王士祯的《花草蒙拾》则赞其"工哀艳之辞"。"娇丽"和"哀艳"，都说明艳丽是青年时代陈氏词的本色。"娇"指有力的美，"哀"则为言情的质素，这里已显示出陈氏词向悲歌慷慨发展的苗头。但中年以后的陈维崧，是很不满意其早期作品的，其《任植斋词序》言："余向所为词，今复读之，辄头颈发赤，大悔恨不止。"蒋序言"然刻于《倚声》者，过辄弃去。间有人诵其逸句，至哕呕不欲听"，也是指此。

陈维崧很不满于刻入《倚声》之内的三十五岁以前的作品，想彻底改变自己的词风，"因厉志为《乌丝词》"。《乌丝词》的刊刻，是陈氏词风转变的一大标志。是集成于何时，有什么特点，是值得注意的。孙默的《国朝名家诗馀》，分四批共刻其时十七家词集，每批都注明刊刻的时间。第一批先刻了邹祗谟、彭孙遹和王士祯三家词，时间是康熙三年；第二批又续刻曹尔堪、王士禄和尤侗三家词，时间是康熙六年；第三批又续刻了四家，陈维崧的《乌丝词》即在其中，时间是康熙七年（1668）。陈词是清初名家词中的佼佼者，陈氏与孙默友情莫逆，常有诗文往还，孙默想刻陈氏词，应是急不可耐的。从这个角度云推想，《乌丝词》的写成，应是孙默将其刊出之时，其时陈氏年四十三岁。《乌丝词》最主要的特点是什么呢？陈维崧有自己的评价，这见于其《贺新郎·寄兴呈蓼庵先生》："一卷乌丝饶寄托，怪时人只道填词手。说诗者，固哉叟。"《乌丝词》有丰富的寄托的内涵，词非小道，可与经、史等量齐观，不能把词人看成是干技术活的，是纯艺术的创作。"说诗者，固哉叟"，其典出自《孟子·告子下》"固哉，高叟之为诗也"。这是孟子回答其学生公孙丑有关《诗·小雅·小弁》阐释中的一段话。孟子认为高叟否定《小弁》写怨情的说法是很固执的不通情理的误解，诗是可以表达怨情的，特别是君亲有大的过错，更应该抒发怨愤，以讽其上，这是钟爱的表现。通过寄托，抒发怨愤，这是陈氏自言其《乌丝词》最重要的特点。这就与其早期致力于写"旖旎语""致语"等侧艳之词完全不同了，但陈维崧并未就此止步，而是继续探索前进。"而先生志未已也"，弃诗专一作词，结束客游生活，返归故里，"独与里中数子晨夕往还，磊砢抑塞之意，一发之于词。诸生平所诵习经史百家，古文奇字，一一于词见之。如是者近十年，自名曰《迦陵词》"。《迦陵词》是陈氏继《乌丝词》后的一部力作，是他潜心专一致力于词的创作所结出的硕果，也标志着一生词的创作所达到的最高境界。从蒋氏的序文看，是集的创作应是从董以宁、邹祗谟辞世后，陈氏从广陵、商丘倦游归里起始，亦即从康熙十年（1671）后才开始的。康熙十五年（1676），陈氏在《与王阮亭先生书》中说："数年以来大有作词之癖，《乌丝》而外尚计二千余首。"信中提到《乌丝》而未提及《迦陵词》，可见是书的结集与命名，还在此以后。从蒋氏所言"如是者近十年"的时间推算，似应在康熙十九年（1680）以前，但康熙十八年（1679），陈氏已举博学鸿词，授官赴京了，《迦陵词》的编纂与成书，似应在此以前即康熙十七年或稍后，这就是说，这部词集是陈氏晚年全部心血的结晶，这十年辛苦不寻常啊！

这部《迦陵词》较之《乌丝词》，有什么特点呢？名为"迦陵"，是有其用意的，蒋景祁的《陈检讨词抄序》阐释说："夫迦陵者，西王母所使之鸟名也。其羽毛世不可得而见，其文采也不可得而知，划然啸空，声若鸾凤；朝游碧落，暮返西池；神仙之与偕而缥缈之与宅焉。呜呼，此其是欤？故读先生之词者，以为苏、辛可，以为周、秦可，以为温、韦可，以为《左》《国》《史》《汉》，唐、宋诸家之文亦可。盖……取裁非一体，造就非一诣，豪情艳趋，触绪纷起，而要皆含咀酝酿而后出。以故履其阈，赏心洞目，接应不暇；探其奥，乃不觉晦明风雨之真移我情。噫，其至矣！"

"迦陵"，是"西王母所使之鸟"，它在缥缈无际的宇宙长空中翱翔，上穷碧落，下入西池；划然长啸，声若鸾凤；羽色绚丽，光溢四表。陈维崧用这世上所无天上仅有的超现实的仙禽来比喻、命名其奇思壮采，色泽斑斓，姿态横生，变化万千，前无古人的极具创造性的词作。唐元稹的《夏门寺诗》有云："佛语迦陵说，僧行猛虎从。"雄奇壮丽，姿态万千，应是陈氏《迦陵集》风格的最主要的特点。当然，这些新的审美要求，也是在《乌丝词》的重寄托、抒怨情的基础上的美学升华。凡此都集中体现了阳羡词派的最高成就和审美追求。陈维崧的词学理论，也是在这创作发展过程中提炼出来的。

## 二、陈维崧词论宗尚及其后期的变化

陈维崧并没有集中阐释其理论见解的词论专著，其词学观念散见于一些诗词序跋和论词词中，《词选序》是其中的代表。

客或见今才士所作文间类徐、庾俪体，辄曰："此齐梁小儿语耳。"掷不视。是说也，予大怪之。又见世之作诗者辄薄词不为，曰："为辄致损诗格。"或强之，头目尽赤。是说也，则又大怪。夫客又何知，客亦未知开府《哀江南》一赋，仆射在河北诸书，奴仆《庄》《骚》，出入《左》《国》，即前此史迁、班掾诸史书，未见礼先一饭。而东坡、稼轩诸长调，又骎骎乎如杜甫之歌行与西京之乐府也。盖天之生才不尽，文章之体格亦不尽。上下古今，如刘勰、阮孝绪以暨马贵与、郑夹漈诸家所胪载文体，仅部族其大略耳，至所以为文，不在此间。鸿文巨轴，固与造化相关；下而谰语卮言，亦以精深自命。要之，穴幽出险以厉其思，海涵地负以博其气，穷神知化以观其变，竭才渺虑以会其通。为经为史，曰诗，曰词，闭门造车，谅无异辙也。今之不屑为词者，固无论。其学为词者，又复极意《花间》，学步《兰畹》，矜香弱为当家，以清真为本色。神瞽审声，斥为郑、卫。甚或囊弄俚词，闺襜冶习，音如湿鼓，色若死灰……辗转流失，长此安穷？胜国词流，即伯温、用修、元美、徵仲诸家，未离斯弊，馀可识矣。余与里中两吴子、潘子戚焉，用为是选。

……文章流极，巧历难推，即如词之一道，而馀分闰位。所在成编，义例《凡将》，阙如不作，仅效漆园马非马之谈，遑恤宣尼"觚不觚"之叹。非徒文事，患在人心。然则余与两吴子、潘子仅仅选词云尔乎？选词所以存词，其即所以存经、存史也夫。

《词选》是陈维崧与同里词人吴本嵩、吴逢原、潘眉合作编纂的词的选本，与《迦陵词》的创作同步进行，成书大约在康熙十年（1671）后，所选"上下一十余载"的佳作，故又称《今词苑》。《词选序》又名《今词苑序》。较之《倚声》，这部词选不但历时的范围不同，所选也均为今人词，体现在选目中的词学观点也迥异于前。陈氏这篇序论，集中地谈了两个问题：一是词的价值可与经、史等量齐观；二是推崇苏、辛词作，批判香软柔弱的词风，从而与《花间》词格划界。这两者又是相互联系的。

其一，词为小道，这是传统意识。清之论词者，为了进入这个领域，往往从尊体入手，从提高词体的地位起步。尊体有多种角度，前人常好上攀《诗》《骚》，而陈氏则直接申言，词可比肩经、史，这种石破天惊之言，会给人以莫名的惊诧。其理由何在呢？陈维崧从"天之生才不尽，文章之体格亦不尽"的客体出发，阐明"与造化相关"和"精深自命"的创作主体的能动性，论证文体并无高下的不同，文章的价值并不是由体来决定的，而在于创作者赋予其"体"的内涵。人才与文体都在发展变化着，绵延不断，无穷无尽，这是客观的事实，也是"造化"的表现。每位作者从自己的特有的才性出发，立意、选材、定体，从大的方面说，是"与造化相关"，即与国计民生相联系；从小的方面说，即便写"谰语卮言"，一点零言碎语，也同样要"精深自命"，从中写出新意。从文章的功能和现实意义说，各体都能写出相同价值的文章，文体的本身是无高下之分的，所谓"为经，为史，曰诗，曰词，闭门造车，谅无异辙也"，其意即在此。又清人常轻视齐梁的骈体，对徐、庾的骈俪文斥之为小儿语，陈氏指出，庾信的《哀江南赋》，徐陵被扣留在北齐时所写的几封长信，都是关乎国家兴亡"与造化相关"的大手笔，其价值可与《庄子》《离骚》《左传》《国语》以至《史记》《汉书》等量齐观，怎可因其是骈丽体而加以轻视呢？关键的问题是创作的使命感和"精深自命"："要之，穴幽出险以厉其思，海涵地负以博其气，穷神知化以观其变，竭才渺虑以会其通。"这四句话，实质上是阳羡派对词的创作构思和表达所提出的高标准和严要求。较之陆机在《文赋》中所言"意称物，文逮意"的六字诀和刘勰在《文心雕龙》所说的"神与物游"的"神思"，又前进了一大步。"厉其思"要"穴幽出险"，为"神与物游"的"神思"和想象，规定了一条艰难的险途，而不是随意的走神和轻松的遐想。"博其气"要"海涵地负"，使百川归海，能举重若轻，"横空盘硬语，妥帖力排奡"（韩愈《荐士》）。"观其变"要"穷神知化"，风云变幻，能识其造化；出神入胜，能巧夺天工。"会其通"要"竭才渺虑"，清水芙蓉，天然雕饰，自然英旨是从雕琢中来。意称物，文逮意，各体文章的作者都要"精深自命""竭才渺虑"，充分发挥其创造性和能动性。从这个角度说，经、史、诗、词的创作及其价值，应该是相同的，不分高下的。陈氏的论析有其言之成理之处，但词体也有其本身的特点，其审美形式和社会功能，不但不同于经、史，也不同于诗，理应有所区分。陈氏之论这方面的不足，在其后所写的《蝶庵词序》中，转录其友人史惟圆的话作了一些补充："夫作者，非有《国风》美人、《离骚》香草之志意，以优柔而涵濡之，则其入也不微，而其出也不厚。"香草美人，优柔涵濡，入微出厚，是词体的写作特征，这正如常州派开创人张惠言所说的，词是"缘情造端，兴于微言，以相感动，极命风谣。里巷男女，哀乐以道。贤人君子幽约怨悱不能自言之情，低徊要眇，以喻其致"（《词选序》）。不能"兴于微言"，就不能成为词；不能"出厚"，也就不能显示经、史之意。"入微""出厚"，正是寄托说要义之所在。常州派的中坚周济的寄托出入说，也许是从这里受到启示。史惟圆不但提出入微出厚说以补陈论之不足，还对词人在进入创作时的心态和精神修养做了种种规范，以言陈论之未及："故吾之为此也，悄乎其有为也，泊乎其无营也，俨乎其若思，矜乎其若谋也，久之而若释矣。如风水之相召焉，沦涟涣而成文也；如街衢妇孺之歌号焉，缠绵涤荡而成声也。"(陈维崧《蝶庵词序》转录史氏语)史氏对创作时澡雪精神使之神情专一的要求,使人很容易联想到韩愈、柳宗元对写作古文时要心醇气和的种种规范,可见阳羡派词论家对词的创作多么严肃和虔诚。

由于写词关乎造化,反映社会世情,创作者不但要"精深自命""厉其思""博其气""观其变""会其通",最大限度地发挥创作主体的能动性,还要与造化同侔,对社会世情特别是下层人士的不平遭际有深切的亲身体会,身历其境,感同身受,才能更深层次地表达出社会怨情,弹奏出时代的和社会的最强音。词穷而后工的提出,即据此而发。这见诸其《王西樵炊闻厄语序》:"王先生之穷,王先生之词之所由工也。"王先生,即王士禛之兄王士禄,字西樵,官吏部员外郎,康熙初年"以蜚语下羁所",在狱中仍作诗填词,词即《炊闻厄语》。陈氏为之序,序中将自己的遭遇和王氏下狱的生活做了对比,认为自己虽然穷困,但"不过旦夕不得志","以糊口四方耳,未尝对狱吏则头抢地也"。王氏则是"拘挛困苦于圜扉间,前后际俱断,彼思前日之事,与后日之事,俱如乞儿过朱门,意所不期,魂梦都绝,盖已视此身兀然若枯木,而块然类异物矣。故其所遇最穷,而为词愈工"。序文的最后,借客语作结:"必愁矣而后工,必愁且穷矣而后益工,然则词顾不易工,工词亦不易哉?""工词亦不易",创作者不但要有才性,勤于构思和写作,而且还与生活遭际有联系,而后者并不依主观意志为转移。看来陈氏对词人主体所必须具备的条件是有清醒认识的。诗穷而后工,是韩愈提出来的,这见于其《荆潭唱和诗序》,欧阳修在《梅圣俞诗集序》中发挥这一思想,进而提出"愈穷而愈工"。有穷愁遭遇的陈维崧,把这一命题引进到词学中来,要求在词中写出对现实的感受,抒发怨愤之情,这仍有其理论意义。词是抒情的载体,是词人情感的艺术结晶,陈维崧及阳羡词派论者,首先瞩目于创作主体,重视词人的生活遭际、精神修养和创作构思等,要求作者运用自身的条件,要有很强的使命感,充分发挥主观能动性,写出与经、史等价的作品来。

其二,推崇苏辛词作,贬抑《花间》香弱的词风,从根本上改变词坛上风气,把推尊词体落实到风格的转换上。陈氏认为,词非小道,其价值可与经、史同观,但并不是说,所有的词体都能承担这个责任。在他看来，只有苏、辛的长调、杜甫的歌行和西汉的乐府这样的诗词，才能与经、史并驾齐驱。这就是说，词风豪放，才是深湛之思、怨情、寄托最好的载体。而当时词坛，情况则反是，"又复极意《花间》，学步《兰畹》，矜香弱为当家，以清真为本色。袒謷审声，斥为郑、卫。甚或爨弄俚词，闺襜冶习，音如湿鼓，色若死灰……辗转流失，长此安穷？"陈氏把学步《花间》，词风婉约，视为淫靡之词和郑、卫之音，加以斥责。陈氏在《蝶庵词序》中转引史惟圆语亦言："今天下词亦极盛矣，然其所为盛，正吾厮谓衰也。家温、韦而户周、秦，亦《金荃》《兰畹》之大忧也……人或耇以淫亵之音乱之，以佻巧之习沿之，非俚则诬。"在陈氏看来，这种香软柔媚词风的形成，也是其来有始，积习非一日，"胜国词流，即伯温、用修、元美、徵仲诸家，未离斯弊，余可识矣。余与里中两吴子、潘子戚焉，用为是选"。看来陈氏等选词，不但是为了存词、存经、存史，更为重要的是为当代词人的写作提供新的范本。《今词苑》所选当然要排斥《倚声集》中那些学步《花间》偏于侧艳之作，专选慷慨悲凉雄豪激荡之篇。浙东词人方炳所写的《金缕曲·书陈其年〈今词选〉后，用刘须溪韵》一词，可以看到陈氏所选之词的总体风貌及其在风格意境上的追求。

笔墨真难说。自一泄，图书巧凿，已非怀葛。妇女歌谣情和景，半入烟云风雪。屈正则、行吟披发。留下楚辞多哀怨，怨灵修，空对他乡月。不见处，鼓湘瑟。

词家裔派从来别。看《草堂》《花间》各选，微多不合。譬彼美人如飞燕，固属温柔无骨。亦妒婵子肥痴绝。莫道直臣无妖媚，闻仙人，吹笛皆吹铁。声一动，绛河裂。

《今词选》应为《今词苑》。方氏所评，侧重于激赏豪放之作，与《今词苑》三卷选目及陈氏《词选序》所论相一致，而与陈氏后期所编《今词选》一卷，标举多种风格的词篇微多不合。方氏称赞陈氏之选，如直臣铮谏，黜臣行吟，哀怨感恨，情词凄切，树骨吹铁。词要树骨，膏腴害骨，肥婢痴绝，故应摈弃；即轻盈如飞燕，柔美而无骨，亦所不取。"莫道直臣无妩媚，闻仙人，吹笛皆吹铁。声一动，绛河裂。"此等词作，壮怀激烈，感人至深，可与经、史同为不朽。

陈维崧在《曹实庵咏物序》中说："仆每怪夫时人，词则呵为小道，倘非杰作，畴雪斯言？"没有深湛之思且数量可观的扛鼎词作，要想改变时人视词为小道的传统观念是很难的。如何才能产生杰作，一新时人耳目呢？除选词存词，把许多壮怀激烈的优秀词篇集结起来，为后人提供创作师范外，最为重要的是他本人弃诗专一为词，独居故里，潜心创作，"独与里中数子晨夕往还，磊砢抑塞之意一发之于词"，写出《乌丝》《迦陵》这样的精深自命、特色鲜明的词集专著，成为一代作手，被后人尊为国初词家的"巨擘"。以此来显示，词不仅柔媚绮靡，小道可观，也可一路向上，风骨峥嵘，与诗同登大雅之堂，功能不逊于经、史。此外，他还通过为序作跋，以词论词，书信往还，团结志士仁人、词人文友，切磋词艺，赞赏佳作，阐释正论，批评谬说，想以此来改变词坛风气，并以正视听。陈氏的以词论词，最具代表性的一篇，应是《贺新郎·奉赠蘧庵先生》：

> 识得词仙否？起从前，欧、苏、辛、陆，为先生寿。不是花颠和酒恼，豪气轩然独有。要老笔万花齐绣。掷碎琵琶令破面，好香词污汝诸伶手。笑馀子，徒雕镂。
>
> 秦关汉苑描难就。矗中原怒涛似箭，断崖如臼。我有铜人千行泪，扑地狮儿腾吼！声撼落橘中棋叟。鹤发鸡皮人莫笑，忆华年曾奉西宫帚。家本住，金台口。

蘧庵，史可程字，史可法之弟，其人词留传不多，亦属豪放派。陈维崧的一阕《贺新郎》，亦如"扑地狮儿腾吼"。这些描述，集中体现了陈氏在写作《迦陵词》前期，专一向往于雄词豪放的艺术审美追求。

其三，从定位苏、辛长调，到赞赏变异创新，认同依习、性定体，词体可多样化并存。陈氏晚年词学见解的变异，集中反映在其《今词选序》内。

原夫钟鸣谷应，截𪛖竹以雄雌；晕满灰飞，缅桑弦于子母。算穷升龠，气可惑乎八风；律准阴阳，根实生夫万事……洎乎歌数绵驹，风行齐右，莫不性由习染，俗以人移，此之音调，大略可睹矣。盖诗自皇娥而下，词沿赵宋而前，历代相仍，变本加厉……夫体制靡乖，故性情不异。弦分燥湿，关乎风土之刚柔；薪是焦劳，无怪声音之辛苦。譬之诗体，高、岑、韩、杜，已分奇正之两家；至若词场，辛、陆、周、秦，讵必疾徐之一致。要其不窕而不槬，仍是有伦而有脊。终难左袒，略可参观。仆本恨人，词非小道，遂撮名章于一卷，用存雅调于千年。诸家既异曲同工，总制亦造车合辙。聊存微尚，讵诓前型。

《今词选序》和前叙《词选序》的观点有很大的差异，有的地方甚至针锋相对。譬如《词选序》批评当代词风："其学为词者，又复极意《花间》，学步《兰畹》，矜香弱为当家，以清真为本色。"《花间集》是我国最早的一部词集之一，为后蜀赵崇祚所编，所选以温庭筠、韦庄词为代表。《兰畹集》今已不存，据宋人的记载和辑录，主要是唐末宋初人的词作，包括南唐二主和冯延巳等人词。"清真"则是指周邦彦词。周邦彦、秦观是宋词婉约派最杰出的作家，陈氏将这些"以清真为本色"的婉约派词作，一概斥之为郑卫之音。其《蝶庵词序》又引史惟圆的话称"家温、韦而户周、秦"，是词风极衰的表现，甚至认为，沿着此路走下去，就会俚俗、佻巧和淫亵，就像"音如湿鼓，色若死灰"，而不可救药。陈维崧和史惟圆等对温、韦、周、秦的婉约词作如此贬低，显然是以儒家诗学政治功能观和经、史价值观为权衡的。

《今词选序》立论点和价值观则发生了重大的转变，认为声律阴阳和风气刚柔是自然万物形态多样性本能的反映，风俗习性和传统师承，使诗词体性风格必然产生相应的差异，因而不能强求一律。"譬之诗体，高、岑、韩、杜，已分奇正之两家；至若词场，辛、陆、周、秦，讵必疾徐之一致。""疾"是偏于豪放，"徐"则词风婉约。诗词的奇、正、徐、疾，都是作者性情的物化和情意的审美结晶，体依习性，重在能表达词人的性情，"夫体制靡乖，故性情不异"，所以都应该肯定。"要其不窕而不碴，仍是有伦而有脊。""不窕而不碴"，即不细小不横大。《左传·昭公二十一年》："小者不窕，大者不㯮"，言铸钟既不能细小也不能横大，钟声乐感才能和于物入人心。"有伦而有脊"，指有序有理。《诗·小雅·正月》："维号斯言，有伦有脊。"意谓说出话，要言之有序，言之成理。这就是说，写词应依性定体，重在恰当而完美地表达情意，言之有序，言之有物，言之成理。风格的豪放或婉约，也是为此服务的。或者说，前人的词作，只要是名章、雅调，写得工致，选调、定律，都很得体，就可以师范，而不必拘泥于词体风格的差异。这些见解，就和《词选序》中强调要写苏、辛的长调，要求与经、史比肩完全不同了。

两篇《词选序》同是出自陈维崧之手，为什么会有这么大的差异呢？这应是与陈氏后期的词学观点仍在发展变化相关。《词选》即《今词苑》，大约成书于康熙十年（1671），时陈氏年约四十六岁，是《乌丝词》刊出后而《迦陵词》开始写作之时。全书共三卷，参与编纂的，还有两吴子和潘子。是时陈氏的豪放词风已经形成。《今词选》的编纂，应是在《迦陵词》成书以后，从全书只有一卷以及由陈氏一人独立编纂的情况看，很可能是在他已举博学鸿词，授翰林院检讨赴京任职后，即康熙十八年（1679）陈氏五十五岁后编纂成的。这就是说，《今词选序》所反映的是陈氏去世前的词学见解，是其盖棺前的定说。从蒋景祁的《陈检讨词抄序》也可以获得验证："读先生之词者，以为苏、辛可，以为周、秦可，以为温、韦可……取裁非一体，造就非一诣。"蒋景祁认为其师是不拘泥于一格的，成就是多方面的。蒋为陈的得意门生，其编《陈检讨词抄》，是受其师临终时的嘱托，蒋氏这篇序言，也体现了陈氏晚年的词学见解。由于"取材非一体，造就非一诣"，所以不能以豪放一端看待陈维崧。蒋氏的《陈检讨词抄序》又言："学者苟有志于古之作者而守其藩篱，即起温、韦、周、秦、苏、辛诸公于今日，其不能有所度越也已！"前代名家词作所展示的多种体制，都可以师范，可以并存，但重在变异和创新，反对步趋和因袭，这也是其师陈维崧的词学见解。陈氏《徐竹逸词序》言："三千粉黛，掩周、柳之香柔；丈八琶琶，驾辛、苏之感激。"这是赞美徐氏词兼有两体之长。《贺新郎·题曹实庵珂雪词》云："多少词场谈文藻，向豪苏腻柳寻蓝本，吾大笑，比蛙鼃。"这既是激赏曹贞吉的《珂雪词》"雄深苍稳"，具有独创性；又嘲笑当代词坛步趋前人，模拟成风，像井底之蛙一样没有见识。陈氏的词集以"迦陵"命名，也说明独创性是他后期创作上最为重要的审美追求。

陈维崧是清初一大家，一生在治词的道路上孜孜以求，探索很艰辛，体式上几经变化。其三弟陈维岳在《湖海楼诗集跋》中曾说："大兄（陈维崧）诗凡三变。"词大体上也是如此，亦中更三变，三十五岁前是学步《花间》，以艳丽为本色；三十五岁改弦更辙，作《乌丝词》和《迦陵词》，精深自命，抒怨愤，重寄托，一如"扑地狮儿怒吼！"晚年倡多种风格并存，要求变异和创新，反对因袭摹拟。陈氏的中更三变，与清初的社会发展及他个人的生活经历也大体是一致的。早年是士家子弟，风流自赏，词风旖旎；中年后颠沛流离，饥驱四方，一如他《一剪梅》词中所说的"风打孤鸿浪打鸥，四十扬州，五十苏州"，磊砢抑塞之意一发于词，吹笛吹铁，声动河裂，形成了怨愤豪壮的基本词风。晚年举博学鸿词，进入社会上层，生活安定优越，词风也向醇厚娴雅转变，倡词体多样化并存，重视词艺的精美与创新。对陈氏词学作纵向的研究而不是横断面的解析，这有助于把握其词论发展变化的轨迹，并能做出较为科学的说明。

## 三、阳羡派的余波及其向浙西派转化

阳羡派一重要后继者是蒋景祁。蒋氏的词学，主要是承继和发挥陈维崧晚年的词学思想。这见之于其《陈检讨词抄序》，有关评述，已见前论。蒋景祁对清代词学最重大的贡献，是在于编纂《瑶华集》，全书共二十二卷，始编于康熙二十五年，刊刻于康熙二十六年（1687），其编撰意图，上承邹祗谟的《倚声初集》，大大扩充陈维崧的《今词选》的内涵，以清初顺康之际名家词作为主体，兼收并蓄，以成一代词学之大观。这见之于其《刻瑶华集述》：

　　国家文教蔚兴，词为特盛。《倚声集》上溯庆历，比于诗之陈隋。此集惟断自六七十年来，词人出处在交会之际，无不甄收。与《倚声》所辑，时代稍别。

　　其年先生向有选本，颇嫌简略，兹编大约揽其所有而益补未备。选编与刊刻《瑶华集》，实际上是本着其师陈维崧"不窕而不碍""有伦而有脊"的选词原则，在《今词选》的基础上，"揽其所有而益补未备"，集明末清初名家华章于一书，以存雅调于千年，从而大大丰富和扩充了原选的容量，更好地完成了其师未竟的事业。全书共收词人五百零七家，选词二千四百六十七首，其中陈维崧、朱彝尊二家收词最多，分别为一百四十八首和一百一十一首。纳兰性德、史惟圆、吴绮、沈谦、曹溶、钱芳标、陈枋、龚鼎孳、曹贞吉、邹祗谟、梁清标和吴伟业等名家，入选作品都在三十首以上。明末云间派词人，像陈子龙入选二十九首，宋征舆二十三首，李雯十二首，宋征璧八首。能荟萃名家精工之作而无门户之见，在清代词学史上，是编的价值是高出于同类型的其他选本的。

　　当陈维崧进入晚年时，浙西派已经崛起，朱彝尊的《词综》，初刊于康熙十七年（1678），其醇雅精工的审美情趣，很符合已进入承平盛世的康熙年代的时代要求而风靡词坛。晚年的陈维崧词学观点发生变化，开拓了治词的视野，也与这一时代风气有关。作为阳羡派的传人同时又与朱彝尊有良好关系的蒋景祁，其词学审美趣味，在陈、朱之间开始向朱倾斜。《刻瑶华集述》中有言："近惟陈检讨其年惊才逸艳，不可以常律拘。而体制精整，必当以白石、玉田诸君子为法。守此格者，则秀水朱日讲竹垞耳。"蒋景祁不但在吕精律明词语精工上倾向于朱彝尊，在风格以至于情感的表达上，似乎也不以慷慨悲歌为是。蒋氏另一篇也很有代表性的论词文章为《荆溪词初集序》，其中有言："古之作者，大抵皆忧伤怨悱不得志于时，则托为倚声顿节，写其无聊不平之意。今生际盛代，读书好古之儒，方当锐意向荣，出其怀抱，作为雅颂，以黼黻治平，则吾荆溪之人之文，不更可传矣乎？而词之选不亦可以已乎？予既以自悔，且与南耕重有感也。""忧伤怨悱"
之音应该休息，治平之雅颂之诗应该兴起，阳羡派已经过时了，
应该作古，其式微是不可避免的。

（原载漆诸邦、梅运生、张连弟撰著，霍松林主编：《中国诗论
史》〔下册〕第八章第一节，黄山书社2007年版，第1140—1141、
1149—1158页）

# 常州派"比兴"说词纵析

以"比兴"说词，是常州派词论的核心。此说发轫于张惠言，踵其事、增其华于周济、陈廷焯等，见之于他们所提出的不同的理论命题之内，体现在他们所熔铸和运用的审美范畴之中。审视和破译这些范畴，解析和评价这些命题和体系，不仅可以了解各家的理论特色和各自取得的成就，同时也可以看出常州派词论发展的阶段和理论思维方式演进的轨迹。

## 一、张惠言：意内而言外谓之词

以"比兴"说词，源于汉人以"比兴"论诗。以"比兴"谈词，也并非从张惠言始。清人张德瀛在《词徵》中曾指出过，南宋鲖阳居士作序的《复雅歌词》，就有以"比兴"析词的先例。尔后明代陈霆的《渚山堂词话》、杨慎的《词品》、清初贺裳的《皱水轩词荃》和彭孙遹的《金粟词话》等，也都间有以"比兴"论词的。但上述各书，大都将诗论中的"比兴之义"机械地移入于词评中，没有提出新的命题和范畴，在理论上也没有多少新的阐发，因而影响不大。

张惠言和上述诸人有所不同。他鉴于浙西词派泛言"清空"之境而走向枯寂，专注词语精工而陷于饾饤琐屑的弊病，想扭转这种创作倾向，便提出以立意为本的主张，对"词"这个范畴做出了新的界定。他说："意内而言外谓之词。"（《词选序》）"意内而言外"，原出于汉代许慎的《说文解字》。许氏说"词"有其内在的"意"和外在的声音和字形，它是语言学中的概念。张氏将其移位过来，对文学体裁之一的"词"做出界定，那就必须夺胎换骨，以符合词的内在意蕴和外在的表现形式，并将自己的词学观点寄寓其中。他说："其缘情造端，兴于微言，以相感动，极命风谣。里巷男女，哀乐以道。贤人君子幽约怨悱不能自言之情，低徊要眇，以喻其致。盖诗之比兴，变风之义，骚人之歌，则近之矣。”（《词选序》）这里所说的词中内在的“意”，是一种情意，乃特指“贤人君子幽约怨悱不能自言之情”；表达这种情意的“言”，是一种“微言”，而所写里巷男女哀乐或山川风物，可尽态极妍予以呈现，但微言要通于大义，言在此而意在彼，这就是比兴。所谓“不能自言”，是不便自言或无从自言，而词“其文小，其声哀”，就能“低徊要眇，以喻其致”。所以作词的起点和归结点是贤人君子的情意，而中介和载体则是比兴，合而言之，就是合乎变风和楚骚的“比兴之义”。这是张氏从“意内而言外”的命题而引发出来的创作论要点。

张氏论词，强调立意，而理论阐发的重点却在“言”。他认为“言”就是“象”，比兴应明象，要寓意于象，立象以明意。他说：“夫民有感于心，有慨于事，有达于性，有郁于情，故不得已者而假于言。言者，象也。象必有所寓。”（《七十家赋钞目录序》）赋如此，词亦然。言即为象，这是对“言”这个范畴做了新的界定，但亦有所本。张惠言为经学名家，尤精于《易》学。张氏治《易》，不取魏晋人以玄入《易》追求深远的义理，而取汉人的“象数”学，以“象”与“数”解析《易》理。东汉人虞翻，就是以“象数”析《易》的大师，张氏对《周易》虞氏义多所阐发，著作多种。但张氏将其引进到词论中时，不取“数”而取“象”，这证明他已把文学和经学区分开来，对文学的形象性的特质有了认识。可也必须明白：他把虞氏的“依物取类，贯穿比附”（《周易虞氏义序》）的方法作为立象的准则，是有其局限性的。

意，要有讽谕性，这是汉人“比兴”说诗题中应有之义；言，依物取类，观物立象，这是张氏的新见。他将这两者融合在一起，完成他的理论命题，构成他的“比兴之义”，并由此独树一帜。这无疑是有其理论价值和实践意义的，对于针砭当日饾饤寒乞的柔弱词风，不失为有力的强心剂。从创作论说，他提出词人应感物而发，缘情造端，兴于微言，观物立象，重视意象的经营与表达，是符合艺术思维的一般规律的。他在论述这项命题时，还力图与词的体裁特点和词的审美愉悦性相结合，这与汉儒把比兴和美刺政治直接联系起来，不可同日而语。但中国诗歌创作和诗歌理论，经过魏晋玄学的洗礼，"形神之辨"和"言意之辨"辐射到诗学中去，说诗者则更为重视"离形得似""象外之象"和"境生象外"。"比兴"论者，不但重视"拟容取心"，还更重视"复意重旨""言有尽而意无穷"。张氏的观物立象、"触类条畅，各有所归"这种低层次的创作理论，对于高水平的作家来说，已经没有多少指导意义了。而况词是情绪文学，意象的多义性和辐射性更为突出，单象旨发，主题先行，对作者的兴会与才情都会带来损害和制约。常州派有些词人创作成就不大，论者常归咎其眼高手低、手不及眼，其实，在一定程度上是受其初祖创作理论框架的约束所致。

从批评论来说，由比兴入手来探讨寄托之意，由兴象与寓意来评价作品的高低，固然不失为一种批评方法和审美视角，特别是在当时"淫词""鄙词"和"游词"充斥词坛的时候，张惠言敢于登高一呼，用经世济时的眼光，指出批评与鉴赏向上一路，确能使人心胸为之开阔，耳目为之一新。张氏所编《词选》，就是运用这个审美标准来遴选自唐至宋四十四家词共一百十六阙，其中多数是思想价值和艺术水平比较高的，入选不当的虽有但不多。张氏的品评，也不乏贯微洞密之见，但也有不少穿凿附会之谈，为后人所集矢。究其原因，是由于拘泥于寄托所致。张氏创作论中的立象明意，单象指发，必然导致"义有幽隐，并为指发"，在字字句句中求寄托的批评格式，这并不符合一些优秀词篇的创作实际。而况比兴评词，就其实质和主要特点说，是一种社会政治和历史的批评方法，在运用这种方法时，应在"知人论世"的前提下才可"以意逆志"。而疏于"知人论世"，且执着于"以意逆志"，是汉代经学家比兴评诗的主要缺点。张惠言承接了这个缺点，于是主观的随意性和猜度性就随之产生了，穿凿附会之见必然在所难免。这在评温庭筠、韦庄、欧阳修和苏轼某些词的评语中，偏见尤为突出，因而遭到王士禛、王国维的诟病，乃是理所当然。

## 二、周济：非寄托不入，专寄托不出

继张惠言而起的常州派最重要的词论家是周济。周氏治词，从浙西派起步，中经由浙转常，进而光大了常州派的门庭。周济在回顾其一生治词经历时写道："余少嗜此，中更三变。年逾五十，始识康庄。"（《宋四家词选目录序论》）所谓"中更三变"，实际上是自言其前期、中期和后期词学观点有所演变。他在运用比兴范畴和提出命题中，都呈现出与张惠言不同的特色。

成书于周氏而立之年的《词辨》及附《词辨》之上的论词条目（后人辑为《介存斋论词杂著》），足以代表其中期的观点。其中他提出一项新的创作命题，即寄托之有无，所运用的范畴为"词史""空"与"实"以及"有寄托"和"无寄托"等，对"意"与"言"两方面他都有新的阐述。

"词史"是他运用的第一个重要范畴，以体现他对寄意的内在要求。他说："感慨所寄，不过盛衰，或绸缪未雨，或太息厝薪，或已溺已饥，或独清独醒，随其人之性情学问境地，莫不有由衷之言。见事多，识理透，可为后人论世之资。诗有史，词亦有史，庶乎自树一帜矣。""绸缪未雨"，出于《诗·豳风·鸱鸮》，是言周公旦对社会危机有预感，能防患于未然；"太息厝薪"，出自贾谊《新书·数宁》，则是对麻木不仁、苟且偷安的愤慨；"已溺已饥"，典出《孟子·离娄下》，是赞扬夏禹、后稷对生民的疾苦有切肤的感受；"独清独醒"，源于《楚辞·渔父》，是说要师法屈原不苟合取容。周济认为，词人的心胸，词中的寄托，应该像禹王、后稷、周公、屈子、贾生一样，都是有关国计民生中的大问题，既是词篇，又是史笔。周氏是位历史学家，曾著有《晋略》八十卷，他用史家的眼光来审视词的内容，提出了"词史"这样一个重要的范畴，并加严格的界定，要求词人要有忧患意识，对社会政治危机要有预感，并寄托在所写的词中，这就比张惠言对立意的要求和对词意的界定，要明确得多、深广得多了。张氏的寄意，比较侧重于士大夫个人的哀怨，其中包含"感士不遇"、自怨自艾这类士人特有的心态。张氏《词选》首选温庭筠的《菩萨蛮》（"小山重叠"），称赞其寄托了"感士不遇"，即是一例。周济在界定"词史"时，特别指出"离别怀思，感士不遇"，乃是词中应去的陈言，与"词史"了不相类。可见周氏特铸这一范畴，其意在驳正立意的内容，提高立意的品格，比张氏之论前进了一步。且然他以此作为词的普遍性的品格，要求所有的词人和词作，难免有曲高和寡之虞。

　　至于寄意的表现形态，张惠言重在"象"，以"象"释"言"，要立象以明意；而周济却重在"境"，融意于境，以境呈意。这表现在周氏运用"空"与"实"、"有寄托"和"无寄托"等范畴中。他说："初学词求空，空则灵气往来；既成格调求实，实则精力弥满。初学词求有寄托，有寄托则表里相宜，斐然成章；既成格调求无寄托，无寄托则指事类情，仁者见仁，智者见智。"按照王国维在《人间词话》中所表述的见解，诗词意境，是意与境的融合，并在融合中呈现出多种不同的形态。周济在这里提出了"有寄托"与"无寄托"以及"空"与"实"这两组范畴，实际上是对意与境在形态上的审美规范，虽然他还未能直接提炼出"意境"这个重要的审美范畴。

　　"空"与"实"是呈现于词境中的不同的美感特色，"空则灵气往来"，具有空灵之美；"实则精力弥满"，具有充实之美。至于"有寄托"和"无寄托"，那是寄意上表现出来的不同形态而已。周济作为常州派的传人，首先他是坚持寄托。必须明白，所谓"无寄托"，是指无寄托的痕迹，而非无所寓意。周济将这两组范畴划分开来，又相互对称地重新组合，从而论证并区分出创作过程中高低不同的两大阶段。第一，初学阶段，境则求其空，轻盈流转，舒卷不迫；寄意则求其实，有明显的寄托用意。意与境合，表里相宜，斐然成章，亦如清泉游鱼，优游清澈。第二，进而则境求其实，健笔纵横，真体内充，意则求其虚，能"寄意题外，包蕴无穷"，具有多义性和启示性，能使仁者见仁，智者见智。意与境合，既蕴藉深厚而又神理超越。如大海浩瀚，鱼龙深潜，知其所有而又不能测其所有。周济曾从北宋词中总结出"浑涵"二字来概括这类词的意境特征，只是这个代表他审美理想的重要范畴，还有待于在理论上加以界定。

　　周济后期所提出的寄托由入到出的创作命题，就是在这个基础上做出了深层的理论概括，在体系上也更为严密和完整了。他说："夫词非寄托不入，专寄托不出。一物一事，引而伸之，触类多端。驱心若游丝之罥飞英，含毫如郢斤之斫蝇翼，以无厚入有间。既习已，意感偶生，假类毕达，阅载千百，馨欬弗违，斯入矣。赋情独深，逐境必悟，酝酿日久，冥发妄中。虽铺叙平淡，摹绘浅近，而万感横集，五中无主。读其篇者，临渊窥鱼，意在鲂鲤，中宵惊电，罔识东西。赤子随母笑啼，乡人缘剧喜怒，抑可谓能出矣。"（《宋四家词选目录序论》）

这里他运用了"入"与"出"这两个新范畴，作为创作过程的起点和归宿，以代替原有的"初学词"和"既成格调"两个高低不同的创作层次；而"词史""有寄托""无寄托"以及"空"与"实"都融化其中。"入"和"出"与"有寄托"和"无寄托"，是密不可分的，新的命题使两者衔接，词的创作就成为一个有机的完整的过程。谭献曾将这个命题概括为"以有寄托入，以无寄托出"（《复堂词话》），这是符合周氏原意的。

"以有寄托入"，从寄托入门，进入创作堂奥。"寄托"包含作者的情意、寄寓的物象以及运思于境三个层面。意，要求作者对时代的兴亡、生民的疾苦有深切的感受，有不得其平则鸣的由衷之情，这是前提。寄情意于物象，在于兴发感动，作者要善于从一物一事生发，连类而及，进而"意感偶生，假类毕达"，使意象环生，而又一意贯穿。运多重意象于词境，在于作者精妙的构思和神来之笔，使"无厚"之意，进入"有间"之境；结境凭虚，而游刃有余，此即所谓"驱心若游丝之罥飞英，含毫如郢斤之斫蝇翼，以无厚入有间"。总之，表里相宜，神情毕肖，千载之下，如见其人，如闻其声，这才可称作"入"。

"以无寄托出"，即走出寄托，臻于极境，也是从感慨生发。意感由多而广，由广而深，个人身世之感，负荷着国家的盛衰和民族兴亡的休戚，其感慨自大，而其境自深。所谓"万感横集，五中无主""赋情独深，逐境必悟，酝酿日久，冥发妄中"，意即兴发无端，来去无迹，触物而发，入境即悟，触发而不自知，流露亦不能自止，意与境相浑，不识何者为物、何者为我，寄意当然如羚羊挂角，无迹可寻了。周氏还进一步从美感的角度，来检验这种词境的感发作用，他说："读其篇者，临渊窥鱼，意在鲂鲤，中宵惊电，罔识东西。赤子随母笑啼，乡人缘剧喜怒。"显然他以此作为能"出"的验证。强调意境审美本体的直接感发力量，这比起见仁见智说具有更高的层次。

从意境生成的情况看，入，是表现自我，出，则是淡化自我以至于超越自我；入是有我之境，出则是无我之境；入是意与境合，出则是意与境浑。从有我到无我，从表现自我到超越自我，从意与境合到意与境浑，我以为大体上可以包括周氏的从"入"到"出"创作命题的全部意蕴。

能入又能出，是一个具有普遍意义的创作命题。王国维曾对这一命题，做出了更为精辟和更高程度的理论概括，他说："诗人对于宇宙人生，须入乎其内，又须出乎其外。入乎其内，故能写之；出乎其外，故能观之。入乎其内，故有生气；出乎其外，故有高致。"（《人间词话》）周、王两说相比，论述的内容也有许多近似之处，虽然王氏专从"境界"立论，而不似周氏之从"寄托"生发的。谭献认为周氏深得创作的用心，誉之为"千古辞章之能事尽，岂独填词为然"（《复堂词话》），洵非虚美。

周济以"寄托能入又能出"这一命题为指导编成《宋四家词选》。标举周邦彦、辛弃疾，吴文英和王沂孙这四家词，作为实践这一命题的创作典范。在周济看来，这四家词还是有等差的：以辛、吴、王为代表的南宋词，是"有辙可循"，可以为"以有寄托入"起示范作用；而以周邦彦为代表的北宋词，臻至"浑化"之境，是能"入"又能"出"的最高典范。"问途碧山，历梦窗、稼轩，以还清真之浑化。余所望于世之为词人者，盖如此。"（《目录序论》）这是他对编写此书意图最清楚的说明。可见令后人颇难索解的所谓"问途碧山"云云，实际上就是他的从入到出的创作命题的注脚，或者说是这一理论命题的具体化和程式化。我们也可以说，他的命题是总结两宋词人创作成就在理论上的升华，在创作上示人以筏。

综上可见，周济的"寄托能入又能出"命题，是熔铸其一生的词学成果并几经演变而后成的。他继承张惠言的从寄托立论，但他摈弃了张氏寄意于象的表述，代之以寄意于境、以境呈意的新内容，提出了从"有"到"无"、由"入"到"出"的新命题。他还运用了"空"与"实"、"有寄托"与"无寄托"以及"入"与"出"这三组新范畴来论述这一命题，使词境上由"空"趋"实"与寄意上化"实"为"虚"相表里，从而完成这一命题。其中"空灵"这个范畴，是从浙西派那里汲取过来的，但浙西派是承接南宋张炎的词论，以"清空"之境为止境，而周氏则以此作为进入"浑涵"之境的起点。至于寄意上化实为虚，则是广泛地吸收了经过玄学洗礼后的传统诗论中的丰富内容。从传统的继承关系看，周济的词论，集浙、常两派以及传统诗学的大成，把中国词学理论推向一个新的发展阶段。然而他以周、辛、吴、王四家词为范例，作为人们由南宋归返北宋在创作上的必经之途，并不一定具有普遍意义，体现他的审美理想的"浑涵"或"浑化"这样一个重要范畴，也未在理论上给予明确的界说。凡此，都是他的不足之处。

# 三、陈廷焯：作词之法，首贵沉郁

周济之后，由于社会政治危机日趋严重，时代的沧桑与张、周之学相呼应，常州派更为风行。由于周济的影响和启示，其后继者理论兴趣较浓，但多数著作，似乎都未能摆脱周氏的理论命题的框架，而只在某一点上提出补充，或在某一点上做出新的概括。譬如谭献所说的"作者之用心未必然，而读者之用心何必不然"（《复堂词话》），着重强调审美主体的能动作用，自有其价值。谭氏常以此自诩，其实，这也不过是周氏的"仁者见仁，智者见智"的启示，对此做出了新颖的表述。另外，蒋敦复提出"以有厚入无间"（《芬陀利室词话》），作为周氏的"以无厚入有间"的补充，他认为周氏在"以有寄托入"的命题中提出了"以无厚入有间"，概括了南宋词的创作特点，而他的"以有厚入无间"乃是"唐、五代、北宋人不传之秘"，是他们所宗奉的"浑涵"之境的创作特色的另一表述。但这也还是从周氏的命题引发而出并在其范围内回旋的。周济之后，从寄托生发，而又能变换观角，提出新的理论形式，就要数陈廷焯的《白雨斋词话》了。

如果说张、周的"比兴"说侧重于提出一项深浅有别的创作命题，并运用各自提炼的含意不同的范畴，加以论证，又联系词史上的创作实际予以检验，从而建立起各自的理论体系，那么陈氏之论，则侧重于将自己的审美观念，凝聚在"沉郁顿挫"这个审美范畴内，作为他理论网络中的纽结。其中"沉郁"又是主体，是其最高范畴。周济也提出了"浑涵"或"浑化"，但在理论上未予界定，却偏重论述通向这种词境的创作过程。陈氏所论，重在对范畴的界定，并以此为准绳来评价词的艺术特征和审美价值，同时联系词史的实际，多方阐发，从而建立起相应的体系，这与张、周以创作命题为中心建立体系，在理论形式上有所不同，有所演进。

陈廷焯生活于光绪年间，其时东南词坛上，正是周济词学占统治地位。陈氏治词，是由浙归常、由周溯张，进而以张学为本原，融朱、张、周之学于一炉。具有丰富内涵的"沉郁顿挫"，就是从中冶炼、凝结而成的晶体。

"沉郁顿挫"，本是杜甫对自己创作特色的自评（见杜甫《进雕赋表》）。老杜也曾将"微婉顿挫之词"与"比兴体制"联系在一起，赞美元结的忧国忧民的诗篇（见杜甫《同元使君春陵行并序》）。"婉"与"郁"声、义相通，"微婉顿挫"亦即"沉郁顿挫"。依照杜甫的见解，这是"比兴体制"的一种体现。论诗宗奉杜甫的陈廷焯，将此范畴移植过来，增殖其内涵，界定其外延，作为他的"比兴体制"的纲目。

"沉郁顿挫"何以重要？陈氏说，词的"妙处，亦不外沉郁顿挫。顿挫则有姿态，沉郁则极深厚。既有姿态，又极深厚，词中三昧，尽于此矣。"（《白雨斋词话》卷一）他认为，"沉郁"与"顿挫"，是两个含义不同又互有联系的审美范畴，前者侧重于思想意义，后者则是表现形态，两者不可或缺，"沉郁之中，运以顿挫，方是词中最上乘。"（《白雨斋词话》卷九）它是词的美感价值之所在，能直透词中三昧。两者相比，前者又是首要的——"作词之法，首贵沉郁。"（《白雨斋词话》卷一）这是陈氏基于对词的产生、基本特征及社会作用认识的基础上提出的，他阐释道："夫人心不能无所感，有感不能无所寄，寄托不厚，感人不深，厚而不郁，感其所感，不能感其所不感。伊古词章，不外比兴，《谷风》阴雨，犹自期以同心，攘垢忍尤，卒不改乎此度。为一室之悲歌，下千年之血泪，所感者深且远也。"（《词话》自序）他认定，词是情感的产物，但必有所寄托，才能体现。所感所寄，又必须是感而深，深而厚，厚而郁，才能像《风》《骚》一样产生巨大的经久不衰的感发作用。所谓"伊古词章，不外比兴"，就是说比兴是中介，是深厚感情的集中体现，"沉郁"二字，即从中升华而出。请看他对"沉郁"的界定："所谓沉郁者，意在笔先，神余言外。写怨夫思妇之怀，寓孽子孤臣之感。凡交情之冷淡，身世之飘零，皆可于一草一木发之。而发之又必若隐若见，欲露不露，反复缠绵，终不许一语道破。匪独体格之高，亦见性情之厚。"（《白雨斋词话》卷一）这显然是从创作方法立论做出的界说，其中至少包含两点互相制约的内容，即本原论和方法论。就本原论说，词源于《风》《骚》，抒情要有所本，"本诸《风》《骚》，归于忠厚。"（《大雅集序》）"不根底于《风》《骚》，乌能沉郁？十三国变风，二十五篇《楚辞》，忠厚之至，亦沉郁之至，词之源也。"（《白雨斋词话》卷一）词源于变风和楚骚，重在抒怨情，又必须以"忠厚"来规范，以正其性情，这是张惠言的"比兴"说的出发点。周济亦重视怨情，但更重在情意的真诚，所谓"莫不有由衷之言"，这是以"真"为核心的，感慨时事，也必须以"真"来检验。而陈氏重在"善"，真情要受"善"的制约，要在"悲郁中见忠厚"。导源于《风》《骚》，归旨于忠厚，这是"沉郁"说的基本出发点。

再就方法论说，陈氏强调必须从比兴出发。他遵循其师庄棫的见解，并依据词的特点，阐明其意。他说："字字譬喻，然不得谓之比也……托讽于有意无意之间，可谓精于比义。""托喻不深，树义不厚，不足以言兴。深矣厚矣，而喻可专指，义可强附，亦不足以言兴。所谓兴者，意在笔先，神余言外，极虚极活，极沈极郁，若远若近，可喻不可喻，反复缠绵，都归忠厚。"（《白雨斋词话》卷八）这些话与上文对"沉郁"的界定相对照，并无二致，甚至主要用语都是相同的，可见"比兴"是构成他的"沉郁"的主体，或者说"沉郁"是其"比兴"在审美上的升华。

陈氏于"比兴"，不但强调本源论（即本于《风》《骚》），而且还加进"神余言外，极虚极活"等新内容，这不是汉人也不是张惠言对"比兴"的见解，而是融会了魏晋以来及周济对"比兴"的见解，和周济的虚实相间、化实为虚、见仁见智等说法如出一辙。可见陈氏的"沉郁"说，是把张氏的"导源"说和周氏的"穷变"说紧密地结合在一起，又上承"诗可以怨""沉郁顿挫"的诗学的传统，下赅词史上的创作、批评理论，从而提炼、熔铸出这个包含有悲剧美意味的审美范畴。

与"沉郁"相呼应的是顿挫有致。"顿挫"所概括的是词人运用的多种表现手法和词中呈现出千差万别的姿态。对于这个范畴，陈氏虽未予以详细的界说，但在具体的词评中可以看出，其要点在于跌宕多姿，在于千回百转，在于低昂得法，在于抑扬有致，在于务去陈言，而侧重于能表达出内在的力的美，或内涵深沉的悲壮之美。词能顿挫有致，必然体现在语句的吞吐、文字的疏密、章法的变化、笔势的飞舞、文气的升沉、情景的相生和词断而意属上，并由此构成词法、词理、词骨、词韵、词格、词品以及词境和风格的多样性。"周、秦词以理法胜，姜、张词以骨韵胜，碧山词以意境胜……而又以沉郁出之，所以卓绝千古也。"（《白雨斋词话》卷八）"沉郁顿挫"，就是本原的一体性和表现形态的多样性的统一。

"沉郁"侧重于导源，侧重于词意的深重和情感的忠厚，侧重于词的多义性和启示性；"顿挫"则着意于穷变，着意于表达力的美，着意于独到之笔和出人意表。两者有机结合，就能体用一致，表里相宜，相得益彰。陈氏正是运用这两个审美范畴，来体现其对词的内在美和形式美的要求，并建立和统率其独树特色的理论体系。

运用特定范畴评判词史，自能主线突出，涵盖面很广，又可以别具一格。"两宋词家，各有独至处，流派虽分，本原则一。"（《白雨斋词话》卷八）"唐宋名家，流派不同，本原则一。"（《白雨斋词话》卷十）这个"本原"，凝结为审美范畴，就是"沉郁"。陈氏指出："唐五代词，不可及处，正在沉郁。宋词不尽沉郁，然如子野、少游、美成、白石、碧山、梅溪诸家，未有不沉郁者，即东坡、方回、稼轩、梦窗、玉田等，似不必尽以沉郁胜，然其佳处，亦未有不沉郁者。"（《白雨斋词话》卷一）以"沉郁"来统观历代词作，虽不无复古主义的倾向，但仍不失为一种审美视角。词史上宗唐、宗宋以及宗南宋、宗北宋之争，至此都统一在"沉郁"的旗帜下，眼界自宽，可以不局限于一隅了。

至于历代词人的独到处，陈氏书中也极为重视细致辨析。如评析唐宋词，称温庭筠词善于"须倒言之，纯是风人章法"；评韦庄词，言其"意婉词直，一变飞卿面目"；评贺铸词称"笔势却又飞舞，变化无端，不可方物"；评苏轼词有寄意高远，"运笔空灵"之美，评周邦彦词说"无一语不吞吐"，有"意惬关飞动，篇终接混茫"之评；评辛弃疾词说"格调自苍劲""姿态飞动"；评姜夔词称"清虚骚雅"，体气超妙；评吴文英词称"仙思鬼境，两穷其妙"；评王沂孙词造语工雅，"无一笔犯复，字字贴切"等。他还特别赞赏周、秦精于理法，姜、张神于骨韵，王沂孙着意于意境，称周、姜、王为"词坛三绝"（见《白雨斋词话》卷一、卷二）。至于"沉郁"不足而"顿挫"有法的清人之词，他也给予应有的评价。如称陈维崧词有"雄劲之气"，朱彝尊词有"清俊之思"，厉鹗词有"幽艳之笔""得其一节，亦足自豪"（《白雨斋词话》卷八）。词史上的婉约与豪放之争，都囊括在他的"顿挫有致"一语中，不再有轩轾之别。

从陈氏运用范畴评析词史看，"沉郁"是求其同，"顿挫"是析其异。求其同，从传统的继承关系说，是侧重于承接，但也包含有新变的内容，他所谓"极虚极活"云云，就不是归旨于《风》《骚》所能概括的。所以他又说，词是"温厚以为体，沉郁以为用"（"沉郁""体用"兼备，"通""穷"统一）。这种"体用"观，是和文学的继承和发展趋势相一致的。至于"顿挫"，则主要是析异，目的是为了"穷变"。以"沉郁顿挫"来贯穿词史，颇具发展观点，虽然他还未能摆脱传统的以复古为革新的文学史观的局限。从思维形式看，运用最高范畴来统摄词史，建立史论体系，近似现代思维形式，也不失为一种新的角度，这对于我们摆脱"纪传体"的史学框架来撰写新的文学史，也有某种借鉴意义。

陈氏之后，况周颐所提出的"重、拙、大"，王国维所提出的"境界"，都是体现他们审美理想的最高范畴。但况氏的"重、拙、大"，并不全是从"比兴"立论；王氏的"境界"，则是受西方哲学"直观"说的影响在艺术论中的体现，故本文都未予评说。从况、王二位对最高审美范畴的运用看，陈氏艺术思辨形式的影响是可见的，和中国文艺理论思维方式演进的总趋势也是一致的。

（原载《安徽师大学报》〔哲学社会科学版〕1991年第2期）

# 试论张惠言词学的文化渊源、理论建构
# 与价值追求

　　张惠言（1761—1802），字皋文，号茗柯，武进（今江苏常州）人。以科举进入仕途，仕至翰林院编修。嘉庆七年病逝，时年42岁。张氏虽年寿不济，但著作甚丰。他是清代著名的今文经学家，专力治《易》与《礼》，《易》从三国时吴人虞翻的义理入手，进而探讨汉人孟喜的《易》义。著有《周易虞氏义》《周易虞氏消息》《虞氏易礼》《周易郑氏义》《周易荀氏九家义》等多种。张惠言又是古文家，曾从桐城派刘大櫆弟子钱鲁斯学古文，与恽敬同为阳湖派之首。另著有《茗柯文》五卷、《茗柯词》一卷，编有《词选》两卷，创立了常州词派。

　　张惠言是以编纂这部《词选》而在清代词学史上享有盛名的，其《词选序》也是清代词学中最著名的词论之一。文中把汉儒的诗学"比兴"说移植于词，而侧重于讽谕义和抒怨情，并运用虞翻和吴喜的《易》义，结合词体的特点加以阐发，发前人之所未发，并能一新词界的耳目。至于对其所选之词中12位作家40首词撮要予以品评，所揭示的词意并非是原词的旨趣，而是"以《国风》《离骚》之旨趣，铸温、韦、周、辛之面目"（周济《味隽斋自序》），这在中国诗学批评史上也是很少见的。以下侧重对上述两点予以评述。

# 一、意内而言外谓之词

　　《词选序》比较集中地反映了张惠言的词学意蕴，是常州派开山的理论纲领。兹全文予以转录：

　　　　叙曰：词者，盖出于唐之诗人，采乐府之音以制新律，因系其词，故曰"词"。传曰："意内而言外谓之词。"其缘情造端，兴于微言，以相感动，极命风谣。里巷男女，哀乐以道。贤人君子幽约怨悱不能自言之情，低徊要眇，以喻其致。盖诗之比兴，变风之义，骚人之歌，则近之矣。然以其文小，其声哀，放者为之，或跌荡靡丽，杂以昌（猖）狂俳优。然要其至者，莫不恻隐盱愉，感物而发，触类条鬯，各有所归，非苟为雕琢曼辞而已。

自唐之词人，李白为首，其后韦应物、王建、韩翃、白居易、刘禹锡、皇甫淞、司空图、韩偓，并有述造，而温庭筠最高，其言深美闳约。五代之际，孟氏、李氏，君臣为谑，竞作新调，词之杂流，由此起矣。至其工者，往往绝伦，亦如齐、梁五言，依托魏、晋，近古然也。

宋之词家，号为极盛，然张先、苏轼、秦观、周邦彦、辛弃疾、姜夔、王沂孙、张炎，渊渊乎文有其质焉。其荡而不反，傲而不理，枝而不物，柳永、黄庭坚、刘过、吴文英之伦，亦各引一端，以取重于当世。而前数子者，又不免有一时通脱放浪之言出于其间。后进弥以驰逐，不务原其指意，破析乖剌，坏乱而不可纪。故自宋之亡而正声绝，元之末而规矩隳。以至于今四百余年，作者十数，谅其所是，互有繁变，皆可谓安蔽乖方，迷不知门户者也。

今第录此篇，都为二卷。义有幽隐，并为指发。几塞其下流，导其渊源，无使风雅之士，惩于鄙俗之音，不敢与诗赋之流同类而风诵之也。

词兴起于唐，是与音乐密切结合的新的诗体，但与诗似乎不一样。这是序文开头对这种新体诗起源和特色的评述。但张氏并不很重视其音乐性，而是直接把握住与诗、赋等文体所共有的用以表意的文词，"因系其词，故曰'词'。"以"词"命名，意在把握和变革词体的内在意蕴。"传曰：'意内而言外谓之词。'"这是许慎《说文解字》的经典解说。许氏说"词"是由其内在的"意"和外在的"言"（声音和字形）相结合而构成，这是语言学的概念。而早在许慎之前，西汉著名的易学家孟喜就是这样解释"词"的，这见于孟氏的《周易·系辞上》①。精通孟喜《易》学的张惠言，以此为依据来界定"词"义，既表明这种界定的经典性和权威性，并进而以此为立论的依据，来阐发其重"意"的词论。张惠言论词，重在词的意蕴，还可以从其词友陆继辂在《冶秋馆词序》中记其与张有关词的答疑中获得验证。

> 仆年二十有一始学为词，则取乡先生之词读之。迦陵、《弹指》，世所称学苏、辛者也；程村、《蓉渡》，世所称学秦、柳者也。已而读苏、辛之词，则殊不然；已而读秦、柳之词，又殊不然。心疑之，以质先友张皋文。皋文曰："善哉，子之疑也。虽然，词故无所为苏、辛、秦、柳也，自分苏、辛、秦、柳为界，而词乃衰。且子学诗之日久矣，唐之诗人，四杰为一家，元、白为一家，张、王为一家，此气格之偶相似者也。家始大于高、岑，而高、岑不相似；益大于李、杜，而李、杜不相似。子亦务求其意而已矣。许氏云：'意内而言外谓之词。'凡文辞皆然，而词尤有然者。"

陆继辂（1772—1834），字祁生，与张惠言为友，但小张氏十一岁。张氏的《词选》附录一卷，收陆词五首，是被张氏视为可承接两宋正声的当世词人之一。陆氏在初学词时所遇到的词的源流风格差异的问题，即前代名家和后之师从者风格为何有别的疑问，张惠言认为，这是一个很有意义的问题。"自分苏、辛、秦、柳为界，而词乃衰。"这个答案，石破天惊。其立论点就是词是言意的，作词者要致力于写意，读词者要"务求其意"，就能获得真谛。不求其意而去辨析气格的异同，那是舍本逐末，四百年来词体之衰败即因此。陈维崧、顾贞观学苏、辛豪放词，邹祗谟、董以宁学秦、柳的香艳体，朱彝尊等宗尚姜、张的雅词，是清词不振和衰败的表现。张惠言甚

---

① 孟喜是西汉著名的易学家，《汉书·艺文志》载有《孟氏京房》十一篇，《灾异孟氏京房》六十六篇。原书唐以后亡佚。《经典释文》《周易正义集解》间有引用，清马国翰有辑佚《周易孟氏章句》二卷，刊入《玉函山房辑佚书》。清张德瀛《词征》卷一"意内言外为词"条："《周易》孟氏章句曰，意内而言外也，《释文》沿之……"张氏原注："《周易章句》，汉孟喜撰。喜字长卿，东海兰陵人，事迹具《汉书·儒林传》……世以'意内言外'为许慎语，非其始也。"据清人辑考，"意内而言外谓之词"这句话，始言者应是西汉人孟喜。

至以唐诗为例来说明这个道理：气格偶相似的四杰，元、白及张、王，气格不相似的高、岑和李、杜，从气格立论，是无法第其甲乙的，只有"务求其意"，才能知其高下得失。《词选序》在唐五代及宋人词中区分正变，并将"张先、苏轼、秦观、周邦彦、辛弃疾、姜夔、王沂孙、张炎"等不同风格流派的宋人词，统归于正声，并称赞他们都是"渊渊乎文有其质焉"，就是尊词意、以立意为先的论词标准的体现。

陆氏在这篇序文中，记叙了张氏引用许慎"意内而言外谓之词"这句话，认为这不但可以界定词义，也可以适用于诗、赋、古文等，"凡文辞皆然，而词尤有然者"，这和《词选序》见解完全一致。陆继辂初学词感到困惑并向张惠言请教，据称其时年方21岁，时在乾隆五十七年（1792），张时年应为32岁。这就是说，张惠言早在而立之年，即《词选》刊出前6年，其词学观念已经形成并开始影响其友人。据张氏的《文稿自序》，其时正致力于古文和经学的《易》《礼》之学，"务求其意"的词学观念，应是在文以明道思想启示下的一种引申。

张氏论词，推尊词意，但并不排斥或者轻视对风格流派和艺术表现方法的研究，而是要求把"务求其意"放在第一位。在明道表意的基础上，结合明道表意的需要，来阐明其风格和艺术表现的方法及特色。他在《送钱鲁斯序》中，记钱氏有关"意"与"法"相互作用的论述，就是在说明这个道理。

> 夫意在笔先者，非作意而临笔也。笔之所以入，墨之所以出，魏、晋、唐、宋诸家之所以得失，熟之于中而会之于心。当其执笔也，縣乎其若存，攸攸乎其若行，冥冥乎，成成乎，忽而遇之，而不知所以然，故曰意。意者，非法也，而未始离乎法。其养之也有源，其出之也有物，故法有尽而意无穷。吾于为诗，亦见其若是焉。岂惟诗与书，夫古文，亦若是则已耳。

"意在笔先"，并非说"意"和"笔"（法）可以绝然分开。"意者，非法也"，但在表意过程中，又"未始离乎法"。研究词，"务求其意"是第一位的，在求其意的过程中，也必然会明其法，风格流派是"法"的表现形式，是"法"的载体。"意"与"法"虽然是密不可分，在创作过程中，常常融合在一起，但"意"又是中心，只有明其"意"，才能知其"法"及其风格特色和流派之所归。古文是如此，诗、赋亦然，词也不例外。正是基于意先法从的原则，张氏在《七十家赋钞目录序》一文中，阐述了先秦两汉魏晋南北朝诸名家赋意志的内涵、渊源之所始及风格艺术表现方法诸多不同的特色，以明赋家意志的不同，即使同一师从和渊源，其风格及艺术表现也常各呈异彩。譬如屈原赋，"其志洁，其物芳，其道杳冥而无常……与《风》《雅》为节，涣乎若翔风之运轻霞，洒乎若元泉之出乎蓬莱而注渤澥"。师从屈原的宋玉、景差赋，就不一样了，"其质也华，然其文也，纵而后反……"至于其源出自屈原的贾谊和司马相如赋，其意内和言外都很不相同。张惠言关于名家赋的评述，正好回答了陆继辂治词中的困惑，即不能从流派的划分来认识词人及其词作，而应侧重探索其词意，"务求其意"，从意到法来认识词家的真面目。可惜张惠言年寿不济，在不惑之年就与世长辞了。如果能假以岁月，从他治赋的情况看，很有可能对唐宋以来诸名家词风格流派及艺术表现特色做较为深刻和细致的评述，而不是像现在这样仅从正、变两途做粗略的区分。

"'意内而言外谓之词'，凡文辞皆然，而词尤有然者。""意内而言外"不仅可以界定词义，推而广之，也可以涵盖以文辞为表现形式的诸多诗文文体，赋当然要包括在内。张氏在《七十家赋钞目录序》中，对赋体的"意内而言外"做了很深刻的理论阐述，其词学见解，有不少就是从诗赋理论中移植过来的，是其诗赋理论的延伸，我们评述《词选序》，当然可以参阅。

> 论曰：赋乌乎统？曰：统乎志。志乌乎归？曰：归乎正。夫民有感于心，有概于事，有达于性，有郁于情，故有不得已者，而假于言。言，象也。象必有所寓。其在物之变化：天之潦潦，地之嚚嚚；日出月入，一幽一昭；山川之崔蜀杳伏，畏佳林木，振硪溪谷；风云雾霭，霆震寒暑；雨则为雪，霜则为露；生杀之代，新而嬗故；鸟兽与鱼，草木之华，虫走蚁趋；陵变谷易，震动薄蚀；人事老少，生死倾植；礼乐战斗，号令

之纪；悲愁劳苦，忠臣孝子；羁士寡妇，愉佚愕骇。有动于中，久而不去，然后形而为言。于是错综其词，回互其理，铿锵其音，以求理其志。其在六经则为《诗》，《诗》之义六，曰风，曰赋，曰比，曰兴，曰雅，曰颂。六者之体，主于一而用其五。故《风》有《雅》《颂》焉，《七月》是也。《雅》有《颂》焉，有《风》焉，《烝民》《崧高》是也。周泽衰，礼乐缺，《诗》终三百，文学之统息。古圣人美言，规矩之奥趣，郁而不发，则有赵人荀卿、楚人屈原，引词表旨，譬物连类，述三王之道，以讥切当世；振尘溚之泽，发芳香之邑；不谋同偶，并名为赋。故知赋者，诗之体也。其后藻丽之士，祖述宪章，厥制益繁。然其能者之为之，愉畅输写，尽其物，和其志，变而不失其宗。其淫宕佚放者为之，则流遁忘反，坏乱而不可纪。

这是张氏赋论的前段，侧重阐述赋体的内涵、渊源、原始表末、释名章义以及功用、价值和流变等，全文是依据儒家诗学的精神进行阐发的，而在心物感应、假言寓象等论题上有较为深刻的新的阐述。由于张氏认为"意内而言外"的词，可以通用于诗、赋，那么其赋论当然也可以适用于其词学了。以下结合其上述赋论，阐述其词论见解。

词是言意的，"意内而言外"。诗、赋是言志的，"在心为志，发言为诗"。词的"意"与"言"的关系与诗的"志"与"言"的关系是相通的，"意""志"一也，都要求用儒家的精神思想来规范，体现出儒家的理想怀抱。张氏论词，尊词体，提高词的品格，是从这里起始的；他尊词意，把"务求其意"放在第一位，也缘于此。

词中的"意"与"言"和诗中的"志"与"言"的内涵，既然是用以对两种不同诗体的界定，其间终究是有差别的，从宏微大小和表达的隐显角度说，这种差异，还包含有某种质的规定性。《词选序》言："其缘情造端，兴于微言，以相感动，极命风谣。里巷男女，哀乐以道。贤人君子幽约怨悱不能自言之情，低徊要眇，以喻其致。盖诗之比兴，变风之义，骚人之歌，则近之矣。"这里所说的词中内在的"意"，是一和情意，特指"贤人君子幽约怨悱不能自言之情"，是贤人君子的怨情。这种怨情，是隐约的，而非显露的；是深层次的，而非浅表的。表达这种情意的"言"是"微言"，所写是借里巷男女悲欢离合感人至深的哀乐之情，以比喻贤人君子深藏的幽约怨悱的政治情意。这就是用微言通于大义，言在此而托意在彼，也就是比兴。这种比兴，是源起于诗、赋，但与诗、赋的表现形式特点又有所不同。诗之写物言志，可以"造怀指事，不求纤密之巧，驱辞逐貌，唯取昭晰之能"（《文心雕龙·明诗》）。赋之状物写志，更可以"铺采摛文""极声貌以穷文"（《文心雕龙·诠赋》）。词则不同，贤人君子的情意是"不能自言"的，即不能明言，不能直接抒发，要"兴于微言"，借下层的里巷男女悲欢离合、卿卿我我那些感人至深的情意，来曲折地表达深层次的意味深长的政治情意。"其文小，其声哀""低徊要眇，以喻其致"，是词体言情的最重要的特点。"其文小"，就是兴于微言，借写里巷男女之恋情，从中寄托贤人君子幽约怨悱之情意。"其声哀"，是抒怨情，其心悲苦，其情可悯，不是写欢愉之辞，而是写愁苦之言；其喻意，不是顺美，而是匡恶。"低徊要眇，以喻其致"，写儿女之悲欢离合，情意要深长，含蓄委婉，一唱三叹，极尽妍态而又意味深长地予以表达。这就和诗赋之"引词表旨，譬物连类，述三王之道，以讥切当世"，愉畅抒写、酣畅淋漓地予以表达完全不同。所以诗赋之境阔，而词体则情意深长；诗赋多壮怀激烈，写英雄之气多，而词则常低徊要眇，述儿女之情长。

张惠言说，词的"意内而言外"，是"凡文辞皆然"，意即可通用于诗赋，这是就其共性说的。但"意"和"言"的具体内涵，是与表达上的特点密切相联系的，词是不同于诗赋的。在《词选序》中，张氏是紧紧把握词体的特点来论述词的。

张氏论词，强调立意，而理论阐发的重点却在"言"。他认为，"言"就是"象"，比兴应明象，要寓意于象，立象以明意。前引其《七十家赋钞目录序》曾言："夫民有感于心，有概于事，有达于性，有郁于情，故有不得已者，而假于言。言，象也。象必有所寓。"赋如此，词亦然，虽然两者所假之象在宏、微、大、小等方面并不相同。《七十家赋钞目录序》所指陈辞赋的象包括天地宇宙，日月星辰，山川林木，鸟兽虫鱼，雷电风云，社会世情，时序变异，人事遭际，礼乐征伐等，常具有宏伟壮观的色彩；词体之假言于象，如上所述，具有文小事微的特点，且偏于"里巷男女哀乐"之事。这两种象虽有宏大、微细的不同，但具象则是共同的。

"言者，象也。"言就是象，这是对言这个范畴做了新的界定，也是有所本的。张惠言是清代著名的惠派今文经学家。惠栋治《易》，唯汉是尊，唯汉是从，他搜罗整理汉儒诸家的《易》说，有《易汉学》等著作多种，属易学中的象数派。张惠言承接惠栋，但他治《易》，专一研究东汉三国吴人虞翻的义理，再进而追寻西汉人孟喜的《易》义。虞翻的祖先数代，都习孟氏《易》。张惠言习《易》，不取魏晋人以玄入《易》，从本体论的高度阐发《易》理，而是采用吴喜、虞翻的以象数的方法析《易》，以求其义理之所安。在张氏看来，《易》中的义理，并非直陈的，而是寄寓于爻象之中，离开象，就无从知其义理。他说："夫理者无迹，而象者有依；舍象而言理，虽姬、孔靡所据以辩言正辞，而况多歧之说哉？"（《虞氏易事序》）《易》是以象为中介、为标志的，失去了象，也就没有《易》："《易》者，象也；《易》而无象，是失其所以为《易》。"（《丁小疋郑氏易注后定序》）虞翻求《易》之天地阴阳消息，正是从爻象入手的。张惠言的《周易虞氏义序》做了这样的概述：

> 翻之言《易》以阴阳消息，六爻发挥旁通，升降上下，归于乾元用九，而天下治。依物取类，贯穿比附，始若琐碎，及其沉深解剖，离根散叶，郁茂条理，遂于大道。

虞翻是一位博学多能的儒者，孙策、孙权兄弟的重要谋臣，他治《易》从象数入门求义理，以遂大道，以治天下，功利性是很强的。张惠言是乾嘉时期博学多识且有革新时弊愿望的经学家，又是擅长古文、辞赋和曲子词的文士，儒家的诗学观念是根深蒂固的，在他的文集《茗柯文编》中，有《诗麑赋》论诗云："吾闻诗之为教兮，政用达而使专。何古人之尔雅兮，今唯绣乎帨鞶。"他想把诗教移植于词中，尊词体，提高词的品格，使词能"与诗赋之流同类而风诵之"。要做到这一点，取"诗之比兴"，"依物取类，贯穿比附"，是其中重要的一环。尽管《易》学中的爻象和诗学中的艺术形象是不尽相同的，前者带有符号性质，是用来阐述哲理的；后者则是感物连类，渗透了诗人的情感，但依物取类、譬物连类的方法是同一的，都是借物以明意，言在此而意在彼的比兴手法。所以虞翻的"依物取类，贯穿比附"的易象之说，正可以丰富和发展诗之比兴之义，运用于词学中，则是张惠言的一大创造，且影响深远。

学词于张惠言的宋翔凤，在道光元年（1821）所写的《浮溪精舍词自序》中，对其师的词学做了这样的回忆和概括：

> 余弱冠后始游京师，就故编修张先生受古今文法。先生于学，皆有源流。至于填词，自得宗旨。其于古人之词，必缒幽凿险，求义理之所安，若讨河源于积石之上，若推经度于辰极之表。其自为词也，必穷比兴之体类，宅章句于性情，盖圣于词者也。

宋氏对张惠言的词学，概分为创作论和批评论两端；就创作论说，要以立意为先，"必穷比兴之体类，宅章句于性情"；而批评论，则要务求其意，"必缒幽凿险，求义理之所安"。应该说，这两者是抓住了要领的；但这两方面所包容的具体内涵及其相互关系，还可略加申述。

张氏的"意内而言外"的命题，"意"是贤人君子的怨情和喻意，具有讽谕性，这也是汉人比兴说诗题中应有之义；"言"是依物取类，观物立象，这是张氏从汉人易象说中获得的新意。将其移植于词中，融合在一起，完成他的理论命题，构成了他的既承接汉人又有新意的"比兴之义"，从而自得宗旨、自成体系而独树一帜。这无疑是有理论价值和创新意义的，对于针砭当日饾饤寒乞柔弱的词风，也不失为一种强心剂。从创作论说，他提出词人应感物而发，缘情造端，兴于微言，观物立象，重视意象的经营和表达，这是符合艺术思维的一般规律的。他在论述这项命题时，还力图与词体的特点和词的审美愉悦性相结合。这与汉儒把比兴和美刺政治直接联系起来，是不可同日而语的。但中国的诗学，经过魏晋玄学的洗礼，"形神之辨"和"言意之辨"，已辐射到诗学中去，说诗者则更为重视"离形得似""象外之象"和"境生象外"。"比兴"论者，不但重视"拟容取心"，还要兼及"复意重旨""言有尽而意无穷"。张氏的观物立象，"依物取类、贯穿比附"这种低层次的创作理论，对于高水平的作家说，会受到很大的限制。而况词是情绪文学，意象的多义性和辐射性更为突出，单向旨发，主题先行，横亘一比兴寄托在创作之先，对作者的兴会和才情都会带来损害和制约。常州派有很多词人创作成就不大，论者常归咎于眼高手低，手不及眼，其实，在一定程度上也是受其初祖创作理论框架的约束有关。再就批评论说，缒幽凿险，务求其意，在字句中求寄托的批评格式，难免穿凿附会而遭人诟病，但是如果作为一种批评思想，如常州派重要传人周济所概括的那样，张氏的评词，是"以《国风》《离骚》之旨趣，铸温、韦、周、辛之面目"（《味隽斋自序》）。这种仁者见仁、以意逆志、主观性很强的批评方法，其价值和得失是需要我们重新加以认识了。

## 二、以《国风》《离骚》之旨趣，
## 铸温、韦、周、辛之面目

《词选序》言："盖《诗》之比兴，变风之义，骚人之歌，则近之矣。"张惠言把词和变风、变雅及楚骚相比拟，其意在用《风》《骚》精神改造词，用"诗之比兴"把不同特质的诗体联接起来。所以崇比兴，就是张氏词学最主要的特色。

比兴论诗，是中国传统诗学的正宗，源远流长，长盛不衰，以之论词，也不是始于张惠言。张德瀛说："曾丰谓苏子瞻长短句，犹有与道德合者。'缺月疏桐'一章，触兴于惊鸿，发乎情性也；收思于冷洲，归乎礼义也。本朝张茗柯论词，每宗此义，遂为鮰阳之续。"（《词征》卷五）①张德瀛认为，张惠言论词，重视政治功利性，是承接了南宋曾丰（鮰阳居士）论词的传统，其《词选》，应是鮰阳所编纂并为之作序的《复雅歌词》的续编。《复雅歌词》编纂于

---

① 张德瀛记曾丰言苏轼"犹有与道德合者"这一段，见曾丰的《知稼翁词序》。值得注意的是，张氏还将曾丰和鮰阳联系在一起。从此文前后连贯的语气看，鮰阳居士似乎就是曾丰的字号。曾丰，南宋乾道五年（1169）进士，官至广东德庆知府，著有《缘督集》二十卷。从其评苏词"发乎情性""归乎礼义"看，是南宋初年用儒家诗学评词的人。今人评"鮰阳居士释苏词"，鮰阳，多言佚其姓名。张德瀛是清光绪时代人，常州派词论家，《词征》考镜源流，重视征实，其言鮰阳是曾丰的字号，虽不知何据，但应是有所本的。

南宋绍兴年间，共五十卷，多为纪事之作。全书已佚，赵万里辑得残文十则，收入唐圭璋所编《词话丛编》第一册，吴熊和又从宋谢新《古今合璧事类备要》辑得鲖阳居士序并为之评，载《古代文学理论研究》第九辑。鲖阳序从孟子的"今之乐犹古之乐"立论，贬抑"温、李之徒"的"淫艳猥亵"之词，褒扬北宋"骚雅之趣"的歌词，倡导比兴寄托，申言词可以寓教于乐，词的教化功能可以融合于审美愉悦之中，宋词也就能和古乐相提并论了。鲖阳是南宋初年倡比兴说词以尊词体的开创者，赵辑有评苏词二则，其一评《卜算子》："缺月，刺明微也。漏断，暗时也。幽人，不得志也。独往来，无助也。惊鸿，贤人不安也。回头，爱君不忘也。无人省，君不察也。拣尽寒枝不肯栖，不偷安于高位也。寂寞吴江冷，非所安也。此词与《考槃》诗极相似。"张氏选评此词，全文抄录这段文字。鲖阳认为，苏轼此词与《诗·卫风·考槃》极相似。据《毛诗序》："考槃，刺庄公也……使贤者退而穷处。"苏词亦在刺贤者不能安于位。这是运用比兴的方法并将两者加以类比所得的结论。可见将比兴之义运用于词学，南宋已开其风，曾丰言苏词"与道德合者"即是其例。其后明代陈霆的《渚山堂词话》，杨慎的《词品》，清初贺裳的《皱水轩词荃》、彭孙遹的《金粟词话》等都间有论及。纳兰容若说："诗亡词乃兴，比兴此焉托。往往欢娱工，不如忧患作。"（《填词》）也是主张词中可以运用比兴之义的。不过上述各家，都是把比兴之义作为论词的一端加以阐说，不成体系，在当时也未形成气候。至清代中叶，词界比兴之义大兴，其转折点就是张氏《词选》的问世。

张惠言谈比兴之义，至少有两个显著的特点：其一，以比兴之义作为词的基本价值取向，贯彻在全部词选和词评之中，而不去考虑这种社会政治功利观是否与创作者的初衷相符。其二，力图与词的特点、词的审美愉悦性相结合。词是初兴于民间，属于艳科，剪红刻绿，倚红偎翠，是词家的本色，题材上有其特殊性。张氏认为，这微言必须通于大义，贤人君子可借以委婉细致地抒发在诗文中所不能自言之情，"低徊要眇，以喻其致"，用特殊的抒情样式所构成的形象和词境，就能产生特有的美感。所以词既不能"雕琢曼词""枝而不物"，甚至于"荡而不反"，趋于淫靡，也不能"放浪通脱""傲而不理",粗豪而缺少蕴藉。张氏在这方面的审美要求,是深于词的表现,是曾丰等所不及的。

张惠言倡比兴之义,既重视词的政治功利性,又不忽视词的审美特性,在价值取向上,可以说是以善为核心的善与美的结合。他创建了新的词派,开拓了词学的领域,克服了风行于当时的"游词"之弊,使清代中后期的词坛,质文为之一变,其功不可没。佢张氏言比兴,过分强调"触类条鬯,各有所归",其评词,则要求"义有幽隐,并为指发",就难免胶柱鼓瑟。在具体评词实践中,他继承和发展了铜阳居士释苏词的弊病,把比兴之义落实到字字句句上,从索隐阐幽变成了牵强附会。从审美的主客体关系说,他主体的意向性太强,以《风》《骚》旨趣为导向随意指发,而不顾及审美客体是否真具有此内涵。或者说他似乎力图将主体所意会到的《风》《骚》旨趣,强行移植到审美客体中使其成为客体的真实,这就必然导致审美的主客体相分离,其附会之弊而遭人诟病就事在必然了。铜阳居士释坡词,早在清初就遭到王士祯的挖苦和抨击:"村夫子强作解事,令人欲呕。""仆尝戏谓坡公命宫磨蝎,湖州诗案,生前为王珪、舒亶辈所苦,身后又硬受此差排耶?"(《花草蒙拾》)王国维对张惠言词评的批评也是很尖锐的:"固哉,皋文之为词也?飞卿《菩萨蛮》、永叔《蝶恋花》、子瞻《卜算子》,皆兴到之作,有何命意?皆被皋文深文罗织。阮亭《花草蒙拾》谓:'坡公命宫磨蝎,生前为王珪、舒亶辈所苦,身后又硬受此差排。'由今观之,受差排者,独一坡公已耶?"(《人间词话》)

温庭筠的《菩萨蛮》"小山重叠金明灭",张惠言评曰:"此感士不遇也。篇法仿佛《长门赋》,而用节节逆叙……'照花'四句,《离骚》初服之意。"意谓温词命意是"感士不遇"。司马相如的《长门赋》叙陈皇后失宠,退居长门宫,相如作赋以讽汉武帝,终得复宠。屈原《离骚》:"进不入以离尤兮,退将复修吾初服。"屈原自陈,因受小人谗言,进不能致身君前,退而复修初服,修身养性,如此反复陈情,冀获君主知遇。欧阳修《蝶恋花》"庭院深深深几许",张氏评曰:"'庭院深深',闺中既已邃远也。'楼高不见',哲王又不寤也。'章台'、'游冶',小人之径。'雨横风狂',政令暴急也。'乱红飞去',斥逐者非一人而已。殆为韩、范作乎?""韩、范"，韩琦和范仲淹，北宋名臣，宋仁宗庆历年间，因主张新政而被贬逐。张惠言认为，欧阳修此词，应是为韩、范被贬而有所讽谕。王国维认为，温庭筠、欧阳修和苏轼上述三首词，都是一时观物感兴之作，抒发一己之情怀，并没有什么特定和很深的政治命意。王士禛对苏词的评述，王国维对上述三家词的评述，是有所得的，他们对铜阳居士和张惠言的探幽索隐，从微言中求大义并落实到字字句句的批评方法，有所不满，这也可以理解，因为这种批评确实有损于原词的艺术美和完整的意境美，但是他们对此表示出深恶痛绝必欲彻底杜绝而后快的态度，似乎可以不必。对诗词以及一切文学作品命意的体会，本是可以见仁见智的，缒幽凿险，从微言中求大义，不一定就能提高词的品格，但与当政者加害于文士的深文罗织的文字狱，终究不能等同，何况"比、兴"本是中国传统诗学"六义"之两种，寄托讽谕又是儒家所崇尚的创作和批评方法。长期受到儒家经学陶冶的张惠言，曾被其崇拜者称誉为"表里纯白""蝉蜕秽浊，皦然涅而不缁"的"第一流"人物（张德瀛《词征》卷六），在那个由盛转衰的特定的乾嘉时代，产生了深沉的忧患意识，将"诗之比兴"，《风》《骚》之义移植于词中，似乎是事在必然。从其在清代中后期词学所产生的影响看，也是起了促进作用，有其进步意义。至于其《词选》中对唐宋一些名家词所作的释意，确有一些牵强附会的地方，这当然可以批评。但仔细揣摩张氏及其后继者的有关评述，他们主要的用意，似乎是在提倡一种思想方法，而不是执着或拘泥于某一首词的具体阐释。譬如说其评《绿意》，这本是张炎的一首咏物佳作，全词咏荷叶，从"碧圆自洁""亭亭清绝"，到"又一夜西风吹折""倒泻半湖明月"，情境俱佳。此词是全系写景，还是兼有寄托？这需要联系作者和写作本身加以考察。张惠言原评依朱彝尊《词综》定为无名氏所作，其评曰："此伤君子负枉而死，盖似李纲、赵鼎之流。"李纲、赵鼎，为南宋初年名相，因主战而遭贬斥。张氏认为，《绿意》似伤李、赵之流而作。无名氏是谁？此词写于何时？既无从确知，甚至也不能知其大概，就从写荷叶"碧圆自洁"到"西风吹折"的变化，推出似伤李、赵之流的寓意，虽然用了"似""之流"之类的犹疑不确定之词，仍然使人感到未免有些武断。其后张惠言校批张炎的《中山白云词》，才知此词的作者是张炎，于是改评曰："此首自寓其意。"意谓以"碧圆自洁"自许，虽遭亡国之痛，"西风吹折"，仍能枯枝留香，贞洁自守。一首《绿意》，两种释义，所涉及的人事，竟相差一个半世纪之久。张氏虽对前期"所解未当"做了说明，但似乎对此并不是很在意。这说明他对一首词的具体命意的判定，并不是很较真、很执着的。但《绿意》的两种不同的解释，却有一个共同点，即比兴寄托，包含的都是讽谕之意，这是张惠言评词所遵循的最为重要的思想和方法论原则，对此需要加以认真探讨并给予评判。

在对张惠言词学思想评论中，我以为继张之后常州派最为重要的后继者周济的意见很值得我们注意。他在《味隽斋自序》中说："吾郡自皋文、子居两先生开辟榛莽，以《国风》《离骚》之旨趣，铸温、韦、周、辛之面目，一时作者竞出……"子居，恽敬字，与张惠言齐名，古文称大家，是"阳湖派"的创始人，词学成就则远不及张惠言。按照周济的见解，《词选》中以温、韦、周、辛为代表的唐宋词，已经被改变了面目。张惠言是以《国风》《离骚》之旨趣，通过选词和评词，重新铸造了温、韦、周、辛诸人词作的意蕴。那么《国风》《离骚》的旨趣是什么？《毛诗序》言，风，就是讽谕教化。王逸的《楚辞章句序》说，《离骚》的精神就是直谏和怨刺上政。要而言之，《风》《骚》的旨趣就是侧重于政治上的讽谕。用张惠言的话说，就是"盖《诗》之比兴，变风之义，骚人之歌，则近之矣"（《词选序》）。上引可见，早在嘉、道时代，比张惠言小二十岁的周济，已经揭示出张氏词评的症结所在。周济在而立之年所写的词学论著中，还申言过作者和评者的不同，评词者要发挥主观能动性，可以升华甚至改造原词的意旨，并在理论上阐述这样做的必要性。《词辨序》言："夫人感物而动，兴之所托，未必咸本庄雅，要在讽诵纫绎，归者中正，辞不害志，人不废言。"作者可以是一时兴到之言，不一定意在讽谕，但读者评者却要使之"归诸中正"，符合《风》《骚》的旨趣，其间不要因个别文辞影响到对整体词意的纫绎和把握。《介存斋论词杂著》又言，北宋词无寄托，"无寄托则指事类情，仁者见仁，智者见智"。张惠言是个儒者，所见理应是儒家诗学讽谕之意了。

常州派另一大家谭献，对张惠言评苏词引起的非议，更是直接地予以反驳："皋文《词选》，以《考槃》为比，其言非河汉也。此亦鄙人所谓作者未必然，读者何必不然。"（《复堂词话》）谭献此论，应是本着周济所言作者"感物而动，兴之所托，未必咸本庄雅，要在讽诵绌绎，归诸中正"之意，在理论上加以抽象和更高程度上的概括。周、谭这些强调审美主体的能动性，进而可以和审美客体相分离的见解，其实也是来自张惠言。张氏在《爱石图赋》一文中说："羿之见无非矢也，扁之见无非轮也，伯伦之见无非酒也，性也。"审美主体的观察和所见，突出哪些，忽略什么，常常是受到自己的爱好和习性的影响，而不受审美客体某些存在的制约。这就是说，人们对客体的认识是有选择性的。这不就是"仁者见仁，智者见智"之意吗？

常州派评词，特别重视发挥审美主体的能动性，而常常无视于审美客体固有的内涵，这其实也不是他们的独创，而是受传统诗学特别是汉代儒家诗学影响所致。早在春秋时代，列国诸侯卿大夫交接邻国，外交往还，常赋诗言志，而不是直陈其见。所谓"赋诗断章，余取所求焉"（引《左传·襄公二十八年》卢蒲癸语）。赋诗断章取义，就是用借喻的方法，从全篇中截取若干诗句，用以委婉地表达言在此而意在彼的政治需求，是当时的一种外交辞令。赋者言志，闻者观志，这个"志"，都不是原诗的本意，而是赋者的寓意，是用诗者之意。诗的象喻，就成为用诗者寄寓自己意向的载体。断章自取其义，评论全诗亦然。由于诗人是以意象的喻示来抒情写志，形成某种主题，而读诗者由于不同的志趣、心境，从诗的意象中常常领会到相异的旨趣，所以"诗无达诂""诗无定旨"之言，在秦汉间颇为流行。西汉著名的今文经学家董仲舒即持此说，其《春秋繁露·精华》篇言："所闻《诗》无达诂，《易》无达占，《春秋》无达辞。"所谓"《诗》无达诂"，即《诗》三百篇各家的阐释都不相同，没有定说。董仲舒是汉武帝时代大经学家和政治家，"所闻"，应是此说在此以前已经流行，而很有可能春秋时代赋《诗》断章取义就已经开始了。汉武帝独尊儒术后，两汉时代对《诗经》的阐释就有齐、鲁、韩、毛四家。齐、鲁、韩三家属今文经学，对《诗经》的释义，常有异其旨，更不用说属于古文经学的《毛诗》了。但四家之说却有个共同点，即用比兴美刺附会诗义，这可能与儒家重视政治功利并擅长于从微言中求大义有关。

自孟子论诗，提出"以意逆志"和"知人论世"后，东汉人赵岐作《孟子章句》言："意，学者之心意也。""人情不远，以己之意逆诗人之志，是为得其意矣。"被后人奉为经典的《毛诗》，其小序阐释每首诗的命意，就是以己之意去迎取诗人之志。由于作者和写作的时代都不可确考，只有联系产生诗的所在国政治历史情况，截取其中一事，加以解说，其中牵强附会之处，几乎所在皆有。齐、鲁、韩三家释《诗》，也大体如此。譬如十五国风首篇《周南·关雎》，本是一首情歌。《论语·八佾》："子曰：'《关雎》乐而不淫，哀而不伤。'"孔子是说诗人抒哀乐之情，"不淫""不伤"，适得其中，并未指明此诗的意旨，也未与周王朝政治历史及讽谕教化联系起来。但《毛诗序》则言，这是颂德的美诗："《关雎》，后妃之德也……所以风天下而正夫妇焉。"《鲁诗》则认为是刺诗。司马迁是习《鲁诗》的，其《史记·十二诸侯年表》："周道缺，《关雎》作。"《史记·儒林列传序》："周道衰而《关雎》作。"可见汉人释《诗》，是以自己的讽谕教化之意，附会风诗所在国的政治历史事件，通过诗的意象喻示，来阐释每首诗的命意，评论者的意会与诗人之志常常是了不相涉的。审美主体的意向性太强，通过诗的意象和特定的政治历史事件的比附，力图将审美主体的意向强行移植到审美客体身上，使之成为客体的真实，从而建立起儒家的比兴讽谕的论诗体系。

东汉末年王逸作《楚辞章句》，也是按照汉儒论《诗》的模式来阐释《楚辞》内涵的。王氏认为，"夫《离骚》之文，依托五经以立义焉。"屈原是"独依诗人之义而作《离骚》，上以讽谏，下以自慰"（《楚辞章句序》），"《离骚》之文，依《诗》取兴，引类譬谕"（《离骚经序》）。王逸是按照汉儒论《诗》的旨趣来论《骚》，突出屈赋的直谏精神和比兴讽谕的内涵，可见周济所言的"《国风》《离骚》之旨趣"，实质上就是汉儒论诗意旨的体现，其基本内核就是比兴讽谕，把诗的政治功利性放在首位。汉儒用这种诗学旨趣，首先是改造了《国风》《离骚》，特别是改造了《国风》的面目，进而形成了一种诗学传统，广泛而深刻地影响了后代的诗歌创作和批评。白居易的《新乐府》五十篇，就是按照这样的模式写出来的，所谓"首句标其目，卒章显其志，《诗三百》之义也"（白居易《新乐府序》），就是这个意思。

张惠言《词选》中的词评，也就是按照汉儒赋予《风》《骚》旨趣的那种评诗的思想和方法论原则，来重新铸造温、韦、周、辛之面目，而不是为了揭示唐宋名家词原有的意蕴。由此亦可见，张氏评词强调"务求其意"，这个"意"，并不是体现在词中的词人的命意，而是要求评词者将自己特有的心意，亦即比兴讽谕之意，移植于词的意象之中，以取代原词的命意。换言之，也就是把审美主体的意向输入到审美客体之中，使之成为客体的内涵，并为多数读者所认知。常州派对评词的这一套思想和方法论原则及其实质性的内容，似乎也不想隐瞒，而是一再申言。前引周济所言张氏是"以《国风》《离骚》之旨趣，铸温、韦、周、辛之面目"，更是直接而明白无误的表白。

后之论者，常常无视于他们的申言和辩白，对张惠言的"贯穿比附""离根散叶""遂于大道"以求与道德吻合的评词原则和方式，常严词深责，其中最有代表性的意见，当然要数前引王国维的批评。但王氏在《人间词话》中，也运用了断章取义和以《风》《骚》之旨趣重铸词人之面目的评词方式。王国维提出的"古今之成大事业、大学问者，必经过三种之境界"之说，就是从晏殊的《蝶恋花》、柳永的《凤栖梧》和辛弃疾《青玉案》三词中各截取数句而构成的，这就是断章取义、弃旧义而创新意。王国维作为一代学术大师，对做大学问有其亲身的经历和深刻的领会，从旧词某些警句中感悟到新意，组成具有普遍意义的"古今之成大事业、大学问"的三种境界，豁人耳目，振人心弦，受到广泛的赞扬和认同。王国维在评南唐后主李煜的《摊破浣溪沙》中"菡萏香销翠叶残，西风愁起绿波间"两句词说："大有众芳芜秽，美人迟暮之感。"《离骚》中有"哀众芳之芜秽"和"恐美人之迟暮"两句，王逸等解释说："众芳之芜秽"，"喻群贤变节"。"美人"则有自喻和喻人君两说。这首词本是写闺怨的，李煜是南唐的庸主，不识贤愚，他不可能有众芳芜秽、美人迟暮之叹，这应是王国维寄寓的时事和人生的慨叹。从上述两例看，传统的断章取义和比兴讽谕的评词方式，对王国维也是有一定影响的，但他在具体运用时，可以说是羚羊挂角，无迹可寻。既有新的艺术审美感受，又有思想深度，较之张惠言的学究式的句句比附，确实高出一等。由此亦可见，传统的比兴讽谕的评词方式，并非全无可取之处的，如能推陈出新，还可别开生面。

张惠言移植"诗之比兴"以评词，今天看来，确有不少欠缺。词境是整体的，浑成的，他却离根散叶，穿凿比附，解经式的字字句句比附词义，不能导人进入词境之中，获得完整的审美体验。词是情绪文学，具有多义性和浑涵性的特点，复意重旨，是多重意象的组合，每种意象及对意象组合观察角度的不同，都能生出新意。高明的评论家应该引导读者，结合自己的审美经验，充分发挥联想，见仁见智，进行新的审美创造，而张氏往往不顾及原词的旨意，执着于贯穿比附，单向指发，引导读者去接受儒家诗学的比兴寄托讽谕教化思想的熏陶。如果知人论世，将张氏之论放在那个特定时代里看，他的成功之处又是很突出的。在那个政治危机已开始显露的乾嘉交接的时代里，作为长期受到传统教育的儒生，面对现实，他怀有深沉的忧患意识，未雨绸缪。由于他深于词学，把握住词意的多义性和意象的多重性的特点，将他所深知的诗言志和比兴之义运用于词学，自觉地甚至带有强制性地将意象的内涵单向指发于讽谕教化，而不考虑甚至无视于原词的旨意和意象所包蕴的他种内涵，用诗教的旨趣，去改造词学的传统，重新铸造词人和词篇的面目。这种政治倾向性明显、主观性很强的评词的思想和方法论原则，在当日"淫词""鄙词"和"游词"充斥词坛的时候，确实起了某种振聋发聩作用，可以说是天下翕然、质文为之一变，其功是不可没的。至于其比兴寄托中穿凿附会的痕迹和学究式的执着之处，则有待其后继者周济等人沿着他所走的道路，去修正、完善和进一步开拓。

（原载漆诸邦、梅运生、张连等撰著，霍松林主编：《中国诗论史》〔下册〕第九章第一节，黄山书社 2007 年版，第 1196—1213 页）

# 汲浙派之长，革常派之短
## ——评体尊学大的周济词学

清代词学，号称中兴，其理论兴趣和建树，更前无古人。其间出类拔萃者，应首推周济其人。周氏词学，由浙派入门，转入常派之室，学有专攻，孜孜于兹四十余年。故其深知浙派之短，明常派之长，毅然而改换门庭；又汲浙派之长，革常派之短，从而刷新了常派词学。清代中后期的词人和词论家，很少不受其影响。民国前后风靡东南的桂派，仍以之为矩矱，余风还波及现代。晚清著名词人和词论家谭献在总结清代词学发展概况时说："以浙派洗明代淫曼之陋，而流为江湖，以常派挽朱、厉、吴、郭佻染饾钉之失，而流为学究……周介存有'从有寄托入，以无寄托出'之论，然后体益尊，学益大。"（《复堂词话》）研究清代词学，不能不瞩目周济其人。

周氏词论，意颇深隐，论述视角也常有变化，谭献曾有解人难索之叹。郭绍虞所主编的《中国历代文论选》（第三册）在评及周氏《词辨》时说："现在我们看他'正、变'两卷所选各词，还有许多不可了解之处。"文中在援引以上两卷所选各词后，发出强烈的感叹："常州派词论家高语寄托，而选词却不重视内容如此！"同书在评析周氏的《宋四家词选》又说："'问途碧山，历梦窗、稼轩，以还清真之浑化'之说，也颇难体会。"上述疑义，如果能对周氏词学的发展轨迹及立论的角度有所把握，还是不难索解的。

# 一、中更三变

周济（1781—1839）生活在嘉、道年间，略晚于常州派的开创者张惠言（1761—1802）和浙西派的振衰者郭麐（1767—1831）。其时的词学风气，正在发生重大的转折。张氏主立意而倡言比兴寄托，郭氏斥"词妖"而力图在清空之境中实之以情意，前者意在取浙派而代之，后者则想重整旗鼓，从内部予以修正。两派都不满意充斥当日词坛的"有句无章"的"游词"，但都不免流为"江湖"和"学究"。周济生当其时，不仅为这种转折修正了航向，开拓了领域，奠定了理论基础；其求索的道路，词学的进程，也可以看到一代词风转变的轨迹。他说："余少嗜此，中更三变，年逾五十，始识康庄。"这是他51岁时写三《宋四家词选目录序论》中的话。所谓"中更三变"即少年学词，从浙西派起步，23岁时又学词于董士锡，董为张惠言之甥，从此改弦易辙，推衍常州派词学，而立之年编《词辨》，附《词辨》而行的有论词三十一条（后人辑为《论词杂著》），对常州派词学有斤创变。如正变说、词史说、空实说，以及有寄托和无寄托等，其中应以正变说和词史说为代表。30岁后，继续专攻，造诣日深，在知命之年编《宋四家词选》，长篇《目录序论》及眉批百条附于上，进而提出了寄托出入说、宋词四派说、学词途径说以及退苏进辛说等新论题，大大发展了张惠言的词学。

周氏的"中更三变"，如果说前期崇尚醇雅精工，中期重视区分正变，后期则立论于寄托出入。也可以说，前期重在清空之境，中期强调寄托之深意，后期则主张意与境的浑成。周氏词学递进的这三个阶段，如果无第一阶段治词的经历和审美经验的积累，就不可能进入第二、第三阶段；而第二阶段某些重要的论题，又是使他第三阶段理论得以升华的立论基础。下面拟将周氏词学放在浙、常之争转折和融合的背景上，分析其因革的内容和因革的依据，以求显现其庐山真面目。

## 二、"正变"说与"词史"说

"正变"说是现存《词辨》的分类纲目，"词史"说见于《论词杂著》，均属周氏中期之作。《词辨》原书编成后，不慎没落于黄河，现存此书，为周氏所追记，仅存正、变两卷，尚有遗落。原书目录，据其自《跋》，大略如次："向次《词辨》十卷：一卷起飞卿为正；二卷起南唐后主为变；名篇之稍有疵累者为三四卷；平妥清通才及格调者为五六卷；大体纰缪、精彩间出者为七八卷；本事词话为九卷，庸选恶扎迷误后生、大声疾呼以昭炯戒为十卷。"从现存并不完整的正、变两卷看，一卷正声录温庭筠、韦庄、欧阳修、秦观、周邦彦、周密、吴文英、王沂孙、张炎等十七家词，共五十九阕。二卷变体录李煜、苏轼、辛弃疾、姜夔、陆游等十五家词，共三十五阕。周氏所谓"正声"就是"蕴藉深厚""归诸中正"。而"骏快驰骛、豪宕感激"则为"正声之次"即变体。这里所说的正与变，显然是有主次之分的，但和张惠言所言的正、变观却很不相同。以正变说词，是张惠言首开其风的，其《词选序》把"深美闳约"的温庭筠为代表的唐人词，"渊渊乎文有其质焉"的张先、苏轼、秦观、周邦彦、辛弃疾、姜夔、王沂孙、张炎等宋人词，视为正声，将五代之际的新调、宋人词中的柳永、黄庭坚、刘过、吴文英等人的淫词、鄙词和游词，下及金、元、明、清的全部词作，一概斥为变体。张氏的正变观，是探源于《风》《骚》，折衷于温柔敦厚之旨，他扬正而抑变，视变体为野狐禅。周氏的正变观有异于此，他将古文家的阴阳刚柔的文气说引进词学，以阴柔之美和刚柔兼济为正，以阳刚之美为变。古文家虽重视阴柔、阳刚之别，但未第其主次，周氏之论，似乎与传统词学中以婉约为正、以豪放为变有联系。但细按周氏的正、变说，变体似乎比豪放的范畴更广一些，苏、辛、陆等豪放之作被列入变体外，"疏放"的姜夔词，"如生马驹，不受控捉"的李煜词，都囊括在其中。《论词杂著》中也间有以文气论词的，如称温庭筠词"不怒不慑、备刚柔之气"，辛弃疾词"往往锋颖太露"等，都是从文气说立论的。

以文气说词，正与变虽有主次之分，但都同属美词范畴。《论词杂著》评温、韦和李煜词，以美女为喻："飞卿，严妆也。端己，淡妆也，后主，则粗服乱头矣。""粗服乱头，不掩国色。"温、韦为正，李煜为变，但同为国色天香。这和张惠言把变调作为正声的对立面一概加以排斥不同。

还须着重说明的，以文气来区分词类，仅是其时周氏中期评词的一个角度，而且是从属于寄托说的，这就是说，正、变两体，都必须以寄意深邃为前提。所以在同一体中，由于寄意深度的不同，评价上固然高下悬殊；即使正、变两体，也由于寄思的不同，往往颠倒主次，扬变而抑正。辛弃疾和姜夔词同属变体，词评却崇辛而贬姜，张炎词虽属正体，评语却集矢于张，不但远不及辛，甚至也不及姜。如果我们不从立意的角度上观察，这些问题，都无法做出合理的解释。所谓"常州派词论家高语寄托，而选词却不重视内容如此"，显然是一种误解。周济在高语寄托的基础上，进而以文气来区分词风的正、变，其理可悟，并非不可解。

词史说是周济中期词论中的另一要义，并贯穿到后期。所谓词史，即词中能见史，词篇可为后人论世的史料。他说："感慨所寄，不过盛衰，或绸缪未雨，或太息厝薪，或己溺己饥，或独清独醒，随其人之性情学问境地，莫不有由衷之言。见事多，识理透，可为后人论世之资。诗有史，词亦有史，庶乎自树一帜矣。"（《论词杂著》）周济认为词人的心胸，词中的感慨寄托，如同禹王、周公、屈子、贾生，都是有关国计民生中的重大问题，既是词篇，又是史笔。周济是位历史学家，曾著有《晋略》八十卷。他把历史观引进词学，用史家的眼光来审视词的内容，强调词人要有忧患意识，要有社会的危机感，这样就驳正了词的立意的角度，扩充了词的立意的范围，从而大大提高了词体的地位。这和张惠言所谈的寄托就不可同日而语了。张氏之意，极重视表达士大夫的个人哀怨，《词选》首选温庭筠的《菩萨蛮》（"小山重叠"），称赞其寄托了"感士不遇"。周氏则摒弃了"离别不思，感士不遇"等个人得失和恩怨，认为这是应去的陈言，是不能登大雅之堂的。张与周都放言寄托，但所感与所寓的情意是大不相同的，张小而周大，张窄而周宽，这正是谭献所言周氏使词体益尊、词学益大的重要依据之一。

# 三、从有寄托入，以无寄托出

周济说："非寄托不入，专寄托不出。"谭献概括为"从有寄托入，以无寄托出"。这是周氏词论的核心，起始于中期，形成于后期，是其论定之见。《老子》言："三十幅共一毂。""寄托出入"说就是毂，其他都是辐条和支撑。比兴寄托，源于传统的诗学，被誉为"诗学之正源，法度之准则"（杨载《诗法家数》）。以之论词，作为基本价值取向并有很大影响的，应始于张惠言，但谭献认为张氏倡比兴而流为学究，学究即咬文嚼字，斤斤于字句，至周济申言

"寄托出入"说，才"体益尊，学益大"。共间因变，是不可以量计的。求其因革之迹，不能不放在浙、常之争对立与融合的背景上加以考察。众所周知，浙西派主词境清空，意在求虚，所谓"如野云孤飞，去留无迹"（张炎《词源》）。张惠言则重在命意求实，并有迹可寻，所谓"感物而发，触类条畅，各有所归"（《词选序》）。周济则将意与境、虚与实结合起来，做出新的理论阐述。这首先见诸《论词杂著》："初学词求空，空则灵气往来；既成格调求实，实则精力弥满。初学词求有寄托，有寄托则表里相宜，斐然成章，既成格调求无寄托，无寄托则指事类情，仁者见仁，智者见智。"这里所提出的空与实，有寄托与无寄托四个范畴，他都做了界定。空与实，是侧重对词境的审美要求，而有寄托与无寄托，则是对命意的审美规范。周氏将这相对立的两组范畴，又划分开来对称地交织在一起，从而区分出创作过程中高低不同的两大阶段，即初学阶段，词境求其空，词中充满着空灵之气；意则求其实，有明显的寄托用意，意与境表里相宜，斐然成章。能如此，就已入门，进入了"才及格调"的境界。进而则要求境能求其实，精力弥满，有充实之美；意则求其虚，有启示性和多义性，能使仁者见仁，智者见智，这才是创作的最高境界。周氏对创作理论的概括，显然与他的治词的经历有关，因为他就是由浙入常，由虚趋实，进而虚实结合的。同时也由于他用新的眼光，研究两宋词各自的特色而做出的结论。他说："北宋词，下者在南宋下，以其不能空，且不知寄托也。高者在南宋上，以其能实，且无寄托也。南宋则下不犯北宋拙率之病，高不到北宋浑涵之诣。"（《论词杂著》）意即南宋词高者能空，有寄托之意；北宋词高者意境浑涵，寄意则无迹可寻。南宋词高者能进入第一境界，而北宋词高者则臻于极境。此论显然是为其宗尚北宋服务的，但却提出了一些新的东西，对常派词论做了重要的变革。第一，对张惠言拘泥于寄托有所不满，提出"无寄托"加以补救。这个"无寄托"，并非立意玄虚，而是化实为虚，这是从北宋词"浑涵之诣"概括出来的。所以张与周虽同样宗北宋，但宗尚的内容是不一样的。张则专主立意，周则进而求意境的浑化。第二，如何才能达到这种浑涵之境，在周济看来，词中有寄托，只是初级阶段，且不完备，还必须济之以空灵之境，这是进入浑涵之境必经的阶梯。因为涵意深广，无空阔之境是不能容纳的，所谓空能纳万象。所以周与张虽都从寄托生发，但从创作理论看，从起点到归结点，都有很大的不同。这种不同，就是周氏能融合浙西派之论，并汲取其所长，以革常州派之短，从而在理论上达到一个新的境界：即词境开阔了，茹涵之意深远了，意境浑成了。周氏后期论定之作，就是依照这个思路具体化和深化的，其理论概括也更为精要，其中对构思和表达过程，已做了较为细致和深刻地阐发。

> 夫词非寄托不入，专寄托不出。一物一事，引而伸之，触类多通。驱心若游丝之胃飞英，含毫如郢斤之斫蝇翼，以无厚入有间。既习已，意感偶生，假类毕达，阅载千百，譬欸弗违，斯入矣。赋情独深，逐境必悟，酝酿日久，冥发妄中。虽铺叙平淡，摹缋浅近，而万感横集，五中无主。读其篇者，临渊窥鱼，意在鲂鲤，中霄惊电，罔识东西。赤子随母笑啼，乡人缘剧喜怒，抑可谓能出矣。（《宋四家词选目录序论》）

这段话仍以"有寄托"和"无寄托"作为论题的核心，而以"入"与"出"来代替原有的"初学词"和"既成格调"由低级到高级的两种不同的阶段。"初学词"云云，中间横插了一个可长可短的间歇或转化的阶段，而"入"与"出"可视为一个互相衔接的有机过程，起点和终点虽各有其质的规定性，但又是不可分割的。入，是创作的起点，出，又是起点应有的归宿，两者可以合而为一，而空与实云云，都囊括在其中了。

"从有寄托入。""寄托"包含作者的情意、寄寓的事物以及意与物的融合这三个层面。意，要求对时代兴亡、生民疾苦有切肤之感，有不得其平的由衷之情，这是重要的前提。有此情思，进而对所描写的事物，要仔细观察，深刻而独到地思考，所谓"遇一事，见一物，即能沉思独往，冥然终日"，以便把握事物特有的情态，并选择描写的角度。寄情意于物象，在于作者的兴发感动。"意感偶生，假类毕达"，"引而伸之，触类多通"，即是此意。其间还须运之以巧思，掉之以神来之笔，使情从境生，境随意转，空灵不迫，舒卷自如。此即所谓"驱心若游丝之胃飞英，含毫如郢斤之斫蝇翼，以无厚入有间"。总之，表里相宜，神情毕肖，而结境凭虚，这就是入。

"以无寄托出。"这也是从感慨生发进入到创作的更高境界。所谓"万感横集，五中无主"，"赋情独深，逐境必悟，酝酿日久，冥发妄中"，意即感慨深邃，情满而溢，兴发无端，来去无迹，触物而发，入境即悟，触发而不能自止，流露亦不自知。亦即司空图所言"持之非强，来之无穷"。其境则烟水迷离，一片空濛，意与境相浑，不识何者为我，何者为物，寄意当然就如羚羊挂角，无迹可寻了。周氏进而还从美感的角度，阐发这种词境的感发作用："读其篇者，临渊窥鱼，意在鲂鲤，中宵惊电，罔识东西。赤子随母笑啼，乡人缘剧喜怒。"其意则如皎然所言"但见情性，不睹文字"（《诗式》）。随着词境的感发，而像忧亦忧，像喜亦喜。可见，万感横集，喷薄而出，即性灵，即寄托，所在皆寄托，而无寄托之迹，这就是出。

总之，由感而悟，由悟而空，返虚入浑，浑中见厚，这是周氏"寄托出入"说含意增殖与蜕化的过程，求虚浑而力避质实，从表现自我进而淡化自我甚至超越自我，则是他的理论在演进的过程中重要的不可或缺的环节。浙派创始人朱彝尊所言"空中传恨"（《解佩令·自题词集》）似乎亦包含此意。

从意境生成的情况看，入，是有我之境，出，则是无我之境；入，是意与境合，出，则是意与境浑。从意与境合到意与境浑，从有我到无我，大体可以囊括周氏之论的全部意蕴。其理论的形成既不是对常州派简单地承接，而是在承接中有重大变革；也不是对浙西派的简单否定，而是在否定中有所汲取。承接与否定，汲取与变革，是一个否定之否定的复杂过程。他对浙、常之传统，既有所承接，也有扬弃和改造，在汲取、融合与蜕变过程后而呈现出新貌。

能入又能出，这是个具有普遍意义的创作命题，颇具哲学意味。与周济大体同时，而年龄小于周氏的龚自珍，在《尊史》一文中，也提出过"善入"和"善出"的问题。所谓"善入"，就是熟悉和掌握所要写的一切史料，而所谓"善出"，就是能把这些史料按照一定的体例写出来，并能有所评判。《尊史》一文中，还提出过"大出入"问题，"何者大出入？曰：出乎史，入乎道。欲知大道，必先为史"，这并非是循环反复，而是由"史料—为史—明道"，在修史范围内在认识上螺旋似的上升。龚氏比周济小十一岁，他的"出入"说不大可能是受周氏的影响，因为《宋四家词选》虽然成书在道光十二年（1832），但到同治十二年（1873）才由潘祖荫将周氏学生符南樵所珍藏的其师书稿正式刊出。而龚氏早在道光二十一年（1841）已辞世，是无法读到此书的。所以"出入"说应是周、龚在各自研究的领域提出的大体相同并富有新意的创作命题，此即所谓英雄所见略同吧！

年岁晚于周、龚近一个世纪的王国维，应是在前人之论的启示下，对"出入"说这一论题，做出了更为精辟和更高程度的理论概括。他说："诗人对于宇宙人生，须入乎其内，又须出乎其外。入乎其内，故能写之；出乎其外，故能观之。入乎其内，故有生气；出乎其外，故有高致。"（《人间词话》）周、王两说相比，两者都在词学范围内从创作论上阐述这一论题，在具体论述上，确有不尽相似之处。王氏专从境界立论，突出境界的呈现，故有"能写之""能观之""有生气""有高致"云云；周氏则从寄托生发，把"入"与"出"与有无寄托密切联系在一起，所以有"表里相宣""謦欬弗违"与"冥发妄中""罔识东西"形似和浑涵之说。但两者都强调，从"入"到"出"，是创作主体对客体的认识和表达从低层次向高层次必经的转折，是一种质的飞跃。周氏最先有见于此，尤其难能可贵。谭献认为，周济的"入"与"出"之论，是"千古辞章之能事尽，岂独填词为然"（《复堂词话》），这洵非虚美。

# 四、《宋四家词选》与创作示筏

朱祖谋曾以《望江南》二十四首评清人词，其中评周济言：

> 金针度，《词辨》止庵精。截断众流穷正变，一灯乐苑此长明。推演四家评。（《强村业语》卷三）

这是朱氏对周济一生在词学上的贡献所作的评判，可谓推崇各至。他把《词辨》和《宋四家词选》之要领归结为冠之词首的一句话：指示创作津梁，要以金针度人。谭献和况周颐亦将《宋四家词选》称之为《词筏》，以"筏"渡人，其意亦在此。

周济承接了常州派的词统，以寄托"出入"说作为最重要的创作命题。《宋四家词选》（下简称《词选》）就是以这个命题为指导，贯穿在全书之中，以宋人词中最典范的词例，具体指示治词的途径，所谓"问途碧山，历梦窗、稼轩，以还清真之浑化，余所望于世之为词人者，盖如此"（《宋四家词选目录序论》），这是最清楚的表白。

《词选》写成于道光十二年，是《词辨》成书二十年后的著作。全书选录周邦彦、辛弃疾、王沂孙和吴文英四家词共八十八首，其中周词二十六首，辛词二十三首，王词十八首，吴词二十一首。附于周氏后的有晏殊、欧阳修、晏几道、张先、柳永、秦观等九家词，附于辛氏后的有范仲淹、苏轼、姜夔、陆游、陈亮、蒋捷等十三家词，附于王氏后的有林逋、康与之、范成大、史达祖、张炎等十一家词，附于吴氏后的有王安国、高观国、陈允平、周密等十四家词，附庸于四家之后的宋代词人共四十七家，录词一百三十八首。前有《宋四家词选目录序论》（下简称《序论》），中有"眉批"。《序论》系统地阐述其论词见解，"眉批"则评及具体的词作，可以互相参看。

写于知命之年的《词选》，是周氏后期词学的代表作，和他中期所著的《词辨》及《杂著》相比较，既有所承继和深化，也有所不同。其不同的主要之点是，前者以正变分体，后者将宋词分为以周、辛、王、吴为代表的四大流派，认为这四人不但思、笔双绝，成就最高，且各具特色：

> 清真集大成者也。稼轩敛雄心，抗高调，变温婉，成悲凉。碧山餍心切理，言近指远，声容调度，一一可循。梦窗奇思壮采，腾天潜渊，返南宋之清泚，为北宋之秾挚。是为四家，领袖一代；馀子荦荦，以方附庸。（《宋四家词选目录序论》）

周邦彦词精工而又浑厚，成就最高，辛弃疾词深沉而情调悲凉，王沂孙词恬淡而托意高远，吴文英词奇思而壮采，各擅胜场。他们既各有特色，又成就愈高，可以成为一方的诸侯，其他名家，只能附丽于后。在《词辨》里，辛词属于变体；张惠言的《词选序》，讥吴词为"枝而不物"。《序论》则予以简拔出来，冠冕于群彦之上，这是周氏二十年来对宋代名家逐个予以深入研究，并变换了常州派传统的论词角度所得出的新结论。当然，四家之分，不一定能囊括宋词所有的流派，周济显然是以寄意的深远和寄托的出入为原则、线索加以区分，并使其递进的，这是对常州派的承继和开拓。从主从的安排情况看，他显然同时依据艺术表达和风格特征有其相同处来归类，依其成就高低，而不是以时代的先后、渊源所始和影响所及来划分的。吴氏与周氏有许多相似之处，本可归属一派，特立一家，固然是为了突出吴词的成就，同时还有示人以筏的更深层用意。

周氏所简拔的四家，其中北宋居一，南宋居三，在四家的"附庸"中，南宋词人也占大多数。这说明他很重视南宋词的艺术成就，特别瞩目于南宋词之变，即所谓"变化益多，取材益富"（《宋四家词选目录序论》）而欣赏宋季之变，正是浙西派宗尚南宋的重要论据。朱彝尊曾说："世人言词，必称北宋，然词至南宋始极其工，至宋季而始极其变。"（《词综·发凡》）周济接受了这个观点，并融会到其词学中去，使其论定之作，南北宋兼收并存，而且南宋词在数量上还占有多数。谭献曾言，词学自周济后，其"体益尊，学益大"（《复堂词话》），能吸收异己之长，应是其"学益大"的成因。但是，周氏之编，并不是着眼于夸耀南宋词的成就，他也不会认为南北宋词可以并驾齐驱，而是指示后人多方面吸取，在寄托上善入又能出有可师法的范例，"以还清真之浑化"，归结点仍是为了宗北宋。周济是常州派的开拓者，而不是兼收并蓄者和浙、常之间的调和人，亦在此。

令后人颇为费解的这条由南还北的治词途径，实际上就是他的创作理论的具体化和程式化。在周氏看来，这四家词，都能从有寄托入，以无寄托出，有示范作用。周邦彦词固不待言，辛弃疾词，意蕴深厚，驰骋纵横，英雄悲哀，遇事辄发，又能寄意题外，包孕无穷。王沂孙词，言近旨远，心细笔灵，其咏物词，"托意隶事处，以意贯穿，浑化无痕"。吴文英词，能虚实并到，其意境佳处，如"天光云影，摇荡绿波，抚玩无致，追寻已远"。凡此，都是他推举四家词能入又能出的论据，也是他特举这四家词的主要原因。但相比而言，周词如"鹏羽自逝"，"若有意，若无意，使人神眩"，是臻于化境；而南宋三家词，还有路问津，王词"声容调度，一一可循"，辛词"沉着痛快，有辙可循"，吴词"立意高，取径远"，并能"返南宋之清泚，为北宋之秾挚"，可为后人"由南追北"指示途径和提供范例。周济认为，"南宋有门径，有门径故似深而转浅；北宋无门径，无门径故似易而实难。"（《宋四家词选目录序论》）所以"问途碧山"云云，就是他为治词者规划出能入又能出的具体图式，也是他为后之学词者指示一条从有门径进入无门径即由易入难的通途，以免后人有"问津之误"。

周济还认为，宋词的发展有两大转境，即"稼轩由北开南，梦窗由南追北"。南宋之变，是从辛氏开始的，"南宋诸公，无不传其衣钵"，所以他瞩目于辛词之变，并给予很高的评价。而吴词之变，符合他返璞归真的词学宗旨，从而更予垂青。辛词之变，改变了南宋词的面貌，引人瞩目，受人赞赏；而吴词之变，却未在词史上产生强烈反响，甚至还受到张惠言的讥弹，被斥之为"枝而不物"，这是周氏深感遗憾的。将吴词特立一家，不仅是为了以正视听，揭示南宋词史发展变化的真面貌，更为重要的是，他想扭转风气以返璞归真，是力图改变词坛面貌的一种努力，这也是周氏用心之所在。

周济所倡导的"由南追北"的治词途径，是与其寄托出入说相表里的。令后人颇难索解的"问途碧山"云云，实际上就是他的寄托由入到出创作命题的注脚。但是周氏后期论定之作的价值，似乎还不在于他所指示的"由南追北"的具体的程式和历程，而在于他所概括的在寄托上能入又能出的命题极具普遍意义。因为南北宋词是在有异的社会文化背景上产生的，各有其成就和特色，如唐、宋诗一样，可以两美并存，不一定要是此非彼，强求一律。而况由南追北，也不一定能臻于北宋词的浑涵之境；北宋的词风和词境，也不是由南追北带来的结果。质之周济，恐怕他也很难回答这个问题。

周济词论的价值，还包括对词人作者的情意、运思和用笔的一些要求和较深刻的论述，在具体词评中，也有一些独具只眼的批评和很精辟的结论。譬如周氏认为，"词以思、笔为入门阶陛。"思，包括作者的情思、寄意和构思几个方面的内容。情思，在感慨盛衰时，他特别突出一个"真"字："雅俗有辨，生死有辨，真伪有辨，真伪尤难辨。"他把真伪之辨放在雅俗之辨、生死之辨之上，从而突破了南宋以来文士论词以雅为目、以雅为先的传统，常州派的先贤们以"善"为寄意核心的原则也退居其次。把真情实感作为词的生命源泉，善意只有出自真青才有其意义，以至用情和矫情来区分词品的高低，而矫情又是中国文士长期积习所在。他说："稼轩豪迈是真，竹山便伪；碧山恬退是真，姜、张皆伪，味在酸咸之外，未易为浅尝人道也。"他的"纠弹姜、张，剟刺陈（允平）、史（达祖），芟夷卢（祖皋）、高（观国）"（《宋四家词选目录序论》）之言，大都基于此立论。以情之真伪、深浅作为评词的第一要义，这在前此的浙、常两派中所仅见。

运思于境，是有待于作者的深思的，周济称之为"用心""经意"，亦即艰苦的艺术构思，其寄托出入说中所言"酝酿日久，冥发妄中""驱心若游丝之罥飞英，含毫如郢斤之斲蝇翼，以无厚入有间"云云，都是言为文之用心，是要劳其心力的。神与物游，情变所孕，运思于境，思与境偕等，都需要虚静其心，长久的酝酿、精巧的艺术思维和精确的表达，这些都有赖于精心的艺术构思。基于此，他特别赞赏经意之作，重视辨析词境的曲折深浅，尤其是颂美周邦彦和吴文英词，认为"美成思力，独绝千古……读得清真词多，觉他人所作，都不十分经意，钩勒之妙，无如清真。他人一钩勒便薄，清真愈钩勒愈浑厚"。吴文英词不但立意高、取径远，且能"每于空际转身，非具大神力不能"（《论词杂著》），这些都是从经意的角度做出的评判。

前人论词，大都苏、辛并称。周济对苏词也有很高的评价，称赞其"天趣独到处，殆成绝诣"，但不满意他不十分用力，所谓"苦不经意，完璧甚少"。他以至情与经意两个标准来权衡苏、辛，提出"退苏进辛"之论。此论似乎有点偏激，不易为人所接受，但未尝不是可供参照的系数。对于创作者来说，才情固不可或缺，而"业精于勤""行成于思"，似乎更具有普遍意义。"学词先以用心为主"，

（《论词杂著》）是他的不易之论，贯穿于中期和后期，也是他一生词学研究经验之谈。

至于词笔，首先是遣词造句、宅句安章问题，这是基本功，"积字成句，积句成段，最是见筋节处"，还有顺逆反正，能离能合，能吞能吐，能复能脱。"词笔不外顺逆反正，尤妙在复在脱，复处无垂不缩，故脱处如望海上三山妙发。"能复能脱，如宋刻玉玩，双层浮起；意隐于境，浑化无迹。在周济看来，词笔能复能脱，正是唐代及北宋诸名家的长处，南宋词人的短处，所谓"温、韦、晏、周、欧、柳，推演尽致，南渡诸公，罕复从事矣"（《宋四家词选目录序论》）。周济还进而申述，词笔是用来行意的，应须意到笔随。意多而笔少，易犯拙率之病，北宋人常有此不足；意浅而运笔，只能是偶有风致，深味之则索然。姜夔词放旷，时现局促；张炎词清绝，却无甚开阔手段，都与情意不深有关。陈允平词婉丽，却少沉挚之思；史达祖词纤巧，但一勾勒便薄，也是意不能举笔所致。他要"纠弹姜、张、剟刺陈、史"云云，也是由此而发的。对柳永词的评价，也一改旧说，做出了异乎寻常的新评判。柳永词有多方面的创新，成就很高，在民间尤其受欢迎，但浙、常两派文士都讥其俚俗。张惠言的《词选序》，更是指名道姓，斥其"荡而不返"，周济的《论词杂著》亦承此说："耆卿乐府多，故恶滥可笑者多。"后期则摈弃旧评，大加推崇："柳词总以平叙见长。或发端，或结尾，或换头，以一二语勾勒提掇，有千钧之力。""清真词多从耆卿夺胎，思力沉挚处往往出蓝。然耆卿秀淡幽艳，是不可及。后人摭其乐章，皆为俗笔，真瞽说也。"这是从思、笔双绝的角度做出的评判，在当时亦属惊世骇俗之谈。

综上可见，周济的词学核心论题寄托出入说，是熔铸其一生研究的成果并几经演变而后成的。他继承了张惠言的比兴寄托说，并以之立论，但摈弃了张氏寄意于象的表述，代之以寄意于境、以境呈意的新内容，提出了从"有"到"无"、由"入"到"出"的新命题。他还运用了"空"与"实"、"有寄托"与"无寄托"以及"入"与"出"这三组新范畴来论述这一命题，使词境由"空"趋"实"，与寄意上化"实"为"虚"相表里。其中"空灵"这个范畴，是从浙西派那里汲取过来的，但浙西派是承接了南宋张炎的词论,以"清空"之境为止境,而周氏则以此作为进入"浑涵"之境的起点;至于寄意上化"实"为"虚",则是广泛吸收了经过玄学洗礼后的传统诗论中的丰富内容。从传统的继承关系说,周济的词论,集浙、常两派及传统诗学的大成,把中国词学理论推向一个新的发展阶段。不过,他以周、辛、吴、王四家词为范例,作为人们自"入"到"出",由南宋归返北宋在创作上的必经之途,不一定具有普遍意义,体现他的审美理想的"浑涵"或"浑化"这样一个重要范畴,也未在理论上予以明确的界说,凡此,都是他的不足之处。

周济的词学,他的理论兴趣和研究成果,在晚清词坛上产生巨大的影响。谭献的寄托之"未必"与"何必"说,蒋敦复的"有厚入无间"论,都是在周氏的"寄托出入"说理论基础上的新阐发;陈廷焯的"沉郁"说,况周颐的"重、拙、大"说,都与周济的"浑厚"说有相承相沿的关系;由周济开始的对吴文英词的新认识和对柳永词的新评价,也是晚清词学研究中的大热点。把握周济的词论,应是研究晚清词学的一大关键。

（原载《吉林大学社会科学学报》1991年第2期）

# 从《惠风词话》看桂派与常派的分野

王鹏运、朱祖谋、郑文焯和况周颐被称为晚清四大词人。他们在词的创作和词学研究上各有其造诣，又有共同的宗尚把他们联结在一起。这个以桂林人王鹏运为首的并在他的影响下所形成的词人群体，起始于19世纪末，形成壮大于20世纪前期，活跃在中国文坛达半个世纪之久，他们在清代词学史上是属于常派的延续，还是已走出常派的另一个新词派呢？这是个颇有争议的问题。现在文论史、词论史，几乎全是将他们的词论归属于常派，但这种定位不一定是恰当的。下面依据况周颐的《惠风词话》（以下简称《词话》），对此提出一点不同的看法。论常、桂之分，之所以侧重以况书为依据，是因为况氏不仅是该派最重要的理论家，而且其书引述王鹏运的词论和词评不下数十条，从一定意义上看，他是在阐述王氏的见解。况书又被该派另一大家朱祖谋推为千年绝作。这前无古人的评价，只有用桂派的新眼光，才会有此评判。可见况氏的《词话》，既是他个人一生词学理论研究的成果，从主导倾向看，也可以代表桂派词学理论上的新宗尚，是可以作为评判该派归属的一重要依据。现就况书中所论寄托、体格等问题，与常派做一比较论述，以见两者之间的界别。

## 一、寄托与"即性灵，即寄托"

倡言政治寄托，是常派词学的主要标志，也是其与其他词派相区分的界别点。况书中所言"即性灵，即寄托"与"勿呆寄托"，是与之相径庭的。

况书对寄托问题，有一段相对集中的论述。

词贵有寄托，所贵者流露于不自知，触发于弗克自己。身世之感，通于性灵。即性灵，即寄托，非二物相比附也。横亘一寄托于搁管之先，此物此志，千首一律，则是门面语耳，略无变化之陈言耳。于无变化中求变化，而其所谓寄托，乃益非真……夫词如唐之金荃，宋之珠玉，何尝有寄托，何尝不卓绝千古，何庸为是非真之寄托耶！（《词话》卷五，以下引况氏《词话》文，只注卷数，不写书名）

从这段话看，况氏似乎是在要求有出自性灵的真寄托，反对徒具门面的假寄托，其意是要完善寄托。但是他把性灵和寄托等同起来，实际上是否定了常派所倡导的寄托。因为常派所言的寄托，原是有特定内涵的，是限制在政治社会伦理学的范围之内，而不是依随词人兴到之处和性灵所在随意命笔的。张惠言首倡"诗人比兴"，就是要求词与"变风之义，骚人之歌"（《词选叙》）看齐。其后继者周济则进而要求所写都应是有关国计民生最重大的问题，既是词篇，又是史笔。张、周这"比兴之义"，原是从传统诗学"诗言志"中派生出来的，诗人必须先有"志"，先立意于此，然后才可以搁笔而为诗。"横亘一寄托于搁管之先"，本是常派移植"诗人比兴"于词的题中应有之义。况氏加以反对，这不但直接否定了周济的"夫词，非寄托不入"的命题，而且也动摇了"诗言志"这一古老的诗人用以安顿创作生命的神圣原则，此其一。其二，况氏高标性灵，认为寄托出自性灵，是性灵的自然流露。词中有性灵，也就有了寄托。所谓"即性灵，即寄托，非二物相比附也"。这就进而说，性灵就是寄托。性灵，是出自诗人一己之心，包括性情、气质、灵感等来自主观并含有某些先天性的因素。诗人与诗人，此性灵与彼性灵，其异如面，是各不相同的。常派寄托说所要求的寓意，是来自传统诗学中"诗言志"之"志"。"志"即理想怀抱，是要受儒家思想主导和规范的。性灵，是个体意识；"志"则属群体意识，词中的寓意，受到群体意识的规范，并能有意识地即自觉地体现在词中，就是常派所要求的寄托；任性灵的自由流露，且流露还不自知的意蕴，则是况氏所要求的真寄托，由于词人此时此地的遭际和学养的不同，这任性灵流露的意蕴，有可能是身世之感的社会政治伦理意识，更多的则不是这方面的感触。只要是真情的自然流露，都是好词。这受触发而不得不流露的身世之感，可以通于常派所言的寄托。性灵与寄托，词义交叉处在此，也仅在此。从两者立论的基本点和命题的理论性质说，性灵与寄托，个体性与群体性是不相同的。其三，况氏用温庭筠和晏殊两人词为论据，证明有性灵即有寄托。温、晏词受到张、周赞许，被推为有寄托的典范。但况氏认为，温、晏词"何尝有寄托"？意即实际上没有常派所要求的政治寄托。但两人词都是真性灵的流露，因而"何尝不卓绝千古，何庸为是非真之寄托耶！"况氏将其认为本无政治寄托的温、晏词，称赞为有"真之寄托"，这不但无限扩大了本有特定含义的寄托一词的内涵，而且也是在论证性灵可以涵盖寄托，取代寄托。从以上三点看，我们是很难把况氏的"即性灵，即寄托"，看成是常派理论体系内的延伸和发展。

况周颐对咏物词的论述，就更直接提出了反对呆寄托。

> 问，咏物如何始佳？答：未易言佳，先勿涉呆，一呆典故，二呆寄托，三呆刻画，呆衬托。去斯三者，能成词不易，矧复能佳，是真佳矣。题中的精蕴在，题外之远致尤佳。自性灵中出佳，从追琢中来亦佳。
>
> 以性灵语咏物，以沈著之笔达出，斯为无上上乘。（卷五）

咏物词应借物言志，因而必须有寄托，这是周济的论断。其《宋四家词选目录序论》评及王沂孙的咏物词言："咏物最争托意，隶事处以意贯穿，碧山胜场也。"况氏之言，似乎正是针对周济此论而发的。如果说，况氏在专论寄托时，还力图把寄托纳入性灵之中；那么他在论咏物词时，就只谈性灵而不言寄托，并进而要求"勿呆寄托"。至于"以沈著之笔达出"云云，则是对词的体格更高层次的审美规范，此意待下文专题评述。

况周颐反对呆寄托，显然是针对常派高语寄托所带来的弊病而发的。这种弊病，也可以说是常派寄托说与生俱有的，甚至还可以说是传统诗学"比兴"说本身所固有的。常派的大师们脑子里始终绷紧寄托这根弦。写词时，一心想着寄托；读词和说词时，则戴着寄托这副眼镜。而这正是况氏所批评的呆寄托。他用性灵来代替寄托；如其说是在完善常派的寄托，不如说是从立意的基点上做了带有根本性的校正，从词义的生成，词的生命力的所在等，对此作了新的界说。况氏之论，与晚清许多评词者在总体上尊奉张、周之论，只是反对过分拘泥的是不同的。

况氏反对呆寄托，其意当然不是在反对和取消词中有真情的政治寄托。桂派的创始者以及包括况氏在内的主要词人，都受到常派重立意的影响和启示，历史的大转折与强烈的身世之感，使他们写出许多有政治寓意的词篇。况书在评析历代词作时，也曾高度评价此类作品。如言元好问"遭遇国变"，"其神州陆沉之痛，铜驼荆棘之伤，往往寄托于词。"但同时认为，遗山的故国之思，"其苦衷之万不得已，大都流露不自知"（卷三），是日益增长并充塞于胸中的痛苦，不得不倾吐，而且多半是吐露不自知不自觉。这就是说，元好问词的寄托，是缘于他特有的性情、特有的遭际所形成的特有的性灵的自然流露。后之学词者，无此性情，无此遭遇，无此苦衷，都不应该咿呀学语。况氏把寄托从属于性灵，提出"即性灵，即寄托"的新命题，正是从古人的优秀词篇和他们自己创作实践中总结出来，并针对当前创作流弊而发的。

况氏的性灵说与常派的寄托说相区别，其根本之点何在呢？常派立足于"善"，"真"与"美"都必须服从和服务于"善"；况氏则立论于"真"，"善"必须出自"真"，"美"也是生于"真"并能显现"真"，才有其价值。从创作论中的心物关系看，况氏的性灵说，是侧重强调心的一端，侧重于谈性情、襟怀、学养等。至于心对物的感发，特别是物对心的反作用，以及心与物的回还交往等，都论述得不够。但他对心的一端的论述，却很有理论深度。譬如说从性灵中流露出的真情和深情，其中还包括深藏于内未被作者明确认知的潜意识。这似乎是前人所未曾言的，但却是创作真谛的一重要发现。诗词意境中被读者新感知的言外之意，其中就有来自作者的潜意识，而不仅是作者的艺术安排和接受者的新创造。这些话，不是长期在创作中有深切体验并勤于思索的人，是说不出来的，这应是对创作思维认知上的新贡献。

## 二、"高揖温、韦"与花间词不可学

况周颐对常州词论的批评，还不仅限于寄托问题，对唐五代词的评价及词径说等，也都有其立异之处。

> 唐五代词并不易学，五代词尤不必学，何也？五代词人丁运会，迁流至极，燕酣成风，藻丽相尚。其所为词，即能沉至，只在词中；艳而有骨，只是艳骨。学之能造其域，未为斯道增重。矧徒得其似乎。其铮铮佼佼者，如李重光之性灵，韦端己之风度，冯正中之堂庑，岂操觚之士能方其万一。自余风云月露之作，本自华而不实，吾复皮相求之，则嬴秦氏所云甚无谓矣。晚近某词派，其地与时，并距常州派近。为之倡者，揭橥花间，自附高格，涂饰金粉，绝无内心。与评文家所云"浮烟涨墨"曷以异。虽无本之文，不足以自行，历年垂百，衍派未广，一编之传，亦足贻误初学。尝求其故，盖天事绌、性情少者所为，曷如不为之为愈也。（卷一）
>
> 花间至不易学。其蔽也，袭其貌似，其中空空如也。所谓麒麟檀也。或取前人句中意境，而纡折变化之，而雕琢、勾勒等弊出焉。以尖为新，以纤为艳，词之风格日靡，真意尽漓。反不如国初名家本色语，或犹近于沉著、浓厚也。庸讵知花间高绝，即或词学甚深，颇能窥两宋堂奥，对于花间，犹为望尘却步耶。
>
> 词有穆之一境，静而兼厚、重、大也。淡而穆不易，浓而穆更难。知此，可以读《花间集》。（卷二）

清人首倡学花间词的，当是康熙年间的王士禛和邹祗谟。王、邹从花间词中求神韵，况周颐曾给予尖锐批评，指出清人"词格纤靡，实始于康熙中，倚声一集，有以启之"（卷五）。而《倚声集》正是王、邹编选的。但王士禛赞"花间之妙"是"蹙金结绣而无痕迹"（《花草蒙拾》），并未言其华实兼茂。而且王、邹也不是"其地与时，并距常州派近"。况氏在这里所批评的，显然不是王、邹词派。

高标唐五代词，并在以温庭筠、韦庄为代表的花间词中求深意的是张惠言，其所编《词选》及其后继者所编《续词选》，唐五代词尤其是温、韦词占有很大比例。周济也是以"深美闳约"归美温词，以"高揖温、韦"作为词中有史的验证。况氏之论与张、周之言是相对立的。

对于唐五代词，况氏既言"不易学"，更强调"不必学"，而归结点则是不要去学。所谓"不必学"，是基于对花间词在总体上评价低，认为其时"燕酣成风，藻饰相尚"，多数词都是"风云月露之作，本自华而不实"。而尤其是词的体格不高，即使"学之能造其域，未为斯道增重"。这是从词格立论，否定了向其学习的必要性。而所谓"不易学"，是指其中少数"铮铮佼佼者"，如李煜、韦庄、冯延巳（当然也包括温庭筠）各自的独造之诣。在况氏看来，这极少数名家词的高绝处，是很难学的，甚至是学不到的。即使词学造诣很高的人，"犹为望尘却步"，一般的学词者，又岂能"方其万一"。结论当然是不必去学了。所以无论从"不必学"抑或从"不易学"的角度说，提倡学花间词都是错误的。当然也有极个别的人，可以例外。即词学造诣已臻高格，并深知"淡而穆不易，浓而穆更难"的人，可以去学。"穆"，是指"静而兼厚、重、大"，而"浓"，实指艳。这也就是说，已具穆境的人，进而追求"穆"与"艳"的完美结合，就可以从花间词中学华与艳了。况周颐后期的词作，就是力图从艳词中体现厚、重、大，走的就是这条路子。况氏是自视很高的人，自认为所走的是最难的路，并取得成功。至于其他人，当然还是"不可学"，也是"不必学"的。

至于倡之者和追随者的学习效果问题，况氏的批评是异常尖锐的，"为之倡者，褐橥花间，自附高格"。而所作则是"涂饰金粉，绝无内心"，这当然无价值可言。而随之学者，出现的弊端就更多了。"其蔽也，袭其貌似，其中空空如也。""以尖为新，以纤为艳，词之风格日靡，真意尽漓……"况氏把当日词坛上的纤靡之风，几乎全归咎于学花间词了。

况氏的论述，首先涉及对花间词的评价问题，同时还须辨析他所批评的"某词派"，究竟何所指，对花间词，况氏的意见是得失并存的。在清代后期词坛上，把花间词与宋人词等量齐观，称之为有文有质。在一片赞美声中，况氏敢于指出其中多数人词"本是华而不实"，这是需要理论勇气的，也较为符合实际情况。但花间词以及未选入《花间集》的唐五代人词，以其很高的艺术成就，彪炳词史，形成了词体要眇宜修的特点，从而能与诗分途，确立了词体在文学史上的独立地位。它对宋人以及后代词人的创作，产生了重大而积极的影响。况氏虽然也肯定了其中的"铮铮佼佼者"的独绝之处，但从总体上持基本否定的态度，甚至认为是后代纤靡词风的源头，学之不但无益，而且有害。这显然是不恰当的。这是他从体格一端立论所产生的偏颇。

至于况氏所尖锐指责的"其地与时并距常州派近"的"晚近某词派"，是否包括了或者就是暗示常派呢？从表层看，张惠言兄弟及周济所编的词选，地位突出，入选篇数也较多的唐五代人，也大都被况氏称之为"铮铮佼佼者"，似乎两者无太大的区别。但仔细一比较，两者的分歧还是很大的。对唐五代词，常派是从整体上加以肯定，而况氏则持基本否定态度。常派称温、韦词有寄托，因而是可学的，而且是必须学的；况氏所称许的是其中极少人的独绝处，因而是不易学的，而且也是不必学的。两者对花间词的总体评价，立论的原则和结论都不相同。两者虽有此不同，但我们还不能由此肯定况氏的批评矛头实际指向。如果能了解到况周颐对常州词派所持的基本态度，也许对弄清这个问题，以及本文所有的论题，都能有所帮助。

况周颐对常派的评价，是肯定还是否定，抑或两者兼而有之呢？翻遍况氏《词话》，却找不到答案，甚至没有一句话直接语及张惠言及常派。似乎这位在清代中后期词坛上有重大影响的人及其所创立的词派，无足轻重，或根本不存在一样。但是我们再看他对清人词的总评价，就不难从中获得一些明确的信息。清人以及今人论词史，都是说，词盛于宋而衰于元明，至清则是中兴。况氏则认为，词不衰于元明，而衰于清，康熙中叶是分界线。他把词格的纤靡，首先归罪于王士禛，接着批评了浙派朱彝尊、厉鹗等人。其后如何呢？他没有说。再读他的《词学讲义》中有关清人词的评述，就恍然大悟，原来常派词人也在他的否定之列："清朝人词（断自康熙中叶），不必看，尤不宜看。看之未必获益，一中其病，便不可医也，且也无暇看。吾人应读之书，浩如烟海，即应读之词，亦悉数难尽。能有几许闰暑。看此浮花浪蕊，媚行烟视，灾梨祸枣之作耶!"（《词学季刊》创刊号）这里所言的"断自康熙中叶"的"不必看，尤不宜看"的"清蕖人词"，难道不是已很明确的把嘉道以来的常派人词划入其内吗？蔡嵩云进而说："清词亦只末季，王、朱、郑、况数家可以取法，余不足观也。"（《柯亭词论》）就是对况氏之言的阐发。按照况、蔡之见，清词的中兴，是始于晚清王、朱、郑、况四大词人。这当然是偏见，不足取的。这是基于体格之一端论词所带来的严重局限。但从中我们可以清楚的看出，他对常派是持否定态度的，是自外于常派的。那么上引他所指责的"历年垂百"，"其地与时并距常州派近"的"晚近某词派"，不就是暗示常派吗! 只不过是用不直接点名的办法，打的是擦边球而已。对于这位对常派持激烈批评态度并自外于他们的人，为什么我们一定要把他纳入常派之内呢？

# 三、从学宋人词看两者词径说的分歧

学习宋人词，况周颐与常派一样，都认为必须由此入门。但学习的途径、取法之点和归宿处，都与之不同。常派的开拓者周济，有鉴于张惠言所圈定的学习范围，过于宽泛和重点不突出。将学词的取径严格限定在宋词范围内，提出一条"问途碧山、历梦窗、稼轩，以还清真之浑化"的学词路子。这张标明了起点、中转站和终点的行程图，是用来指导和规范所有学词的人创作道路的，即所谓"余所望世之为词人者，盖如此"（《宋四家词选目录序论》）。周济的词径说，在晚清词人中影响是很大的。况氏的词径说，却与此不同，在《蓼园词选序》中，对包括周济在内的"认荃执象"的各种词径说提出批评，进而提出不能执一以自绳的理由。

> 近人操觚为词，辄曰吾学五代，学北宋，学南宋。近十数年，学清真，梦窗者尤多。以是自刻绳，自表白，认荃执象，非知人之言也。词之为道，贵乎有性情，有襟抱，涉世少，读

书多。平日求词词外，临时取境题外。尽素寸心，八极万切，恢之弥广，斯按之愈深。返象外于环中，出自然于追琢，率吾性之所近……庶几神明与古人通，奚必迹象与古人合，矧乎于众古人中而断断祈合一古人也……晚近轻佻纤巧，饾饤叫嚣诸失，皆门径之误中之。

《词话》卷一，对此还做了进一步的阐述：

> 填词，智者之事，而顾认筌执象若是乎。吾有吾之性情，吾有吾之襟抱，与夫聪明才力。欲得人之似，先失己之真，得其似矣，即已落斯人后，吾词格不稍降乎。

中国文士，受儒家的言必称三代的影响。倡师古，进而到复古以至泥古，以断断求与古人合。这在诗词文评中，几乎所在皆有，而明清尤甚。周济结合两宋词史，论述了王、吴、辛、周四家各自的特点、成就以及在宋词发展过程中所处的地位，不能说没有理论深度。但他却异常慎重地推出这条学词的道路，要求所有的词人都来按图索骥，这实在是很不可取，也无普遍意义可言。以周邦彦的浑化之境说，他当然不是走"问途碧山"这条路获得的。那么后人即使想臻于浑化，为什么一定要"问途碧山"云云呢。质诸周济，恐怕他也很难回答。况氏指出此路不可取，弊病很多，应该说是有道理的。

况氏反对直接取径于古人，是立论于填词的一种艺术创造，非步趋模拟可成。这种创造，既是基于性情、襟抱、才能等主观质素，更有赖于平素的学养和临场时的创造性的艺术构思和表达。这创造性的艺术思维，也就必然带有个人的鲜明烙印，而不是断断求与古人合所能办到的。况氏所论由创作个性所主导的创作规律，除所言"涉世外，读书多"，而不太重视生活的积累对创作构思之不可少外，其精要处是深得创作真谛的，所论也深中师古者的要害。

清人浙、常之争，学南宋抑或学北宋，是其论争的一大焦点。况氏认为，这两者都是错误的。即使学之能至其域，造其境，也已落下乘，更何况也不可能完全得人之似。在清人词话的一片师古声中，读况书至此等处，使人有耳目一新之感。

立论于创新，并不意味着放弃学习优秀传统。况氏是很强调学习宋人词的，认为两宋词人成就最高，学词者舍此无由入门。他把学词分为初学词和自为词两个不同的阶级。前者是可以而且也必须步趋古人的，但在自为词时，就应脱离师范，以吾言写吾心成吾词，而不能墨守一家之言以自绳刻。这不同阶段的不同要求，应该说是符合词人写作进程中的实际情况的。

当然，况氏对学宋人词，也有其共同的要求，这就是体格的神致。尤其是体格，更为他所瞩目。其言见《宋词三百首序》：

> 词学极盛于两宋。读宋人词，当于体格、神致间求之，而体格尤重于神致。以浑成之一境为学人必赴之程境，更有进于浑成者，要非可躐而至，此关系学力者也。神致由性灵出，即体格之至美，积发而为清晖芳气而不可掩者也。

《宋词三百首》系朱祖谋所编，是从选学的角度集中体现了桂派的词学宗尚。这宗尚，也就写在况《序》上。现就体格神致言。体格，体现在词中的，就是重、拙、大词格，这是桂派词学最高层次的美学宗尚。神致或神韵，即事外远致。这是指性情、襟抱、雅洁、高致及超凡脱俗等精神气质在词境中的显现。体格与神致，是相得而益彰的。学宋贤词，既要重视其"体格之至美"，也要从其神致间学习其精神品质，以完善自己的精神气质，提高精神境界。在自为词时，也就能积发而不可掩的流露，使词臻于高格胜境。这是况氏对学宋人词的最后归结之点。

况氏的词径说与周济之论相比较，不但在最后的归点上，亦即体现在审美宗尚上各不相同；在实现各自宗尚的具体途径上，也道不同不相与谋。周济的归结点是通过浑化之境表现立意上的比兴寄托。词境的浑化与寄托是对所有作家的要求，是共同的规范。况氏则在"以浑成之一境为学人必赴之程境"的基础上，进而要求体现出体格、神致之美。由于"神致由性灵出"，而"体格之至美"也是由性灵中"积发而为清晖芳气"的自然呈现。性灵是个性化的，体格和神致都从性灵中流出，也就必然带有个性的烙印。与此相联系的，是实现各自宗尚的具体途径，况氏要求遵循各自性灵、才性等特点，发挥其所长。这就是说，要重视创作个性，使词中有我。周济则要求遵循同一的创作程式，强调的是创作共性。重视创作个性与强调创作共性的不同，是立论于"真"与立论于"善"在词径说上的反映。

# 四、词学新宗尚：重、拙、大

重、拙、大是桂派词学的最高宗尚，也是况氏《词话》着重阐述的核心命题。以重、拙、大为权衡还是以寄托为旨归，是桂派与常派最重要的区分点。这也是蔡嵩云在《柯亭词论》中所提出的，桂派词人在创作上"以立意为体，故体格颇高"，与常派词人"以立意为本"的不同处在理论倡导上的反映。

据况氏的《餐樱词自序》，这重、拙、大的提出，缘起于王鹏运，王氏正是以此深刻地影响了朱、郑、况等人，改变了他们的词学好尚。王氏为什么要提出这一新命题，朱、郑在受到影响后在词评中有什么反映等，限于篇幅，这里只好从略。

从况氏的《自序》看，由于王氏的"规诫"和鼓励，由偏嗜轻艳一变而为宗尚气格，即所谓"体格为之一变"。创作上的变化和体会既如此深刻，理论上的认识也会很清楚和深入。这就是说，况氏的《词话》对此在理论上的阐发，是能够较为准确地反映王氏的见解，代表着桂派词学的主要意向。

况氏论词，首先高标作词"三要"。这既是想以此论题为全书的中心，独树一帜，又还有完成王氏的遗志，反映这个创作群体词学意向的使命感。"作词有三要，曰重、拙、大，南渡诸贤不可及处在是。"（卷一）其后又补充说："轻者重之反，巧者拙之反，纤者大之反。当知反戒矣。"（《词学讲义》）重、拙、大的反义是轻、巧、纤，那么正义是什么？况氏未直接做出简明的界定，尤其是未直接言及"大"字义。亲聆况氏教诲的蔡嵩云，对此做了相当明确的解说："何谓重、大、拙，则人难晓。如略示其端，此三字须分别看，重谓力量，大谓气概，拙为古致。工夫火候到时，方有此境。以书喻之最易明，如汉魏六朝碑版，即重、大、拙三者俱备。"（《柯亭词论》）蔡氏之言，是从表达与显现体格的角度上谈的，与作者立论的角度和赋予的内涵，应该说是相切合的。这是至今还是独一无二的解释。

以下据况氏的词论与词评，参以蔡嵩云的提示，对三字的义界及互相关系，做一评说，以见其与常派以"立意为本"的差别。

1. 重。何谓"重"，"重者，沉著之谓，在气格，不在字句。"（卷一）这几句话，在同书卷二又重复一次，并联系吴文英词作进一步申说：

> 于梦窗词庶几见之。即其芬菲铿丽之作，中间隽句艳字，莫不有沉挚之思，灏瀚之气，挟之以流转。令人玩索而不能尽，则其中之所存者厚。沉著者，厚之发见乎外者也。欲学梦窗之致密，先学梦窗之沉著。即致密，即沉著。非出乎致密之外，超乎致密之上，别有沉著之一境也。梦窗与苏、辛二公，实殊流而同源。其见为不同，则梦窗致密其外耳。其至高至精处，虽拟议形容之，未易得其神似。
>
> …………
>
> 近人学梦窗，辄从密处入手。梦窗密处，能令无数丽字，一一生动飞舞，如万花为春，非若雕璜蹙绣，毫无生气也。如何能运动无数丽字，恃聪明，尤恃魄力。如何能有魄力，唯厚乃有魄力，梦窗密处易学，厚处难学。

"重"即"沉著"。他还解释说："情真理足，笔力能包举之。纯任自然，不假锤炼，则沉著二字之诠释也。"（卷一）"情真理足，笔力包举之"是"厚之发见乎外"另一种说法。"重"与"厚"的关系密切，并有赖于"厚"，故又称"厚重"。但"厚"不能等同于"重"。"厚"指含意厚，意味厚，亦即"情真理足"。词的情意深厚，可以包括出自真情的讽谕寄托，但不限于此。举凡宇宙人生的思考，立身处世之道，一事一物的观感，以及乡土之思，交情的冷暖和亲情、恋情等，只要感触深，情意挚，都可称为"厚"。"厚"是"重"的基础和前提，没有"厚"，就不可能有"重"。"重"是"厚之发见乎外"，也就是能把深意有力地表达出来，使人能观之，能感之。这就有赖于"笼天地于形内，挫万物于笔端"的笔力了，所以"情真理足"是"厚"，"笔力包举之"就是"重"。验之于梦窗词，"沉挚之思"是言"厚"，"灏瀚之气"则是"大"，"挟之以流转"，就是"重量"。这"重"与"大"，笔力和气概，形诸词中，是密切相连的。况氏之论与朱祖谋评吴文英词"力破余地""擩染大笔何淋漓"（《彊村老人评词》）出自同一机枢。

至于言吴词与苏、辛词"实殊流而同源"云云，则是说，三家词都能"厚"兼"重"且"大"，这是言"同源"；但笔力和文气的表现形式则不相同，吴词在"密"，能挟无数丽字飞动，苏词在疏宕、清雄，辛词则沉郁、激扬。这就是他所言的"殊流"。况氏言三家词"同源"，是推重气格、厚重，即立论于体格所得出的结论。

况氏的"三要"，不标"厚"，而标"重"，显然他更为重视情意呈现的力度，重视力的美，并借此提高词的体格。虽然他也是非常强调"情真理足"、情意深厚的。

2. 拙。何谓"拙"？《词话》卷一引王鹏运言："宋人拙处不可及，国初诸老拙处亦不可及。"这"不可及"的"拙处"，应当包括同卷所言"昔贤朴厚醇至之作"及卷二赞"周、姜词朴厚"的"朴"字义。朴、质、真纯、真率、自然等，应是"朴"字的正解，而巧、矜、致饰、雕琢、勾勒以及攀眉、龋齿、楚楚作态等，都是"拙"字的反义。

况氏曾以"顽"字释"拙"，对"哀感顽艳"这一成语，做了新的解释：

> 问哀感顽艳"顽"字云何诠？释曰："拙不可及，融重与大于拙之中，郁勃久之，有不得已者出乎其中，而不自知，乃至不可解，其殆庶几乎。犹有一言蔽之，若赤子之笑啼然。看似至易，而实至难者也。"（卷五）

"哀感顽艳"，出自繁钦的《与魏太子（曹丕）书》。"顽"本指愚与痴，"艳"则是美与贤。原书是言歌女所奏哀音，听之者无论贤愚美丑，都受到感发而激动。况氏从中拈出"顽"字释"拙"字，是弃原意而生新意。从况氏所赋予的新意看，所谓"郁勃久之"云云，是言长期酝酿积聚在胸中的情意，愈积愈厚，无法摆脱，在无意中流露。其中还渗透了"不自知，乃至不可解"的潜意识，这是言情意深厚。而"赤子之笑啼然"，则是说形诸语言，质朴、自然、纯真，这就是"拙"。况氏以"顽"释"拙不可及"，意即指此。

从况氏这段论述看，"拙"与意厚也密切相连，是"厚"的另一种表现形态。"厚"与"重"相连为"厚重"，与"拙"相连则常称"朴厚"。"拙"与"厚"也是不能等同、不能互相替代的。"拙"是外在呈现，即所谓"若赤子之笑啼然"，是一种自然而真纯的形态。王鹏运还提出过"自然从追琢中出"的命题，强调自然是通过艺术提炼和加工而获得的，是通过雕饰而进于天然。"拙"的形成过程是很艰辛的，不是率尔命笔所能致。所以这看似平易实精纯，是很难达到的境地。

验之于其词评，况书就曾以"哀感顽艳"四字赞屈大均词，可以作为上论的注脚。屈氏为亡明的遗民，其《哀江南》词四首，流露了沧桑之感和无奈何的愁思。况氏引录其中三首，用"无限凄惋""哀感顽艳，亦复可泣可歌"（卷五）等语予以评赞。这"哀感顽艳"，就是言其情真语朴，有真纯朴素之美。

况书称周邦彦词朴厚，可以作为王鹏运所言"宋人拙处不可及"的例证：

> 沈伯时作《乐府指迷》，于清真词推许，甚至唯以"天便教人，霎时厮见何妨""梦魂凝想鸳侣"等句为不可学，则非真能知词者也……此等语愈朴愈厚，愈厚愈雅，至真之情，由性灵肺腑中流出，不妨说尽而愈无尽……诚如清真等句，唯有学之不能到耳。如曰不可学也，拒必颦眉搔首作态几许，然后出之，乃为可学耶。明以来词纤艳少骨，致斯道为之不尊，未始非伯时之言阶之厉矣。窃尝以刻印比之，自六代作者以萦纡拗折为工，而两汉方正平直之气荡然无复存者。（卷二）

这里所说的清真词的"朴厚"，就是有从肺腑中流出的"至真之情"和率真的不加装束的表达。这是"不可及"的"宋人拙处"的表现之一。如果说上引屈大均词是寄寓了故国之思，那么周词的

"至真之情"，则纯系写男女之情和对情侣的思恋了。这再次说明，况氏所言意厚，并不限于君国之思，男女的恋情，也是包括在内的。他还进而言，此种情语，是"愈朴愈厚，愈厚愈雅"，"不妨说尽而愈无尽"。把沈义父指责的周词俗句，升格而为雅，许之为"拙"，比喻为两汉的"有方正平直之气"的印刻。甚至还认为，沈义父以质为俗，要对"明已来词纤艳少骨，致斯道为之不尊"负责。由此可见"拙"之所指以及在桂派所倡导的体格中的位置。

况书引王鹏运语对欧阳炯艳词《浣溪沙》的评价，似乎也是基于这一点。

> 《花间集》欧阳炯《浣溪沙》云："兰麝细香闻喘息，绮罗纤缕见肌肤，此时还恨薄情无。"自有艳词以来，殆莫艳于此矣。半塘僧鹜曰："奚翅艳而已，直是大且重"。苟无花间词笔，孰敢为斯语者。

欧阳此词是对性行为的直接描写，可等同于今日西方电影镜头的"床上戏"。桂派创始人的推许和况氏记录在案，引来了不同的评价。是之者称能以小见大，写闺房之事喻君臣之义；非之者则直言是情趣低下的表现。言此词是以小见大的寄托，姑且不论欧阳炯是否有此用意，就是王、况二人，恐怕也无此认识。前引况书评花间词，就把包括欧阳词在内的多数词作，统归于"华而不实"之列，并批评从花间词中求寄托是"皮相求之"，他们自己当然不会再做此"甚无谓"之事了。细按王、况之意，看来还是从"愈朴愈厚"立论，肯定其情感的真诚和表达的真率，与赞赏周邦彦词意同。

况氏以意深为"厚"，以质朴、真露为"拙"，把情意的自然呈现作为体格的一端加以强调，应该说，这是符合诗词艺术的真谛的。但他过分强调真露，甚至不顾及内容的亵渎性，从这一点说，终究是不可取的。

3. 大。何谓"大"，况书无专条论释，论者常以"托旨甚大"为"大"，亦即以寄托君国之思为"大"，这虽有其言之成理之处，但不一定符合作者的原意。"大"的反义是"纤"，"纤"有细小柔弱意，"纤靡"，是指词的体格气质柔弱，而不是指立意上的琐屑、细小和卑微。蔡嵩云言，"大谓气概。"这是从体格立论，应是符合原意的。

"大谓气概"，近似于前人所言的文气、风骨、风格、风度、气象等，而更为强调在词中的显现，从况氏评刘辰翁词，可获此消息。

> 须溪词，风格道上似稼轩，情辞跌宕似遗山。有时意笔俱化，纯任天倪，竟能略似坡公。往往独到之处，能以中锋达意，以中声赴节……如衡论全体大段，以骨干气息为主，则必举全首而言……由是推之全卷乃至口占、漫与之作，而其骨干气息具在此，须溪之所以不可及乎。（卷二）

刘辰翁为南宋末著名的词人，况氏评刘词，一字未涉及盈溢于刘词中的故国之思，而是集中笔墨赞其振起词篇的"骨干气息"。所谓似稼轩的"风格道上"，似遗山的"情辞跌宕"，有时也能略似东坡的"意笔俱化，纯任天倪"等，也就是三家词的风格的特点和文气的表现，都可以用"大"来涵盖。刘词还有他独具的个性，即"能以中锋达意，以中声赴节"。"中锋达意"是言能集中笔墨，在关键处用突进的方式表情达意，且无过与不及之弊；"中声赴节"，指用悲伤的音调，从音序节奏上表达其来去无端的痛苦哀愁的意绪。这是刘词的文气形诸于词的一大特点，也就是刘词重处大处独具特点之所在。

况氏对元人刘因词的评价，也能看出其大处之所指，其《樵庵词跋》云：刘因词"真挚语见性情，和平语见学养……其重处大处亦不可及。"（《词籍序跋萃编》）参看其《词话》卷三中对刘因词的具体评论："文清词以性情朴厚胜"，能"寓骚雅于冲夷，足浓郁于平淡"。并引王鹏运评语："樵庵词朴厚深醇中有真趣洋溢"，这"朴厚深醇"，即是"拙"与"厚"，而"寓骚雅于冲夷，足浓郁于平淡"以及"真趣洋溢"等，也就是刘因词文气的特点，亦即"大"处与"重"处之所在了。其他如言赵忠简词的"促节哀音"，梦窗词的"浩瀚之气"，党承旨词的"清劲之气"，刘秉忠词的"雄廓"，以及夏完淳、陈子龙、王夫之等人词的"含婀娜于刚健"等，都是言他们各自文气的特点、亦即言其"大"的具体表现。

如果说，"重"前提是意厚，表现在笔力；"拙"，出自真情，表现为质朴、自然；那么，"大"，则自来襟怀、抱负，也取决于才情，表现则在文气。或清雄，或遒上，或冲以夷，或内刚健而外婀娜。行文或妥帖排奡，或顿挫有生气，或中锋突进，或行云流水，舒卷自如，或低徊往复，掩抑零乱等。可因人而异，各有其特色。

重、拙、大三者，虽各有规定性，但表现在词中，又是互相依存，相互作用的。其凝聚点是在"真"字上，"重""拙"都必须出自"真"，"大"之于文气，也要有真气、生气贯注其间。"真字是词骨，情真、景真，所作为佳。"（卷一）即是此意，前引况氏以"哀感顽艳"的"顽"字释"拙"，言其意是真率、真纯，而所言"融重与大于拙之中"云云，就是在说明三者的联接点在"真"字上。

"三要"作为桂派在体格上的最高宗尚，就其性质说，就是属于群体性共同性的审美规范，但况氏立论于"真"要求词中有我。失我，即失真，就是伤格或降格。所以"三要"既是共同的崇尚，又要求必须体现在各个不同的个体之中，显示出个性的特色。这就与明代前后七子所倡导的以摹拟古人为能事的格调派划清了界限。

"三要"作为体格上的要求，是在立意的基础上，进而对词格的显现做出新的美学界定，这与常派在立意本身的审美要求不同。这也就是蔡嵩云所言的"以立意为体"与"以立意为本"大别之所在。虽然对立意的内涵也有立论于"真"与立论于"善"的不同。至于两者在一些具体命题上论说的差异，则是由于基本立论点的不同所必然产生的结果。

《蕙风词话》涉及面较广，重要的论题也较多，如词心说、词境说、词笔说和声律说等，本文均没有或极少涉及。王、朱、郑的词论，特别是擅长论词的郑文焯，其论说往往与况氏有相异处，本文也未加论列。我仅就况氏所论体格及寄托等与常派有明显区别的问题，做了一些比较和评说。如能引起进一步的探讨，进而能给桂派词论在清代词论史以新的定位，则是本人的奢望。

（原载《江淮论坛》1999年第1期，中国人民大学复印资料《中国古代、近代文学研究》1999年第5期转载）

# 清代四部词选论略
## ——《词综》《词选》《宋四家词选》和《词则》

词兴于唐，盛于两宋而衰于元明，至清号称中兴，蔚成大观。清人对词学理论的兴趣和成就，不但超过元明，也超乎两宋。唐圭璋先生的新版《词话丛编》，集词话八十部，其中属清人所作的，就有六十三部之多，与全书的四分之三以上。但是我们还不能说，唐氏之编，已集清代词学之大成。因为影响当日词坛的，主要还不是这些词话之作，而是流布很广的众多的词的选本。自萧统的《昭明文选》问世以来，中国文坛上，特别垂青于选学。中国古代文艺家的文艺见解和审美情趣，流布于选本的甚于其论文衡艺的专著。鲁迅先生曾有过论断："凡是对于文术自有主张的作家，他所赖以发表和流布自己主张的手段，倒不在作文心、文则、诗品、诗话，而在出选本。"（《集外集·选本》）验之于清代词学，亦复如此。本篇拟就清代四部名家词选，探讨一下选学在清代词学中的地位和影响，对选家的文术，在相互比较中做一些阐述。

## 一、四部词选简介

清代词的选本，据叶恭绰的《全清词钞引用书目》，就超过百种，王易的《词曲史》，择其要者，仍有五十一部之多。其中编撰精审、出类拔萃、影响甚大的，要数朱彝尊的《词综》、张惠言的《词选》、周济的《宋四家词选》和陈廷焯的《词则》。《词则》出书较迟，其影响之广，则不及前三书。兹先将这四部词选，做一简介。

### （一）《词综》

清初词科选学的兴起，是词学勃兴的重要标志，而选学的风行，又对词学的兴盛起着推波助澜的作用。其时名家选本，除《词综》外，尚有十余种之多。像王弈清等的《历代诗余》，邹祗谟、王士祯的《倚声初集》，顾贞观、纳兰容若的《今词初集》，蒋景祁的《瑶华集》等，都有相当的规模和影响。但独占鳌头的却是朱彝尊、汪森所编的三十六卷本《词综》。影响清代的浙西派词学，即开创于是编。

《词综》共收唐、五代、宋、金、元词计二千二百五十二首，隶属词家六百五十九人。朱氏初编为二十六卷，汪氏增补四卷，合为三十卷。朱作"发凡"，明体例，汪作序，申朱说，标宗旨。初刻于康熙戊午年（1678）。越十四年，汪又增补六卷，合为三十六卷。《四部备要》所收《词综》三十八卷，后二卷为朱、汪后继者王昶所补纂。

《词综》在清初众多的词选中能独领风骚，其原因大体有二：其一，搜罗广，采之粹，核之精。其二，高标词学宗旨，并贯穿在全书之中。在当时，一部大型词选的编纂是很不容易的，因为唐宋以来的长短句，每别为一编，不列入本集中，最易散佚。加以此道中落三百年，有幸而流传下来的词作，亦散而无统，散记于各书，散落于各地，散存于各藏书家。朱、汪等多方搜求，辗转抄录。据汪序所记："计览观宋、元词集一百七十家，传记、小说、地志共三百余家，历时八稔，然后成书。"朱氏"发凡"，更一一详记其所出。至于词人、时代、姓氏、里爵之辨误，词章文字之考证，是书用力亦勤，《四库提要》对此有很高的评价。丁绍仪说："自竹垞太史《词综》出而各选皆废，各家选词亦未有善于《词综》者。"（《听秋声馆词话》卷十三）其言是符合当时实情的。

朱氏之编在清初所以能独擅胜场，除采择精审外，其文术亦即选词的审美原则，得到了普遍的认同，并历久不衰。醇雅、精工，是他们选词的美学标准，宗奉南宋，以姜夔、张炎词为圭臬，则是他们审美原则的具体体现，两者合一，就是浙西派词学的宗旨。这见之于朱的"发凡"和汪的序言。"发凡"中说："世人言词，必称北宋。然词至南宋始极其工，至宋季始极其变，姜尧章氏最为杰出。""言情之作，易流于秽，此宋人选词，多以雅为目……填词最雅无过石帚。"汪氏再畅其旨："言情者或失之俚，使事者或失之伉。鄱阳姜夔出，句琢字炼，归于醇雅。于是史达祖、高观国羽翼之，张辑吴文英师之于前，赵以夫、蒋捷、周密、陈允衡、王沂孙、张炎、张翥效之于后，譬之于乐，舞《韶》至于九变，而词之能事毕矣。"朱、汪等于婉约中特许醇雅、精工一格，这既是继承了南宋以来以雅论词的传统，又总结了南宋姜、张词派新的审美经验，并在他们的选词中充分反映出来。全书对唐、五代、北宋词去取极严，多为"温雅芊丽、咀宫含商"之作。南宋词则入选特多，《词综》前三十卷，有十五卷是南宋词，其中姜夔、史达祖、高观国、吴文英、蒋捷、周密、陈允衡、王沂孙、张炎等人词入选率尤高。如姜词，当日朱氏所见《白石乐府》五卷，仅存二十阕，几乎全部入选。周密、吴文英词各选五十七首，张炎词入选四十八首。而苏、辛、秦、柳等名家词，入选率则偏低。浙西派的审美情趣，通过《词综》，渗透到文人学子的心田，影响到清代的词业。

## （二）《词选》

清代中叶，即乾隆、嘉庆、道光间，词的选学，踵武增华，继续向更高的层次推进。其时名家选本，也有二三十种之多，像王昶的《明词综》《国朝词综》，刘逢禄的《词雅》，夏秉衡的《清绮轩词选》，叶申芗的《天籁轩词选》，吴锡麒的《仝月楼分类词选》，周之琦的《心日斋十六家词选》，戈载的《宋七家词选》《续绝妙好词》，袁钧的《四明近体乐府》等，都有明确的选词宗旨和一定的质量。但能冠冕群彦并垂范后昆的，则是张惠言的《词选》和周济的《宋四家词选》。

如果说朱、汪之选，是搜罗广而选之精，放眼于自唐五代下至金元，囊括六代词人之词作，编纂出的一部大型词的选本；而张、周之编，则更重在词旨严、选之精。在"宋之亡而正声绝"的思想指导下，下限至宋，编选出词旨鲜明、精而且严的小型词的选本。

《词选》初刻于嘉庆二年（1797），参与编纂的还有其弟张琦。张氏兄弟为江苏常州人，由是编而创立的词派，就称为常州派。《词选》选了自唐至宋四十四家词共一百一十六首，都为两卷，附录一卷，则是选张氏兄弟及其友人和学生等十二人词，共六十三首，以承接两宋词统。张惠言认为，词是"意内而言外"，通过写"里巷男女哀乐，以道贤人君子幽约怨悱不能自言之情"，与"诗之比兴，变风之义，骚人之歌"相近似。依据这个界定来观察词史，他认为"自唐之词人，李白为首……温庭筠最高，其言深美闳约，五代之际，孟氏、李氏，君臣为谑，竞作新调，词之杂流，由此起矣……宋之词家，号为极盛，然张先、苏轼、秦观、周邦彦、辛弃疾、姜夔、王沂孙、张炎，渊渊乎文有质焉。其荡而不反，傲而不理，枝而不物。柳永、黄庭坚、刘过、吴文英之伦，亦各引一端以取重于当世。而前数子者，又不免有一时放浪通脱之言出于其间。"而南宋之后，都是"弥以驰逐，不务原其指意"，"安蔽乖方，迷不知门户"了。（引文均见张氏的《词选序》）从这个总体估价出发，他提出两条治乱之法：一是导源，一是塞流。《词选》就是以具体词作指示创作津梁，来"导其渊源"，并以此来"塞其下流"，阻止词体的流变。浙派以南宋为极致，以姜、张为旨归；而常州派创始人，则打着复古主义的旗号，以唐人词为准的，奉温庭筠为圭臬。书中选温词十八首，远远超过其他词人，其次秦、周词合选十四首，苏辛词合选十首。浙派所尊奉的姜词只选三首，张词只选一首。张氏所批评的柳、黄、刘、吴四家词，一首也未入选。全部入选之词，仅及《词综》的二十分之一。张氏显然想以质取胜的，但质与量也不是绝然可分的，一定数量的量，对于绝大多数学词者，仍是很关注的。所以"多有病其太严者"，就是张选首先碰到的批评。董毅编《续词选》，是接受这种批评而做的修正。张琦在《续词选序》中："《词选》之刻，多有病其太严者，拟续选而未果。今夏外孙董毅子远来署，携有录本，适惬我心，爰序而刊之，亦先兄之至也。"董氏扩大了选词的范围，续选了五十二家词计一百二十二首，超过了原《词选》的数量。宋人词续选最多，计四十二家一百首，其中多数是南宋词，张炎词增选最多，计二十三首，与前后两编所选温词总数相等。姜词业增补七首，姜、张词合为三十首，占增补总数的四分之一。此外，张惠言所批评的柳永、刘过、吴文英三家词也都入选了。董氏想纠正其外祖父选词过严的偏颇，但常州派鲜明的个性，也因此隐而不彰了。刻于道光十年（1830）的《续词选》是否符合已故的张惠言的遗志，那是很难说的。

### （三）《宋四家词选》

周氏之编，成书于道光十二年（1832），是其晚年词学的代表作。周济自言："余少嗜此，中更三变，年逾五十，始识康庄。"（《宋四家词选目录序论》）所谓"中更三变"，即少年偏嗜姜夔词，从浙西派起步。成年后学词于董士锡（董为张惠言外甥），进退于常州派门庭。而立之年编撰《词辨》也以选词为主，兼有词评（所谓《介存斋论词杂著》，即后人采撷此书词评而成）。惜其书中道丧落，仅存正变两卷。从这两卷看，是上承张氏的《词选》，并有所创新。《宋四家词选》是在《词辨》成书二十年后"始识康庄"之作。全书选录周邦彦词二十六首，辛弃疾词二十三首，王沂孙词十八首，吴文英词二十一首，合为八十八首。所谓"是为四家，领袖一代，余子荦荦，以方附庸。"附庸于周后的有晏殊、欧阳修、晏几道、张先、柳永、秦观、贺铸等九家，计词五十一首。附于辛后的有韩琦、范仲淹、苏轼、晁补之、姜夔、陆游、陈亮、蒋捷等十三家，计词三十九首。附于王后的有林逋、毛滂、吕本中、康与之、范成大、史运祖、张炎等十一家，计词二十四首。附于吴后的有王安国、高观国、陈允平、周密等十四家，计词二十四首，附于四家后的词人合计四十七家，词一百三十八首。正文与附录总计共选宋人词五十一家，词二百二十二首，仅及《词综》的十分之一，多出《词选》近一倍，也是偏严的。

如果说《词综》选词，着眼于"笔"，所谓"字琢句炼，归于醇雅"；《词选》取词，立论于"思"，以立意为本，所谓"意内而言外"。而《宋四家词选》，则取"思笔双绝"之作，其极境则是"浑厚"或"浑化"之境。他对四家的总评是："清真，集大成者也。稼轩，敛雄心，抗高调，变温婉，成悲凉。碧山，餍心切理，言近旨远，声容调度，一一可循。梦窗奇思壮采，腾天潜渊，返南宋之清泚，为北宋之秾挚。"四家既思笔双绝，又各具特色，所以简拔出来，领袖一代。《序论》又言："问途碧山，历梦窗、稼轩，以还清真之浑化，余所望于世之为词人者盖如此。"这是示人以筏，指示词人通向北宋浑化的途径。《宋四家词选》贬抑姜、张，和浙派划界；又在张氏的崇北宋、以立意为本的基础上，升华为浑厚的词境，并拔擢四家，体现其词学。与常州派初祖相比，可谓青出于蓝了。

### （四）《词则》

晚清词学，风流未沫，长盛不衰，甚至突过前人，名家选集，约有二十部之多。像黄燮清的《国朝词综续编》，丁绍仪的《国朝词综补》，谭献的《箧中词》，孙麟趾的《绝妙近词》《国朝七家词选》，张鸣珂的《续七家词选》，王鹍的《同声集》，沈涛的《洺州唱和词》，边浴礼的《燕筑双声》，边保枢的《侯鲭词》，彭銮的《薇省同声集》，王鹏运的《庚子秋词》《春蛰吟》，杨希闵的《词轨》，王闿运的《湘绮楼词选》，冯煦、成肇麟的《唐五代词选》《宋六十一家词选》等，都有一定的声誉和影响，但体例严明，卓然成一巨编的，则是陈廷焯的《词则》。

陈氏治词的经历，大体与周济同。早年宗尚浙派，编《云韶集》，著论《词坛丛话》。后遇同乡庄棫。庄为常州派词人，与谭献齐名，陈悉弃其所学而学之，编《词则》，著《白雨斋词话》，阐发常州派词学。《词则》成书于光绪十六年（1890），陈氏辞世过早，其门人仅刊行其删本《词话》而未及《词则》。1984年，上海古籍出版社将陈氏子孙所献原著手稿影印于世，晚清词人均未见此书，只能从其《词话》的有关条目中窥见其一斑。陈氏于是编用力甚勤，前后花了十年时间，精心构撰，七易其稿而后成，可以说是毕生精力，尽瘁于斯，应是陈氏词学的代表作。其《词话》则是在是编的基础上就"沉郁顿挫"一端，在理论上加以升华，所用仅一年半时间而已。陈氏有感于前此的名家词选，诸如朱氏的《词综》，未能辨源流正变，是"备而不精"，而张氏的《词选》，能导源而未能穷变，是"精而不备"，都未能尽善尽美。因而他想编一部执源以穷变的既精且备的词选，《词则》的编纂，就是承担这个使命。全书分《大雅》《放歌》《闲情》《别调》四集，每集六卷，共二十四卷。以《大雅》集为正声，其他三集为变调，四集共选录唐、五代、宋、金、元、明、清词共计二千三百六十首，隶属词人四百七十余家，超过《词综》选词的总数，更无论张、周之编了。囊括时代之广，亦为三家之选所不及。《词综》断代至元，《词选》断代于宋，《宋四家词选》只选宋词，而是编则是贯穿整个词史，上下千余年。从时间纵线看，算是最完备的了。从编选的体例言，书前有总序，是总论，各集前有小序，是分论，入选词人，均录有爵里，所选之词，大都有眉批和结语，批语共三千多条，这是前此词选中所仅见的。《总序》开宗明义，论述词的起源和发展变化情况，并阐明按四集选词的缘由。作者认为，词是《风》《骚》的流派，其起始和发展变化的情况是："温、韦发其端，两宋名贤畅其绪，风、雅正宗，于斯不坠。金元而后，竞尚新声，众喙争鸣，古调绝响。"沿流溯源，必须首先崇尚体现风雅精神的词作，这是陈氏词学的立足点，也是他选词的首要原则。《词则》首选《大雅》集，就是贯彻这个原则。但词的发展，有源有流；词的界定，有正有变。固守张惠言的词学，只能执此以导源，不能执此以穷变，于是进而选《放歌》《别调》《闲情》三集。"大雅为正，三集副之。"所谓"大雅"即"古之为词者，志有所属，而故郁其辞；情有所感，而或隐其义，而要皆本诸《风》《骚》，归于忠厚。"（《大雅集序》）此集计收词五百七十一首，隶属词人一百二十八家，其中以唐宋词为最多，六卷中占三卷半。《放歌集》是从杜甫诗"放歌破愁绝"而得名，是"归齐磊落之士，郁郁不得志，情有所激，不能一轨于正，而胥于间发之。风雷之在天，虎豹之在山，蛟龙之在渊，恣其意之所向，而不可以绳尺求。"（《放歌集序》）"纵横排奡，感激豪宕"，是此类词的特征。此集共收词四百四十九首，隶属词人一百一十家。其中以清人词为最多，六卷中占三卷半。《别调》集是有别于古调而命名，收"一切清园柔脆争奇斗巧"之新声。作者"啸傲风月，歌咏江山，规模物类"（《别调集序》）而无比兴之义。此集共收词六百八十五首，隶属词人二百五十七家，其中亦以清人词为最多，六卷中占三卷半。至于《闲情集》，则是取陶渊明《闲情赋》而命名，收一切"尽态极妍，哀感顽艳""绮说邪思"之艳词，作者辩解说，"闲情云者，闲其情使不得逸也。"（《闲情集序》）"不得逸"，就是不使过分放荡，亦即对艳词亦应有所规范。此集共收词六百五十五首，隶属词人二百一十七家，其中亦以清人词为最多，六卷中各占四卷半。四集之分，可用雅、豪、秀、艳四字加以区分。陈氏用他的分类法，大体上可以将词史上古调和新声各类优势之作都囊括进来。

以正变说词，显然是受了张惠言和周济的影响，但张氏主张

"塞其下流"，对变调要予以抑制。陈氏和周氏一样，是承认变调的存在，并给予一定的地位。但周氏的《词辨》，是以词人为界别来区分词体之正变。陈氏细读各家之作后，得出另一种结论："夫风会既衰，不必无一篇之偶合。而求诸古作者，又不少靡曼之词，衡鉴不清，贻误匪浅。"（《总序》）所以必须逐首辨析，以词为单位重新归类。如温庭筠词，《大雅》集中选二十首，《别调》《闲情》和《放歌》三集中，也各选十一首、四首和一首。朱彝尊词，收入《闲情》集为最多，计七十二首，但《大雅》《别调》和《放歌》三集中，亦各收词八首、二十二首和十首。以词为单位而不是词人为界别来辨析词体之正变，从辨体的角度看，显然是要深入得多。

总之，清代的这四部词选，宗旨有别，体例各异，各领风骚数十年以至于数百年。清代词人，无不受其影响，后人探讨清代的词学，是不能无视这四部词选的。

## 二、认同之处与同中之异

四家之选，楬橥了贯穿清代始终的浙、常两派词学之要义。前此论词者，多言其异，我想先求其同，并在他们的共识中辨其相异之点，四家之选，相同或相似之处甚多，以下就尊词体和以雅为目两点，重点做些阐述。

就尊体说，词是小道，是艳科，是不能登大雅之堂的，这是唐宋以来正统文士较为普遍的看法，并成为一种传统的观念。这种观念的形成是有其依据的，中国最早的一部文人词的选集——《花间集》以及南宋人所编的《草堂诗余》，所选多为文士所作的艳词。欧阳炯在《花间集序》中说："绮筵公子，绣幌佳人，递叶叶之花笺，文抽丽锦，举纤纤之玉指，拍按香檀，不无清绝之辞，用助娇娆之态。自南朝之宫体，扇北里之倡风。何止言之不文，所谓秀而不实。"最早的文人词，就是一些文士与歌女为伍时产生并流行起来，并受到一些正统派文人学士的讥弹和鄙薄，自唐五代至两宋，虽然由于词的发展，情况有很大的变化，但这种词风，仍然有很大的影响。视词为艳科的传统观念，也未能从根本上予以改变。主盟明代文坛数十年的后七子领袖王世贞，对词的看法是有代表性的。他说，词源起于"六朝诸君臣，颂酒赓色，务裁艳语，默启词端，实为滥觞之始。故词须宛转绵丽，浅至儇俏，挟春月烟花于闺幨内奏之"。"即词号称诗余，然而诗人不为也。""不作可耳，作则宁为大雅罪人，勿儒冠而胡服也。"（《艺苑卮言》）明代，词学式微，与这种传统观念主宰文士不无干系。清代的文坛，情况有了很大的变化。清代词业的振兴，虽不能说全是推尊词体的结果，但驱使众多的才俊之士，乐业于兹，成为风尚，没有观念的转变，是不可能的，直接发表并流布于《词综》的朱彝尊等的词论，就可以看出这种转变的轨迹。朱彝尊说："念倚声虽小道，当其为之，必崇尔雅，斥淫哇。极其能事，则亦足以宣昭六义，鼓吹元音。"（《静志居诗话》）"词虽小道，为之亦有术矣。去《花庵》《草堂》之陈言，不为所役，俾滓瀞涤濯，以孤技自拔于流俗。绮靡矣，而不戾乎情；镂琢矣，而不伤夫气，夫然后足与古人方驾焉。"（《孟彦林词序》）朱氏是清初著名的经学家，视词为"小道""小技"的观念，对他还有深层的影响；但他同时认为，只要"善言词"和"为之有术"，就可以"宣昭六义，鼓吹元音"，并与"古人方驾"。这就是说，只要尊其体，即可使之登大雅之堂。而"崇尔雅，斥淫哇"，"去《花庵》《草堂》之陈言"，就是朱氏编纂《词综》的总体方略。所以是编能"一洗《草堂》之陋"，以崭新的面貌呈现于世，为世人所师范。不但扭转了一代词风，也改变了词体的卑微地位。《词综》另一编纂者汪森，则是从探讨词源的角度，直接推尊词体，他在《词综序》中说："自有诗而长短句即寓焉，《南风》之操，《五子之歌》是已。周之《颂》三十一篇，长短句居十八；汉《郊祀歌》十九篇，长短句居其五；至《短箫铙歌》十八篇，篇皆长短句，谓非词之源乎……古诗之于乐府，近体之与词，分镳并骋，非有先后。谓诗降为词，以词为诗之余，殆非通论矣。"汪氏从长短句找根据，认为词源于古诗，说诗词"分镳并骋"，无先后之别，理由是很牵强的，但他力图推尊词体，则是很明显的。当然，中国词史上尊体说，并非自朱、汪始，苏轼词就指出"向上一路"，为南宋王灼所肯定（见《碧鸡漫志》）；清初词坛上倡导尊体的，也并非仅有浙西一派，但是从朱、汪始，词体始尊，成为多数人的共识，成为一代的风气，浙西派倡导之功，是不可没的。常州派的词学，也是首先张扬尊体的旗帜，并且一脉相承。张惠言在《词选序》中说："词者，盖出于唐之诗人，采乐府之音，以制新律，因系其词，故曰'词'。传曰：'意内而言外谓之词'……诗之比兴，变风之义，骚人之歌，则近之矣。"张氏也是从探源上提高词的地位，并依据他对此的界定来选词，严其科律，编纂《词选》，"无使风雅之士，惩乎鄙俗之音，不敢与诗赋之流同类而风诵之也。"其意也在推尊词体，使词与诗、赋同列而不分上下。与浙西派相比，张氏的尊体，更强调立意，与朱、汪等"字琢句炼"、"以孤技自拔于流俗"等侧重于表达的角度有所不同。

张氏的后继者周济，其尊体之论，首先也重在立意，反对"词不逮意，意不尊体"（《词辨自序》）。"词史"之论，就是他尊体的具体的表现。什么是"意能尊体"？其评王沂孙言："中仙最多故国之感，故著力不多，天分高绝，所谓意能尊体也。"（《介存斋词论杂著》）"碧山故国之思甚深，托意高，故能自尊其体。"（《宋四家词选》评《南浦》词）王词之所以能"意能尊体"，"自尊其体"就是因其"故国之思甚深，托意高"，有"黍离、麦秀之感"，其感慨盛衰，是有关国计民生中大问题，这和张惠言所言立意有所不同。张氏认为词是用以表达"贤人君子幽约怨悱不能自言之情"，其中包括"感士不遇"等士大夫个人不平遭际在内。《词选》评温庭筠《菩萨蛮》："此感士不遇也，篇法仿佛《长门赋》。"周济界定"词史"的含义时，则将此类内容排斥在外："若乃离别怀思，感士不遇，陈陈相因，唾沈互拾，便思高掲温、韦，不亦耻乎。"（《介存斋论词杂著》）意见是相左的。周氏后期谈尊体，除重视立意外，兼注重蕴藉的深厚、境界的纵横开拓和章法上变化等表达方面的能力。《宋四家词选目录序论》中言："文虽小，吾能尊其体，慎重而后出之，驰骋而变化之，前无古人不难矣。"其尊体之论，又进入到一个更高的层次了。谭献在总结常州派谈尊体时说："要之倚声之学，由二张而始尊耳。""周介存有'从有寄托入，以无寄托出'之论，然后体益尊，学益大。"（《复堂词话》）谭献作为常州派的词人，对浙派不无贬抑之嫌，但对张、周之学的权衡，则是大体符合实际情况的。

陈廷焯的尊体，上承张惠言，重心放在立意上。《词则总序》说："《风》《骚》既息，乐府代兴。自五七言盛行于唐，长短句无所依，词于是作焉。词也者，乐府之变调，《风》《骚》之流派也。"陈氏从探源的角度上，把词与五七言并列，认为诗与词都同源于《风》《骚》，都是《风》《骚》的流派。《总序》由言："长吟短讽，觉南幽雅化，湘汉骚音，至今犹在人间也。"这就是说，词不但是《风》《骚》的嫡传，而且唐宋以来的雅词，可以等同于先秦时代的《风》《骚》并驾乎五七言诗之上。至此，词的地位，已上升到最高层次，当然不再是小技和小道了。在尊体问题上，陈氏很不满意朱、汪等着眼于笔，而不重在立意，只重视流变，而不重视导源。视《风》《骚》若河汉，名为尊体，实际上是降低了词体的地位。所谓"皋文《词选》精于竹垞《词综》十倍。"（《白雨斋词话》卷七）就是因为张氏"识见之超，有过于竹垞十倍者。"（《白雨斋词话》卷一）其实朱彝尊也说过："善言词者，假闺房儿女之言，通于《离骚》、变雅之义。"（《红盐词序》）他也力图把词和《风》《骚》挂上钩，与张、陈之论相比，差别也仅是程度不同而已。同样，陈氏对周济以"思笔双绝"为标准来推尊词体，并以此为指导来编纂《宋四家词选》似乎也很不满，《词则》和《白雨斋词话》只字未提周济的词论，他似乎有意跳过周氏之编，以张氏的《词选》为不祧之祖，来重新建立常州派词统。

总之，朱、张、周、陈四家之编，在尊体问题，立论虽异，言词有别，但都致力于提高词体的地位，这是他们的共识。清代的文人学士对词业的重视，人数之多，前无古人。由此而带来了词学的繁荣昌盛，四家均倡言尊体，都有其功绩的。

与尊体密切联系的，就是提高词的品格，以雅为目。这也是四家之选的共识。雅俗之辨，崇雅抑俗，是中国文士立论的首要问题，在传统观念中，居于支配地位。词起于民间、入于文人之手，就和"歌宴红粉"为伍，剪红刻翠，"用助娇娆之态"，是文人词起步的形态，侧艳以致淫靡，是花间词一个重要特征。自北宋至南宋，文人词大放异彩，但就总体说，还是雅俗并存的。所以宋人论词，都很重视雅俗之辨。特别是南宋初年，文士们有感于宣和君臣沉湎酒色，竟尚新声，招致亡国之痛，论词纷纷以"复雅"为旨归。铜阳居士作序的《复雅歌词》，曾慥的《乐府雅词》，都编纂于此时。此外，南宋词的丛编和别集以雅命名的，还有多种。朱、汪等要提高词品，就是想继承南宋"以雅为目"的传统，以"复雅"为使命。朱彝尊说："盖昔贤论词，必出于雅正，是故曾慥录《雅词》，鲖阳居士辑《复雅》也。"（《群雅集序》）"盖词以雅为尚"（《乐府雅词跋》），"言情之作，易流于秽，此宋人选词，多以雅为目。法秀道人语涪翁曰：'作艳词当坠犁舌地狱'，正指涪翁一等体制而言耳，填词最雅无过石帚。"（《词综·发凡》）汪森亦言："言情者或失之俚，使事者或失之伉。鄱阳姜夔出，句琢字炼，归于醇雅。"（《词综序》）所以"崇尔雅，斥淫哇"，"以雅为尚"，就是《词综》选词的首要原则。前人论雅，大体上包含雅意、雅言和雅体三个方面的内容。朱、汪等所标榜的醇雅、温雅和尔雅，并以姜词为极致，主要是指雅言和雅体，当然也包括雅意，不过这个雅意，特指反对淫丽和俚俗的内容，并不很强调对国计民生的美刺兴比。

张惠言论词，也极重视提高词品，以雅为宗。他认为词应与"变风之义，骚人之歌"相近似。一篇《词选序》，几乎全在崇雅抑俗上做文章。在张氏看来，文质相称，"渊渊乎文有质焉"，即为雅，"雕琢曼词"，有无文质即为俗。在《词选序》中，他以雅郑之别来总结宋人词，具体而明确地指出词的杂流、词的俗体的特征及其代表人物："其荡而不反，傲而不理，枝而不物，柳永、黄庭坚、刘过、吴文英之伦。"所谓"荡而不反"，就是放荡而趋于淫靡，所谓"傲而不理"，就是粗豪而缺少蕴藉，所谓"枝而不物"，就是雕琢而外荣内枯。张氏所排斥的这三种俗体，其中前两条和汪森所批评的"言情者或失之俚，使事者或失之伉"是完全一致的。其所点名批评的词家，也只有"枝而不物"的吴文英，得到汪森的首肯。可见浙、常两派的始祖，在论雅的问题上，意见并非完全相左，两者在雅体、雅言上基本一致。对雅意，张氏加入了一项新的内容，即要有比兴寄托，和《风》《骚》同趣，并将其对雅意的新界定，冠于雅体、雅言之上，和雅体、雅言相结合，形成一条新的审美原则，以此来评选历代的词作。

周济的词学，也是重视雅俗之辨的。其《词辨》以正变分体，所谓"正"就是"蕴藉深厚"，"归诸中正"。中正和平之音，就是雅音。其后期所编纂的《宋四家词选》，也提出"雅俗有辨"的问题。"雅俗有辨，生死有辨，真伪有辨，真伪尤难辨。"（《目录序论》）

他以生死界别为喻，说明雅俗、真伪的界别是天差地别的，可见其对雅俗之辨的重视。周氏论雅，既重视雅意，也重视雅体和雅言，所不同的，似乎是在辨析雅意上，加入了真伪之辨的内容。他说："稼轩豪迈是真，竹山便伪。碧山恬退是真，姜、张皆伪。味在酸咸之外，未易为浅尝人道也。"（《目录序论》）在注重雅意深笃这一点上，不但有别于朱氏，已为张氏所未及言。周氏评选宋人词，集矢姜、张，简拔周、辛、三、吴四家词，都是这条新的审美原则的体现。

在宗雅的问题上，陈廷焯的《词则》，更是后来居上，在清代，就没有比陈氏更为尚雅了。他宗奉张氏的《词选》，重视雅体、雅言，特别以推重雅意为其词学的主要出发点，把词和《风》《雅》等同起来。他编纂《词则》，就是要清理和恢复温、韦及北宋以来的雅词传统，使"风雅正宗，于斯不坠"，为后人创作树立典则。他给予张氏之编以极高的评价："张皋《词选》一编，扫靡曼之浮音，接《风》《骚》之真脉。"（《白雨斋词话》卷五）"卓哉，皋文，《词选》一编，宗风赖以不灭，可谓独具只眼矣。"（《词则总序》）同时又指出张编衡鉴不清、体例不纯可能带来的危害，即所谓"惜篇幅狭隘，不足以见诸贤之面目。而去取未当者，十亦有二三"。他选雅词，不局限于唐代和北宋。基于"风会既衰，不必无一篇之偶合"的认识，他扩大了选雅的范围，从唐五代一直到清代的词作中，"择其尤雅者五百余阕，汇为一集，名曰大雅"；又基于"求诸古作者，又不少靡曼之词"（以上引文，均见《词则总序》）的看法，将张选中推为"深美闳约"、文质兼善的温庭筠的某些词，排除在《大雅》集外，分别安置在《放歌》《闲情》和《别调》三集中。别裁他体，以大雅是尊，并使雅体纯而又纯。陈编与张编相比，还有一点不同，即张氏重雅抑变，对变调采取排斥的态度，所谓"塞其下流"，而陈氏则主张"穷变"，给予各种变词以适当的位置。这和体现在周氏诸编的正变观却有相似之处，而理论则更为明朗。陈氏的"变穷"，又是其尚雅理论的组成部分。他说："求诸'大雅'，固有余师，即遁而知他，亦即可于'放歌''闲情''别调'中求'大雅'，不至入于岐趋。"（《词则总序》）可见陈氏"穷变"，别立三集，并未游离于尚雅之外。

总之，四家之编，都提出了尚雅的原则，对雅言、雅体、雅意虽各有偏重，阐述其内涵时也互有差异，而基本立论点则是相同的。曾经被视为"小道""小技"的词学，至此已堂堂正正进入文学的正殿，和正统诗学并驾齐驱了。

四家之选的共识指出，除上述两点外，诸如推重学人之词，主张吕精律明、音韵条畅，偏爱委婉含蓄温柔敦厚的词风，对豪放直露之作则有所贬抑等，都有其相似或相近之点，限于篇幅，兹不一一论列。

综上可见，四部词选虽分属浙、常两大词派，但确有许多相通之处和相似之点。四家抑扬的原则和审美情趣的同鸣共识之处，都通过对历代词作的去取和评点而流布于世，从而影响了清代的词学。清代词人，多数都受浙、常两派的笼牢，我们通过对四部词选共通点的论列，以求窥视清代词学的主要特点和总体风貌于一斑，这就是本篇先求其同的用意之所在。

# 三、特异之点和异中之同

上面就四家之选的共同点做了宏观论列，以求其同；下面想就四家审美趣味的特异处做些微观的剖析，以求其异。四部词选正是以其相异点而自成流派，独立于文苑并影响他人。当然异中亦有其相融相袭之处，也还是你中有我，我中有你的。

清焦循在《雕菰楼词话》中说："近世朱彝尊《词综》，规步草窗，而宋词遂为朱氏之词矣。王阮亭选唐五七言诗亦然。"继朱选后的张选、周选和陈选，何尝不如此。

先就朱选说，焦氏言其规步草窗，草窗是周密字号，与张炎同时而略早于张，其所选《绝妙好词》，限于南宋，并以姜、张派咏物词为主，入选多为清雅柔润、恬淡精工之作，得到张炎和浙西派的好评。朱氏的《词综》，虽然扩大了选词的范围，而所宗奉的则是南宋，其醇雅精工的审美原则，与周选是一脉相承的。

朱彝尊说："世人言词，必称北宋。然词至南宋始极其工，至宋季而始极其变。"（《词综·发凡》）汪《序》亦言，姜、张诸子之作，"譬之于乐，舞《箾》至于九变。"南宋词之"工"与"变"，常为前人所乐道，但所取之点则不尽相同。如周济也说过，南宋"变化益多，取材益富"。其所编《宋四家词选》，也注目于变，四家之中有三家为南宋人。但周氏认为，南宋之变，始于辛弃疾，"稼轩由北开南，梦窗由南追北，是词家转境"。而"白石脱胎稼轩"，有所师承，所以他更瞩目于辛、吴之变。但周济同时又说，北宋词主要特点是"秾挚"，南宋词主要特点是"清泚"。"清泚"，即清澈明净。"泚"本为"玼"的假借，马瑞辰训为"玉色鲜明"。由"秾挚"到"清泚"，姜词则是转境，此即周济所言"变雄健为清刚，变驰骤为疏宕"（《宋四家词选目录序论》）的意思。可见朱、汪等宗法南宋，谈南宋之变，是抓住了南宋词主要艺术特色的。至于"极其工""极其变"，以致"舞《箾》至于九变"云云，只不过是大加赞赏而已。

"清泚"，张炎称为"清空"，朱、汪等谓之"醇雅"，"醇"也有清澈透明的意思，指的都是一种澄澹精致、空灵透彻、不即不离的艺术境界。此境在诗中早已有之，并为唐宋以来说诗者所乐道。司空图引戴容州语云："诗家之景，如蓝田日暖，良玉生烟，可望而不可置之眉睫之前。"（《与极浦书》）"右丞、苏州，趣味澄琼，若清泚之贯达。（一本作'若清风之出岫'）"严羽赞盛唐诗有"兴趣"，亦以镜花水月为喻，都是赞赏此种诗境。张炎评姜词"如野云孤飞，去留无迹"（《词源》）。其颂美所归，则是这种词境。可见姜、张之变，是把盛唐诗中一种诗境，成功地移植到词中。就词体而言，这种移植，扩大了词的境界，丰富了词的表现力，增加了美感。朱、汪等加以推许，对促进清词的发展是有功的。在清初众多的词派激烈的竞争中，能力排众体，独据要津，使清代许多词人，附丽骥尾，自致属车，所谓"家玉田而户白石"，造成空前未有的盛况。除社会政治环境影响外，就要归功于这种空灵蕴藉、醇雅精致的审美词境的吸引力。

这里应须辨明的是朱、汪等所倡导的清空词境，是否也包含有美刺比兴之意，也就是说在比兴寄托上，他们和后起的常州派有无相通相合之处。朱氏说过："善言词者，假闺房儿女之言，通之于《离骚》、变雅之义，此尤不得志于时者所宜寄情焉耳。"（《陈纬云红盐词序》）论者常以为此言与朱氏审美原则相抵牾。我以为个中底蕴，仍需深察。"思"与"境"是两个互相关联而又不能等同的范畴。

"思"有不同含蕴的"思"，"境"有不同特征的"境"。呈现于诗词中的，既无"无思"之"境"，也无"无境"之"思"，只是熔合形式的不同和熔合的好坏而已。就"境"言，表圣二十四诗品之一是"实境"，其特征是"取语甚直，计思匪深"。浙派所倡导的是一种虚境，郭麟称之为"清绮"，其特征是："如瘦石孤花，清笙幽磬。入其境者，疑有仙灵；闻其声者，人人自远。"（《灵芬馆词话》卷一）前文所引朱氏之言"善言词者"云云，说的是一种"思"，浙派所倡导的空灵之境，虽不特别强调但也不排斥美刺兴比之"思"。《词综》所选姜、张词，有不少是有所寓意的，如姜的《扬州慢》《暗香》《疏影》等，张的《高阳台》《解连环》《绮罗香》等。朱氏在回顾自己一生词的创作时就写过："十年磨剑，五陵结容，把平生涕泪都飘尽。老去填词，一半是空中传恨，几曾围燕钗蝉鬓。"（《解佩令·自题词集》）可见他一生的蹭蹬和感慨，有不少是寄寓词里，只不过是"空中传恨"，用清虚之境出之。这和张惠言评选唐宋词，专主比兴寄托，并以实境出之确有不同，但言比兴，祖《风》《骚》之遗意，也是朱氏论词的一端，这就是他们异中之同。

朱、汪等审美旨趣的欠缺处，表现在"意"上，倒不在于无所寓意，而在于情意不够真诚，感触不够深邃。这一点，周济评南宋词，曾多次尖锐地批评过，惟其不够真和不够深，就难免文饰，影响所及，一些"哀乐不衷其性，虑叹无与乎情"（《金应珪《词选后序》）的游词，就成为浙西派的一弊。表现在"境"上，就是王国维所指出的"隔"的问题。《人间词话》在谈到"隔"与"不隔"的问题时，对姜、张诸子，颇多讥弹。浙西派的后继者，发展了这种弊病，以致同派中有识之士，对此亦深为不满，郭麟斥之为"词妖"，即是一例。"近人莫不宗法雅词，厌弃浮艳，然多为可解不可解之语，借面装头，口吟舌言，令人求其意旨而不得。此何为者耶？昔人以鼠空鸟即为诗妖，若此者，亦词妖也。"（《灵芬馆词话》卷二）这是放言清空而不同时重视情意的必然结果，常州派取而代之，是势在必行了。

张氏之编，重在删除"雕琢曼词"，立论于比兴寄托，崇比兴，是张氏词学的主要特色。比兴论诗，是中国传统诗学的正宗，源远流长，长盛不衰。以之论词，也不是始于张惠言。清张德瀛说："曾丰谓苏子瞻长短句，犹有与道德合者。'缺月疏桐'一章，触兴于惊鸣，发乎情性也；收思于冷洲，归乎礼义也。本朝张茗柯论词，每宗此义，遂为铜阳之绩。"（《词徵》卷五）张氏认为皋文的《词选》，是南宋曾丰（即铜阳居士）作序的《复雅歌词》的续编。《复雅歌词》纂于南宋绍兴年间，共五十卷，多为纪事之作。全书已佚，赵万里辑得残文十则。（见《词话丛编》）吴熊和又从宋谢新《古今合璧事类备要》辑得铜阳居士序并为之评。铜阳序从孟子的"今之乐犹古之乐"立论，贬抑"温、李之徒"的"淫艳猥亵"之词，褒扬北宋有"骚雅之趣"之作，力主恢复古乐传统，倡导比兴说词。赵辑有评苏词二则，其一评《卜算子》："缺月，刺明微也，漏断，暗时也。幽人，不得志也，独往来，无助也。惊鸿，贤人不安也，回头，爱君不忘也。无人省，君不察也。拣尽寒枝不肯栖，不偷安于高位也。寂寞沙洲冷，非所安也。此词与《考槃》诗极相似。"张氏选评此词，全文抄录这段文字。铜阳认为，苏轼此词与《诗·卫风·考槃》极相似，就是用比兴的方法加以类比的结果。可见将比兴之义移植于词学，南宋已开其风，铜阳评苏词即是一例。其后像明代陈霆的《渚山堂词话》、杨慎的《词品》、清初贺裳的《皱水轩词荃》、彭孙遹的《金粟词话》等都间有论及。纳兰容若说："诗亡词乃兴，比兴此焉托。往往欢娱工，不如忧患作。"（《填词》）也是主张移植比兴之义于词的。不过上引各言，均作为论语的一端，不成体系，在当时也未形成气候。至清代中叶，词界比兴之义大兴，其转折点就是张氏《词选》的问世。张惠言谈比兴之义，至少有两个明显的特点：其一，以比兴之义作为词的基本价值取向，并贯彻在全部词选和词评之中，所以去取特严。其二，力图和词的特点、词的审美愉悦性相结合，所谓"缘情造端，兴于微言，以相感动，极命风谣。里巷男女，哀乐以道。贤人君子幽约怨悱不能自言之情，低徊要眇，以喻其致。"（《词选序》）这就是说，词兴起于艳科，剪红刻绿，倚红偎翠，是词家的本色，题材上有其特殊性。但微言必须通于大义，贤人君子可藉此委婉细致地抒发在诗文中所不能自言之情，而且要"低徊要眇，以喻其致"，抒情的形象，能产生特有的美感。在张氏看来，词既不能"雕琢曼词""枝而不物"，甚至于"荡而不反"，趋于淫靡，也不能"放浪通脱""傲而不利"，粗豪而缺少蕴藉。张氏对词的这种审美要求，与铜阳居士就有异其趣了，但和朱彝尊的词论却有相似之点。因为朱氏也说过："诗所难言者，委曲倚之于声，其词愈微，而其旨益远。"（《红盐词序》）诗之境阔，词之言长，抒情的特点和呈现的意境是不相同的。浙、常两派，似乎都重视这一点，这也是他们的异中之同。

张惠言倡比兴之义，既重视词的社会性，也不忽视词的审美特性，在价值取向上，可以说是以善为核心的真善美的结合。他树起了新的词派，开拓了词学的领域，克服了风行于当时词坛的"游词"之弊，使清代中晚期的词业，质文为之一变。张氏首倡之功是应该确认的。但张氏谈比兴，过分强调"触类条畅，各有所归"，这难免胶柱鼓瑟。在具体评词的实践中，他继承和发展了铜阳居士释苏词的"弊病"，把比兴之义落实到字字句句上。从审美的主客体关系说，他主体的意向性太强，随意猜测，而常常不顾及审美客体是否真具有此内涵。或者说他似乎力图将主体的意会强行移植到客体中使其成为客体的真实，这就必然导致审美的主客体相分离，这种附会之弊而遭人诟病就是理所当然了。常州派后起名家谭献虽深知其病，但却曲为辩解说："皋文《词选》，以《考槃》为此，其言非河汉也。此亦鄙人所谓'作者未必然，读者何必不然'"。（《复堂词话》）谭氏此言，从审美主体的能动性来说，虽不无意义，亦可备一说。但主体能动的意会，超越了以致脱离了客体潜在的内涵，又强加在审美客体身上，这终究是非科学的，为有识者所不取。王士禛言"铜阳居士释坡词"是"村夫子强作解事，令人欲呕"，并言："仆尝戏谓坡公命宫磨蝎，湖州诗案，生前为王珪、舒亶辈所苦，身后又硬受此差排耶。"（《花草蒙拾》）王士禛把铜阳居士的附会法和王、舒辈罗织文网联系起来，是有感于清初文网森严而发的吧？这种附会法是为历代深文周纳者所深好的。王国维在《人间词话》中，对有关这个问题所阐述的见解，是很值得我们注意的。他一方面反对评论者把主体的意念强加于审美客体，对铜阳所首倡的张氏又予以系统的附会的评词方法，予以尖锐批评："固哉，皋文之为词也！飞卿《菩萨蛮》、永叔《蝶恋花》、子瞻《卜算子》，皆兴到之作，有何命意？皆被皋文深文罗织。"另一方面，对审美主体由审美客体而生发出的创造性意识，与客体的本来蕴意严加区别。王氏论述"古今之成大事业，大学问者，必经过三种之境界"，就是从晏殊的《蝶恋花》、柳永的《凤栖梧》和辛弃疾的《青玉案》有关词句而生发的新意。原词本无此寓意，所以接着申明："然遽以此意解释诸词，恐为晏、欧诸公所不许也。"我想，这是科学的态度，对诗词寓意的探求，是应该遵循的。

周济编《词辩》和《宋四家词选》，寄托说也是他立论的中心，以此来开拓和升华常州派词学，并与浙派化解。周氏上承张惠言，其比兴说则有异于其初祖，其相异处有两点很值得我们注意：其一，文化学的角度不同。张惠言是经学大师，尤精于虞翻的《易》学，虞氏认为，《易》以阴阳消息，"依物取类，贯穿比附"。（见张氏《周易虞氏义序》）这是张氏治词方法论的依据，比附之病，其源即在此。周济是历史学家，著有《晋略》八十卷，所以爱用历史学眼光来读词，词史之说，则与此有联系。所谓"感慨所寄，不过盛衰，或绸缪未雨，或太息厝薪，或已溺已饥，或独清独醒，随其人之性情学问境地，莫不有衷之言。见事多，识理透，可为后人论世之资。诗有史，词亦有史，庶乎自树一帜矣。"（《介存斋论词杂著》）所以感慨盛衰，发自由衷，就成为周氏谈寄意的前提。他的"退苏进辛，纠弹姜、张，剟刺陈、史，芟夷卢、高，皆足骇世"（《目录序论》）的高论，也是基于此而得出的。这些都是张氏寄托说中所未有的。张氏的词学，未突破以婉约为正宗的传统观念，故垂青于委婉含蓄之作，这是与他重视"温柔敦厚"的诗教有关。周氏的《宋四家词选》，豪放派集大成者辛弃疾，赫然在目。他完全以寄意的深邃和情感的真挚为权衡，而不顾及传统诗学观念的约束，这是周济的词学源于张氏而又能超出张氏的一个重要原因。其二，词学造诣深浅不同和审美趣味有别。张氏一生专注于治《易》，词和古文不过是他的副业，他移植"易象"说和诗的比兴说于词，有开派之功，影响于清中后期词业很深远，但他治词所费的时日并不多，在这一点上，既不及其前辈朱彝尊，也不及其后辈周济。因而也不会不影响到他的词学的深度。一部《词选》，多据《词综》及坊间俗滥刻本抄录，文字的错讹误漏较多，对梦窗词认识上的偏颇，也与其未及深究有关。周济则完全以词学起家，十四岁即学词，四十余年孜孜于兹。年寿又高于张氏十七岁，其间虽也致力于史学和仕途经济，但长期沉于下僚，不得志于时，所以后期专寄情于艺事。其评选宋四家词，就用了二十年时间，可谓学业有专攻了。周济长于思辨而短于才思，作为词人，他远逊于朱、张二家，大选学的精审和理论的建树，堪称青出于蓝，后来居上了。

周济谈比兴，在重视情真、意深的基础上，注目于词的意境的开拓、表达上的不拘一格以及风格的多样化。他是真、善、美相结合的积极的倡导者，对美的追求又是多样化的。他在总结词的发展史、编纂《词辩》特别在评选宋四家词的基础上，提出了空与实、有寄托和无寄托以及寄托出入说，来阐述其词学深层的意蕴。他说："初学词求空，空则灵气往来。既成格调求实，实则精力弥满。初学词求有寄托，有寄托则表里相宜，斐然成章。既成格调求无寄托，无寄托则指事类情，仁者见仁，智者见智。"（《论词杂著》）"夫词非寄托不入，专寄托不出。一物一事，引而伸之，触类多通。驱心若游丝之罥飞英，含毫如郢斤之斫蝇翼，以无厚入有间。既习已，意感偶生，假类毕达，阅载千百，声咳弗违，斯入矣。赋情独深，逐境必寤，酝酿日久，冥发妄中。虽铺叙平淡，摹绩浅近，而万感横集，五中无主。读其篇者，临渊窥鱼，意在鲂鲤，中宵惊电。罔识东西。赤子随母笑啼，乡人缘剧喜怒，抑可谓能出矣。"（《宋四家词选目录序论》）

空与实、有寄托和无寄托云云，是周氏在而立之年编纂《词辩》时提出来的。作为常州派传人，首先他坚持寄托。所谓"无寄托"，是指无寄托的痕迹，而非无所寓意。有鉴于张惠言的"触类条畅，各有所归"拘泥于寄托的弊病，他提出了有寄托之意蕴而无寄托之痕迹的高层次的寓意要求。所谓有寄托之意蕴，并非在命笔之先，胸中就横亘寄托二字，而是感慨由衷，酝酿日深，触类而发，情与物化。所谓无寄托的痕迹，即既可以"寄情闲散，使人不易侧其中之所有"，亦可"寄意题外，包蕴无穷"。（上引均见《论词杂著》）这样就可以引发联想，见仁见智了。

至于空与实，则是与寓意有联系的对词境的美学要求。空则求其"灵气往来"，实则求其"精力弥满"。厚实而真切的情意，用空灵的境界出之，就是词的极境。像温庭筠词那样，既"深美闳约"，"下语镇纸"，又能"神理超越，不复可以迹象求"。从周氏指示学词的顺序看，始而虚——有寄托，终而实——无寄托。这似乎很矛盾，且很费解，他的实际用意是始而命意要有寄托，但要济之以空灵，使其不致太质实，死于句下；终而蕴藉深厚而无寄托的痕迹，有弦外之音。所以周氏的词学。和浙派划界，但重视空灵，是异中有同；他承接常州派词学，但反对拘泥，是同中有异。他吸收朱、张之所长，克服了两家之所短，因而能独树一帜，论者常以为周氏前期的词学，未能超出张惠言的藩篱，这样并非知言。周氏有关空与实问题的论述，虽融而未明，却很值得我们注意，刘熙载在《词概》中说："词尚清空妥溜，昔人已言之矣。惟须妥溜中有奇创，清空中有沉厚，才见本领。"刘氏似乎认为这是自己的特见，其实"清空中有沉厚"，周氏已有言在先了，只不过是没有刘氏阐述得那样深切而已。

至于寄托出入说，则是周氏编撰《宋四家词选》是对此所做的更全面、更精要、更深层的理论概括。空与实、有寄托和无寄托等，都囊括在其中了。无独有偶，周氏死后七十年，王国维著《人间词话》，也提出了一条相似的理论命题——出入说："诗人对宇宙人生，须入乎其内，又须出乎其外。入乎其内，故能写之。出乎其外，故能观之。入乎其内，故有生气。出乎其外，故有高致。"两者相较，周氏从创作论的一端——寄托说立论，王氏则引而申之，扩大到创作论的总体，从"诗人对宇宙人生"起步，到境界的呈现，进行总体解析。王氏的论述，包括从"能写之"到"能观之"相辅相成但界限分明互有区别的两个层次。周氏之论，则似乎囊括了"能感之""能写之"和"能观之"三个方面的内容。"一物一事，引而申之，触类多通。""赋情独深，逐境必悟，酝酿日久，冥发妄中"云云，属《人间词话》所论"能感之"的范围。"驱心若游丝之胃飞英，含毫如郢斤之斫蝇翼，以无厚入有间。既习已，意感偶生，假类毕达，阅载千百，声咳弗违，斯入矣"等，和王氏所言"入乎其内，故有生气"的"能写之"相一致。"虽铺叙平淡，摹绩浅近，而万感横集，五中无主。读其篇者，临渊窥鱼，意在鲂鲤，中宵惊电。罔识东西。赤子随母笑啼，乡人缘剧喜怒，抑可谓能出矣"等，与王氏所论"出乎其外，故有高致"的"能观之"很相似的。王国维曾多次尖锐地批评了常州派初祖张惠言，独膺服于周济，称"其论词则多独到之语"。出入说，虽不能说脱胎于周氏的寄托出入说，至少可以说受到某种启示，或者说是英雄所见略同。无怪乎谭献说："以有寄托入，以无寄托出，千古辞章之能事尽，岂独填词为然。"（《复堂词话》）体现在《宋四家词选》的周济的词学，是常州派词学的总结和升华，是清代词学的一个高峰。受张惠言摒弃的"枝而不物"的吴文英词，被周氏独具只眼简拔出来，列为冠冕群彦的宋四家词之一。"梦窗热"一直"热"到晚清王鹏运、郑文焯、朱祖谋和况周颐四大词人及其后继者。周氏后的常州派说词者，除陈廷焯外，大都沿着周济的思绪，在他的思维定势内驰骋。

陈廷焯的词学，从总体上看，他似乎绕过周济，直承张惠言，力图恢复和张扬张氏的词学传统。体现在《词则》里的"导源"和"穷变"两个方面的内容，并不是等量齐观的，其重心放在"导源"上。就"导源"说，陈氏从张氏的"本原"说和"比兴"说立论，提出了侧重于风格上要求的"沉郁顿挫"说，作为他词学审美的最高范畴，贯穿在《词则》及而后升华为系统理论的《白玉斋词话》之中。"沉郁顿挫"本是杜甫对自己创作风格的自评（见《进〈雕赋〉表》），后人亦以此推许杜诗。论诗宗尚杜甫的陈廷焯，将此范畴移植过来，与张氏的"比兴"说糅合到一起，并依据词的特点，丰富其内涵，作为推许古往今来雅词的新的审美范畴。请看他对雅词基本属性的界定："古之为词者，志有所属，而故郁其辞，情有所感，而或隐其义。而皆本诸《风》《骚》，归于忠厚。"（《大雅集序》）再看他对"沉郁"的说法：所谓"沉郁者，意在笔先，神余言外，写怨夫思妇之怀，寓孽子孤臣之感。凡交情之冷淡，身世之飘零，皆可于一草一木发之。而发之又必若隐若见，欲露不露，反复缠绵，终不许一语道破，匪独体格之高，亦见性情之厚"。"不根底于《风》《骚》，乌能沉郁"。"忠厚之至，亦沉郁之至。"（《白玉斋词话》卷一）在陈氏看来，抒情言志要"本诸《风》《骚》，归于忠厚"。这是"沉郁"

首要之义。同时在表达上要用比兴的方法，隐约其词，欲露不露。至于"顿挫"，则是指章法的变化并能呈现不同的姿态，所谓"顿挫则有姿态，沉郁则极深厚。既有姿态，又极深厚，词中三昧亦尽于此矣"（《白玉斋词话》卷一）。可见"沉郁顿挫"，特别是"沉郁"，是对雅词的审美要求，与各种变调是无涉的。陈氏还认为，通向"沉郁顿挫"的途径，就是比兴寄托。可对照他对比兴之义的界定："所谓兴者，意在笔先，神余言外，极虚极活，极沉极郁，若远若近，可喻不可喻，反复缠绵，都归忠厚。""托喻不深，树义不厚，不足以言兴。深矣厚矣，而喻可专指，义可强附，亦不足以言兴。""字字譬喻，然不得谓之比也。以词太浅露，未合风人之旨。""托讽于有意无意之间，可谓精于此义。"（《白玉斋词话》卷八）和"沉郁"说相比，不但两者内容密不可分，许多用语都是相同的。综上可见，陈氏倡沉郁和张氏崇比兴，都是本诸风人之旨，基本立论点是一致的，陈氏加以修正，并注入了一些新的内容，从而升华到一种审美境地。陈氏修正的主要之处，就是摒弃了张氏的"触类条畅，各有所归"的胶柱鼓瑟式的比附方法，很明确地提出"字字譬喻，不得谓之比"，"喻可专指，义可强附，亦不足以言兴"。他所增添的就"神余言外"的内容，并铸成"沉郁顿挫"的新语，从而将两汉时代解经式的诗学，升华为词的一种风格美。把张惠言所提倡的比兴说做了总结，这是陈氏对常州派词学所做的贡献。当然，从严格意义上讲，"神余言外"云云，也并非陈氏的新见。如前所述，周济的有寄托和无寄托以及寄托出入说，已包含了这方面的内容。不过陈氏之言，是严格地从张氏词论上生发，并构成较为完整的审美体系，仍不失为一家之言。

从理论价值言，周济的词学，虽然也是从比兴说立论，但他突破了张惠言的比兴说的框架，概括了"能感之""能写之"和"能观之"多方面的较为丰富的内容，上升为创作论、批评论和鉴赏论较为普遍的规律。陈氏之论，是很难与之比拟的。陈氏之作，只字未提在当时具有很大影响的周济的词论，令人困惑不解，也可能是认为周氏已背离了张氏的传统，道不同就不相为谋了。

陈氏的"穷变"说，在《大雅集》外，别立《放歌》《闲情》

《别调》三集，对各集词的特征，做了一些概括，收入于各集的各家词作，也做了一些较好的艺术分析。特别是对于基本上属于雅词以外的清人词，大量的集结并相应地给予肯定，这在常州派中，是前无古人的。但未能熔铸为具有丰富的审美内涵的美学范畴，并形成相对独立的审美体系。大多数属于评点式的评述，而且力图纳入他的"沉郁"说的审美体系之中。所谓"于'放歌''闲情''别调'中求'大雅'不至入于歧趋"（《词则总序》）云云，虽然可见其想突出他的审美体系中的中心一环，以免其游离于他的核心的审美范畴之外，但同时也表现了牵强附会之外和保守的一面。这和周济在评选宋四家词一样，一方面充分肯定辛弃疾、王沂孙和吴文英三家词各具鲜明的特色，同时又要求归结到北宋周邦彦，所谓"以还清真之浑化"，以"浑化"作为艺术的止境，其思维模式如出一辙。从严格意义上说，这只算是在特定的审美范畴内，承认和提高艺术表达和艺术风格的多样性。

# 四、余 论

第一，清代的词选，是继承了梁萧统《昭明文选》所开创的唐以后又加以发扬光大的选学传统，选家以他的特有的审美情趣选评历代词作。一个好的文学选本往往能培养一代人甚至于数代人的审美好尚；两种或两种以上好的文学选本，同时或先后问世，能带来文学创作的繁荣和推动理论批评的进展。但这种选学传统，还未引起当代评论者足够的重视，论者往往更乐意去研讨各种文论专著，而未及把玩和细究各具特色的名家选本，这是美中不足的。当代的诸多的古典文学选本，常常是用同一标准权衡去取，这对于继承我国优秀的文学传统，普及我们丰富多彩的文化，以及繁荣创作和促进理论批评，都是不利的。我们时代的"双百"方针，呼唤着众多的各具特色的名家选本出台。

第二，从上述四部著名的词选看，无论是艺术流派相同或相异甚至互相对立，选评者的审美观点，既有相异之处，也有相融相合之点，往往都是你中有我，我中有你。杜甫曾说过："后贤兼旧制，历代各清规。"（《偶趣》）这似乎既是文艺创作也是理论批评普遍适用的规律。在不同的历史时期是如此，在同一时代里亦复如此。那种意在割断中国古代文化传统的唯我独尊和唯洋是从的种种观念，无论是从"左"的方面立论，抑或是从右的方面张扬，都是与这个规律相背驰的，对繁荣创作和推进理论批评，都是有害的。

第三，词盛于宋，而词的理论批评和词的选学至清则盛极一时，攀上顶峰。前此很难与之比拟，后此至今也无能为继。清代三百年间，众多的学者，毕生孜孜于兹，留下了丰硕的成果。他们在这方面的积聚，还有待后人开掘、整理和总结。但粗览清代一些词论名著和名家选本，给人一个总的感觉是守成者多，创业者少，像萧统那样的选文，高棅那样的选诗，刘勰、韩愈那样的论文，锺嵘、司空图、严羽那样的论诗，能别开一新天地的，实不多见。甚至使用的一些范畴，也都曾相识——大抵都是从前此的文论和诗论中移植过来的。读到王国维的《人间词话》，才使人有面目一新的感觉。由此而想起严羽的一句名言——学诗者以识为主。王氏的识力所以能超乎前人，除了对词学有深厚的造诣和超凡的才力外，还有一条前此的学者很难具备的条件，即那个开放的时代，使他有机会吸取西方的哲学和美学的有益的成果。他所提出的"词以境界为最上"，重视境界的"呈现和豁人耳目"，以及"隔"与"不隔"等问题，就来自叔本华文学思想的启示。所谓"美术的知识，全为直观的知识"（王国维《叔本华之哲学及其教育学说》）。这和中国传统的诗学重视内美迥然不同。他吸收了中国传统诗学重视意蕴的理论精华，和西方的直观的再现的理论融合在一起，把"能感之"和"能写之""能观之"融合起来，组成一个新的审美体系，并能用"能观之"加以检验。这就使他的词学突破了传统的诗学而登上了一个新的阶梯。值得称道的是他吸取了西方的东西却不留一点痕迹，真可谓"羚羊挂角，无迹可求"。王氏成功的经验，是很值得我们玩味和借鉴的。

（此篇为中国古代文学理论学会第六届年会优秀论文之一，后以《清代浙、常两派同辨——〈词综〉与〈词选〉综论》为题发表于《安徽师大学报》〔哲学社会科学版〕1990年第4期）

# 传统诗学与科学方法

## ——梁启超后期诗论述评

在中国近代史上，梁启超是政治上的风云人物，也是一位著作等身的学者。他在学术上所取得的成就，是与对方法论的重视、研究与运用分不开的。他是传统方法的发扬者，也是西方科学方法的率先提倡者。梁氏重视方法论，首先集中于研究史学，同时也运用于传统诗学，成效很好，成绩卓著。我们知道，梁氏的国学基础原是很深厚的，对风行于清代的训诂和考证的方法，从小就很熟悉，运用也很自如。但是当他发现欧美学界所运用的各种科学方法对治学有很大价值时，便提出学术研究也要"变法维新"，特别是后期在西游欧美之后，更是不遗余力地提倡运用科学方法。所以他后期的学术成果更丰硕，无论是数量上或质量上都远远超越前期。梁氏在方法论问题上的理论探讨和实践经验，是一笔很丰厚的遗产，值得我们认真开发和研究，他的不倦的探索精神和成败得失之处，对于我们今天革新传统诗学研究的方法，也能提供若干有益的启示。

## 一、对科学方法的重视与界定

梁启超对研究方法问题的重视与强调，在中国近代甚至上溯到古代的学者中，都是极其罕见的。他的《中国历史研究法》《中国历史研究法补编》《科学精神与东西文化》《历史统计学》《治国学的两条大路》《东南大学课毕告别辞》《研究文化史的几个重要问题》等，都是方法论的专著。他的《中国韵文里头所表现的情感》，就是运用新的研究方法，系统地研究传统诗学的一部迥异于前人的诗论专著，在诗歌的表情方法上，做了新的分类，别开生面。而《中国之美文及其历史》《要籍解题及其读法》以及《屈原研究》《情圣杜甫》《晚清两大家诗钞题辞》等论著，其中有运用改善了的传统方法，有运用刚刚从西方输入的新方法，从而得出一些新的结论。梁启超在学术研究上能言前人之所未言，从许多旧的材料中阐发出新的意义，除了博学和观念更新外，还有很重要的一条，就是重视运用和更新治学方法。孔子所说的"工欲善其事，必先利其器"两句话，经常被他引用，几乎成为他谈治学经验的口头禅。"器"是什么？就是治学方法，"利其器"，就是要不断地改善方法、创新方法，使之具有科学性，这是科学研究能出新成果的先决条件。在梁启超看来，"事"与"器"，学问和方法两者的关系是后者决定前者，前者有赖于后者，在《东南大学课毕告别辞》一文中，梁氏对此做了很有说服力的阐述。他说：知识是前人运用他们的方法研究出的成果，检验知识和发展知识也要靠改进和更新方法，只重视知识而忽视方法，那就要受前人的局限，永远不能超越前人，"我想亦只叫诸君知道我自己做学问的方法"，"必要寻着这个做学问的方法，乃能事半功倍。真正做学问，乃是找着方法去自求"。他还很风趣地引用旧小说中关于吕纯阳点石成金的成语故事作比喻加以说明："我不要你点成了的金块，我只要你那点金的指头，因为有了这指头，便可以自由点用。""所以很盼诸君，要得着这个点石成金的指头——做学的方法——那么，以后才可以自由探讨，并可以辩证师傅的是否。"①梁启超在治学中就是得益于这个点石成金的指头，他用以教人的也就是让后学训练自己的指头，使之点石成金。

那么什么样的指头才能点石成金呢？换言之，什么样的方法才是科学的方法呢？方法当否在于科学性，在于有无科学精神。梁启超在《科学精神与东西文化》一文中，把科学精神作为科学方法内在的特质看待，使科学方法和科学精神形神合一，赋予科学方法以明确的义界。他说："有系统之知识，叫做科学。可以教人求得有系统之真知识的方法，叫做科学精神。"②这段话，梁氏分三个层次加以说明："第一层，求真知识"，"科学所要给我们的，就争一个'真'字"。如何求真？梁氏说："我们想对于一件事物的性质得有真知灼见，很是不容易。要钻在这件事物里头去研究，要绕着这件事

① 梁启超：《东南大学课毕告别辞》，《饮冰室合集》（第5册），中华书局1989年版，第8页。
② 梁启超：《科学精神与东西文化》，《饮冰室合集》（第5册），中华书局1989年版，第3页。

物周围去研究，要跳在这件事物高头去研究"[①]，从种种不同的视角，运用多种方法，去弄清这件事物的本质属性和个性特征，以达到对这件事物的真知。但这还只是研究工作的第一步，探求事物与事物之间的联系，求得系统的真知识，才算进入到第二个层次。由表层进入深层，梁启超说："凡做学问，不外两层工夫。第一层，要知道'如此如此'；第二层，要推求为什么'如此如此'。"[②]怎样才能得知"为什么如此如此"呢？梁氏提出横向联系和竖向联系两条途径，以探求系统的真知识。"横的系统，即指事物的普遍性"，"竖的系统，指事物的因果律"。所谓因果律，"有这件事物，自然会有那件事物；必须有这件事物，才能有那件事物；倘若这件事物有如何如何的变化，那件事物便会有或才能有如何如何的变化，这叫做因果律"[③]。换成简单的公式，即"有甲必有乙，必有甲才能有乙；于是命甲为乙之因，命乙为甲之果。"[④]但是因果关系又是很复杂的，不是单线的，而是复线的，是"交光互影"的，"凡一事物之成毁，断不止一个原因，知道甲和乙的关系还不够，又要知道甲和丙、乙、戊等等关系，原因之中又有原因，想真知道乙和甲的关系，便须先知道乙和庚、庚和辛、辛和壬等等关系。"[⑤]搞清事物间复杂交错的关系。以求得涵盖面较广的系统的真知识，并由此归纳出近真的公例，从中找出规律，作为行为的向导，从已知来推算未知。对某一项目的研究，至此似乎可以暂告一段落，但梁氏的方法论中，还包含有更高的一个层次的要求，即"第三层，可以教人的知识"，"要能'传与其人'"。"传与其人"，并不是指使人接受现成的研究结论，而是教人以艺，传人以器，授人以柄。即使人"承受他如何能研究得此结果之方法。"[⑥]别人接受此方法，既可以检验此项研究的结果，以我之矛，攻我之盾；也可以应用此方法于他项研究。以上三点，就是梁启超赋予科学方法一词的全部内涵，也是他

① 梁启超：《科学精神与东西文化》，《饮冰室合集》（第5册），中华书局1989年版，第4页。
② 梁启超：《历史统计学》，《饮冰室合集》（第5册），中华书局1989年版，第78页。
③ 梁启超：《科学精神与东西文化》，《饮冰室合集》（第5册），中华书局1989年版，第6页。
④ 梁启超：《研究文化史中的几个重要问题》，《饮冰室合集》（第5册），中华书局1989年版，第3页。
⑤ 梁启超：《科学精神与东西文化》，《饮冰室合集》（第5册），中华书局1989年版，第6页。
⑥ 梁启超：《科学精神与东西文化》，《饮冰室合集》（第5册），中华书局1989年版，第6页。

方法论的主要的理论框架。从这一简单归纳中，可以看出梁氏的方法论，是一个层次分明、步骤清楚、严密周到、有迹可寻的理论系统。梁启超就是应用这付理论框架，从事于多项学科和多种项目的研究，在这些项目的研究中，他又采用改善和创新了许多具体方法，充实和丰富了这付理论框架的内容，从而在学术活动中，获得新成绩，开创出新局面。

## 二、对传统方法的运用与改进

梁启超对方法的应用，曾有过这样一段带总结性的话："人类知识进步，乃是要后人超过前人，后人应用前人的治学方法，而复从旧方法中，开发出新方法，方法一天一天的增多，便一天一天的改善，拿着改善的新方法去治学，自然会优于前代。"①纵观梁氏在科研中运用方法的事列，大体可分为三种类型：一是对传统方法的应用与改进；二是引进与改造西方的研究方法；三是方法的创新。

现先就第一种类型说，梁氏对于以辨伪存真为要务的传统的训诂法和考证法，是极为重视的，是充分予以肯定的并尽力发挥其效能。所谓训诂法，一是释字义，了解古书字句的确切含意，以便准确无误地运用这些材料；一是注事实，可以和原著材料互相发明。所谓考证法，主要应用于材料上的广搜博考，求异同，辨真伪，并在这些材料上归纳推理以求其真。后者被梁氏称之为归纳考证法，尤为他所重视，评价极高："清儒辨伪工作之可贵者，不在其所辨出之成绩，而在其能发明辨伪方法而善于运用。""其辨伪程序常用客观的细密检查。"②梁氏在《清代学术概论》中，也着重从方法论的角度，肯定乾嘉学派的治学成就："清儒之治学，纯用归纳法，纯用科学精神。"其归纳考证的程序是："必先留心观察事物，觑出某点某点有应特别注意之价值。第二步，既注意于一事项，则凡与此事项同类者或相关者，皆罗列比较以研究之。第三步，比较研究的结果，立出自己一种意见。第四步，根据此意见，更从正面旁面反面博求证据，证据备则为定说，遇有力之反证则弃之。"梁启超之所以

---

① 梁启超：《东南大学课毕告别辞》，《饮冰室合集》（第5册），中华书局1989年版，第9页。
② 梁启超：《中国近三百年学术史》，《饮冰室合集》（第10册），中华书局1989年版，第249页。

如此重视乾嘉学派训诂和考证的方法，是因为这种方法有助于求得真事实。有助于尽可能地占有最可靠的材料，而一切科学的评价和判断，都是建立在全面而又很可靠的材料的基础上。梁氏研究某项专题，一般都是分两步走的：一是求得真事实，一是予以新意义和评出新价值。即材料求其真，评价求其新。而材料的搜集、整理和甄别，正是乾嘉学派之所长，运用和改善清儒的考证的方法，就是梁氏求真的主要手段，所以在他自己的方法论的专著中，如《中国历史研究法》及其《补编》二书中，称自己的研究方法是"纯为前清乾嘉诸老之严格的考证法，亦即近代科学家所应用之归纳研究法也。"事实上，清儒的训诂法和考证法并不等于近代科学家所应用的归纳研究法，而是梁氏运用了形式逻辑之归纳法。整理和总结了乾嘉学派方法论的精华，批判和摈弃其弊病，（如为考证而考证，胶固、盲从、褊狭、好排斥异己等）成为符合科学精神的新的考证方法，梁氏运用了已经改善了的新的考证方法，研究历史，研究文学，在《中国历史研究法》中，他创立了辨伪书的十二条标准、辨伪事的七条标准和验证真书的六条标准等，大大丰富和发展了乾嘉学派的考证方法。这些辨伪存真的具体方法，至今对我们仍有参考以至于使用价值。

对于传统诗学的研究，梁启超也是采用这种已经被他改造过的新的考证法，求得新材料，作为进一步研究和下判断的依据。如《屈原研究》，从屈原的作品中的材料，考证屈原放逐后到过哪些地方。从《涉江》中含有纪行性的诗句，推论屈原在衡山度过较长时间的流放生活，从而对"峻高蔽目""霰雪无垠"之类的诗句的解释，就有较为可靠的依据。又如对屈原作品的篇目考查，东汉的王逸和西汉的司马迁意见就不一致，司马迁认为《招魂》是屈原的作品（见《史记·屈原贾生列传》），而王逸则认定是宋玉之所作，梁启超依据验真书的第六条标准和证伪书的第十条标准，判定《招魂》为屈原之所作，至今持反对意见的人，也很难提出有力的反证，而这篇重要的作品，无论是研究屈原或宋玉，都有很大的价值。又如在《中国之美文及其历史》一文中，对《古诗十九首》作者和时代的考证，可以说是证据充分，推理严密，前无古人，其结论为现代学者所接受，成为研究《古诗》以至于五言诗史的重要依据。

总之，乾嘉学派所创立的考证方法，经梁启超用科学的精神和思辨的形式，加以整理、归纳、批判、吸收，扬弃其弊病，吸取其精英，使之系统化、理论化，成为求真的很有力的不可或缺的武器。

# 三、引进与改造西方的研究方法

19世纪末和20世纪初，中国也是一个开放的时代，随着闭关自守的状态被打破，西方的科学和学术文化思想，也大量地不断地涌了进来。欧游后的梁启超，在学术活动中，本以国学研究为己任，但对西方的科学方法，并未采取抵制和排斥的态度，而是积极主张输入和提倡，在自己的研究工作中，有选择地加以改造和运用。早在1919年，他在《欧游心影录节录》中就写道："要发挥我们的文化，非借他们的文化做途径不可。因为他们研究的方法，实在精密"。"要用那西洋人研究学问的方法去研究他，得他的真相。"尔后在《治国学的两条大路》一文中又说："我们家里头这些史料（指经、史、子、集各类书籍），真算得世界第一个丰富矿穴。从前尽用土法开采，采不出什么来，现在我们懂得西法了，从外国运来许多开矿机器了，这种机器是什么？是科学方法。我们只要把这种方法运用得精密巧妙而且耐烦，自然会将这学术界无尽藏的富源开发出来，不独对得起先人，而且可以替世界人类恢复许多公共产业。"

近百年来，西方由于科学技术的进步，求实的探求究竟的科学精神以及与此相表里的科学方法也盛行起来，并渗透到社会科学研究领域内，使社会科学各门类也相继成为独立的学科。梁氏认为，这种实事求是的科学精神，正是我们学术研究中需要吸取的。"他山之石，可以攻玉"，借重西方的科学精神，来改变我国传统的学术研究中经常出现的笼统、武断、虚伪、因袭等的弊病。"想救这病，除了提倡科学精神外，没有第二剂良药了。"①梁启超虽然对我们某些不正的学风提出了很尖锐的批评，并积极主张输入西方的科学思想

---

① 梁启超：《科学精神与东西文化》，《饮冰室合集》（第5册），中华书局1989年版，第8页。

和科学方法，但同时他也反对沉醉西风，盲目崇拜，以桃代李和全盘西化。他说：西方"思潮内容丰富，种种方面可供参考。虽然，研究只管研究，盲从却不可盲从，须如老吏断狱一般，无论中外古今何种学说，总拿他做供词证词，助我的判断，不能把判断权径让给他"①。所谓只能做供词证词用而不能做判词用，就是说西方的某些理论框架和具体方法不能代替结论，结论还必须依据我们的材料，切实研究和分析我们研究的问题，才能得出。这就是说，必须以研究我国的学术文化问题为立足点来研究西方的方法论。不仅如此，梁氏还进一步指出，两种文化思想的结合，起着一种化合作用，产生一种新质，能促进整个文化思想的发展，对全人类都有利，并非是哪一方得利，而是互补互利。所以他要求中国人不要忘记自己对世界文明的大责任，"什么责任呢？是拿西洋的文明来扩充我的文明，又拿我的文明去补助西洋的文明，叫他化合起来成一种新文明"，"叫人类全体都得着他好处"②。这些论述，都是相当深刻的，是很有道理的。他后期积极主张输入西方的科学精神来研究本国的学术文化的具体问题，正是基于这一点。

梁启超运用与改造西方的科学方法，主要表现在两个方面：一是用西方的形式逻辑的归纳法，来整理和总结乾嘉学派的训诂法和考证法，使之成为思辨性很强的新的考证法，从而丰富和发展了传统的治学方法，如上文所述。二是运用了当时风行于西方的文艺心理学、心理分析法、进化论、因果律、比较法以及归纳演绎法等，给研究的命题、范畴以新的评价，赋予新意义和新价值。譬如19世纪末和20世纪初，西方的进化论和心理学很时髦，很风行，这两门科学研究的成果和他们使用的方法，也被广泛地运用到社会科学各门类中来。美国的占晤士（今译詹姆斯）和法国的格柏森把心理学研究和进化论结合起来，创立了"人格唯心论"和"直觉创化论"学说，一则从人的心灵、品格和意志力说明人格对环境的影响和环境对人格的制约；一则从人的心力即情感和意志的自由流转和变化来说明社会的实相。两者都强调人的主观心理因素对社会的发展和变化起着决定性的作用。社会历史的变化是受人格的影响和直觉的

① 梁启超：《欧游心影录节录》，《饮冰室合集》（第7册），中华书局1989年版，第28页。
② 梁启超：《欧游心影录节录》，《饮冰室合集》（第7册），中华书局1989年版，第35页。

创化，他们都是主观唯心论者，是社会达尔文主义另一种学派，但他们对心理因素的分析确实是很深刻的。欧游后的梁启超，受此两家的影响很大，在《中国历史研究法》中，就提出了历史都是"人类心理所构成"，必须"深入心理之奥"才能发现历史真相的见解。他用以研究"史迹集团"的八项具体方法，其中有五项都是用来研究历史上的重要人物（包括英雄人物和元凶巨猾）以及人物集团、党派和社会心理。对历史上主要人物的心理分析，特别是对人物集团、党派和全社会共同心理因素的分析，来说明历史上某些事件的成因和影响，确实能揭示出某些问题的部分真相，避免了机械唯物论所容易产生的一些差错，但是不分析生产力和生产关系的情况和它的决定作用，就很难揭示事情的实质，不是在重大的疑难问题面前却步，就是陷于自相矛盾的困境。

同样，在诗学研究中，如对屈原和杜甫的研究，也着重研究他们的情感、他们的人格以及人格和情感的艺术表现，以此来评价他们诗歌的意义和价值。梁氏认为"极高寒的理想"和"极热烈的感情"是屈原头脑中所含有的两种矛盾元素，体现了屈原的人格，而《山鬼》一篇则是用象征的笔法表现他人格的作品。屈原的人格，和当时楚国恶社会不相容，他既不能放弃理想，降低人格，迁就恶社会；又无法摆脱极强烈的爱祖国和同情人民的情感，超脱社会，超脱于现实，于是拿着性命和恶社会斗，最后力竭而自杀。在《要籍解题及其读法》一书中，对屈原的研究做了如下的小结："彼之自杀实其个性最猛烈最纯洁之全部表现，非有此奇特之个性，不能产生此文学；亦惟以最后一死，能使人格与文学永不死也。"这就是屈赋价值之所在，这是用新的方法对屈赋研究所得出的结论。

人格和情感是心理学的两个重要的范畴，人格是相对稳定的比较隐蔽的心理特质，而情感则是流动着的经常变化比较外露的心理因素，人格派生出情感，情感体现着人格。从人格和情感等主体因素入手研究文学的特质和内涵，不失为一条重要途径。在《屈原研究》中，作者对屈原的基本的人格、个性和表现出的情感，把握得比较准，并且密切地联系作品进行剖析，所以时有精到的见解和能使人首肯的评价。但是对屈原人格的形成和情感的产生，则无法说明其原委，只好归之于情感的神秘性和人格的偶然性做无力地解答了。《情圣杜甫》是梁氏研究杜甫及其诗作的一篇重要的专论，此文也是从情感和人格入手来研究杜诗的价值，说杜甫的情感"是极丰富的，极真实的，极深刻的"，将他的徽号从"诗圣"易为"情圣"。说《佳人》一诗是杜甫人格的象征人格的写照："这位佳人，身份是非常名贵的，境遇是非常可怜的，情绪是非常温厚的，性格是非常高亢的，这便是他本人自己的写照。"但是杜诗中所表现出来的那种广阔深沉的爱憎情感和对人生的执着与追求，是很难和这位独善其身、遗世独立的绝代佳人的人格相契合的。显然，杜甫的人格还另有特质在，这篇文章的成功之处在于写杜诗情感的内容、性质及表情方法的熟练和多样，以此评价出杜诗的价值。总之，这两篇作家专论都尝试着从一个新的视角，接受与运用了一种新的观念和一种新的方法来研究中国古典诗歌的美感特性和审美价值，在传统的诗学中，具有创新意义。

运用西方心理学研究的丰富成果和研究方法，从创作的主体入手来揭示中国传统诗歌的抒情特点和审美意义，建立了以"情感"说为中心的审美理论和真、善、美相结合的审美尺度，是梁氏后期诗学研究中的中心论题，拟另文予以评述。这里还须指出的是移植西方的文艺心理学于传统诗学，在我国文论界，梁启超是极少数的先行者之一，一个世纪快过去了，至今还是我们诗学研究中比较新鲜的课题。当我们重操此业时，对梁氏当年的探索和创新精神以及辛苦耕耘所取得的成果，理所当然地应引起我们的重视、研究和予以总结。

除进化论和心理学的方法外，梁启超还广泛地运用了比较的方法，"同中观异"与"异中观同"；引进了现实主义和浪漫主义的方法区分中国诗歌情感的性质和表情的特点；援引佛经里的因缘果报的理论，从多层次多侧面来阐述因果律中错综复杂的关系等，都取得了一定的成效。

当然，梁启超对待西方的学术观念和研究方法，并不全是吸收和运用，也有批判、剔除和扬弃，如社会达尔文主义学说，生存竞争、弱肉强食的理论，他认为这是帝国主义和强权主义者的理论，不能促进社会和文学的发展，只能带来更大的恶果，是非科学的，是不可取的。

# 四、方法上的创新

梁启超在学术研究中，不但运用和改善了传统的方法，引进和改造了西方的研究方法，还不断地根据研究的需要，在方法上进行创新，此即所谓"复从旧方法中，开发出新方法来"。例如在《中国历史研究法》中，他提出一个划分"史迹集团"（近似旧史中纪事本末法）的方法，来研究某一重要事件的来龙去脉、因缘果报种种错综复杂的关系，从而揭示这一事件的实质，这确是一个微观深入的重要方法，是因果律具体应用中的一种创新，是从旧方法开发出来的一种新方法。罗根泽先生的《中国文学批评史》，曾采用这种方法来研究批评史上的某些专门问题，详细地搜集这一专题前因后果纵横联系种种材料，加以整理归纳和具体论述，显示出这一专题的实相并评论其价值，至今读起来，感到很实在，又很有新意。又如他在《历史统计学》一文中，创立了一种统计研究法，这种方法"是用统计学的法则，拿数目字来整理史料推论史迹"。他运用了这个方法统计了《汉书》《后汉书》《新唐书》《宋史》《明史》五部正史列传人物的籍贯，写出《历史人物地理分配表》，从而推论出历史人物地理分布上此消彼长的若干规律。梁氏认为这种方法应用面很广，可以应用它研究文化史的各方面的问题，应用这个方法，可以在一个较长的历史阶段中，从一个较大背景上，看出全社会活动变化的全貌，是"观其大较"的宏观的研究方法，"实为'求共'之绝妙法门"。这种宏观的研究方法，在我们文学史和文学批评史的研究中，也是可以适用的。

这里需要着重评介的是梁氏在传统诗学中诗法研究上的创新，《中国韵文里头所表现的情感》是他在传统诗学研究中很有代表性的一部力作。这篇长文章涵盖面很广，从横断面看，囊括了古近体诗、词、骚、赋、乐府、戏曲、歌谣、弹词和骈文等各种以抒情为主的有韵文体，从史的线索看，从先秦的《诗经》《楚辞》一直贯穿到清代的词曲，其诗法研究的基本线索是这样的：诗是表情的工具，是情感的产物，什么样性质的情感，就会采用什么样的表情方法；什么样的表情方法，就会产生什么样的美感作用。依据这个线索，从古往今来抒情而有韵的诗歌中引出大量的诗例，进行归类研究，运用横向比较的方法和归纳的方法，把中国古典诗歌表情的方法分为五大类：即奔进表情法、回荡的表情法、含蓄蕴藉的表情法、浪漫派的表情法和写实派的表情法。在大的类别中又从同中观异，区分为若干小类。如回荡的表情法又两分为螺旋式、引曼式、堆叠式和吞咽式四种；含蓄蕴藉的表情法又可分为神韵式、烘托式、写景式和象征式四种；写实派的表情法又可分为全写实派和半写实派两类；而浪漫派的表情法又分为纯浪漫派和非纯浪漫派两类。各大类和归属于大类中的若干小类，都用表情的特征将其严格区分开来。

梁氏的诗法研究，抓住中国古典诗歌的缘情的属性，从区分其不同性质的情感来观察研究其不同的表情方法，从横向联系中比较区分各类表情法的个性特征；从竖向联系中探讨各类表情法的历史成因和发展变化的情况，既力求其真（贴近诗意），又求其博和通（囊括面广和具有普遍性），使其诗法研究能"以少总多""以浅持博"和"一以贯之"，成为较为完备的理论体系和具有一定的逻辑说服力。梁氏的诗法研究，在传统的诗学里，是很有创造性的。我们知道，传统论诗法的，从《毛诗序》开始，大都以赋、比、兴为旨归，所谓"三义"，历代说诗者都奉为圭臬的。元人杨载尊之为"诗学之正源，法度之准则"①。那是不能偏离的，影响所及，历代说诗者，大都围绕这三法做文章。此外，还有字法、句法、章法、义法、死法、活法以及格律、对仗、用典等，但都是点穴式、象喻式的零星的片断的解说，缺乏理论的系统性和逻辑的思辨性。对诗法的研究能否另辟蹊径，从一个新的角度，做出理论总结呢？这种工做是较为困难的，但确实是很有意义的。梁启超说："惟自觉用表情法分类以研究旧文学，确是别饶兴味，前人虽间或论及，但未尝为有系统的研究。不揣愚陋，辄欲从此方面引一端绪。"②可见他对此确实别有会心。前人论诗法的，也有不少人重视诗的缘情的素质，如宋人李仲蒙就说过："诗人之情各有所寓，非先辨于物则不足以考

① 杨载：《诗法家数》，载何文焕辑：《历代诗话》（下册），中华书局1981年版，第727页。
② 梁启超：《中国韵文里头所表现的情感》，《饮冰室合集》（第7册），中华书局1989年版，第71页。

情性。"所以他解释"三义"说："叙物以言情谓之赋，情尽物也；索物以托情谓之比，情附物也；触物以起情谓之兴，情动物也。"（见胡寅《与李叔易书》转引）这种解说是颇为圆通的，但仅局限于赋、比、兴，以此来囊括古往今来众多作家众多诗作种种不同的特点，道尽其间言情手法的差别，确实是很困难的，甚至是不可能的。所谓赋而比、比而兴，赋中有比，比中有兴等，就说明，围绕三法转圈，理论上就会陷入窘步不前的困境。梁启超突破了传统诗法研究框框，从中国古典诗歌创作实际出发，总结出种种不同类型的表情方法，从中可以看到哪些方法中国诗人运用得最多最好，哪些方法还需要发扬光大；哪些诗人哪些诗作运用了哪种方法，表现出什么样的创作个性，成功的地方和不足之处何在？这些诗人在运用这些方法时，哪些是通哪些是变，哪些是承传，哪些是创新等。这里既有微观，也有宏观。微观既深入细致，宏观也不蹈空，这些都是梁启超诗法研究上大胆创新结出的丰硕成果。但是梁氏所辟的新的端绪，后人却很少循此途径再继续探索，而"三义"的研究似乎还是一个热门。梁氏经常指出传统的因袭之风的危害，在我们的诗学研究中也应引起重视。

梁启超在总结创新方法的经验时，曾说过这样一句既简单又很值得玩味的话："有路便钻。"是的，为了获得系统的真知识，在方法上既可以走前人已走过的路，也可以披荆斩棘，另辟新径。抱残守缺，是走不出新路，达不到彼岸的。

# 五、几点启示

梁启超在方法论问题上的理论和实践，既有成功的经验，也有失误的教训；既有另辟新蹊成效显著的喜悦，也有踟蹰龃龉此路不通的烦恼，其成败得失之处，有几点很值得我们深思。

1. 梁启超对方法论的阐释，其核心点就是科学方法要具有科学精神，也就是说，方法要具有科学性。离开了求实求真的科学精神，其方法也是非科学的。梁氏这种重视精神实质的思想，是其来有自的，是有类似的教训的。早在"戊戌变法"前后，青年维新党人夏曾佑、谭嗣同和梁启超等提倡"诗界革命"，当时他们写作新诗，很喜欢搬弄新名词和新典故，"颇喜捃扯新名词以自表异"。"堆积满纸新名词以为革命"，以致佛经与《新约》的词语与典故络绎纸面。像夏曾佑诗："冥冥兰陵门，万鬼头如蚁。质多举只手，阳乌为之死。"谭嗣同诗："一任法田卖人子，独从性海救魂灵。纲伦惨以喀私德，法会盛于巴力门。"语意均非寻常诗家所有，成为无人能解的"新诗"，非作者本人作注，他人"虽十日思之不能索解"。梁氏总结这个教训，就鲜明地提出："然革命者，当革其精神，非革其形式。"如果只有形式而无其精神"徒撦拾新学界一二名词"，那只能"骇俗子耳目"①，于事实无所补益。有鉴于此，他在提倡引进和运用西方科学方法时，着重强调科学精神，求科学性而非堆砌自然科学术语，重在求新意切而非重在求新词。他的这些话，至今仍有某种针对性。今天某些运用新方法撰写的文章，也有点"颇喜捃扯新名词以自表异"的味道。络绎笔端的许多语意含混的新词，也是他人"虽十日思之不能索解"。重温梁氏当年的告诫，也许可以避免再蹈覆辙。

2. 梁氏谈科学方法，反复强调"求真"二字。"求真"有两层含义：一是求得真材料，一是揭示被研究事物的真相。真材料是求得真相的基础，"凡做学问，总要在客观正确的事实之上才下判断。"②材料不全面、不可靠，经不起检验，一切判断都失去了依据，结论也就不可靠，借鉴意义更谈不上，用了再多的工夫也是枉用；材料真实可靠，即使判断不正确，别人还可以在这些材料的基础上进行研究，再下判断，所以其材料有独立存在的价值。梁启超重视传统的训诂法和考证法，其意义也就在此。当然，搜集和全面占有了真材料，工夫才用了一半，还须进一步用科学方法揭示其真相，这才算是有系统的真知识。梁氏提倡和运用西方的科学方法，就是"要用那西洋人研究学问的方法去研究它得它的真相"③。如果不能揭示其真相，显示新意义，那么这些方法本身也就失去了使用意义和使用的价值。这是梁氏方法论理论的精髓，值得我们记取。我们现在

---

① 梁启超：《中国韵文里头所表现的情感》，《饮冰室合集》（第7册），中华书局1989年版，第71页。

② 梁启超：《历史统计学》，《饮冰室合集》（第5册），中华书局1989年版，第75页。

③ 梁启超：《欧游心影录节录》，《饮冰室合集》（第7册），中华书局1989年版，第35页。

有一些运用新方法所写的文章，往往不重视大量搜集材料、验证材料，不愿在这方面下苦工夫，甚至要否定能获取真材料的传统方法，这是背离科学性的。对于西方的新方法，也往往只演绎它的理论框架，不去运用这些理论框架去深入研究具体材料，进行艰苦的学术实践，因而也很难揭示被研究事物的真相，不能予以新意义。评不出新价值，新方法也就失去优越性。"工欲善其事，必先利其器。"不能善其事，就不能证明其器利，或者说不善用其器。梁启超学术研究成功的经验证明：我们既不能否定传统的方法，还要善于运用新方法。

3. 方法的采用，要根据研究对象的特点和需要而定。不同的研究对象往往需要采用不同的研究方法；同一对象不同的研究阶段，方法也应有所变换。这些，在梁氏的方法论中，分析得很细致，界划很分明。譬如，求"共业""共相"，就要跳到事物上面，用鸟瞰式、飞机俯视式的宏观方法；求"异质""异相"，就要钻到事物里头，用解剖式、显微镜观察式的微观方法。又如，求得真材料，可以用乾嘉学派的辨伪验真的考证法；揭示真面目，予以新意义。求得新价值，则需要用比较法、归纳演绎法、因果律、心理分析法、阐幽发潜法等。同是作人物专传，文学家与科学家、政治家所选择的内容与运用的方法不一样，同是作专史，文学史与经济史、文化史，方法也不尽相同。梁氏的《中国历史研究法》（补编），对此都一一做了阐述和说明。特别是自然科学和社会科学两大门类，研究的方法（尤其是具体应用的方法）更有许多差别。梁启超晚年曾致力于这个问题的研究，写出了《什么是文化》《治国学的两条大路》《研究文化史的几个重要问题》《人生观与科学》等文章，探讨了并企图解决自然系和文化系本质的不同，其研究方法也应有别。文献的学问和德性的学问也需要用相应的治学方法等。我们今天也大量引进了西方的自然科学的研究方法，遇到了梁氏当年所遇到的相同的问题，他在这方面的理论探索和具体实践中的经验与教训，都具有借鉴意义。

4. 方法论作为一个科学的范畴，它要受观念和观点的影响和制约，这也是事物与事物之间有着普遍联系这一法则的一种具体表观。梁启超在学术实践中对此似乎也有朦胧的感觉，他说："各时代人心理不同，观察点也随之而异。"①这里所说的"心理"，实际上指的是观念和观点，梁启超在传统史学和诗学研究中，所以能采用许多新方法，另辟蹊径，别开生面，首先是因为他的观念变化了。譬如他接受了西欧民主革命的新观念，就运用了一些新方法，搜集与整理了从不受人注意的晚明士大夫抗清的事迹，并给予新的评价；他接受了科学这个新观念，赋予科学方法以科学精神的内涵，从而建立起新的方法论的理论框架；他接受了西方的文艺美学的新观念，在传统的"尽善尽美"的审美标准中，加入了"真"的美学内容，提出了"真即是美""真才是美"和"即真即美"的新见解，进而提出了真、善、美相结合的审美的新理想，作为品评传统诗歌美学价值的新尺度。正是由于他接受了这些新观念，所以在学术研究中才产生了与前人不同的新的观点，运用了与前人不同的新方法，并收到了显著的成效。前文已论及，梁氏的思想观念，是属于主观唯心论的范畴，他的方法论也受此影响和制约，因而也不可避免地受到局限。譬如在心与物的关系上，他着重强调"心力"的作用，强调人格、意念、动机、情感等心理因素对历史的成因的决定作用，但对人格的形成、意念的产生、动机的由来和情感的出现，却无法做出科学的说明。他想用归纳法、因果律和进化论某些规律来研究历史和文学的一些问题，但这又和他的人格唯心论、直觉创化论发生冲突，使他的某些论述前后矛盾，无法自圆其说。但是他对心理因素的深刻分析，包含了一些很深刻的思想，是前此说诗者所不及的；他的方法论的理论框架和很丰富的内容，其中有不少符合科学精神的，值得我们认真研究和加以吸取。

（原载《安徽师范大学学报》〔人文社会科学版〕2015年第5期）

---

① 梁启超：《中国历史研究法》，《饮冰室合集》（第10册），中华书局1989年版，第72页。

历代词论专著提要

# 一、花间集

## 〔后蜀〕赵崇祚

赵崇祚字宏基，里籍无考，生卒年亦不详。据欧阳炯所作《花间集叙》，知其仕蜀为卫尉少卿。《四库提要》言："蜀有赵崇韬，为中书令廷隐之子，崇祚疑其兄弟行也。"此亦推测之词。欧阳炯是益州人，仕蜀为宰相，蜀亡入宋，为翰林学士。集中选其词十七首，并应赵邀为是编作序。序文写于后蜀广政三年（940），殆即此书成编和刊出之时。

是编现存最早的刊本为南宋绍兴十八年（1148）晁谦之跋本，今存北京图书馆，1955年文学古籍刊行社予以刊行。南宋刊本另有淳熙末年鄂州刻本和开禧元年陆游二跋本。明清以来，是书多种刊本，都是上述三种版本的延续。清之《四库全书》本即属陆跋本系统，《四部备要》本则源于鄂本。李一氓依据三个宋本和六个明本，详加勘比，成《花间集校》，人民文学出版社于1958年刊行，为现今通行的读本。书后附《校后记——关于〈花间集〉的版本源流》及历代诸家题跋，极有参考价值。

《花间集》是现存文人词最早的一部词选，编者选唐末及后蜀温庭筠至李珣共十八人词五百首，分为十卷，其中温词入选最多，计六十六首，其次为韦庄、顾夐、孙光宪词，各选四十八首。温、韦词可为花间风格的代表。词源起于民间，兴于唐，至五代已风行于士大夫间。欧阳氏序言："有唐已降，率土之滨，家家之香径春风，宁寻越艳；处处之红楼夜月，自锁嫦娥。"可见其时文士之家沉湎于此的盛况。编者身处其境，嗜好于斯，所谓"广会众宾，时延佳论，因集近来诗客曲子词五百首"云云，就是赵氏是编的缘起。剪红刻翠，文若春花；风律鸾歌，婵娟竞巧。花间之命名称，殆即由此。婉媚、多姿、文秀、词丽，也就是编者选词的原则。

《花间集》是宋词的先导，被称为百代词曲之祖，在文学史上占有重要地位；同时又以题材、音律、情趣、表现方法和艺术风格等特点和诗、曲划界，成为"词别是一家"理论之所由出。晁谦之跋言："唐末才士长短句，情真而调逸，思深而言婉。"颇能道中编者的审美好尚。明清以来的一些词论，也常是从总结此集某些艺术特点而生发开来。明王世贞说："花间以小语致巧……其婉娈而近情也，足以移情而夺嗜。"（《艺苑卮言》）清王士禛则言："或问花间之妙，曰：蹙金结绣而无痕迹。""花间字法，最著意设色，异纹细艳，非后人纂组所及。"（《花草蒙拾》）这些，都可与欧阳氏序言相发明。至于清常州派张惠言、周济等，高谈寄托，尊奉温、韦，以花间为正宗，虽不定都符合赵氏编辑是书的初衷，但都与花间词某些艺术特色有联系。总之，《花间集》对中国词学的影响是很深远的，所以为历代研究者所瞩目。

# 二、碧鸡漫志

〔宋〕王灼

王灼，字晦叔，号颐堂，又号小溪，四川遂宁人，生卒年不详，宋高宗绍兴年间（1131—1162），曾为幕官，著有《颐堂词》一卷，《碧鸡漫志》（下称《漫志》）五卷，《糖霜谱》一卷，后两书《四库提要》均著录。据《漫志》作者《自序》，此书始集稿于乙丑（1145）冬，成书于己巳（1149）春，前后共三年多时间。其时作者客居于成都碧鸡坊妙胜院，友人常置酒相邀，"自夏涉秋"，日日醉饮，席间有名姝歌妓陪唱，灼记其歌曲，溯其源出，考其流变，也品其得失，评其高下，因其书成于成都之碧鸡坊，故名《碧鸡漫志》。

是书有一卷本、五卷本和十卷本三种：一卷本流行最普遍，五卷本以清人鲍廷博、鲍志祖父子辑本为最完备（见《知不足斋丛书》第六集），十卷本多近一倍。《自序》言，此书为五卷，据此推知五卷本接近原著。唐圭璋的《词话丛编》，就是以鲍刻本为底本的，鲍本是经过清初钱曾和乾隆年间陆绍曾两位著名藏书家校补过，堪称善本。《中国古典戏曲论著集成》（一）对此书版本的情况做了较详细的考证，对三种卷本内容的多少也做了比较，可参阅。

《漫志》所述内容，大致可分为三：卷一探索了宋词发展的源头，对宋以前历代歌曲发展与演变的情况加以考查，带有总论性质；卷二品评了宋代众多的词人及其作品，记述其本事，区分其流派，品评其风格，评价其高下；卷三至卷五，对《霓裳羽衣曲》《兰陵王》《念奴娇》等二十九种著名曲调，一一加以介绍，考其得名的原因，述其发展为宋时词牌的沿革。王灼的词学观点，主要集中反映在一、二两卷之中。在诗与乐的关系上，王灼以为词是诗与乐的结合，诗为主，乐为从，要依词定声，不能倚声填词，他以《舜典》《毛诗序》等古代经典为依据，论证古乐歌都是先有诗，后有歌，"故有心则有诗，有诗则有歌，有歌则有声律，有声律则有乐歌。"（卷一）诗与歌是一体的，不可分的，指出"今先定音节，乃制词从之，倒置甚矣"（卷一）。此卷还用了很多的篇幅，考证了自古至唐宋的歌曲递变的情况，"古歌变为古乐府，古乐府变为今曲子，其本一也"（卷一）。诗、乐都是合一的，其间出现诗、乐分家，诗歌和乐府分为两科，则是"歌词之变"，不是诗歌发展的正途。其结论是"古人初不定声律，因所感发为歌，而声律从之，唐、虞禅代以来是也"（卷一）。以此来批判宋人倚声填词的偏颇，这是王灼论词的基本观点，贯穿在全书的具体品评之中。譬如对苏词的看法，按照流行的见解，"皆句读不葺之诗耳，又往往不协音律者。"因为"诗文分平侧，而歌词分五音，又分五声，又分六律，又分清浊、轻重"（李清照《词论》）。王灼从诗主律从立论，认为苏词是更高水平的词："东坡先生非醉于音律者，偶尔作歌，指出向上一路，新天下耳目，弄笔者始知自振。""高处出神入天，平处尚临镜笑春，不顾侪辈。"（卷二）在中国文学批评史上，第一次对苏词做了极高的评价，推动了南宋豪放词的创作，也为后代论词者所瞩目。

王灼的词学观点，上承汉儒的诗乐理论，主张严分雅郑。卷一有"论雅郑所分"一则："或问雅郑所分。曰，中正则雅，多哇则郑。至论也。"在对北宋众多词人的评价中，很赞赏王安石、晏殊、欧阳修、苏轼、晏几道等高雅的词作，认为他们得正气和中气，是中正之声。对柳永、李清照则有很多贬抑，批评柳词"浅近卑俗"，是"野狐涎"，说李词对"闾巷荒淫之语，肆意落笔"。其他如贬斥王齐叟、曹组、张衮臣等是"滑稽无赖之魁"，"率皆淫哇之声"。这些都反映了他重雅鄙俗带有较浓厚的封建文士的审美趣味。王灼的审美趣味虽有偏颇，但艺术鉴赏能力却很高，如赞美王安石词"雍容奇特"；晏殊、欧阳修词"风流蕴藉"，"温润秀洁"；晏几道词"秀气胜韵，得之天然"；周邦彦、贺铸词"语意精新"；李清照词"能曲折尽人意，轻巧尖新，姿态百出"等，反映了他对词的艺术美有鉴赏能力，且不拘一格。王灼也精通声律，雅好声乐。虽然他反对把词作为音乐的附庸，但却很重视词的音乐性，书中充分肯定李清照、柳永、周邦彦等词作声律之美，他所考证的"霓裳羽衣曲"

等二十九种曲调，都一一指明其所属宫调，对这二十九种曲调的考察，用力也很勤，他所考汪的唐代乐曲以及宋代大曲的格范和乐曲所属的宫调，都具有很珍贵的资料价值。《四库提要》称赞其"持论极为精校"，"亦考古者所必资也"。

王灼的《漫志》，是南宋初期一本很重要的词论专著，也是中国现存的第一部有系统的词论著作，在词论史上占有重要位置。王氏的依词定声的意见，显然是受了王安石词论的影响（见《侯鲭录》引）；苏词不受曲子束缚，晁补之亦有斯论。王灼恢弘而扩大之，成较系统的理论。他重视歌词要反映社会的深广内容，固然是受了儒家诗乐理论的影响，同时也是民族危机四伏的南宋社会的时代要求。王氏的词论，对南宋以后的词坛影响也很大，胡寅、陆游、范开、刘克庄、刘辰翁以及张元幹、张孝祥、辛弃疾、陈亮、文天祥等词论和词作，都是继承和发展了豪放派重视歌词内容的进步传统，抒发爱国主义的情怀，成为南宋词的主流。从这个视角说，王灼的词论，是时代先声。至于严分雅郑重雅轻俗的观点，其影响则更为深远，南宋的姜夔、张炎一派的词学，清代的浙西派以至常州派的词学，都与此相关，延绵不断。这固然是受中国传统的儒学文化思想的影响和士大夫的习性所至，但与词学前辈的提倡也不无关系，此论直到戊戌变法前后，在黄遵宪、梁启超的诗学中才有所转变。

# 三、乐府指迷

〔宋〕沈义父

沈义父，字伯时，一字时斋，震泽（今江苏吴县）人，生卒年不详。宋理宗嘉熙元年（1237），以赋领乡荐，为南康军白鹿洞书院山长，宋亡不仕，以遗民终，学者称为时斋先生。据《乐府指迷》自叙言，义父幼好吟诗，厥后更好为词，与吴文英等为友，相与唱酬。著有《时斋集》《遗世颂》和《乐府指迷》（下称《指迷》），前两书均失传，只有《指迷》梓行于世，《四库提要》有著录。

是书的写作，当在宋理宗淳祐三年（1243）结识吴文英后，成书与梓行的岁月已不可考，元刊本似已失传，明刻本载陈耀文《花草粹编》卷首。清代咸丰、光绪年间有金韵仙评花仙馆聚珍本，翁大年《晚翠楼丛书》本，陈去病《百尺楼丛书》本和王半塘《四印斋所刻词》本，各本均源于《花草粹编》。1938年蔡嵩云依据明刻本，参以翁、陈、王诸校本，作《指迷笺释》，蔡《笺》引证甚博，阐发意旨颇详，1948年中华书局予以出版，郭绍虞主编的《中国古典文学理论批评专著选辑》收有此书，与夏承焘《词源注》合成一册，1963年人民文学出版社予以刊行，蔡另作《沈义父小传》和《指迷版本考略》两文，以及为蔡书所写的序跋附于书后。唐圭璋《词话丛编》亦收有此书，是以金氏《花草粹编》本为主，以他本汇校，诸家序跋，亦附于书后，唐本及蔡《笺》本是现今通行的读本。

《指迷》共二十八则，首则带叙论性质，义父云："余自幼好吟诗，壬寅秋，始识静翁于泽滨。癸卯，识梦窗，暇日相与倡酬，率多填词，因讲论作词之法，然后知词之作难于诗。盖音律欲其协，不协则成长短之诗；下字欲其雅，不雅则近乎缠令之体；用字不可太露，露则直突而无深长之味；发意不可太高，高则狂怪而失柔婉之意。思此，则知所以为难。子侄辈往往求其法于余，姑以得之所闻，条列下方。观于此，则思过半矣。"可见此书重在讲论词的作法的，是应子侄辈要求而写作的有关词的创作的理论，其理论观点是深受吴文英等影响。全书四分之三谈词的具体作法，从起句、结句、过处、造句、用字、虚字、协律、押韵到用事、咏物、赋情以及大词、小令不同的作法等，进而从协律、下字、用字和发意四个方面，升华为评词的四项标准，并贯彻到全书各则之中。

关于协律问题，沈氏认为词难于诗，诗词的界别首先在于协律。这是论词的传统见解，李清照、张炎即持此说，李清照审音，重视上、入二声的区别，沈义父审音，进而提出要重视会声，要严分上、去。《四库提要》对此评价极高："至所谓去声字最要紧，及平声字可用入声字替，上声字不可用去声字替一条，则剖析微芒，最为精核。万树《词律》，实祖其说。"万树发现了上声舒缓和软，其腔低；去声激厉劲远，其腔空。各调仄声，必须严分上、去，从而纠正了明代及清初词人但分平仄，不辨上去的偏颇。此说前人多归功于万氏，其实是发轫于《指迷》。沈氏此说，是针对当时创作情况而发的："前辈好词甚多，往往不协律腔，所以无人唱"；而"秦楼楚馆所歌之词，多是教坊乐工及市井做赚人所作，只缘音律不差，故多唱之，求其下语用字，全不可读"。前者忽视音乐性，后者缺少文学性，沈氏坚持两者必须相依相存，才能完美。

关于重雅抑俗问题，则重在下字用语上，沈氏于用语，要求古雅和全雅。古雅是依古曲谱填字，不能随意增减文字，并可采摘唐人诗句中的雅丽字句文饰词面。全雅，则要求在词中全用雅字，不能夹有俗语。以此标准衡量，他认为康与之、柳永、施岳和孙维信四家词都杂有俗语，而非全雅之作，只有周邦彦堪称典范。雅俗之争，是有其背景的。词至南宋，已非常普及，广大市民，不但是读者和听众，而且积极参与创作。一些文人词作，向通俗化发展，从市民口语中吸取生动的语汇，以增强词的表达力，这是势在必行，无可非议的。沈氏以鄙俗视之，正是士大夫的偏见。当然，以淫靡之语，投合世俗低级趣味，也是不可取的。

至于"用字不可太露"和"发意不可太高"问题，主要是针对某些豪放词的，同时也对婉约词风提出更严格的要求，他批评姜夔词"未免有生硬处"，吴文英词"其失在用事下语太晦处，不可晓"

等，这些评语对姜、吴词不足处不失为针砭之言，但他为了反对直露，却提倡多用代词，如用"红雨"代桃，"章台"代柳等，反而成为词采的涂饰和类书的摘抄，失去真切感，宜乎遭到四库馆臣和王国维的尖锐批评。纵观《指迷》，和《词源》相比，有相似之处，也有区别之点。其区别之处在于玉田推重白石，以骚雅、清空为高；时斋独尊清真，以古雅绵密为美。清代两大词派，浙派推尊白石，以姜、张为旨归；常州派从周济始独尊清真，以浑成为止境，理论上都各有所深化，但寻其端绪，实导源于宋末词论。《指迷》与《词源》一样，影响也是很深远的。

# 四、词　源

〔宋〕张炎

　　张炎（1248—1320?），字叔夏，号玉田，又号乐笑翁，因《春水》词出名，人又呼为张春水。先世西秦（今陕西凤翔）人，寓家于浙江杭州。六世祖张俊，南宋初年，功勋卓著，封循王，高祖辈张镃、张鉴，都是词人，为姜夔词友，鉴有《南湖集》，父张枢，晓畅音律，词有《寄闲集》。炎幼时即从父、祖学词，又师事杨守斋辈，写作词章，考究音律。南宋灭亡时，炎年三十三岁，入元不佳，纵游江、浙，与周密、王沂孙为友，潜心词学四十年，是南宋后期精通音律的著名词人和词论家，著有《山中白云词》八卷，《词源》二卷。《四库提要》评其词学"所作往往苍凉激楚，即景抒情，备写其身世盛衰之感，非徒以剪红刻翠为工。至其研究声律，尤得神解，以之接武姜夔，居然后劲宋元之间，亦可谓江东独秀矣"。评价极高。

　　《词源》为宋代最著名的词论专著，书后附钱良祐跋语，署时为丁巳正月。即元仁宗延祐四年（1317），时炎六十九岁。书中自叙亦言："今老矣，嗟古音之寥寥，虑雅词之落落，暜述管见，类列于后，与同志者商略之。"可见此书是集其毕生的词学成果，并有所针对而作的。炎书经明人陈继儒改窜，并袭用沈义父《乐府指迷》书名，刊入《续秘籍》中，失其真名，以至《四库提要》未收此书。清人阮元依元人旧抄影写，收入"四库未收古书"类，作《提要》加以评介，此书始受人注目，此后有多种版本传世，现有《词学丛书》本、《守山阁丛书》本和《粤雅堂丛书》本等。民国年间，蔡嵩云作过《疏证》，后夏承焘又作《词源注》（仅注下卷），夏注《词源》与蔡嵩云所作《乐府指迷笺释》合成一书，收入郭绍虞主编的《中国古典文学理论批评专著选辑》，人民文学出版社1963年予以刊行。唐圭璋依蔡氏校本，收入其新编《词话丛编》，上卷包含蔡氏

《疏证》，下卷并录夏《注》，较完备。

唐氏本《词源》卷上，从"五音相生"至"讴曲旨要"，计十四篇，专谈音律，详论五音十二律、律吕相生以及宫调、管色诸事，并用图解加以说明。卷下历论音谱、拍眼、制曲、句法、字面、虚字、清空、意趣、用事、咏物、节序、赋情、离情、令曲、杂论，计十五篇。末附杨守斋《作词五要》及时人和后人的序跋，是论作词的原则、方法、技巧、音律、风格、评词的标准等，兼品评词作。张炎评词，既重视音乐性，又重视文学性，对李清照的词学有所承接，并有所发展和变化。首先，像李清照一样，特别重视音律，认为"词以协音为先，音者何，谱是也。古人按律制谱，以词定声，此正'声依永、律和声'之遗意。"他对吕律相生、宫调、字谱等作了系统的论述，探本穷微，厘析精允，为后人所称道，他对宋词宫调、字谱等所作的精确而具体的记述和图解，给后代留下一份音律方面很可宝贵的资料，和姜夔的以字记声的旁谱具有同样价值。

除音律外，张氏也极重视词章，他说："音律所当参究，词章先宜精思"（卷下《杂论》），重视词章，即重视词的文学性。在张氏看来，词是音律和词章的完美的结合，是一种综合性的艺术，词人不但要参究音律，同时也要精思词章，把词看成一种唱腔或把词看成一种纯文学的样式，都为张氏所不取，书后附录其师杨守斋"作词五要"，也是强调两者并重。应该说，这种看法是符合词在兴盛时的艺术特质的。《词源》谈"制曲"，就是从综合性艺术创作的角度来论述问题的，他说："作慢词，看是什么题目，先择曲名，然后命意。命意既了，思量头如何起，尾如何结，方始选韵，而后达曲。最是过片，不要断了曲意，须要承上接下。"词章问题是此书下卷论述的重点，有关词章的内容和形式诸方面，都是他探讨的范围，像命意、起结、过片、句法、字面、虚字、用事、赋情、离情、咏物、雅正、清空、意趣以及节序、令曲等，而雅正、清空、意趣，则是张氏审美的最高原则，对后代影响也较大，应着重予以评介。

所谓雅正，实质上是言情的规范和分寸问题。词是赋情的，但赋情要得其正，造得其中，"过"与"不及"都不可取，但他更反对

"过"："词欲雅而正，志之所之，一为情所役，则失其雅正之音。"（卷下《杂论》）"簸弄风月，陶写性情，词婉于诗，盖声出于莺吭燕舌间，稍近乎情可也。若邻乎郑、卫，与缠令何异也。……景中带情，而有骚雅。……若能屏去浮艳，乐而不淫，是亦汉魏乐府之遗意。"（卷下《赋情》）词人不能太动情，不能"为情所役"，以"乐而不淫"为界限，"稍近乎情"即可，表达要"景中带情"，情在言外，委婉含蓄更严于诗，此即所谓"词婉于诗"。在具体的词评中，他既反对柳永、康与之的俗词，认为是"邻乎郑、卫"，"淳厚日变成浇风也"，也反对某些豪放派词作，"辛稼轩、刘改之作豪气词，非雅词也。于文章余暇，戏弄笔墨，为长短句之诗耳。"（卷下《杂论》）甚至对周邦彦某些言情直露之作，也有所不满。南宋以来，士大夫日益提倡雅词，至张炎则在理论上予以系统的总结和规范。

"清空"之论，是偏重于意境上的审美要求，这是张炎所独创。卷下特立"清空"一则："词要清空，不要质实，清空则古雅峭拔，质实则凝涩晦昧，姜白石词如野云孤飞，去留无迹，吴梦窗词如七宝楼台，炫人眼目，碎拆下来，不成片断。此清空质实之说。"清空和质实是相对立的，清空是用古雅、疏快的语言，表达清幽、淡远、空灵的词境；质实则是用雕琢、晦涩的语言，著题而构于题意，咏物而滞于物。前者以姜词为典范，后者以吴词为鉴戒。张氏主清空而反质实，提倡从整体上把握词境，由形及神，启人联想，在艺术理论上有许多可取之处，但也易流于缥缈蹈空之弊。

至于"意趣"，似指立意上的审美要求，下卷亦有专则评析："词以意趣为主，要不蹈袭前人语意。"附录杨守斋"作词五要"之五亦言："要立新意。若用前人诗词意为之，则蹈袭无足奇者。须自作不经人道语，或翻前人意，便觉出奇。"可见，意趣是要求立意的高远，语意的创新，以新奇为贵。他认为苏武的《水调歌头》《洞仙歌》，王安石的《金陵怀古》，姜夔的《暗香》《疏影》诸作，"皆清空中有意趣，无笔力者未易到"（卷下）。而周邦彦词长处在浑成，短处就是意趣不高远。他如对南宋的咏物词，也做了一些理论总结，有其可取之处。

总之，此书对南宋以前的词学，做了较系统的理论总结，提出许多颇为重要的论题，对清代的词学，产生了广泛而深远的影响，其清空、醇雅之说，浙派词人奉为圭桌，浑成、空灵之说，也为常州派周济所吸取。咏物词不拘不滞，了然在目之论，亦为清初王士禛等所承接，其衣被词人，可称得上是既多且广了。

# 五、词　旨

## 〔元〕陆辅之

陆辅之（1275一?），名行直，一说名韶，字辅之，或字季道，号壶天、壶中天、湖天居士等，江苏吴江人。本世家子，父陆大猷，仕宋为浙江儒学提督，辅之入元为翰林典籍，年四十，致仕归，七十五岁还健在，卒年不详。辅之工诗、文、词，善书、画，好交游。《词旨》一书，是他致仕前所作。据书前自叙，曾与张炎游，深得张氏论词要旨和作词法度。其书即是申述张氏论词之旨，与《词源》同条共贯。

明清以来，陆书有多种刻本行世，清光绪年间，胡元仪作《词旨畅》，取《词源》语句分系是书各条文句之下，陆书所引例句，胡则录全词以资参阅，故明晰可观，是陆书最好的注本。唐圭璋的《词话丛编》收录是书，是以陈去病《百尺楼丛书》本为底本，全文抄录胡氏原释，并附录胡、陈序跋，是此书较好的读本。

胡注本分《词旨》为上下两卷，卷上"词说七则"，阐述论词宗旨，"属对凡三十八则"，博采周邦彦、姜夔、吴文英、史达祖和周密等人词中工炼的对句，并选其师张炎词中对偶二十三则附后。卷下"警句凡九十二则"，采集姜、吴、王、周等人词作中意深文秀的警句以示范，并以张炎的警句十三则附后。"词眼凡二十六则"，以前人例词示人以炼字之法。"单字集虚凡三十三字"，教人选用虚字应近雅远俗。"两字集虚"和"三字集虚"均有目无文，殆流传中残缺所致。

《词旨》于《词源》，一是撮其要，一是畅其说。撮其要者如概述张氏论词要诀："周清真之典丽，姜白石之骚雅，史梅溪之句法，吴梦窗之字面，取四家之所长，去四家之所短，此翁之要诀。"（卷上）而其中最主要的是清空、骚雅与语意创新："清空二字，亦一生受用不尽，指迷之妙，尽在是矣。……然须跳出窠臼外，时出新意，自成一家。若屋下架屋，则为人之贱仆矣。"此数言，颇得张氏论词要领。畅其说者主要是"字面"上的工夫，陆氏从数十家近二百阕名作中，选出众多的对句、警句、词眼以示范，说明词的创作应重在炼字。词眼之说，本于诗眼，唐人正言诗，工在一字，谓之诗眼。后人也有将全诗中的警策之句，称为诗眼。陆氏所列举的词眼，全是词中的秀句，并不仅限于一字之工。陆氏所列属对、警句、词眼及单字集虚等，供人研阅，其目的使后学易于入门，此即所谓"语近而明，法简而要，俾初学易于入室云"（卷上）。此书在明清以来。有多种版本传世，说明已产生一定的影响。胡氏《词旨畅》刊行后，更有助于此书的流传，陈去病云："要之书经胡氏一发明，晓然如睹白日，不可谓非陆氏之功臣，而词林之韵事也。"（《词旨叙》）

# 六、词　品

〔明〕杨慎

　　杨慎有《升庵诗话》，已著录。慎亦精于词学，除著有《词品》外，还编有《填词选格》《词林万选》《百琲明珠》《古今词英》《填词玉屑》等，而《词品》则是他论词的代表作。

　　据作者自序，是书成于嘉靖辛亥（1551）年仲春，时年六十三岁，第一次刻印于嘉靖甲申（1584）年仲秋，明刊本还有陈继儒校本。清乾隆年间有李调元校刻《函海》本，王幼安在前人校勘的基础上，又用陈继儒校本加以补校，并参校杨氏所引诸书，纠正其误引、误考之处，和王校《渚山堂词话》合成一册，人民文学出版社于1960年予以刊行，选入郭绍虞主编的《中国古典文学理论批评专著选辑》。唐圭璋新编《词话丛编》收入此书，是以明嘉靖刊本为底本，参以《函海》本和王氏校正本，予以补正，《丛编》本和王氏校本是此书现今通行的较好的读本。

　　《词品》六卷（附补遗），共二百二十六则，主要是论词源、词调及博考词事，广搜佚词，并品评词旨，所谓"品"，就是品味和评介的意思。其评介范围，上溯六朝，下至明代中叶，囊括千年，是一部跨越度较广的词话著作。杨慎生活于明正德、嘉靖年间，其时正是李梦阳、何景明主坫文坛，倡言复古，海内风靡。杨慎出自李东阳门下，深受茶陵派主情主声的诗论影响，想恢宏茶陵诗论，以矫李、何泥于盛唐之弊。钱谦益说："用修乃沈酣六朝，揽采晚唐，创为渊博靡丽之词。其意欲压倒李、何，为茶陵别张壁垒，不与角胜口舌间也。"（《列朝诗集》丙集）所以他论诗追源六朝，论词亦复如此，"大率六朝人诗，风华情致，若作长短句，即是词也。宋人长短句虽盛，而其下者，有曲诗、曲论之弊，终非词之本色。予论填词必溯六朝，亦昔人穷探黄河源之意也。"（卷一）基于这种认识，所以他把六朝文士所作的风华情致的长短句诗，作为中国最早的词体。"在六朝，若陶弘景之《寒夜怨》，梁武帝之《江南弄》，陆琼之《饮酒乐》，隋炀帝之《望江南》，填词之体已具矣。"（《词品序》）词的起源问题，是长期以来一个有争议的问题。近人论词的起源，多与燕乐的兴起联系在一起，从而推源于隋、唐，杨氏也认为词是曲子词，与音乐是不可分的。但对清乐与燕乐则不加区别，因此把六朝人按清乐谱写的长短句抒情诗，也称之为词，这是他的不严密处。但是组成唐宋词的乐调，也确有清商乐的成分，杨氏之说，不无可取之处；而况推源六朝，又是他重视词，想提高词的地位的一种表现，他认为诗与词"同工而异曲，共源而分派"（《词品序》）。"异曲"与"分派"，即各有特色，"共源"与"同工"，则不应轻加轩轾。因而反对视词为小道，把词作为诗余看待。这种见解，特别在词作式微，文士们普遍不重视词的明代，应是一种特识。

再从言情角度说，词作为抒情诗的一种，尤其是从唐五代开始的那些叙儿女之情、风华情致一唱三叹的婉约之词，六朝文士所作的留恋光景委婉言情的小诗，对他们也不是无所启迪和借鉴的。由此可见，六朝声律情采之作，不但开启了唐诗，也遗泽于唐宋词。杨慎从诗词"共源"的观点出发，考察了六朝人某些长短句式的言情小诗对唐宋词的影响，追溯词的源头，并在理论上做了申述，也应有其价值。

考证词调的缘起及有关本事，是此书另一项重要内容，杨氏对此在材料上做了大量的搜罗与考核，涉及面之广、引证材料之多，在前此的词论著作中是仅见的。又，杨氏认为诗词既同源而诗先于词，《词品》又用了大量篇幅，从用字、遣词、造句、用韵等方面进行考证，说明六朝、唐、宋诗对唐、宋、元、明词的影响。对南宋两部著名的词选《花庵词选》和《草堂诗余》所选词作，几乎逐篇进行了考证、评议和补正。特别是对佚词的搜集，由于作者学识渊博，阅读面很广，使他能搜罗到许多知名和不知名的作家长期散佚之词，像《拾遗》引《甕天脞语》载宋江《念奴娇》词，即不见载于他书（《水浒传》亦载此词，但未明出处），这对于治词史者，亦有裨益。

《词品》对历代各家词的词旨也有不少品评。从这些评语中可以看到，他设格较宽，较能博采众长：既欣赏绮丽婉约，也重视豪放和气象更新；既赞同巧思绮合，意蕴词婉，也首肯语句精工，音节流美。所以他对宋代诸名家如范仲淹、欧阳修、柳永、苏轼、秦观、周邦彦、叶梦得、李清照、陆游、张孝祥、辛弃疾、姜夔、史达祖及吴文英等，都从不同的角度上予以赞赏。基于对词的渊源的探讨所持的观点，其评词即以六朝诗的"风华情致"为本色。他反对直达，特别欣赏抒情委婉、深致的词作。对李清照词评价很高，说"宋人填词，李易安亦称冠绝"。其《声声慢》一词，连"下十四个叠字，乃公孙大娘舞剑手"。其赋元宵《永遇乐》词，既"工致"且"气象更好"，"皆以寻常言语，度入音律，炼句清巧则易，平淡入妙者难。山谷所谓以故为新，以俗为雅者，易安先得之矣。"（卷二）在评欧阳修、秦观、姜夔等词作中，也反映了这种审美倾向。在杨氏看来，词与诗之不同，其"异曲"和"分派"之处，就在于词更重在抒情，而且以委曲为体，所谓"诗情不似曲情多"（卷二），"曲者，曲也，因当以委曲为体。"（卷四）应该说，这是他对词体特征的认识有深知的表现，后代的词评家对此评较高。谢章铤说："明中叶以后，知词仅三人，杨升庵、王弇州及卧子。"（《赌棋山庄词话》卷九）

杨慎又以博学著称，其评词也雅好渊博，如评张元幹词言："词虽一小技，然非胸中有万卷，下笔无一尘，亦不能臻其妙也。"（卷三）戴复古好词极少，即因"其胸中无百字成诵书故也"（卷五）。但这并不是说杨氏主张以学问为词，在词中大掉书袋。所谓"胸中有万卷，下笔无一尘"，既可避免尘俗，又可广开思路，不至于胶柱鼓瑟，捉襟见肘。这与杜甫的"读书破万卷，下笔如有神"的见解有相似之处。创作博雅宏丽之词，需要深厚的学业根基；"以故为新，以俗为雅"，也需要学问的陶冶。所以他既反对学究式的穷酸，也反对闾里的鄙俗，这是杨氏审美趣味另一特点。

总之，风华情致，蕴藉委曲和宏博雅丽，是杨氏评词的三项审美标准。虽然杨氏后半生投荒边陲，接触了很多民间歌曲，也间有赞赏之语，但重雅轻俗的审美趣味，从总的倾向看，并未改变。作为正统派的文人，杨氏对词中的民族意识，讽谕内容及词人人格的表现等，也都较为重视。这些都是他论词虽推源于六朝而又不同于六朝文人审美趣味之所在。《词品》评词的内容，与前此的词话相比较，无论是数量上抑或质量上，都相当可观，但比起此书那些旁搜远绍的繁富的考证材料来，还处于次要地位。王世贞曾批评他："博于稗史而忽于正史，详于诗事而不得诗旨，精于字学而拙于字法，求之宇宙之外而失之耳目之前。"（《艺苑卮言》卷六）验之于《词品》，"不得诗旨"云云，似失之过严。其所征引和考证的材料，可以说是"收百世之阙文，采千载之遗韵"，有许多是弥足珍贵的，也是难能可贵的，成为清代许多记事性的词话取材的渊薮。但也有不少误考误引之处，甚至于伪造古证，英雄欺人。这大概与其人，落拓不羁有关。王幼安校注《词品》，用力最多，补正许多误考误引之处，可称为杨氏之功臣。

# 七、花草蒙拾

## 〔清〕王士禛

　　王士禛有《带经堂诗话》等，已著录。《花草蒙拾》不是一部系统论著，而是阅读《花间集》《草堂集》随感录的结集，间亦评及词友之作，共五十九则。序云："往读《花间》《草堂》，偶有所触，辄以丹铅书之，积数十条。程村强刻此集卷首，仆不能禁，题曰《花草蒙拾》。盖未及广为扬榷，且自愧童蒙云尔。"有《赐砚堂丛书新编乙集》本、《昭代丛书乙集广编》本、《词话丛钞》本和《词话丛编》本。

　　王氏论词，承张南湖之说，将词分为婉约与豪放二派。以李清照为婉约之宗，以辛弃疾为豪放之首。并说："坡词豪放"，"坡词惊心动魄"，"辛词磊落"等，似乎婉约与豪放并举，不分轩轾。其实心中自有依傍，他曾说："弇州谓苏、黄、稼轩为词之变体，是也。谓温、韦为词之变体，非也。夫温、韦视晏、李、秦、周，譬赋有《高唐》《神女》，而后有《长门》《洛神》。诗有古诗录别，而后有建安、黄初、三唐也。谓之正始则可，谓之变体则不可。"这里仍是以正、变区分婉约与豪放，与正统的词学观点并无二致。但王氏认为，婉约与豪放，虽然截然二家，但于作者却能相通，不一定只拘一格。即如苏词，因是豪放，旖旎处却不减秦、柳。他说："枝上柳绵，恐屯田缘情绪靡，未必能过。孰谓坡但解作大江东去耶，髯直是轶伦绝群。"又说："名家当行，固有二派。苏公自云：'吾醉后作草书，觉酒气拂拂，从十指间出。'黄鲁直亦云；'东坡书挟海上风涛之气。'琐琐与柳七较锱铢，无乃为髯公所笑。"此论对柳永固然有所贬抑，对苏轼其人其词，却知之甚深。宋词的兴盛，是与声乐结合分不开的。王氏对此，亦有明识，他说："宋无曲，所歌皆词也。宋诸名家，要皆妙解丝肉，精于抑扬抗坠之间，故能意在笔先，声协字表。"正基于这种理解，他认为学词，亦应以宋为楷模，不可废宋而宗唐。对云间诸子的"冀复古音，屏去宋调，庶防流失"等"孟浪之见"，提出了严正的批评。

作词重视咏物，重视神似，是此书重点所在。作者首先认为咏物最是困难，"体认稍真，则拘而不畅；摹写差远，则晦而不明。"取神而不弃形，取物而不滞于物，这可以说是王氏对咏物词的基本要求。他推史梅溪、姜白石为咏物绝唱，赞赏史之咏春雪、咏燕，姜之咏促织等，有传神写照之妙。他欣赏张安国雪词的结尾"楚溪山水，碧湘楼阁"，也是因为其能写照象外，有颊上三毛之致。凡此等等，均可看到，提倡形、神兼顾，神韵天然，是王氏论词首要之点。倡言天然，也是他重视以形写神、神形兼备的一种表现。所谓天然，不是纯粹的依其故然，而是巧于雕组，复归天然。书中击节赞赏的史邦卿词"红楼归晚，看足柳昏花暝"和李清照词"绿肥红瘦"等，皆人巧极于天工，所以为贵。一部《花间》，妙处就在"镂金结绣而无痕迹"，一部《草堂》，佳处就是"采采流水，蓬蓬远春"，这就是他对神韵天然的注释。在王士禛看来，千古文章之妙诀，就在于"生香真色人难学"七个字。这一点，与彭孙遹所见略同。

在词的创作上，他重在传神；对词的品评上，他重在点悟，反对宜解，更反对比附。这见之于他批评铜阳居士释坡词："坡孤鸿词，山谷以为不吃烟火食人语，良然。铜阳居士云：'缺月，刺明微也。漏断，暗时也。幽人，不得志也。独往来，无助也。惊鸿，贤人不安也。此与考槃诗相似云云。'村夫子强作解事，令人欲呕。"又说："仆尝戏谓坡公命宫磨蝎，湖州诗案，生前为王珪、舒亶辈所苦，身后又硬受此差排耶？"此论极是。但张惠言《词选》，倡寄托，其评苏轼《卜算子》，又引铜阳居士之言为依据。王国维在《人间词话》中则引王士禛评语予以诘难。在反对词学研究中牵强比附之风，王氏首倡其事，是有识力的。当然，以神韵论词，也不免有蹈空的弊病。

# 八、古今词话

〔清〕沈雄

沈雄字偶僧，江苏吴汇人，诸生，曾师事钱谦益，和江尚质、曹溶、陈维崧等为友。大约生活于明末至康熙年间，其生卒年及其他事迹均不详。著有《柳塘词》一卷、《柳塘词话》一卷，编有《古今词话》八卷，并参与校订《南词新谱》。《古今词话》（下称《词话》）是一部综合、贯穿前人论说而成新编的资料性辑著，其《柳塘词话》亦囊括在内。休宁江尚质亦参与编纂，书前有曹溶《序》和沈作"例言"。《序》作于乙丑（1685）年，则知此书是时已完稿。"例言"成于戊辰（1688）年，应是初刊的时间，和徐釚的《词苑丛谈》同时问世。《四库全书》有著录。另有澄晖堂刊本和《词话丛编》本等。大别为四类，即"词话""词品""词辨"和"词评"。

全书分上下两卷，共八卷。"词话"是"据旧辑及新抄者前后登之，一表制词之原委，一见命调之异同"（《例言》）。编排以时代为次序，上卷自唐五代至宋，下卷自金至康熙中叶。"词品"是品评词的体制、词韵、词律、词旨、章法、句法、用字、用事等。上卷分"原起""疏名""按律""详韵"等三十个子目，下卷分"品词""用语"等十五个子目。"兹以向无分类，而略为分类"，是类的分目是带有开创性的。"必举宫律以救通行之弊，更严韵说以正滥用之非"（《例言》），则是编纂此类的主要用意。"词辨"一类，则是"分调列之"，上卷列"十六字令"至"临江仙"共六十九个调名，下卷列"一剪梅"至"六州歌头"共五十个调名，一一考其起始，辨其沿革。至于"词评"一类，则是评议历代词人，以时代为先后，以词人为子目，上卷评及自唐至宋共一百五十八家，下卷评及自金、元、明至清康熙中叶共一百三十七家。所引前人及当代书籍不下数百种，曹《序》言其"书能荟蕞"，"所赖集诸家而为大成"，评价颇高。但亦有指出其严重缺陷的，如《四库提要》评："杂引旧文，参以近人之论，亦间附己说，……征引颇为寒俭，又多不著出典，所引近人之说，尤多标榜，不为定论。"赵万里更斥"其书芜陋不足道"（赵辑杨湜《古今词语》案语）。从乾嘉学派严格的治学观点看，沈书的毛病是很突出的，这是由于作者生活于明末清初，受明人的学风影响所致。

沈书的长处，首在其理论色彩较强。全书四类，"词评"类专门品评历代词人的词作，其他三类都兼及词评，如"词话"卷下录《随草诗余》记梅文江与远山夫人唱和词，"以备佳话"。又评其词曰："词皆隽永有致，得一唱三叹之妙，而不为妍媚之笔。""词辨"卷上辨词调"生查子"，引韩偓《生查子》词并评其词："足色悲凉，不言愁而愁自见"，"如此结构，方为含情无限"。在"词品"类卷下"品词"目中，谈情景关系时说："尽人谓言情不如言景，然赵秋官妻所作《武林春》则云'人道有情还有梦。无梦岂无情？夜夜思量直到明，有梦怎教成。'纯乎情矣，亦甚脱化而不落俳调。"纯乎言情在词中屡有所见，王国维《人间词话》言："喜怒哀乐，亦人心中之一境界。"沈氏对此则先有会心。《四库提要》讥沈书"间附己说"，上引诸条，均出自"间附己说"，虽不大符合一般辑书的体例，但可以窥见其理论倾向，即重视情意的表达。沈氏出自钱谦益门下，钱氏在明末清初宗主文坛五十年，他不但总结了明代的文论，也几乎影响了清代，他反对明代前后七子和云间诗派，建立起虞山学派，其理论观点之一就是重视情意。沈书大量摘抄虞山派诸人及自己的论词条目，从而使我们看到此派在清初词学中的影响。又，沈氏以"诸生"终世，并未出仕新朝，在"词评"类评介历代词人时，似乎特别垂青于爱国词人的词章，如"词评"下卷评段克己兄弟："两人登弟，入元俱不仕，时人目为儒林标榜。"沈辑"词评"，用意是"以昭历代人文，以鼓后来学者"（《例言》），似乎亦有此含意，从中也透露出作者的人品和气节。

从辑录的资料看，此书亦有可珍视之处。《四库提要》言其辑古人书又"参以近人之论"，似属不伦。所谓"近人之论"，即云间派和虞山派的词学见解。清初以王士禛为首的东南文士，受虞山影响，亦属此派。"近人诗余，云间独盛。然能作景语，不能作情语。"（彭孙遹《金粟词话》）当时云间派的代表人物为宋征舆、钱芳标、李雯等，他们都华亭（今上海松江）人，华亭，古称云间，所以称为云间派。虞山派亶视情意，对云间派多所批评，沈书辑录了这方面的材料，正可使后人了解其间转变的轨迹。云间诸子也有关于情景结合的很精当的论述，如"词品"下卷引宋征璧言："情景者，文章之辅车也。故情以景幽，单情则露。景以情妍，独景则滞。今人景少情多，当是写及月露，虑鲜真意。然善述情者，多寓诸景，梨花榆火，金井玉钩，一经染翰，使人百思。哀乐移神，不在歌恸也。"宋氏在反批评中，在理论上又深入了一步。云间词派在当时影响较大，现今保存的材料又不多，沈书的辑录，多少弥补了此间的空白。又，钱谦益是诗文大家，而词学见解极少见，沈作为钱的私淑弟子，记录了钱氏谈词的言论不下十则，亦可见钱氏词学之一斑。沈的《柳塘词话》，亦赖此书的收录而得以保存。上述资料，对于研究明末清初的词学，都是很可宝贵的。总之，沈书虽有芜杂和体例不严谨的毛病，但仍有运用的价值。

# 九、词苑丛谈

## 〔清〕徐釚

徐釚（1636—1708），字电发，号拙存，一号虹亭，晚号枫江渔隐，江苏吴江人。康熙十八年（1679），召试博学鸿词，授翰林院检讨，后辞官归里，卒于家。博学能文，工古文，尤精于诗词。性好交游，足迹几遍全国，与朱彝尊、陈维崧、尤侗等为友，是清初知名的词人。著有《菊庄词》一卷，《南州草堂集》三十卷，辑有《词苑丛谈》（下称《丛谈》）十二卷，《四库提要》有著录。此外，还著有《南州草堂词话》和《本事诗》等。其少著《菊庄词》，为朝鲜使臣以金饼购去，流布海外，甚有声誉。《清史稿》卷四八四有传。

《丛谈》自序言："是书之辑，始于癸丑（1673），迄于戊午（1678），凡六年。所抄报群书，不下数百种。"自序又言，此书还汇集了周在浚所辑资料，周辑占全书十之四五。周亦清初词人，字雪客，河南祥符人。著有《黎庄词》一卷。徐、周所辑《丛谈》，始刻于康熙戊辰（1688），为蛾术斋原刻本，其后有《四库全书》本、《海山仙馆丛书》本、《丛书集成》本以及开明书店排印本等。由于是书所辑资料，均未注明出处，唐圭璋校注《丛谈》，旁征博考，力求追明出处，并补正原书的讹漏，上海古籍出版社于1981年予以刊行，是此书现行最好的读本。

《丛谈》分"体制""音韵""品藻""纪事""辨证""谐谑"及"外编"共七门，其中"品藻"三卷、"纪事"四卷，其他五门各一卷，共十二卷。摘录书籍共一百五十二种，评及自唐至清初词人的词作及有关词事，所录既博赡，又较精要，并间有申论。《四库提要》赞其书"采撷繁富，援据详明，足为论词者总汇"。所以在当时颇受词人重视，和朱彝尊所编《词综》相辅而行，同为词坛要籍。

徐釚以七门裁词，书前有"凡例"，阐明其分类的原则，"体制"门荟萃前人关于词的源流正变的见解，兼及词与诗、曲的界别，词调的缘起和词的作法等。"音韵"门以沈谦的"《词韵略》为则，而间采诸家之说，以备参考"。其间还区分词韵和诗韵、唐词和宋词用韵的不同等。"品藻"门则是汇集历代品评唐宋至清初各家词作的言论，"品藻"（三）评清人词，其中有三十二条摘自编者本人的《词话》，从中可以直接看到徐氏的艺术好尚和审美趣味。"纪事"门是汇集词人故实逸事，风流美谈，以人系事，以事系词，对了解词人某些词作创作的背景，颇有参考价值。"纪事"（四）一卷，则全部迻录编者自撰的《词话》。"辨证"门是考证某些有争议的词的作者、词意以及某些词调产生的时代等，"凡例"言："余细加详考，归于画一，诞妄贻讥，差谓能免。"作者对此用力甚勤，而且是颇为自信的。"谐谑"门是搜罗以词打油戏谑的故实，其中还有一些讽政的内容，"凡例"言："里巷小词，未必无关风化。余间采打油、蒜酪诸体，使览者警省，非止冠缨欲绝也。"编辑此门，也是有其用心的。"外编"门多记齐谐志怪、荒唐不经之词事，用以资谈柄。上述七门，以"体制"和"品藻"两门理论性较强。

《丛谈》的价值，首在资料性，由于作者"家藏四库，遍览无遗。其足迹所经名山大川、通都巨邑，时与畸人韵士相往来。而珥笔禁林，复工于比事属辞之体。刿心钺肾，积十余年方始就绪。"（《丛谈》丁炜雁序）这些主客观条件，使他能汇成这部既博且精的词论总集，为后人留下一份很丰富的词学遗产。持论尚通达，颇能包容各家之言，兼收各派之所长，是此书第二个特点。作者处于词学由衰转盛的清初时代，当时词家各派正在酝酿过程中。以王士禛为首的东南文士集团，偏尚于"花间""草堂"的词风，而以陈维崧为首的阳羡派，则更为重视豪放之作。徐论词，重视言情素质，风格上则折衷于两者之间，他说："残月晓风，大江东去，铁板红牙，褒讥千古，特是优伶之口，未免强为差排。余为搜讨名人绪论，以己见参之。所谓峨眉不同貌而俱动于魄，芳草宁共气而皆悦于魂，善乎江淹之见，良有以夫。"（"凡例"）《丛谈》卷五引其评近人词三十二条，其中既有赞美王士禛词柔情似水，董文友词酷似李易安，丁飞涛词如"山间明月，风管箫声，凄楚回环，伤情欲绝"等；也激赏纳兰容若"词旨嵚崎磊落，不啻坡老、稼轩，都下竟相传写",宋荔裳词"慷慨激昂,仿佛曹公乌鹊南飞之句,傥呼铜将军铁绰板与髯仙共唱,应使大江鼎沸"。词学的传统之见,大都奉婉约为正宗,以豪放派为变调。徐氏摘录其论时,常参以己见,有所申论,如卷三录袁绹评苏、柳词后说:"然仆谓东坡词自有横槊气概,固是英雄本色"等。徐氏评苏词,与李清照观点有别,而评李清照《声声慢》,又激赏其"首句连下十四个叠字,真似大珠小珠落玉盘也"(卷三徐氏评语),这些都是他不拘一格的表现。

徐氏论词,主情真意深,不专以绮靡为尚,反对肤伪之词。因此,他所辑录的资料,颇具鉴裁,能较全面地反映出前此的词学成就,对后此的各派词人的创作,均有裨益。这是此书历来颇受重视的重要原因。复次,《丛谈》对明末清初的词论摘录较多,一些珍贵的资料,赖以保存。他突破了中国根深蒂固的崇古漏今的治学观点,在"品藻"和"纪事"二门中,各用一卷评及当代词人。四库馆臣对此似有所讥弹。其实,正是此书长处之一,特别是明末清初词论书籍散佚较多,此书所辑虬龙片甲,更值得珍视。如卷四录宋征璧论两宋词,就是现在研究云间派词论的重要依据。总之,《丛谈》虽有征引未注明出处,有些芜杂以及收录一些怪诞不经之言等缺点,但确有上述很多长处,所以当年付梓后很受欢迎,以多种版本行世。一些坊间书肆,割裂此书的内容,更换多种书名和作者,印行于世,由此亦可见此书风行之盛。

# 十、词综偶评

## 〔清〕许昂霄

许昂霄号蒿庐，门人尊之为蒿庐夫子，浙江海宁人。生年年不详，大约生活于康熙、乾隆年间，以讲学为业，对词学颇有研究。著有《晴雪雅词》《词综偶评》和《词韵考略》，还写过一些读书"杂记"。在授课时，曾以《词综》为教材，具体地予以品评。《词综偶评》（下称《偶评》）就是他的学生张载华依据听讲记录整理而成。末附《补录》，则是张氏从其师"杂记"中摘出。此书始出版于乾隆丁酉（1777）春日，附刻于《初白庵诗评》后，其时离讲授时已四十余年，许氏也早已去世。唐圭璋的《词话丛编》辑有此书，为现今较易见的读本。

《偶评》是评点式的词评著作，所谓"偶评"，是择其要者进行品评。对所评之词，标明词题，解说疑难字句，对词中佳句、章法及词旨等予以评说。其中间插张载华的"按语"，对许评做一点补充说明。许氏评词，推崇朱彝尊，认为学词应从《词综》入门。张载华在"附识"中说：蒿庐夫子"谓词肇于唐，盛于宋，接武于金、元，唐词具载《花间集》，宋词散见于花庵、草窗两编，金、元词罕购选本，唯《词综》一书，竹垞先生博采唐宋，迄于金元，搜罗广而选择精，舍此无从人之方也"。其评词的基本观点也是提倡雅正、清空、精工、流美等，推崇姜夔、张炎之作，贬抑俚俗之词，和朱彝尊一脉相承。不过朱彝尊等极少评及具体词作，而此书则是运用米氏的观点，较为细致地品评选入《词综》的若干作品，把浙派前辈们的审美意识，落实到具体词作上。如朱彝尊言："词至南宋，始极其工，至宋季而始极其变，姜尧章氏最为杰出。""填词最雅无过石帚。"（《词综·发凡》）汪森又言姜词"句琢字炼，归于醇雅"（《词综序》）。《词综》附张炎评姜词："姜白石如野云孤飞，去留无迹。""白石词不惟清虚，且又骚雅，读之使人神观飞越。"《偶评》评及姜词共十二阕，占《词综》所选姜词二十二阕半数以上，数量最多。其评《暗香》《疏影》："二词绛云在霄，舒卷自如。又如琪树玲珑，金芝布护。""别有炉锤镕铸之妙，不仅以隐括旧人诗句为能"，"能转法华，不为法华所转"，"尤有情致"，"用笔如龙"。《齐天乐》词"音响一何悲""高绝"，"将蟋蟀与听蟋蟀者，层层夹写，如环无端，真化工之笔也"。《琵琶仙》词"句句说景，句句说情，真能融情景于一家者也。曲折顿宕，又不待言"。《词综》附沈义父评姜词："白石清劲知音，亦未免有生硬处。"许氏则曲为开脱："词中之有白石，犹文之有昌黎也。世固也以昌黎为穿凿生割者，则以白石生硬也亦宜。"意谓姜词即使间有生硬处，也是创新中难免出现的小疵，无害于他在词国中南面之王的地位。推崇可谓备至。

从上述引文中可见，张、朱、江等对姜词是从总体上予以赞美，而许评则侧重从用语、运笔及章法变化等方面说明姜词是如何达到这种最高的美学境界的。其评张炎词亦然。如赞张氏《高阳台》"淡淡写来，泠泠自转，此境大不易到。"《绮罗香》"比拟最切""用事无迹，弹丸脱手，不足喻其圆美也"。《疏影》"三层模写，赋而比也"，"人巧极而天工错，草窗亦应退三舍避之"。《清平乐》"淡语能腴，常语有致，唯玉田为然"。《南浦》词"亦空阔，亦微妙，非玉田先生不能"等。从对张词的品评的意见看，他是把清空谈远的意境和表达上的自然流丽联系在一起，加以称道。这是他承接浙派词论而又有所发展的地方。虽然他盛赞姜词的精工，但主张雕琢而不留痕迹，精工要近乎自然，这两者是统一的。

许氏评词，和宋、汪等相较，也有其差异处，即比较重视词的立意和抒情，盛赞"立意高远""情真语挚"和"深情无限"之作。基于这种观点，所以他对李煜、范仲淹、苏轼、秦观、陆游、辛弃疾、元好问等名家名作，都有较多的赞语。如称赞辛词豪迈，《金缕曲》"通首寄慨绝远"。陆游"词亦扫尽纤淫，超然拔俗"，其《鹊桥仙》"感愤语妙，以蕴藉书之"，"不唯句法曲折，而意更深"。元好问《迈陂塘》"遗山二阕，绵至之思，一往而深，读之令人低徊欲绝"。并引用张炎的评语："雁邱、双莲，立意高远"，加以推崇。认为浙派只重视风格和形式，不注意立意和抒情，并非切当之论，至少不能一概而论。当然，许氏也是主张情分雅俗的。他说："融情景于一家，因是词中三昧。若论艳词，则与其多作情语，无宁多作景语，盖情语尤易流入鄙亵它。"甚至于批评李清照的《声声慢》："此词颇带伧气，而昔人极口称之，殆不可解。"许氏不但谨守崇雅抑俗的家法，而且比他的前辈们走得更远。汪森在《词综序》中批评了两种词风："言情者或失之俚"，他是赞同的，甚至要求更严；对"使事者或失之伉"，则有所保留，从他褒扬辛派的豪迈词风可证。他反对硬语、秽语，但不排斥苦语，认为"苦语真挚"，"情至之语，不嫌其苦"。这与朱彝尊所提倡的词要写欢愉之辞的见解相左。这些都与许氏重视词的言情素质有关。

总之，《偶评》评词，从总体上看，是传授浙派的衣钵，但评词的角度则有所不同，评述也比较细致，理论上也有所发展和变化。朱彝尊生前说过："浙西填词者，家白石而户玉田。"（《静志居诗话》）此书出自一位塾师之手，上距朱氏逝世不远，亦可见当日浙西派深入民间的程度。朱氏之言，并非虚谈。此书对后代也有一定的影响，吴衡照在《莲子居词话》中说："词选本以竹垞《词综》为最善，吾乡许蒿庐先生为之评。凡夫抒情之妙，写景之工，以及起结过换衬贴之法，靡不指示详明，洵词坛广劫灯也。"张载华称此书为"洵词家之郑笺已"（《偶评》"附识"），吴则誉为"洵词坛广劫灯也"，虽不无溢美之言，但可见此书在浙派后学中的影响。

# 十一、词林纪事

## 〔清〕张宗橚

张宗橚，字咏川，号思岩，浙江海盐人，生活于康熙至乾隆年间，生卒年不详。父祖均为刑部官员，又是诗人，有诗集问世。思岩少入太学为监生，后不求闻达，以文士终世。毕生雅好词学，著有《藕村词存》二卷，《词林纪事》（下称《纪事》）二十二卷。曾与其弟张芷斋及张载华同学词于许昂霄，许亦为浙派词人和词论家，辑著有《晴雪雅词》《词综偶评》和《词韵考略》。

张氏词学，颇受其师影响，书中多引其师说。据张嘉谷"后记"，《纪事》初稿成于乾隆戊子（1768），两年后又加补充和修订，三易其稿，但序文及"例言"未及作而遽尔去世。其孙张嘉谷秉承先祖遗志，整理遗稿，经张芷斋审定后，于乾隆四十四年（1779）冬刊行于世，前有陆以谦序，并附其孙"后记"。道光乙未（1835），又两次重版，散布较广。1926年，张氏六世孙张元济又重刻此书，为涉园张氏刻本，是本末附录张炎的《乐府指迷》（即《词源》下卷）、陆辅之《词旨》和许昂霄《词韵考略》。1957年上海古籍出版社重印此书，校订标点，卷末制有四角号码人名索引，便于寻检。

《纪事》共二十二卷，所辑词事，自唐宋至金元，涉及词人四百二十二家，引用书籍共三百九十五种，按年代先后次第编排。卷一、卷二，录唐五代人词事。卷三至卷十九，录宋人词事；卷二十至卷二十二，录金元人词事。朱彝尊的《词综》和许昂霄的《词综偶评》均断代至元，此书也一依其体例。朱彝尊当日编《词综》，曾有意于辑纂词事，《词综·发凡》言："词人琐事，散见各家诗话及传记、小说中，捃拾需时，是集未能附缀。将仿孟棨《本事诗》、计敏夫《唐诗纪事》，别为一集，以资谈柄。"但后来未能如愿。张书的编纂，似有实现朱氏遗志的用意。

　　清代前期，录有词事的辑著有三种传世，除此书外，尚有沈雄的《古今词话》和徐釚的《词苑丛谈》。三书的侧重点各不相同，沈书偏记个人的经历，侧重于清初的词事。徐书七门裁词，纪事只是其中的一项。比较沈、徐二书，张书有如下的特点：其一，重在汇编词事，"纪事者何？有事则录之，否则，词虽工弗录。间有无事有前人评语，亦附入焉。"（陆以谦《纪事序》）以词事为主兼及词评，就是此书的主要内容。词事之辑，不但是汇集佳话以资谈柄，且提供了历代名家某些名作产生的背景资料，这有助于正确地理解词旨，也有益于评判编者的审美倾向。如卷五录苏轼《减字木兰花》，首引《东皋杂录》，言此词是赠京口郡守林子中，为郑容、高莹二妓从良事，而张氏按语，则引"《聚兰集》载此词，乃东坡赠润守许仲涂"，《东皋杂录》之附会，已在不言中。又如苏轼《水调歌头》（明月几时有），首引《坡仙集外纪》："神宗读至'琼楼玉宇，高处不胜寒'，乃叹曰：'苏轼终是爱君'，即量移汝州。"此则纪事可证词中有寄托。但张书又引《铁围山丛谈》，记歌者袁绹曾言与苏轼游金山，适中秋夜，共同歌舞此词，苏轼乐极，以神仙自况事。后附三家评语，内容都与此则记事相表里，其一是引张炎评此词："清空中有意趣，无笔力者未易到。"编者的审美倾向，也就在这样的编排中体现出来。张氏师事许昂霄，是承浙派词统的，书中引用其师及张炎、朱彝尊词评较多，但亦能兼收并蓄各家之言。浙派重视南宋，尤其偏爱姜夔、张炎一派词风。而清初以王士禛为首的东南词人如邹祗谟、贺裳、彭孙遹等，对北宋诸名家评价都较高，编者多予以收录。而《词综》所收词评，止于元代，明清人词评，几乎一概摒弃。又，张氏本人，似乎偏好于词风婉约，重视词的本色美，如卷三晏殊《浣溪沙》录《复斋漫录》记事一则后加按语："细玩'无可奈何'一联，情致缠绵，音调谐婉，的是倚声家语。"对苏、辛豪放之作，也收录了不少赞赏的词评。由此可见，张氏词学虽有一定的倾向性，但持论尚通达，使此书所录词评，能较全面地反映出古往今来不同学派的词学观点，这对于一部以辑录资料为能事的词书来说，是很可贵的。当时乾嘉学派正在兴起，此书求全求备，重在考证，与此学风也不无关系。

　　其二，此书体例也较严明，不仅按时代和词人的先后编排词事和词评，对所辑录之文，也多写明其出处。当日徐钪编《词苑丛谈》，朱彝尊曾建议应注明书目，以明出处。惜其时徐书已脱稿，无从一一追溯，是一憾事。张氏编纂此书，则力图改变这个缺陷，并取得了成效。但限于当时的条件，并未尽如人意，编者对此也有所反省："采入诸条，或仅取书中所引，全书未经寓目。间有从亲友处借录，又无别本校正，不特挂漏尚多，即脱讹亦复不少。"（见（后记》引其先祖语）看来此书不足之处，编者是有自知之明的。唐圭璋在《宋词纪事序》中，对此书的得失做了评价："张书依词人时代先后，排比分卷。最为整齐；虽注明出处，但不尽依原文，是皆不能无憾也。且张书失处，尚有三端：任意增删原文，致失本来面目，一也。征引本事，不直取宋人载籍，而据明、清人词书入录，二也。书名纪事，而书中辄漫录前人评语，或掇拾词题，以充篇幅，三也。""三端"之一是漫录前人的词评，从严明纪事的体例说，似乎有可非议之处。但所辑词评，都经过仔细选择，从引录其师词评可证，不应以漫录视之；且所录评语，又进行精心编排，附于不同的纪事条目之下，还加进很多按语，予以辨证，可见，编者治学是很严谨的。这种编排，也有利于体现其词学倾向性。唐氏的《宋词纪事》，多录宋人原著，以宋证宋，补正其漏误，后来居上。对此书的价值及其历史作用，也应给予恰当评价。

# 十二、灵芬馆词话

### 〔清〕郭麐

郭麐（1767—1831），字祥伯，号频伽，晚号复翁，江苏吴江人，嘉庆贡生。浙派后期知名的词人和词评家。著有《灵芬馆集》和《金石例补》，集中有词四卷，诗话十卷和词话二卷，另有《词品》十二则，附刻于"杂著"中。《清史稿》卷四八五有传。唐圭璋的《词话丛编》所辑郭氏词话，系从本集中析出，加小标题，便于阅读。

郭氏生当嘉、道之世，其时浙派日趋柔靡，遭人诟病。郭氏《词话》之作，想实以情意，导以清婉，重振浙派词风。其论词以卫冕朱彝尊以总揽全局，所论绝大多数是浙派词人，其中有不少是作者的词友。

《词话》综论词史，首称词有四派："词之为体，大略有四：风流华美，浑然天成，如美人临妆，却扇一顾，花间诸人是也。晏元献、欧阳永叔诸人继之。施朱傅粉，学步习容，如宫女题红，含情幽艳，秦、周、贺、晁诸人是也。柳七则靡曼近俗矣。姜、张诸子，一洗华靡，独标清绮，如瘦石孤花，清笙幽磬，入其境者，疑有仙灵，闻其声者，人人自远。梦窗、竹屋，或扬或沿，皆有新隽，词之能事备矣。至东坡以横绝一代之才，凌厉一世之气，间作倚声，意若不屑，雄词高唱，别为一宗。辛、刘则粗豪太甚矣。其余么弦孤韵，时亦可喜。溯其派别，不出四者。"（卷一）四派之分，视野还是比较开阔的，也颇能道中各派的一些特色，褒贬抑扬之间，其词学旨趣也就鲜明地表现出来。而如此直露地张扬浙派旗帜，党同伐异，在前此词评家中，还是比较少见的。

在郭氏看来，认识到姜、张词的美学价值并倡导其词风的，首先要归功于浙派初祖朱彝尊。《词话》接着盛赞朱氏的词学："本朝词人，以竹垞为至，一废《草堂》之陋，首阐白石之风。《词综》一书，鉴别精审，殆无遗憾。""词之为体。盖有诗所难言者，委曲倚之于声，竹垞之论如此。真能道词人之能事者也。又言世之言词者，动曰南唐、北宋，词实至南宋而始极其能。此亦不易之论也。""其所自为，则才力既富，采择又精，佐以积学，运以灵思，直欲平视花间，奴隶周、柳。姜、张诸子，神韵相同，至下字之典雅，出语之浑成，非其比也。竹垞才既绝人，又能搜剔唐、宋人诗中之字冷隽艳异者，取以入词。至于镕铸自然，令人不觉，直是胸臆间语，尤为难也。同时诸公，皆非其偶。"（卷一）这段话有不少虚美之言。但郭氏如此推捧朱彝尊，也有其现实的原因和针对性的。清代词学复兴，派别纷呈，名家辈出，像阳羡派首脑陈维崧，词量极丰，词风豪放，并兼擅清丽委婉之作，与朱彝尊并驰清初词坛，难分轩轾。浙派后起之秀厉鹗，精审清隽，幽香冷艳，大有代朱而冠冕群彦之势。在词学评论中，亦时有宗朱、宗陈、宗厉之争。郭氏为了定朱氏于一尊，对陈、厉均有所贬抑，如评陈维崧："迦陵词沆爽之气，清丽之才，自是词坛飞将。竹垞所谓'前身定是青兕'，非妄誉也。然时有俗笔，村不可耐。"（卷一）其年时有游戏应酬之作，郭氏以"俗笔"讥之，不谓无见。但竹垞亦有淫靡之词，其《静志居琴趣》，四库馆臣因其有碍风雅而摒斥集外。郭氏扬长护短之言，不能说是持平之论。至于厉鹗，《词话》引凌廷堪词评加以辩驳。凌云："词以南宋为极，能继之者竹垞。至厉樊榭则更极其工，后来居上。"郭则说："至谓樊榭胜竹垞，鄙意大不谓然"，"大抵樊榭之词，专学姜、张、竹垞则兼收众体也"（卷一）。"专学姜、张"，不正是浙派的宗旨吗？"不师秦七，不师黄九，倚新声玉田差近"（朱彝尊《解佩令·自题词集》），不正是朱氏创作的座右铭吗？郭氏扬朱而抑陈、厉，其意图是维护正统浙派在词坛上的宗主地位，使之不受动摇。但是当日浙派后继者，只能拘守家法，他们放言醇雅，奢谈清空，实则饾饤寒乞，意旨不明。郭氏对此也深表不满，想实以情意并兼容他体，以挽回浙派的颓势。"兼容众体"之说和四派之论，都是为此而发的。

《词活》指斥"词妖"一则，很值得我们注意："倚声家以姜、张为宗，是矣。然必得其胸中所欲言之意，与其不能尽言之意. 而后缠绵委折，如往而复，皆有一唱三叹之致。近人莫不宗法雅词，厌弃浮艳，然多为可解不可解之语，借面装头，口吟舌言，令人求其意旨而不得，此何谓者耶。昔人以鼠空鸟即为诗妖，若此者，亦词妖也。"（卷二）郭氏主张清空、醇雅必须与作者必欲抒发之情意相结合，这是对浙派词论做了一点修正，至少在突出之点上增加了新的内容。但仍强调"倚声家以姜、张为宗"，不许突破姜、张的藩篱，因而也无助于改变浙派的颓势。在《词话》中，作者正是依据其所修正的观点，对前代和当代词人进行品评。如卷二评冯登府词"皆能离貌传神"，"会句意于一时，融情景于两得"。卷一赞彭兆荪词"慢调兼学南北宋，小令亦不屑作温、韦语，而情韵自胜"。卷二赞吴兆骞《秋笳集》"悲凉抑塞，真有崩云裂石之音"。顾贞观姊词"语带风云，气含骚雅"等，尚能兼容众体。至于侧艳、粗豪、俚俗之作，仍在排斥之列。《词话》中所补录的史达祖的警句和南宋小家词，常被后人所称道。特别是较多地刊载同辈词人如袁裳、袁通等词作和词事以及当时很多女词人的作品，都是研究词史的很好的资料。

又，郭氏的《词品》十二则，是仿司空图《诗品》而作；其品目为幽秀、高超、雄放、委曲、清脆、神韵、感慨、奇丽、含蓄、遒峭、浓艳、名隽。似亦有兼收众体之意，和其《词话》相表里。在具体阐述各品内涵时，用意象比喻其审美特征，以明各品的特点和审美价值，并能和诗的审美特点相区别，这是郭氏对词的美学有深知的表现。

# 十三、复堂词话

〔近代〕谭献

谭献（1830—1901），原名廷献，号涤生，后更名献，字仲修.
号复堂，浙江仁和（今杭州）人。同治六年（1867）举人，历署歙
县、全椒、合肥、宿松诸县令。罢归后，潜心著述。晚年应张之洞
的邀请，主湖北经心书院。《清史稿》卷四八六有传。

谭氏为晚清常州派知名的词人和词评家，著有《复堂类集》二
十六卷，其中文集四卷，诗集十一卷，词集三卷，日记八卷。编有
《词录》十卷，《箧中词》六卷，续四卷。《词录》选唐、宋、元、明
词一千零四十七首，隶属词人三百四十家。《箧中词》入选均清人
词。光绪庚子（1900）年，其门弟子徐珂从《词录》《箧中词》《复
堂日记》及其所评周济的《词辨》中，辑出其论词一百三十一则，
经谭氏认可，并定名为《复堂词话》（下称《词话》），于1925年梓
行于世。现有"心园丛刊"本、《词话丛编》本和人民文学出版社
1959年出版的校点本，由顾学颉校点，和《介存斋论词杂著》《嵩
庵词话》合为一册。

《词话》涉及面较广，而侧重评清人词，其持论，上承张惠言、
周济，并有所发展。《词话》申言"予欲撰《箧中词》，以衍张茗
柯、周介存之学"，就是全书的主线。在张、周二家中，又特尊周
氏，认为周所作《宋四家词选》"陈义甚高，胜于宛邻《词选》……
以有寄托入，以无寄托出，千古辞章之能事尽，岂独填词为然"。谭
于周亦有所变化和发展，他说："予因心知周氏之意，而持论小异。
大抵周氏所谓变，亦予所谓正也，而折衷于柔厚则同。"谭与周济，
都极重视词的蕴藉敦厚，但周的《词辨》，以汉人论诗之美刺分词之
正变，谭氏则认为，"怨而不怒"也是"温柔敦厚"的表现，也应视
为正体，其评周氏列为变体的鹿虔扆的《临江仙》云："哀悼感愤，
终当存疑，当以入正集。""正集"即《词辨》上卷，所选均正体，

又如被周氏列为变体之首的李后主词，谭氏评其《玉楼春》和《清平乐》云："雄奇、幽怨，乃兼二难……二词终当以神品目之。后主之词，足当太白诗篇，高奇无匹。""高奇""神品"，当然应属于正体了。这种以怨为正的正变观，也表现在对清人词的评价中，使其眼界比前人开阔。如评项鸿祚和纳兰容若词："莲生古之伤心人也。荡气回肠，一波三折。有白石之幽涩，而去其俗；有玉田之秀折，而无其率；有梦窗之深细，而化其滞。殆欲前无古人。""以成容若之贵，项莲生之富，而填词皆幽艳哀断，异曲同工，所谓别有怀抱者也。"这些评价，在常州派词评中，是很少见的。"诗可以怨"，本是中国诗论的进步传统，谭氏以之论词，从正面肯定它，提高此类词作的地位，其见解是很可取的。

谭献与周济的词学大同小异之处，还表现在尊体和比兴寄托等问题上。常州派的词人，都反对视词为小道，认为诗词同源而异流，词和诗具有同等的价值，周济更进而提出词史之说。在尊体问题上，谭氏推衍其前辈之学，与之一脉相承。他说："要之倚声之学，由二张（即张惠言兄弟）而始尊耳。""周氏撰定《词辨》《宋四家词筏》（原注：即《宋四家词选》），推明张氏之旨，而广大之，此道遂与于著作之林，与诗、赋、文、笔同其正变。"词史之说，亦贯穿在谭氏的词评之中。《词录序》言其初学词时即"喜寻其旨于人事，论作者之世，思作者之人"。《词话》评邓廷桢词"忧生念乱，竟似新亭之泪，可以觇世变也"等，均与周济之言相表里。

谭氏的异处，在于论词推源于乐经、乐府，与张、周推源于《风》《骚》有所不同。他说："词为诗余，非徒诗余，而乐府之余也。律吕废坠，则声音衰息。声音衰息，则风俗迁改。乐经亡而六艺不完，乐府之官废，而四始六义之遗，荡焉泯焉……生今日而求乐之似，不得不有取于词矣。""年逾四十，益明于古乐之似在乐府，乐府之余在词。"（《词序录》）在谭氏看来，乐经、乐府和词，是源与流的关系，古人观乐以见盛衰，今之词作，亦应承担此职责，这就从一个新的角度提出应尊词体的理由。而能否继承古乐府的传统，也就成为他评价各家词价值大小的新尺度。

对于比兴寄托说，谭氏也有新的阐述。他特别膺服于周济的寄托出入说，推尊为文学创作的普遍规律，并多次运用其理论评说词家的优劣。周氏之言，显然是从创作的角度上立论，而谭氏进而从鉴赏的角度上，提出"作者之用心未必然，而读者之用心何必不然"的新见。此论虽然也可为穿凿附会之言曲为辩说，但也确实阐明了审美主体的创造性和能动性，自有其价值，因而也就发展了常州派寄托说的理论。

谭氏生当同、光之世，其时浙派势衰，而常州派气盛，《词话》也勾勒出清代各词派兴衰变化的轮廓："填词至嘉庆，俳谐之病已净，即蔓衍阐缓，貌似南宋之习，明者亦渐知其非。常州派兴，虽不无皮傅，而比兴渐盛。故以浙派洗明代淫曼之陋，而流为江湖。以常派挽朱、厉、吴、郭佻染饾饤之失，而流为学究。近时颇有人讲南唐北宋，清真、梦窗、中仙之绪既昌，玉田、石帚渐为已陈之刍狗。周介存有'从有寄托入，以无寄托出'之论，然后体益尊，学益大。近世经师惠定宇、江艮庭、段懋堂、焦里堂、宋于庭、张皋文、龚定庵多工小词，其理可悟。"这段话，在否定浙派的同时，也肯定了他们在词的发展史上的地位和功绩。他想建立常州派的词统，但也指出其许多不足之处，持论还比较公允，也大体上符合清代词坛上发展变化的实际情况。此外，谭献作为词的一代作手，偶尔还能超脱派别之见，发表一点独立的见解，如称赞纳兰容若、蒋春霖和项鸿祚三家词为词人之词，和张、周等学人之词及王士禛等才人之词并列，从情采兼备立论，做深入精到的剖析和较高的评价。这在常州派诸子中，是很少见的。由于《词话》是从谭氏各书中摘录综合而成，无系统的理论结构。点悟式的体会，评点式的方法，虽有一些精到的论断和独特的体会，但无较系统的理论阐述，用语也较隐晦，甚至有点费解。

# 十四、赌棋山庄词话

## 〔近代〕谢章铤

谢章铤，字枚如，福建长乐人，生卒年不详。光绪三年（1877）进士，官内阁中书，后受聘为致用书院山长。谢氏爱好交游，勤于著述。深于言情，工诗词，著有《酒边词》八卷、《赌棋山庄词话》正续编共十七卷，有《赌棋山庄集》传世。据作者所写《词话·题记》，其书初刊于光绪甲申（1884）年，其时作者还健在，现有光绪刊本和唐圭璋《词话丛编》本。

是书正集十二卷，续集五卷，篇幅之多，在词话中较少见。内容涉及面也较广，前代和当代的词集、词选、词话、词律以及杂著中涉及词学的，都属其考评的范围。所评元、明、清词数量最多，而清人论著，又是他取材的重点。正续编及其卷次的安排，无严格体例，大抵以著作者及其论著为单位，分则考评。而其论则贯穿古今，把论古人词和评今人词结合在一起，从评今人词探源古人词，溯其源，评其流，融会贯通，自成体系。据书前作者同年友刘存仁所作序文，是书第一卷写成于咸丰建元（1851）八月，而全书脱稿于光绪甲申（1884）年，前后三十余年，作者毕生精力尽瘁于斯。

谢氏的词评，总结了唐、宋、元、明、清词学各流派，而主要着眼点则是针对清代词坛，他批评了浙派末流的差错，总结了常州派的得失，重寄托，主深情真气，则是论词的主要之点。《词话》开卷明义引王昶语加以推许，以明其词学的宗旨："王述庵昶云：'南宋词多黍离麦秀之悲，北宋词多北风雨雪之感。'""世以填词为小道者，此扣盘扪籥之说。'诚哉是言也。词虽与诗异体，其源则一，漫无寄托，夸多斗靡，无当也。"基于这种认识，他对浙派初祖朱彝尊及其后继者厉鹗词虽有所肯定，对他们在词史上的作用也予以积极评价，但对他们词学的偏颇，特别是影响当时词坛的朱、厉末派饾饤琐屑，则多有讥弹。他说："至今日袭浙西之遗制，鼓秀水之余波，既鲜深情，又乏高格，盖自樊榭而外，率多自检无讥，而竹垞又不免供人指摘矣。盖嗣法不精，能累初祖者率如此。"（卷九）与此同时，他对常州派词学的弊病，也有所批评，但在总体上是予以赞赏的。在"张皋文词选"一则中，引金应珪所言词中"三蔽"（即"淫词""鄙词"和"游词"）后说："皋文词选，诚足救此三蔽，其大旨在于有寄托，能蕴藉，是固倚声家之金针也。"（续编卷一）张氏的毛病就在于对词的意蕴过于深求而陷于穿凿。同卷引《词选》所选苏轼《卜算子》和鲖阳居士注后说："字笺句解，果谁语而谁知之。虽作者未必无此意，而作者亦未必定有此意。可神会而不可言传，断章取义，则是刻舟求剑，则大非矣。"谭献在《复堂词话》中说："作者之用心未必然，而读者之用心何必不然。"谭氏之论是从评论者主体审美意识的能动性立论，自有其理论意义，但亦可据此为"附会"说曲为辩解。谢氏之言似乎是针对此而发的，他是坚决反对穿凿附会了。"皋文之说不可弃，亦不可泥也"（续编卷一），就是他的结论。其所以不可泥，是因为词人创作，有不少是樽前花下即境之篇，并非篇篇都关身世国事。谢氏的纠偏，是符合词人创作实际情况的，这对"寄托"说的理论，也是一个很好的补充和发展。

再就主情说看，谢氏认为，并非有所寄托才是好词。好词，包括有所寄托的在内，都必须以深情真气为主干。《词话》卷五评刘存仁词，较为系统地阐明这一观点。他说："诗词异其体调，不异其性情，诗无性情，不可谓诗。岂词独可以配黄俪白，摹风捉月了之乎？然则崇奉姜、史，卑视苏、辛者，非矣。第今之学苏、辛者，亦不讲其肝胆之轮困，寄托之遥深，徒以浪烟涨墨为豪，是不独学姜、史不之许，即学苏、辛，亦宜挥之门外也。"苏、辛与姜、史，各具性情，各有风貌，无苏、辛之性情，徒具浪烟涨墨的外貌，不但不能学姜、史，亦不能学苏、辛。词中存性情，是词的第一要义。

《词话》评及宋人词，把宋词分为三派，即婉丽、淳雅和豪宕，而尤重苏、辛之豪宕。他说："晏、秦之妙丽，源于李太白、温飞卿；姜、史之清真，源于张志和、白香山。惟苏、辛在词中，则藩篱独辟矣。读苏、辛词，知词中有人，词中有品，不敢自为菲薄。"（卷九）所谓"词中有人"，即词中见性情；所谓"词中有品"，即词中有寄托，自成高格，并以藩篱独辟的意境和风格呈现出来，故特爱重。把尊体和言情结合起来，这是谢氏的新见，也是他对常州派词学的发展。《词话》对明清词人的评价，亦以此为铨衡的标准。如评清初朱彝尊、陈维崧和纳兰容若三大家词，认为朱以学胜，词多典雅；陈以才胜，故流宕疏阔；纳兰以情胜，故深情委婉。三家各有所长，对纳兰词似更爱重。"纳兰容若，深于情者也。固不必刻划花间，俎豆兰畹，而一声河满，辄令人怅惘欲涕。"（卷七）

　　谢氏评词，还重视雅与趣的结合，认为趣更难得，"词宜雅矣，而尤贵得趣。雅而不趣，是古乐府。趣而不雅，是南北曲。李唐、五代多雅趣并擅之作。雅如美人之貌，趣是美人之态。有貌无态，如皋不笑，终觉寡情。有态无貌，东施效颦，亦将却步。"（卷十一）以情趣评词，已深入到词的美感趣味层次，这是深得词学的个中三昧。谢氏的《词话》，立足于常州派，对唐宋以来各派词学做了一定程度的总结。他吸收了清代浙、常两派各家词评之所长，形成了颇具特色的一家之言，他主张寓寄托于性情之中，成为况周颐的"即性灵、即寄托"之言的先声。他搜集与辑录了宋以后特别是清中期以后的词学资料，也很值得我们珍视。

# 十五、近词丛话

## 〔近代〕徐珂

徐珂（1868—1928）。按：徐珂的生卒年向无定说，今据《复堂词话》后徐氏于乙丑年（1925）所作校记云："辛卯（1891）逮今，忽忽三十五载。珂五十无闻，且又加七"云云，据此可知，1925年徐氏为五十七岁，故其生年当为1868年。又，据谢国桢为徐氏所作《清稗类钞》所写的《前言》说，徐珂卒时为六十岁，故其卒年年当为1928年。原字仲玉，改字仲可，浙江杭县（今浙江余杭）人，光绪十五年（1889）举人，官内阁中书，袁世凯在小站练兵时，曾参其戎幕，未几辞退，任上海商务印书馆编辑。珂少师事谭献，后又学词于况周颐，曾为谭献整理、刊行《复堂词话》，自著有《纯飞馆词》《真如室诗》《小自立斋文》《大受堂札记》《清稗类钞》《清代词学概论》及《历代词选集评》等二十余种。《近词丛话》（下称《丛话》）原非专著，是后人从《清稗类钞》中辑录有关论词条目而成书，所评均清人词，故称"近词"，有《词话丛编》本。《续修四库提要》，对徐著《大受堂札记》和《丛话》有评介，可参阅。

全书十九则，其内容大别有二：一是论述清词发展的概况，对重要词家进行撮要评论；二是记述清末民初女词人的事迹，间亦评品其词作。撮述清词的发展，谭献有前七家、后七家、前十家、后十家的说法（见《复堂词话》），徐氏又做了进一步申说，对清初词及浙、常二派特别是常州派的发展过程做了概括的评论，条理明晰，立论精当。其见解集中见于《词学名家之类聚》一篇中。首先对清初到清末的词学发展，勾勒出一个粗略的轮廓，他说："明崇祯之季，诗余盛行，人沿竟陵一派。入国朝，合肥龚鼎孳、真定梁清标，皆负盛名。而太仓吴伟业尤为之冠，其词学屯田、淮海，高者直逼东坡，王士禛以为明黄门陈子龙之劲敌。自余若钱塘吴农祥、嘉兴王翙、周笃，亦有名于时。"其后发展，徐珂根据谭献的意见，据时间为先后，亦以前七家、前十家、后七家、后十家来总括。所谓前七家，指宋征舆、钱芳标、顾真观、王士禛、沈丰垣、彭孙遹、纳兰性德。合李雯、沈谦、陈维崧为前十家。所谓后七家，是指张惠言、周济、龚自珍、项鸿祚、许宗衡、蒋春霖、蒋敦复。加上张琦、姚燮、王拯合称后十家。所不足者，对浙派，只言其创始人朱彝尊和其门弟子李良年、李符以及厉鹗、过春山，而未及其后，使人不能统观浙派发展的全貌。

徐珂对词人的渊源，亦有所论列，其言颇似锺嵘《诗品》，如评钱芳标："原出义山，神味绝似淮海"；顾贞观"浸浸乎苏、辛而驾周、秦"；王士禛"逼近南唐二主"；沈丰垣"其词柔丽，源出秦淮海、贺方回"；纳兰性德"其品格在晏叔原、贺方回间"等。虽不无牵强，但亦有其自得之见。《丛话》论清初词坛，特别突出朱彝尊、陈维崧的历史地位，这是符合当时实际情况的。朱氏在康乾年间一宗姜（夔）、张（炎），标举"骚雅""清空"之论，为一代宗师，影响所及，"流于宇内，传入禁中"。陈氏词，"郁青霞之奇气，谱鸟丝之新制，实大声宏，激昂善变者也。"但亦各有所短，"惟朱才多，不免于碎，陈气盛，不免于率，故其末派，有俳巧奋末之病。"所论能切中其弊。朱、陈以后，厉鹗等名家继出，厉鹗、过春山近似朱作，郑燮、蒋士铨近于陈风。王时翔、王策诸人，能"独轶出朱、陈两家之外，以晏、欧为宗"，为一时作手。对常州一派，徐珂极赞张惠言"为《词选》一书，阐意内言外之旨，推文微事著之原，比傅景物，张皇幽渺，约千编为一简，蹙万里于径寸，诚为乐府之揭橥，词林之津逮。"此外还极推崇周济、谭献诸人，十分重视"寄托"之说。说谭献为词学大家，"读其词者，则云幼眇而沉郁，义隐而指远，腷臆而若有不可于明言。"此外对光宣之世的王鹏运、况周颐、朱祖谋、郑文焯四大词家，也甚推重。总之，《丛话》对常州派词统论列甚详，颂扬过之，对浙派则贬多于褒，失之平允，其抑扬之间，正反映了常州派词学在清末民初的词坛上，仍有相当的影响。

《丛话》另一重要内容，是为女词人立论，着重提到的有顾太清、程蕙英、郑兰孙、吴蘋香等人，从中我们约略可以窥见清末民初女词人的创作概况。在评述中，徐珂把介绍其佚事和评论其词作相结合；如说顾太清，才色双绝，录其作三首，并引冒广生记太清遗事诗六首，使人对其创作与生平有所了解。说程蕙英工于诗词，才气横溢，所作"非寻常闺秀所能"，有"敢言怒骂亦成文"的豪爽之气。认为吴蘋香《花帘词》"逼真漱玉遗音"。这都表明了作者对女词人的重视。其师况周颐，著《玉楼述雅》专论清代女词人，徐氏之作，应是受其影响。总之，《丛话》内容不多，体例也较芜杂，但时有精当之语，研究清词者，仍有一读的价值。

# 十六、人间词话

〔近代〕王国维

王国维（1877—1927），字静安，又字伯隅，号观堂，又号水观，浙江海宁人。晚清秀才，早年受维新思潮的影响，曾在《时务报》工作，并留学日本。回国后，任学部图书馆编译、名词馆协韵。辛亥革命后，历任仓圣明智大学教授、北京大学研究所国学门通信导师、清华研究院教授等教职，同时又接受清废帝溥仪授予的"南书房行走"的职务。兹后政治思想日趋保守，1927年6月2日，当北伐军进军河南并有席卷华北之势时，王国维怀着"经此世变，义无再辱"的遗书，自沉于北京颐和园昆明湖，以悲剧形式结束了自己的一生。王国维毕生从事于学术研究工作，是近代最著名的学者和国学大师，前期曾受尼采和叔本华的哲学与美学思想的影响，著有《红楼梦评论》《人间词话》和《宋元戏曲史》等文艺美学著作，后期学术思想有复古主义倾向，专一从事中国古代史研究以及古文字的考证工作，成绩卓著。他的全集《海宁王静安先生遗书》，共四十三种，一百零四卷。

《人间词话》（下称《词话》）是王国维的文学理论研究的代表作，发表于1908年，其时王氏年方三十一岁，发表后，即受学界重视，先后有十几种版本问世。这十几种版本大体可分为三种类型：即一卷本、二卷本和三卷本。一卷本为"国粹学报"本，收词论六十四则，为王氏所手定。二卷本为《海宁王忠悫公遗书》本，罗振玉编，以王氏手定本六十四则为上卷，以赵万里从《词话》未刊稿中录出的四十八则为下卷，共一百一十二则，1928年刊行。三卷本为开明书店本，徐调孚校注。此本除上述二卷外，校注者又从王氏遗著中辑录其词论片断文字为"补遗"，1940年刊行。此本后经王幼安校订、补遗、并重新编次，以王氏自定本六十四则为正文，以王氏定稿时从其原稿中所删弃者四十九则为"删稿"，以各家所录王氏论词之语而非原稿内容者二十九则为"附录",共计一百四十二则,收入郭绍虞、罗根泽主编的"中国古典文学理论批评专著选辑"丛书,人民文学出版社1960年予以刊行。唐圭璋的《词话丛编》所收王氏《词话》,即以此书为底本,并在各则前新加小标题揭示要旨,便于查阅。又,齐鲁书社1981年所刊滕咸惠的《词话》新注和《河南师范大学学报》1982年第5期所刊陈杏珍、刘恒的《词话》重订本,均有所增补,滕本计一百五十四则,陈、刘本计一百四十八则,都有参考价值。

评介《词话》,应以王氏自定本为主,兼采后人所辑录。王氏自编本六十四则,大体可分为两个部分:前九则阐述理论,可称之为词论;后数十则是对作家、作品的品评,可称之为词评。在词论中,首先标出"境界"二字,作为其评词的最重要的美学范畴:"词以境界为最上。有境界则自成高格,自有名句。五代北宋之词所以独绝者在此。"境界,王氏有时又称为意境,是由"意"与"境"两种质素融合而成,即司空图所说的"思与境偕"(《与工驾评诗书》)。王国维从传统诗学中拈"意境"二字,赋予新的含意,把有无境界作为判别词的高下唯一的依据。那么何谓有境界呢?"境非独景物也。喜怒哀乐,亦人心中之一境界。故能写真景物、真感情者,谓之有境界。否则,谓之无境界。"这段话包含两层意思:第一,词人要有真情感,对所写之景物,要有真切的感受,有真知灼见;第二、在词中能写出真景物和真感情。这两者,后来他又概括为"能感之"和"能写之"两个方面。(见"附录"评清真词)就"能感之"说,词人要动真感情,感物要深,所见能真。他盛赞北宋五代词有境界,首先是因为其表达了不能抑制的真情。《词话》引陈子龙评宋人词优于诗,是因为宋人能将"欢愉愁怨之致,动于中而不能抑者,类发于诗余,故其所造独工"(陈氏语见《王介人诗余序》)。王氏的按语是"善乎陈卧子之言","五代词之所以独胜,亦以此也"。抒真情,感触愈深,眼界愈大,就愈有境界。这见之于他评李后主词。李煜有国破家亡极痛苦的遭际,发而为词,所以感慨特深,是"以血书者"。王氏认为李氏不但感慨深,而且眼界宽,境界大,有气象,"变伶工之词而为士大夫之词",在词史上起了划时代的作用,从而给予崇高的礼赞。《词话》对南宋词人,特尊辛弃疾，对清代词人，独赏纳兰容若，也都是基于此立论的。有了真情，可以借景言情，构成境界，所谓"一切景语皆情语也"。也可以直抒胸臆，自成境界，所谓"喜怒哀乐，亦人心中之一境界"。见诸于词，词中即有境界。王氏的"境界"说，首先重在"能感之"，所谓真情和美景，并非自然状态的呈现和客观自在物的复述，而是诗人通过兴发感动作用的独特感知，无感知即无境界可言。所以他说："一切境界，无不为诗人设。世无诗人，即无此境界。"

再就"能写之"说，即诗人将所感知的情景，予以形象地呈现。在王氏看来，这也是诗人有别于常人的最重要之点。王氏认为，写景抒情，首先要力求自然，要以"自然之舌"言之，不事雕琢，不假装束，忌用代词和游词。他多次批评南宋词人吴文英、张炎等人词写得不真切，就是基于这一点。为了提倡表达得真切，他提出了隔与不隔的问题。"语语都在目前，便是不隔"，而"雾里看花，终隔一层"了。"问隔与不隔之别，曰：陶、谢之诗不隔，延年则稍隔矣。东坡之诗不隔，山谷则稍隔矣。'池塘生春草''空梁落燕泥'等二句，妙处唯在不隔。词亦如是。"（《词话》）有关隔与不隔的论述，表明王氏的"境界"说重在表达，而表达上又重在自然真切。《词话》中又说："'红杏枝头春意闹'，著一'闹'字，而境界全出。'云破月来花弄影'，著一'弄'字，而境界全出矣。"一"闹"字一"弄"字，起着传达神态显露境界的作用，所以可贵。由此亦可见，王氏以显露境界为能的。

《词话》下列一则，是他对构成境界诸因素互相关系的总体说明："大家之作，其言情也必沁人心脾，其写景也必豁人耳目。其辞脱口而出，无矫揉妆束之态。以其所见者真，所知者深也。"总之，主情、主真、主自然，重在表达境界，是王氏"境界"说主要内涵，而显露境界，诗人"能写之"，读者"能观之"，又是他的"境界"说不同于前人的最主要之点。而这种"境界"说的理论意蕴，又源于尼采和叔本华的哲学和美学思想，《词话》中就引用了尼采的话并用之于词评。"尼采谓：'一切文学，余爱以血书者。'后主之词，真所谓以血书者也"。王氏在《叔本华之哲学及其教育学说》一文说："美术之知识，全为直观之知识。""唯诗歌一道，虽借概念之助，以唤起吾人之直观，然其价值全存于其直观与否。"这就是说，诗词是借助于概念（即语词），以唤起人们的直观；其审美价值，也在于能否直观。王国维以此为核心，构成其"境界"说，强调境界的自然，境界的真切，境界的显露。所以叔本华的审美直观，就是王氏"境界"说的渊源之所在。王氏之论异乎传统的诗说，其原因亦在此。

以"境界"说为中心，《词话》又从多种角度视察，把境界分成几种类型。其中有以情意与景物组合的情况不同，分境界为意胜、境胜和意境两浑三类，并以后者为止境。有以表达境界的方法的不同，把境界分为造境和写境两类，这两类境界都应以合乎自然为能事。有以词人主体情思的显与隐，区分出有我之境和无我之境两类，以无我之境为上乘之作等。从王氏有时又称境界为意境，并进而析为意与境两种质素的情况看，王氏的"境界"说，是脱胎于传统的"意境"说，是对传统的意境理论的继承和发展、总结和深化。其自定本《词话》，不用意境而用境界一词，只不过是强调境界的呈现而已。至于其"境界"说中既重视主体情思和词人的深切感知，又强调在构成境界时要淡化自我，赞美意与境浑、物我为一和无我之境，则是王氏既承接了传统诗论中重视意隐于诗和"不着一字，尽得风流"的审美趣味，又受到尼采的自我解脱、超功利的艺术观的影响的结果。王氏的词论，既总结了传统，又带有现代文论的特色，所以很值得我们重视。

此外，《词话》中对于创作论中的"出入"说、风格论中"雅郑"说以及创意、创调、气象、风骨等，都提出一些较好的见解。还须指出的是，《词话》（包括"删稿"和"附录"）中对某些具体问题的论述，有不尽一致之处，甚至互为矛盾，其中对周邦彦的评价，表现尤为明显。如"附录"中，既言"予于词……不喜美成"。"美成词多作态，故不是大家气象。"但又称清真词入人至深，"词中老杜，则非先生（即清真）不可。"这种互相抵牾之言，很可能是后人的辑录，是出自王氏不同时代的手笔。其贬多于褒的品评，和《词话》正文相一致；而褒多于贬的评语，则可能是他后期的见解。此推论如能成立，则王氏后期更为重视词的艺术形式美，从前期重视创意走向重视创调，在境界的理论上有所后退了。

# 十七、宋元戏曲考

## 〔近代〕王国维

王国维另有《人间词话》，已著录，其生平事迹，见于该书"提要"。王氏于戏曲学，共有八部专著，即《曲录》《戏曲考源》《录鬼簿校注》《优语录》《唐宋大曲考）《录曲余谈》《古剧脚色考》和《宋元戏曲考》。另有序、跋的戏曲散论十余篇。而《宋元戏曲考》则是他戏曲理论方面的代表作。是书成于1912年，于1913年4月至1914年3月，陆续发表于《东方杂志》卷九、卷十等期，商务印书馆于1915年以单行本出版，易名为《宋元戏曲史》，1940年，商务印书馆出版了《海宁王静安先生遗书》，其第十五册，收有是书，仍名为《宋元戏曲考》。1984年，中国戏剧出版社将王氏戏曲论著结集出版，名为《王国维戏曲论文集》，是书列于卷首，加标点，是通行易见的读本。

王氏戏曲论著八种，前七种都是为写《宋元戏曲考》做准备的，自序对是书写作的起因、进行的情况，做了说明，对此书的价值，亦有评价。他说："往者读元人杂剧而善之，以为能道人情，状物态，词采俊拔而出乎自然，盖古所未有，而后人所不能仿佛也。辄思究其渊源，明其变化之迹，以为非求诸唐、宋、辽、金之文学，弗能得也。乃成《曲录》六卷，《戏曲考源》一卷，《宋大曲考》（应为《唐宋大曲考》）一卷，《优语录》二卷，《古剧脚色考》一卷，《曲调源流表》一卷。从事既久，续有所得，颇觉昔人之说与自己之书罅漏日多，而手所疏记与心所领会者，亦日有增益。壬子（1912年）岁莫，旅居多暇，乃以三月之力，写为此书。凡诸材料，皆余所搜集；其所说明，亦大抵余之所创获也。世之为此学者自余始，其所贡于此学者亦以此书为多。"《曲录》为古戏曲目录之总汇，收录了宋、金、元、明、清戏曲作家二〇八人，作品二一九六种，还有杂剧总集、散曲集、曲韵等书目，是一部较完备的戏曲目录专著。《录鬼簿校注》既为锺嗣成之作提供一种较好的校注本，同时也是为其写戏曲史做资料准备的。至于《戏曲考源》，则是对古代戏曲中的剧曲发展演变的概况，做一番探本求源的考查。而《唐宋大曲考》则是探讨唐宋大曲的沿革及其与后世戏曲的异同。《优语录》是辑录唐宋间俳优艺人遗闻佚事和论曲语录，从中可见其时戏曲风气和民间艺人的戏曲见解。《古剧脚色考》是对古代戏曲中的人物扮演、脚色行当做专题考察，以明中国古代戏曲不同于西方戏曲最显著的特色。《录曲余谈》是作者记录其平素阅读戏曲之心得体会，其中也包括对历代戏曲选本、曲论等较系统的评论。王氏在这些专题考察和理论准备的基础上，仅用了三个月的时间，就写成了一部具有开创性的中国古代戏曲史论专著——《宋元戏曲考》。

是书纵论中国戏曲史，断代至元。全书包括十六章，即：上古至五代之戏剧、宋之滑稽戏、宋之小说杂戏、宋之乐曲、宋宫本杂剧段数、金院本名目、古剧之结构、元杂剧之渊源、元剧之时地、元剧之存亡、元剧之结构、元剧之文章、元院本、南戏之渊源及时代、元南戏之文章和余论，前有自序，末附元戏曲家小传。从上述安排可以看到，全书的重点是考察和论述宋元特别是元代之戏曲，探讨其特色，评价其价值。

王氏对宋元戏曲的研究，包括"观其会通，窥其奥窔"（《宋元戏曲考·序》）两个方面的内容。所谓"观其会通"，就是从史的角度寻求其发展变化的轨迹；所谓"窥其奥窔"，就是深入揭示其特色，以明其价值。

从"观其会通"、明其发展变化之迹看，王氏将中国戏曲史划分为四个阶段：1. 上古至五代为戏曲的萌芽和起始阶段，其发展的线索是歌舞（上古至汉）——歌舞戏（北齐至唐）——滑稽戏（唐开元至晚唐）。2. 宋、金两代是"古剧"的形成与发展时代，它纯粹表演故事，不同于前此的歌舞戏与滑稽戏；但还穿插着竞技和游戏，也不同于后世的纯粹意义上的戏剧。3. 从元杂剧开始，中国才有了真正的戏剧，即"合语言、动作、歌唱，以演一故事"，并从叙事体变为代言体。元杂剧在结构和形式上这一重大变化，是王国维判别戏曲正式形成的根据。这种对戏曲带有定义性的理论概括，显然是受了西方戏剧理论的影响，但也是总结元剧发展的实际情况而得出的结论。4.在浙东地区发展起来的元南戏，对北方的杂剧又有所突破，如每出戏不限于四折，每折不限于一宫调，也不限于一人唱等，王氏认为这是中国戏剧向更高的形式发展的表现。对元代南、北二戏风格的特色，王氏也做了比较和说明："北剧悲壮沈雄，南戏清柔曲折"，认为这是"地方之风气及曲之体制使然"。

中国戏曲的发展，固然有其本身的发展线索，历代的戏曲，有其承前启后的关系，但其他门类的艺术，如诗词、小说、美术、音乐等，也对戏曲的发展产生了影响。王氏"观其会通"，从横的方面也作了一些考察，特别对当时北方兄弟民族及邻国文化艺术对元剧的影响，做了认真的研究，对"异域"传入说，提出异议。他说："辽金之杂剧院本，与唐宋之杂剧，结构全同，吾辈宁谓辽金之剧，皆自宋往；而宋之杂剧，不自辽金来，较可信也。至元剧之结构，诚为创见，然创之者，实为汉人，而亦大用古剧之材料与古曲之形式，不能谓之自外国输入也。"这个结论是可信的。

至于"窥其奥窔"，深入探讨宋元戏曲的特色，评价其美学价值，王氏之论，以下两点，颇值得重视。1.元剧之美，首在于自然和有意境。书中特立"元剧之文章"和"元南戏之文章"予以评赞。他说："元曲之佳处何在？一言以蔽之，曰：自然而已矣。古今之大文学，无不以自然胜，而莫著于元曲。""彼但摹写其胸中之感想与时代之情状，而真挚之理与秀杰之气，时流露于其间。故谓元曲为中国最自然之文学，无不可也。"以自然衡文，就在于"真"，美是源出于真。作者情感之真，感物之真，状物之真，语言文字之真，就能写出最自然也就是最美的文学，这是王国维审美观点中最核心之点。从表达的角度说，能将真情真景自然地呈现出来，就是有意境。他说："然元剧最佳之处，不在其思想结构，而在其文章。其文章之妙，亦一言以蔽之，曰：有意境而已矣。何以谓之有意境？曰：写情则沁人心脾，写景则在人耳目，述事则如其口出是也。"重视意境之美，重视意境的呈现。这和《人间词话》的审美原则是完全一致的。这里需要指出的是，他在评及元剧用语之自然时，赞赏其用俗语和衬字。重真、重美而不避俗，甚至认为元剧之美是有赖于俗，这和他过去重视古雅之美相比，是一大跃进，其原因则是将自然和真作为美学的核心，所以能独具只眼，将"托体近卑"的元杂剧简拔出来，和唐诗、宋词并列，称之为一代之杰作，这是很有识力的。2. 推崇悲剧，贬抑喜剧。"明以后传奇，无非喜剧，而元则有悲剧在其中。就其存者言之，如《汉宫秋》《梧桐雨》……初无所谓先离后合，始困终事之事也。其最有悲剧之性质者，则如关汉卿之《窦娥冤》、纪君祥之《赵氏孤儿》。剧中虽有恶人交构其间，而其蹈汤赴火者，仍出于其主人翁之意志，即列之于世界大悲剧中，亦无愧色也。"王氏重视悲剧美，从世界文学的广阔视野里，阐明元剧的悲剧美的价值，这也与其重自然、重真有密切联系的。因为明以后传奇的"先离后合，始困终亨"的大团圆结构，并非本之现实，本之自然，而是来自于人们善良的愿望和作者的主观构想。当然，这与作者受西方美学思想影响也有关联。《人间词话》引用尼采的话，"一切文学，余爱以血书者"来称赞李后主的词，元杂剧中著名的悲剧，也是"以血书者"。王氏"窥其奥窔"，除上述两点外，尚有脚色的研究、著名作家作品的评论等，其中也不乏精当的见解，兹不一一评介。

从方法论的角度看，此书重视材料的搜集与考订，较多地采用乾嘉学派考证的方法，从大量的资料排比考证中，得出较可信的结论。同时又采用当时西方传入的思辨的方法，进行分析和综合，使其书成为一部材料翔实、思辨性很强并能一以贯之的科学论著，这和《人间词话》侧重于品评有所不同。

《宋元戏曲考》是一部继往开来，具有开创性的力作。郭沫若说："王国维的《宋元戏曲史》和鲁迅的《中国小说史略》，毫无疑问，是中国文艺史研究上的双璧。不仅是拓荒的工作，前无古人，而且是权威性的成就，一直领导着百万的后学。"（《鲁迅和王国维》）后此的戏曲史和戏曲理论的研究，无不受此书的影响。

# 十八、词　概

## 〔近代〕刘熙载

　　一卷，近代刘熙载（1813—1881）撰。《词概》辑自《艺概》卷四，有《词话丛编》本。此书重点评宋人词兼及词的创作特点和表现手法。全书共一七九则，每则字数都不多，语精义明，以少概多。清人论词，大多不出浙、常两派门户，或在浙而兼采常，或在常而包容浙。刘氏拔乎流俗，所论均不同凡响。他重视词的内在意蕴和兴观群怨之旨，似乎和常州派相近，但他对常州派所标举的温庭筠、周邦彦词，评价并不很高，说温词虽"精妙绝人，然类不出乎绮怨"；周词虽'富艳精工，只是当不得一个贞字"。所言和张惠言、周济之论大异其趣。他很欣赏词的"清空妥溜""空中荡漾""不即不离"和"风流儒雅"，对南宋姜、张词评价颇高，似乎和浙派有所认同，但他同时主张"妥溜中有奇创，清空中有沉厚"，认为南宋词从总体看是不及北宋词，"北宋词用密亦疏，用隐亦亮，用沉亦快，用细亦阔，用精亦浑。南宋只是掉转过来"。所论和朱彝尊之见亦相左。刘氏论词，特重视词品，于唐词标举李白，北宋词首推苏轼，南宋词则激赏辛弃疾和姜夔。其评唐宋兼及金元词，举其名家，侧重撷取其所长，常独具法眼，言人之所未言，对于词的艺术特色和表现手法，也有许多精辟之见。沈曾植赞其"涉览既多，会心特远，非情深意超者，茍不能契其渊旨"，能"得宋人词心处"。（《菌阁琐谈》）王国维评词，很少轻许前人，其《人间词话》，却多处摘引刘氏词评，并称赞其有"卓识"，可见其影响深广。

# 后　记

　　《梅运生诗词论著辑要》一书，包括三大部分的内容：第一部分全文收录梅师《钟嵘和诗品》，是书原为"中国古典文学基本知识丛书"中的一种；第二部分为"诗学论文选粹"，收录梅师撰写的诗论、词论研究论文8篇；第三部分为"历代词论专著提要"，选录18种，乃从合著《中国历代诗词曲论专著提要》中辑出，该书51种词论专著之提要，均为梅师所撰。

　　梅师《钟嵘和诗品》一书，是1949年以来钟嵘《诗品》研究的重要成果。曹旭先生在他的博士论文《诗品研究》中有两处（均见该书《建国以来研究概述》一章）高度评价了梅师的钟嵘《诗品》研究：一处是评述梅师论文《钟嵘的身世与〈诗品〉的品第》（原载《安徽师大学报》1984年第4期，该文已经收入《梅运生诗学论文选》）；一处是对梅师《钟嵘与诗品》一著的较为全面扼要的评述，这里转述如下："梅著以客观公允、详明缜密见长。全书分八部分：第一、二部分论述《诗品》产生的背景、汉魏六朝五言诗的背景和作者的生平背景、文学观，以及《诗品》的体例；第三、四部分论述写作《诗品》的动机和《诗品》的批评方法；第五、六部分论述批评的标准，指出钟嵘'重怨''贵雅''尚气''好奇''爱秀''慕采'的六个方面；第七部分专论'滋味说'；第八部分谈钟嵘的地位和影响。应该说是综合了前人的研究成果，概括了钟嵘和《诗品》研究的各个方面；特别是用'怨''雅''气''奇''秀''采'六字，对钟嵘的批评标准做了很有特点的把握。尽管这六个字有的指内容，有的指词彩，有的指风格和审美趣味，但经组合，还是颇惬人意。此外，是书评风格、溯源流、定品第，涉及批评方法，如点面的结合、比较的批评、渊源的探索、佳话的引用等等，都概括得条贯清晰，文理可观，饶有新意。对于《诗品》研究，不啻是一次总结，实具承前启后的作用。"是评精炼简要，平实公允；我以为自己无需再加饶舌，而"承前启后"四字评语也为梅师自己所认同。如果说我还有什么补充说明的话，那就是我作为对老师的学术研究较为熟悉和理解的学生，有必要指出：梅师是一个既重视文献考据和理论思考的学者，而且他还继承了他的老师教诲他的注重儒家重世用的精神和力求从文献考据中进行开掘创新的志趣，以自己的扎实研究为裁断，而不人云亦云。梅师多次跟我谈及中国文化传统儒家思想的主导地位和积极意义，认为应该从这样的总体格局和角度深入把握中国文论的精神，所以他在1982年出版是书后，1984年又发表了《锺嵘的身世与〈诗品〉的品第》这篇颇能纠正"世俗"之见并受到学界赞誉的重要论文；而在其《魏晋南北朝诗论史》中，他就更加鲜明地把锺嵘诗学纳入儒家诗学的风雅体制精神的系统，并且通过详细的考据辨析论证了这也是中古诗学的总体特点和理论面貌，这就与许多论者关于中古诗学的总体判断和结论有泾渭之别了。此外，我们还不难看到梅师在清代词学的研究中也贯穿着这条思想线索，这实际上也是他对中国文论精神的一种整体把握，同时他对特定时代和特定文学家与理论批评家的著作又并非一概而论，而是力求以实事求是的传统治学态度和现代科学研究的理念精神，做出信而有征的探求，注意论述老庄道家、玄学乃至佛学的深刻作用，以儒体玄用或道体儒用等思想原则加以提炼分析。可见，梅师对锺嵘《诗品》等文论名著的研究既有一贯认识，也有不断发展。其所谓"启后"的评价，既表达了后来者对是书有所汲取借鉴，也说明了其后的研究力作能够后来居上，窃以为梅师所认可的原因在此。简而言之，梅师的中国文论的研究，是学术中蕴涵思想，思想出自于学术，而这种思想乃至文化的立场不是凭空而论的，乃是通过具体的学术研究来表达的。上述研究的学术思想的大判断，在其《魏晋南北朝诗论史》中表现得非常突出，也体现在本书的"诗学论文"中以及词论专著的提要中。

　　第二部分为"诗学论文选粹"，收录的8篇论文，除《试论古代文论中的赋、比、兴问题》和《传统诗学与科学方法——梁启超后期诗论述评》两篇论文外，其余6篇均属清代词论研究，其中《陈维崧与阳羡派的创作倾向与理论宗尚》和《试论张惠言词学的文化渊源、理论建构与价值追求》两篇论文，乃直接从合著《中国诗论史》第六编第八、九章"清代词论"中辑出，其余4篇也是为撰写《中国诗论史》中的清代词学部分而作的全局谋划与研究之所得。这里值得说明的是，《中国诗论史》第七编都是漆绪邦先生撰写的，当然其中的"晚清词论"部分也不是梅师撰写的，不过，漆先生晚清词论部分的撰写当是参考了梅师所撰写的词论提要，而《中国诗论史》全书撰成后的通稿任务也是由漆先生完成的，他们三位先生的合作可谓是珠联璧合的。梅师对中国词论史是有一个全局把握的，他的这4篇词学论文包括晚清词学的研究，至为充实有创见，如果联系梅师所撰的"历代词论专著提要"的论述，尤其是其中关于词学理论批评的历史发展的探究，那么梅师关于中国词论史的整体面貌和格局就自然鲜明地呈现出来。第三部分"历代词论专著提要"，共选录《花间集》《碧鸡漫志》《乐府指迷》《词源》《词旨》《词品》《花草拾蒙》《古今词话》《词苑丛谈》《词综偶评》《词林纪事》《灵芬馆词话》《复堂词话》《赌棋山庄词话》《近词丛话》《人间词话》和《词概》等17种词论专著提要和《宋元戏曲考》一种属于曲论专著提要，其中只有《词概》原是编在《中国历代诗词曲论专著提要》中"存目"部分，大概梅师认为《词概》还是十分重要的，所以本书加以选录。2008年夏，漆绪邦先生不幸辞世，漆师的弟子王南、胡山林、郭红跃编《希声集——漆绪邦学术论文集》（首都师范大学出版社2009年版），书前冠有梅师撰写的《漆绪邦教授逝世周年祭（代序）》一文，其中深情地回顾说："早在上个世纪80年代初期，由于本专业的教学需要，我们都参加了由霍松林先生主编的《中国古代文论名篇详注》等教材的编撰。为了更进一步探讨中国古代文论发展变化的原委，绪邦、吉林大学张连第教授和我，又共谋以'中国诗论史'这一重要论题为我们研究的新方向。此事征得霍先生的同意和支持，经过申请，这一课题就成为国家教委'八五'重点资助项目。从那时起，我们都全力投身其事，在繁忙的教学工作的间隙，沉潜其间，从浩如烟海的资料中，爬罗剔抉，钩玄提要，进行更深层次的理论阐释。二十余年来，锲而不舍，先后完成了《中国历代诗词曲论专著提要》（北京师范学院出版社1991出版）和《中国诗论史》（上中下三册，黄山书社2007年出版）两部著作，共两百余万字。"限于时间和篇幅，这里我将这两部分内容放在一起简略地谈几点自己的读后感。首先，梅师研治中国诗论，善于抓住核心问题，并能总揽中国文学批评史的发展历程，加以不断深入探究，例如关于"赋比兴"问题的研究，就是如此。收入本书的《试论古代文论中的赋、比、兴问题》（原载《安徽师大学报》1978 年第 1 期）和《常州派"比兴"说词纵析》等论文，以及收录在《梅运生诗学论文选》中的《试论白居易的"美刺兴比"说》等，都是就此重要问题进行的研究。其次，具有鲜明的方法论的自觉意识，既重视传统的"实事求是"的方法，又非常重视现代的科学研究方法。例如梅师很重视对王国维、梁启超等近现代学者研究方法的分析总结，力求站在学术前沿，认真思考并处理好中西、古今之关系的问题，这对于撰写中国诗论通史的作者来说，尤为显得重要。《传统诗学与科学方法——梁启超后期诗论述评》一文就指出："在中国近代史上，梁启超是政治上的风云人物，也是一位著作等身的学者。他在学术上所取得的成就，是与对方法论的重视、研究与运用分不开的。他是传统方法的发扬者，也是西方科学方法的率先提倡者。梁氏重视方法论，首先集中于研究史学，同时也运用于传统诗学，成效很好，成绩卓著。我们知道，梁氏的国学基础原是很深厚的，对风行于有清一代的训诂和考证的方法，从小就很熟悉，运用也很自如。但当他发现欧美学界所运用的各种科学方法对治学有很大价值时，于是紧步在政界提出'变法维新'后，接踵在学界提倡改进和更新方法，即学术研究也要'变法维新'，特别是后期在西游欧美之后，更是不遗余力地提倡运用科学方法。所以他后期的学术成果更丰硕，无论是数量上或质量上都远远超越前期。梁氏在方法论问题上的理论探讨和实践经验，是一笔很丰厚的遗产，值得我们认真开发和研究。他的不倦的探索精神和成败得失之处，对于我们今天革新传统诗学研究的方法，也能提供若干有益的启示。"是文所论新见迭出，对梁氏诗论之得失的分析，尤为到位。细心的读者不难发现梁氏的许多新方法，也见于梅师的论著之中。又次，安徽桐城派讲"义理、考据、辞章"三结合的方法，其中考据与义理对治学最为重要，梅师于此甚是重视，授课时也屡屡言及。义理乃从考据中申发，考据以义理为旨归，并要善于辩证地思考。

本书三部分内容，实际上除锺嵘《诗品》研究外，主要是梅师对中国词论史的研究成果，这还有待做专门的评述，因为其内容丰富，创见亦多。梅师在《中国诗论史》一书中要完成的研究任务主要是清代（晚清以前）词论史的撰写，但着眼于中国词论史的发展全局，只有成竹在胸，才能给予研究对象以确当的定位，才能辨析所论问题的来龙去脉，才能要言不烦，击中论题的要害。对于诸多词派、词论和词选的考论，时常于辨析毫芒之间，得出新的义理，区分派中之异、词论之变，细微之处见功夫、见识力。例如《陈维崧与阳羡派的创作倾向与理论宗尚》《常州派"比兴"说词纵析》《汲浙派之长，革常派之短——评体尊学大的周济词学》等论文就都具有上述的特点，而所选18种词曲论专著提要也足以体现这种精神。如《从〈惠风词话〉看桂派与常派的分野》一文中，研究指出："现在文论史、词论史，几乎全是将他们的词论归属于常派，但这种定位不一定是恰当的。下面依据况周颐的《蕙风词话》（以下简称《词话》），对此提出一点不同的看法。论常、桂之分，之所以侧重以况书为依据，是因为况氏不仅是该派最重要的理论家，而且其书引述王鹏运的词论和词评不下数十条，从一定意义上看，他是在阐述王氏的见解。况书又被该派另一大家朱祖谋推为千年绝作。这前无古人的评价，只有用桂派的新眼光，才会有此评判。可见况氏的《词话》，既是他个人一生词学理论研究的成果，从主导倾向看，也可以代表桂派词学理论上的新宗尚，是可以作为评判该派归属的一重要依据。现就况书中所论寄托、体格等问题，与常派做一比较论述，以见两者之间的界别。"之所以能发前人所未发，就在于梅师善于运用考据和义理相结合的方法。最后，梅师特别重视选本批评的研究，而且一贯追求理论批评与作品的结合分析，本书的《清代四部词选论略——〈词综〉〈词选〉〈宋四家词选〉和〈词则〉》一文就更是这样一种专题研究成果。梅师在《陈维崧与阳羡派的创作倾向与理论宗尚》一文开篇就说："清代词学的发展，是词的创作上的变化与理论上的宗尚和倡导鼓吹相辅而行的。创作上的倾向性和理论上的宗尚，常常是渗透在他们精心编纂的词的选本之中，体现在其词论专著之内，这就形成了相对稳定的词的派别。而一个重要词派的运作，都是与其所宗奉的词的选本和阐明其理论主张的词论专著紧密地联系在一起的。观察和研究词派的发展、更替，就能把握住清代词学发展的重要脉络。以词派为纲目，联系他们所编撰的词的选本和重要论著，就不失为研究和把握清代词论发展史的一条线索。"以上略述四点读后所感，虽不惬于心，也可以大体说明梅师在词论研究方面的重要贡献。

梅师亲自所作的"学术简历"一文，今以之作为"代自序"，冠于是书之前，这似乎显得有点特别。是故关于这篇文章撰写的前后经过，我想有必要在此略作交代。我怎么也没有想到梅师和师母都走得这样急，走得这样快！2015年12月31日，师母于邦敏老师因病辞世；仅仅相距不足百日，2016年4月7日下午，我正在教室给研究生上课，忽然接到梅师女儿怡红的电话，告诉我，老师刚刚走了。尽管梅师住院我是知道的，不断传来的消息也是时好时坏，我心里还是担忧在先的。当真实的噩耗传来，还是犹如重锤猛击心肺，悲痛难以自抑。匆匆安排一下学生的课业，告诉纷纷表示关心的学生：我要立即前往芜湖奔丧。联系了同门兄弟，当晚草草收拾行装，一夜不能安眠。第二天下午就和师弟宗普首先赶到母校赭山北麓的梅师家中，只见灵堂已设，满屋凄凉，再也见不到风骨凛然而又温厚和蔼的老师和热情爽朗的师母了，再也听不到我每次来老师和师母亲切问话的声音了！梅师留下三部已经基本编辑完备准备出版的著作：一本即为是书，另一本为从合著《中国诗论史》中辑出的《魏晋南北朝诗论史》，第三本为《梅运生诗学论文选》。后者是2011年4月底我们在芜湖为梅师庆祝八十华诞时商定编选的，书名是我拟定并获得梅师的同意。虽然我在北京早已安排出版事宜，但因其后的几年中梅师健康日益不佳，又忙于编辑另外两本著作，始终没有能够完成他想要亲自撰写的序言，就一直拖延下来。2013年秋，师母忽然身体严重不适，就在我陪师母去医院检查期间，梅师仍然跟我兴致盎然地谈及他的想法，其中特别是想要在序言中回顾一下他当年在复旦大学跟朱东润先生等进修三年中的学习情况，跟我叙述了他非常敬仰的朱先生指导他学习的许多点点滴滴的感人往事，其实许多"故事"，我已经听过多遍。可是世事难如人意，不久师母就意外地检查出癌症病患，忙于给师母治病，梅师要亲自撰写序言的事情再次搁置下来。到2014年春，师母病情暂时稳定下来，梅师经过深思遂先撰写了一篇他的学术研究简历，本想在此基础上完成序言的。原计划是等序言完成后，这篇"学术简历"附于书后。今年春节时，我乘打电话给老师拜年之机，请老师跟我再回忆一下他在复旦大学进修的过程，特别是跟我再说一说他想要表达的一些紧要的话，并且商定由我在他已经写好的"学术简历"之后，补写一段文字，主要说明一下编选情况，即以此作为序言。万万没有想到，梅师这三部著作，竟成待版的遗著。翻阅当时的电话记录，老师带着浓重贵池乡音的亲切话语，似乎还在耳旁回荡。在为老师守灵、和同门兄弟一起帮助怡冰、怡红兄妹料理老师后事期间，安徽师范大学出版社编辑房国贵先生，就跟我和同门兄弟谈起正在编辑梅师《魏晋南北朝诗论史》和《梅运生诗词论著辑要》的事情，并说：此前曾经商量是否由我为这两部著作撰写序跋，梅师除了担心我太忙和身体以外，是表示乐意由我代笔的，现在这件工作只能交给我来完成。作为梅师的长弟子，《中国诗论史》出版后，我曾经在北京主持召开过研讨会，加之上述的实际情况，我责无旁贷，听完国贵先生的叙述后，当即应承下来。回京后，又应怡冰、怡红兄妹的吩咐，为梅师和师母撰写了碑文。不久就收到国贵先生寄来的梅师两部著作的清样和一些材料，我就计划重新将梅师这三部著作一起仔细地研读后再撰写序跋。因为教研工作繁重，又忙于诸多碎屑事务，直到上月底我终于把老师的三部书稿全部挤时间读完，这才开始着手撰写梅师这三本著作的序言与后记。经反复思索，考虑梅师亲自撰写的"学术简历"，概述较为全面，涉及本书所有三部分的内容，特别是文中最后一段话，已有"交代之意"，粗心如我，初读时竟然未能体察，思之泫然；而且文中所谈治学之法，看似平平淡淡，其实是深刻、实用、有效之极，不啻金针度人之法，也是指导我们今后应该如何研治中国古代文论、端正学风的良方。故决定即以梅师亲自撰写的这篇"学术简历"，移用为是书的代自序。

最后，还想说明的是：梅师所撰"历代词论专著提要"51种，其中少数专著的提要初稿，是梅师为了提高我们的学业水平，命彭玉平和我参加撰写的，初稿都经过梅师的细致的修改才定稿的，这在霍松林先生为该书所作的《序》文中有明确的交代。玉平和我是梅师 1987 年招录的第一届硕士研究生，我们一入学，梅师就指导我们参加古代词论专著提要的撰写工作，按照《中国历代诗词曲论专著提要》的编写原则，要求把一本著作的作者生平、版本情况、全书的基本理论内容，原原本本地加以研究说明，并做出尽量精要的概括。这对我们后来走上学术研究的道路，起到了很大的作用。记得梅师曾经笑着对我说：修改你们的初稿，比我自己亲自撰写还费力。回想起来，现在还清楚地记得一入梅师门下，就开始像模像样地找资料、查文献，抓紧点点滴滴的时间，开始做起学问来的情形。当时母校中文系文艺理论教研室中国古代文论教研组有祖保泉先生、梅运生先生和朱良志先生三位老师。我 1980 年入学读本科时，祖先生给我们讲授《文心雕龙》研究选修课，梅先生给我们讲授中国古代文论必修课，朱良志先生是 1982 年留校任教的，担任过我们中国古代文论课的助教。到 1987 年我回校攻读硕士学位时，由梅师具体担任玉平和我的指导教师，祖先生和良志师也时常过问我的学业，1990 年毕业时，玉平和我都留校任教，我被分配到中国古代文学教研室元明清及近代文学教研组任教。2013 年国庆日祖先生不幸辞世，今年春天梅师又永远地离开了我们。良志师早已去北京大学哲学系任教，玉平和我也早在 20 世纪 90 年代前期就离开了母校。回忆母校老师的教育培养之恩，尤其是梅师作为我们的导师，对我的教诲甚多，关怀备至，走笔至此，不胜感念。

　　谨对是书的编选及有关情况，略作如上说明。在此，也特别向安徽师范大学文学院、出版社的领导和责编房国贵先生表示衷心感谢！是为后记。

陶礼天

2016 年 12 月 18 日深夜于北京

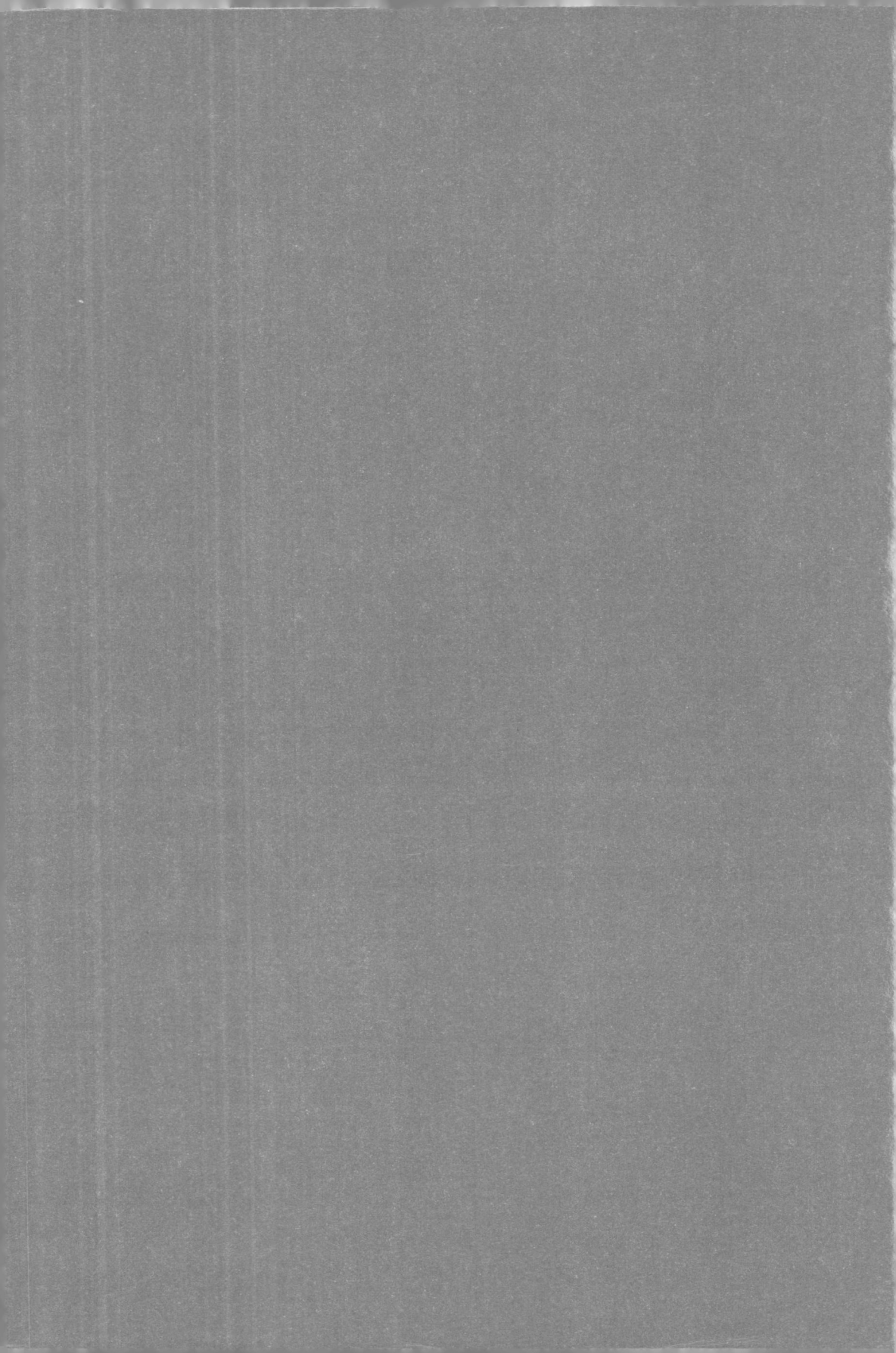